書下ろし

ざ・とりぷる

安達 瑶

祥伝社文庫

目次

プロローグ

街のあちこちで火の手が上がった。逃げなければ、と彼女は思ったが、外には大勢の暴徒がいる。彼らは悪鬼のような表情で放火し、逃げ惑《まど》う人々を殴《なぐ》り蹴《け》り、女を路上に押し倒している。

このまま家の中に隠れていたほうがいいのか、と迷っていたその時。窓が蹴破られ、武装した男たちが乱入してきた。ただの暴徒には見えない。軍用の装備をしている。

男たちの一人が彼女を見つけ、口笛を吹いた。後ろから別の男が現れた。裸の上半身に返り血を浴びている。外の炎に金髪が光った。筋肉で盛り上がった胸には銀色のピアスと、小さなサソリの刺青《いれずみ》があった。

震《ふる》えている彼女を見て、金髪の男の唇が歪《ゆが》んだ。無言で迫り、腕を摑《つか》むと、一気にブラウスを引き千切《ちぎ》った。恐るべき力だった。

家の奥には家族がいる。だが、助けを求めることは出来ない。父親が彼女を守ろうとすれば、この男たちに殺されてしまうだろう。諦《あきら》めるしかない。諦めて身を任《まか》せれば、この男たちも立ち去るだろう……。

だが、それは甘かった。眼を閉じた彼女は、すぐに悲鳴をあげることになった。

「泣けわめけ叫べ！　イエロービッチが！」

男が彼女を殴りつけた。打撃が続けざまに襲った。

男はなおも英語で罵《ののし》り、ところかまわず殴りつけながら彼女の服を剝《は》いでいった。

スレンダーで上背があり、近所でも美しいと評判の彼女が裸に剝《む》かれていくのを、武装した男たち全員が、歓声をあげて見物している。

ベストから取り出したナイフでブラを切り裂き、男は彼女の美乳にしゃぶりついた。

「い、痛いっ！」

乳首を舌先で転がすかと思いきや、男は思い切り嚙《か》んだのだ。

「普通に犯《や》るのは飽きたからな」

皮膚に灼《や》けるような感覚があった。ナイフを使われていた。切り裂かれた白い肌に、真《ま》っ赤《か》な血の玉がふくれあがり、それがみるまに乳房全体を濡らした。

彼女は口もきけず全身の震えが止まらなくなった。

「それでいい。ゴナ・ギヴユー・ヘル（お前に地獄を見せてやるぜ）」

男はそう言いながらズボンを脱ぎ、彼女のスカートを破りとって下着を引き千切った。

すらりと長く形のいい腿《もも》を露《あら》わにして彼女は抵抗したが、無駄だった。

濡れていない裂け目に鋼《はがね》のような男根が侵入し、力まかせの抽送《ちゅうそう》が始まった。悲鳴。

「そうだ。もっと苦しめ」

男はぐいぐいと腰を突き上げながら、彼女を殴った。腕や腹にもナイフを刺した。鋭い刃が、彼女の肉を柔らかなバターのように切り裂いていく。

「知ってるか。断末魔の女とのファックは最高だ。犯ってる最中に死ぬのが、一番味がいい」

男は、彼女の躰《からだ》を反転させて後背位になると、ベストからいくつもの鉤《かぎ》がついた鞭《むち》を取り出して、彼女の背中を打ち始めた。白い肌にみるみる無数の赤い裂け目が口を開いた。

彼女の苦悶の絶叫とともに、男も大きく呻《うめ》いて果て、場所を配下の男に譲り渡した。

「好きにしていい。この華人《かじん》の女、殺してもいいぞ」

男は金髪を揺らしながらズボンを穿《は》くと、家の奥に行こうとした。

「待って！　家族は殺さないで！」

だが男は血に飢えた目つきのまま、奥に入っていった。間もなく、彼女の母親や妹、老祖父母の絶叫が聞こえてきた。父親が何か叫んだが、一発の銃声でそれも止んだ。

一九九八年五月十四日。インドネシアの首都ジャカルタ・コタ地区。

全市に広がった暴動は、特に中国系市民を標的にしていた。商店は焼かれ略奪され、多くの女性が暴行され、政府の発表だけで千百八十八人が死んだ。

裕福な華僑《かきょう》の娘だった彼女は、広がっていく血溜まりの中で意識を喪《うしな》った。

第1章　カリスマホストの夜

午後十一時の上野広小路《うえのひろこうじ》。

夜が早い東東京でも、この一角は人波が絶えることがない。ネオンが輝き酔っぱらいと客引きの声が響く。焼肉屋から芳《こう》ばしい香りがたなびき裏通りではホステスが携帯相手に中国語でまくしたてている。

そんな中に、黒塗りのセルシオが滑《すべ》りこんだ。ドアが開いて降り立った男は、細身で均整のとれた身体《からだ》つきだ。仕立てのいいスーツを着こなしている。

夜なのにサングラス、車と同じくらいに夜の街を映している磨き上げた靴を見れば、この男が善良な勤め人ではないのは一目瞭然《りょうぜん》だ。上品でオーソドックスな英国風のスーツ姿なのに、地回りや酔っぱらい、不法滞在の外人たちが男の前にサッと道を開けた。

続いて車から降り立ったのは、すこぶるつきの美人だった。背が高いので白いスーツがよく似合い、知的な美しさを際立たせている。

男は、素早く駆け寄ってきた少年のような若い男に車のキーを投げ、白いスーツの女の腕をとってエスコートしようとした。

女はさりげなくその腕を外した。男も敢《あ》えてそれ以上女の身体に触れようとはしない。

上野仲通《なかどお》りのアーチ下に、数人のスーツ姿の男たちが立っていた。

「社長。おはようございます」

「おはようございます」

男たちが口々に挨拶《あいさつ》してきた。彼らは一様に金髪・銀髪・茶髪の凝《こ》ったヘアスタイルで、日焼けした肌にブルーやラベンダーのシャツを着、派手なネクタイを締めていた。

全員が一見してカタギではない彼らに、男は頷《うなず》いて通り過ぎた。

「なんなのあれ？　どういうこと」

美女が口を開いた。やや低音の、外見にふさわしい知性を感じさせる声だ。

「新しい職場を見せるって言うからついて来たのに。今度こそ、真面目《まじめ》な仕事なんじゃなかったの？　時間も遅いしこれって、モロ、ヤ……」

「まあまあ先生」

と、男はにやにや笑った。

「この業界、十一時なんてまだほんの口開けなんですよ。かき入れ時は深夜の三時、四時から明け方。今夜は先生にあわせて早朝出勤ですよ」

「なんか、恩着せがましいわね」

先生と呼ばれた美女は疑わしそうに彼を見返した。

「まあ、水商売なんでしょうけど……まともな仕事なの？」

「マトモもマトモ、大マトモですよ先生」

先生はホントに世間を知らねえなあ、と男は苦笑した。

「おれも、先生の顔を立てなくちゃならないんで、もうカツアゲとか強姦《ごうかん》みたいな事はやめたんだ。適正なサービスを提供して代価をいただく、まっとうなビジネスをやってます」

先生、と呼ばれる女は依然として疑惑の目を男に向けている。二人は小さな雑居ビルにやってきた。間口は狭《せま》いが、エントランスには全面に人造大理石が貼《は》られている。小さいクリスタルガラスのシャンデリアの光を反射して、床も壁も派手に輝いていた。

エレベーターが開くと、チンピラ風の若者が降りてきた。

「あ。竜二《りゅうじ》さん。店のほうで竜二さんを」

男の手がいきなり伸びて、若者の鳩尾《みぞおち》に入った。

「何度言ったら判《わか》るんだ、この野郎。ここではおれを名前で呼ぶな。社長と言え。え？」

若者は腹を押さえ、一瞬苦痛に顔を歪めたが、すんませんでした、と一礼して走り去った。

「粗暴《そぼう》な事はやめたんじゃなかったの？」

「あれはケジメ。躾《しつけ》ですよ、先生。きちんと教えないと、客にもタメ口をきくからね」

先生と呼ばれるこの女性は警察の人間ではない。竜二と警察との間に立つ、言ってみれば保護観察官のような存在だ。元はといえば警察が東大《とうだい》病院と協力して試験的に実施した『犯罪者矯正プログラム』の適用を受けたのが彼、竜二で、その担当医師が彼女なのだ。「矯正」の効果はともかく、規定のセッションをこなした竜二はめでたく不起訴になった。その代わり、ある「重《じゅう》篤《とく》な疾患」が発見されたので竜二は引き続き彼女の観察下にある。

とはいっても、竜二には自分が病気であるという認識はまったくない。この先生がこれほど美人でなければ、「治療」もとうにバックレていただろう。先生がいうところの「治療」も、彼にしてみれば彼女に会う口実のようなものだ。

「まあ、おれが病気だって思いたきゃ、そう思っててていいっすよ。だけど前とは違うんだ。そもそも女のほうから抱いてくれ抱いてくれって、いくらでも寄ってくるんだから」

「それをいつも手ひどい棄《す》て方をするから、トラブルになってたのよね、あなたは」

「昔はね。ところが今はそうじゃないんだ。修《しゅ》羅《ら》場《ば》になるかわりに、親の仇《かたき》みたいにカネをつかってくれるんだな、今相手にしてる女たちは」

竜二はエレベーターに乗り込み「8」のボタンを押した。案内プレートを見ると、八階はワンフロア全部を『ワイルドメンズクラブ　シャフト』という店が占めている。

「ホストクラブ？　わがままなあなたが？」

「いや。最初は店に出るハズじゃなかったんだ。そもそもおれは経営コンサルタントとして」

アタシは信じません、という彼女の顔を見て、竜二は言い足した。

「店の売り上げの回収と用心棒。要は、ここが軌道に乗るまでの管理を任されたんだ」

「なのにあなたが接客してるなんて、よほど人手不足なのね。デパートの苦情処理係にキレやすい十七歳を雇《やと》ってるようなものじゃない？」

「まあ、何とでも言ってよ先生。見れば判るって」

エレベーターを降りて黒い扉をあけると、店内は暗かった。点在するボックス席を、スポットライトが照らしている。やはりスーツを着た長身の男が寄ってきて竜二に挨拶《あいさつ》をした。

「おはようございます、社長。同伴ですか？　ご新規さまで？」

馬鹿野郎、と答えた竜二は胸を張った。

「このひとはな、おれの個人的に大事なお客様なんだ。しかも、本物のインテリで東大病院の先生をしてらっしゃる。一橋葉子《ひとつばしようこ》医学博士様だ。覚えとけ」

はあ、すんませんと若い男は詫《わ》び、一橋葉子と紹介されたその美女に、いらっしゃいませと礼儀正しく頭を下げ、すばやく竜二に耳打ちした。

「亜里沙《ありさ》さん……来てますよ」

え？　と呟《つぶや》いた竜二がフロアの片隅を見ると、こちらの方を奥の席から睨《にら》みつける三白眼《さんぱくがん》があった。灼いた肌をさらに黒くする化粧を施し、さらには眼のまわりを白いシャドウで縁どっているので、暗い店内でもその白眼《しろめ》が浮かんで見える。女性と同伴の竜二をさっそく見咎《とが》めたらしい。

葉子の目線の先にもガングロ娘がいた。

「ねえ、あなたのこと睨んでるあの子、なんだか凄《すご》い恰好《かっこう》じゃない？」

葉子の言うとおり、亜里沙のコスチュームはいつにも増して凄い。ノーブラであることがはっきり判る乳首があからさまに浮き出した黄色のチューブトップ。しかも丈《たけ》が短いので、へそが丸出しだ。へそにはきらきら光るラインストーンが飾りに埋め込んである。スカートは腿の付け根まで見えそうな超ミニ、いや、パレオといったほうがいい。布を巻き付けてあるだけでウエストの位置まで切れ込んでいる脇からは、太腿というか尻の横が全部見えている。それでも下着が見えないのは穿《は》いていないのか、もしくは超ハイレグのTバックでもあるのか。ハダカも同然の露出ぶりだ。

「ああ、あの女ですか。いや、おれがつい、お前の躰《からだ》はきれいだから見せるファッションのほうがいいぜって出まかせを喋《しゃべ》ったら……」

「彼女本気にしちゃって、あの恰好なわけ？　あなた、ホントにいい加減にしたほうがいいわよ」

マズいな、と竜二は内心舌打ちした。まだ十一時なのにキャバクラ勤めの亜里沙が来てるってことは、あの女は今夜の勤めをバックレたのだろう。

亜里沙はコドモだから、わがままで聞き分けがない。コドモといっても十七歳だが、吉原《よしわら》のソープ嬢、銀座・六本木《ろっぽんぎ》のホステスなどがメインの『シャフト』の客の中では一番若い。そして本人がその若さを最強の武器だと勘違いしているところがまた面倒だった。

しかも亜里沙は、私は本当はいいトコのお嬢様なのよ、と機会あるごとに匂わせる。ナンバーワンを張っているという六本木のキャバクラはバイトで、昼間は本物の女子高生らしい。竜二も『浜町女学館《はまちょうじょがくかん》二年A組　穂積《ほづみ》亜里沙』とある学生証を見せられたことがある。

『竜二だから見せてあげるんだよ、これ。店バレしたらヤバいもん。違法だからね』

『竜二さん、と呼べ。おれの客でいたかったらタメロはきくな』

『はいはい、竜二「さん」ね。わかりましたよ。あのさ、ウチの学校ってさ、けっこうお嬢さまが多くって校則もいろいろうるさいんだけど、あたしは大丈夫。ウチの親がたくさん寄付してるからね』

『じゃあなぜキャバクラでバイトしてる？　親が小遣《こづか》いをくれないのか？』

『冗談。チョーいっぱいもらってるよー。でもね、それだけじゃ足りないの。ここに通って竜二に、じゃなくて竜二さんに貢《みつ》ぐのはカネかかるしね。あっそうだ。また入れようよ、ピンドン』

などという会話を思い出して竜二はうんざりした。お嬢様学校に通っている現役の女子高生、というのも本当だった。調べてみると、確かに亜里沙の実家は人形町《ぎょうちょう》の名のある老舗《しにせ》の和菓子屋だった。親から貰《もら》う小遣いでは足りる訳もなく、キャバクラのバイトをして荒稼ぎしている。度を超した遊び好きで、親から貰う小遣いでは足りる訳もなく、キャバクラのバイトをして荒稼ぎしている。

整った顔立ちの美人ではないが、ぷりんとした弾《はじ》けるような肌と、コドモのくせに成熟しきったグラマラスな肢体に、竜二もつい手を出してしまったのだ。

若々しい肌はさすがに十代で、その巨乳も、のびやかな脚も魅力的だった。が、それだけだった。日焼けサロンでオールヌードで灼いたその躰も、脱がせてみれば興ざめだった。乳輪のまわりから股間まで、全身が黒こげ状態なのだ。水着の跡が白くくっきりと残っていてこそセクシーというものだろう。小麦色の肌と、弱々しい白さのコントラストが肉欲をそそるという事が亜里沙には判っていない。

しかも肉体は大味だった。亜里沙は、男の数だけはこなしているが、ただそれだけというコギャルの典型だ。セックスにこだわりがないのはエクスタシーを知らなかったからで、アソコもどこも、まるで磨かれていない。

だが、この勘違い女をイカせて狂わせてやろうと、気合を入れたセックスをしたのが間違いだった。とてつもない御馳走《ごちそう》を口にした餓鬼《がき》の如《ごと》く、セックスに開眼し目が眩《くら》んだ亜里沙は以後竜二につきまとい、セックスをせがみ、アタシは客なんだよと強要するようになったのだ。

竜二は、すぐにうんざりした。好みの超ハードなSMをやって縛《しば》りやアナルファックやバイブを使い、写真に撮《と》ったとして、女として人間として修行の足りない亜里沙がそれを悦《よろこ》んでしまったらと思うと、それも実行出来ない。ますますつきまとわれる可能性を考えただけでも、げんなりだった。

お前の思いどおりにはならねえよ、と竜二は言い放ち、以後、断固として亜里沙の誘いを拒否している。どんな事でも他人から指図されることは竜二には我慢がならない。今のところ、ただ一人だけ例外がいるが。

その「たった一人の例外」である彼の主治医、一橋葉子が囁《ささや》いた。

「要するに、あなたが手を出しちゃったからでしょ？　全然学習してないじゃない」

葉子は呆《あき》れている。だが、竜二には悪い気はしなかった。これで、葉子先生にも自分がマジで超モテて、いやモテるどころの騒ぎではなく、ほとんど崇拝されていることが判るだろう、と考えたからだ。

竜二は、今夜こそ葉子先生を口説《くど》こうと思っていた。『治療』のため週一回は必ず顔を合わせるのだが、クリニックの一室で二人っきりとはいえ、葉子は絶対に主治医と患者というスタンスを崩《くず》そうとはしない。それを今夜ようやく、新しい職場を見てほしい、という口実で誘い出すことが出来たのだ。

おれは別に先生が言うような「病気」じゃないしな、と竜二は思った。葉子は優秀な精神科医で、しかも美人だ。上背もありスタイルもいい。だが、現在のところ決まった男はいないようだ。ならばインテリといえども女である以上、おれに惚《ほ》れないわけがない、と竜二は決めつけている。

葉子によれば、竜二のような症例は日本では非常に珍しいのだそうだが、その診断だっておれに逢うための口実に過ぎないのではないか。

おれの「症例」とやらが貴重な論文のネタになるかどうかは知らないが、生身の女であればそんなモノよりも最高のイッパツのほうがずっといいに決まっている。葉子先生は自分でそのことを認められないだけなのだ、と竜二は思っている。

「……で、ほかにもまだいるの？　あなたの毒牙《どくが》にかかってる女性が？」

葉子の声に、竜二は我に返った。葉子はいつもの超然とした、クールな態度を崩していない。

だがその眼の中にジェラシーの光があると思ったのは、竜二の自惚《うぬぼ》れか。

「毒牙ってのはヒドいな。おれは何もしてないっすよ。逆に何もしないから、女どもは夢中になってておれに逢いにくるんだ」

「そういうものなの？　ホストクラブって」

「そう。そういうもの。たとえばおれはこうして今先生に水割りつくってるけど……」

竜二はグレンリベットの十二年物をミネラルで割り、氷を入れながら言った。

「ほかの席じゃ絶対こういうことはしない。客の女がおれの顔を見た途端、いそいそと全部やるんだ。もちろん先生にはさせないよ。先生はおれの大事なお客様だからね」

竜二の恩着せがましい口ぶりに、葉子は苦笑した。

このホストクラブは、竜二が籍を置く上野の消費者金融、いや正確にはそのバックにいる『橘《きっ》風会《ぷうかい》』が借金のカタに押さえ、居抜きで手に入れた店だ。まるで流行《はや》っていなかったところに竜二が乗り込んでホストたちに気合いを入れ睨みをきかせ、行きがかり上自分もフロアに出ているうちに女客に人気が出、今では彼目当ての客が押し掛けるということを、竜二はなるべく自慢に聞こえないように葉子に説明した。

「そうね。あなたはセックス・アピール『だけは』物凄くあるし、それに、その性格もこの仕事向きといえるかもね」

「どういう性格だと思ってるんだよ、おれのこと」

「そうね。『情性欠如型の反社会的人格』ってとこかしら」

「ひでえ。どうしてそんなに悪くばっかり取るかなあ」

「だって、自分でも思うでしょう？　血も涙もないって。ほら、あそこのあの子」

葉子は別のテーブルに座っている若い女性をさりげなく視線で指し示した。

竜二のトリコになっている常連の深雪《みゆき》だった。深雪にはこの時間を指定して来店するよう言ってあった。元は日本橋《にほんばし》方面の堅いＯＬだったが竜二に惚れて入れあげた結果、現在はソープ嬢をしている。彼女は竜二の言う事なら何でもきく。亜里沙のようにワガママをいわず、それでいて竜二を崇拝している深雪なら、葉子を嫉妬《しっと》させるのに打ってつけだと思ったからだ。

その深雪が向こうの席から、葉子に水割りを作ってやっている竜二を食い入るようにじっと見つめている。色白、細身、漆黒《しっこく》のストレートヘアーに地味なファッションは、ＯＬ時代と少しも変わらない。風俗嬢だとは誰も思わないだろう。だが、遠目にも、竜二を見つめるその瞳《ひとみ》には憧《あこが》れと、何ともいえない苦痛の色があった。

「ほら。あんな切なそうな目でこっちを見てる……。あの子、ほんとにあなたのことが好きなのよ。行っておあげなさい。私はもう帰るから」

あちらのガングロの女の子も睨んでるしね、と葉子は亜里沙を見やって、席を立ちかけた。その亜里沙は相変わらずこちらを睨みながら、ちょうどヘルプのホストに命じてボトルを入れさせたところだった。

「はいはいはいっ。店内価格六十万のルイ十三世、お買い上げいただきましたあっ！」

ヘルプが賑《にぎ》やかに声を上げ、ブランデーの豪華なボトルを店中に見せびらかすように捧《ささ》げ持って練《ね》り歩き、亜里沙の席に向かっていく。店内のホスト全員から、「ありがとうございましたーっ」との声が一斉にあがった。

「ルイ十三世なんて、今どき量販店に行けば八万で買えるのに、それを六十万も取って、しかもあんな子供に入れさせるなんて。あなたたち、一体何を考えてるの？」

　これは犯罪じゃないの、と葉子は言いたげだ。

「先生。ここは夢を売る店だぜ。それにあの亜里沙はガキだけど、男をたらし込んでガッポリ稼《かせ》いでるんだ。使いたくてカネを使ってるんだから好きにさせるさ。そもそも、ああいうのがいないと日本経済はいつまでたってもデフレから抜け出せないぜ」

　葉子は付き合いきれないという感情をありありと見せて立ちあがった。

「帰ります。明日は早朝からカンファレンスがあるし、十二時前に寝ないと美容にも悪いし」

「まあ待ってくれよ、先生。ちょっとここを出て鮨《すし》でも食わないか。せっかくのデートなんだし、大介《だいすけ》の件で相談したいこともあるし」

「患者とデートする趣味はありません。治療に関することなら診察の時間に聞きます。大介さんのことも併《あわ》せて、ね」

　葉子は竜二を突き放した。

「いやあ。先生の、その冷たさがたまらないんだなあ。いいから鮨食おうよ」

「お鮨は、あのガングロのお嬢さんか、あの髪の長い可愛いひとと食べればいいでしょう。化粧室はどこ？」

　葉子はさっさと席を立ってしまった。

　さてどうするかな、と竜二は次の手を考えた。ホストとしての野心はなく、女にも不自由していない竜二が求めるものはスリルだ。そんな彼が現在、ハンターとしての高揚感をもっとも掻《か》きたてられる存在が葉子だった。ただ美人であるだけではない。本物のインテリで、彼の周りにはまずいないタイプなのだ。主治医と患者という繋《つな》がりがなければ、おそらく接点すらなかっただろう。そんな彼女を竜二は本気で落としたいと思っている。

どうやって葉子を引き止めるか考えていた竜二には、葉子の後を追うように席を立った亜里沙の姿が目に入らなかった。

化粧室に入った葉子は、パウダーを顔にはたいていた。梅雨《つゆ》に入りかけで今夜は少し蒸《む》した。今夜はあくまで主治医の患者フォローだと思っている。だがそれとは別に、帰り際、顔に汗が浮いて光っているのを見られるのはイヤだった。葉子としてはあくまでもクールに決めたい。

その時、化粧室の外で言い争う声がした。

「すみません、中にまだお客様が」

「いいんだってば。その人に用があるんだから」

黒い扉がいきなり引き開けられ、金髪を振り乱した肌の黒い娘が乱入してきた。

亜里沙だ。葉子と同じくらいの背の高さだが、剝き出しの二の腕も、超ミニからにゅっと伸びた太腿も、スレンダーな葉子よりけっこう太い。

黒とゴールドで統一されたこの化粧室は、トイレの個室だけではなく、外につながる洗面所のドアにも鍵がかかる。その扉の鍵を、亜里沙は後ろ手にがちゃりと閉め、今にもつかみかからんばかりに葉子を睨みつけた。

「あんた、どういうつもり？　言っとくけど、竜二はあたしのもンだからね」

黒く灼いた肌に三白眼が燃えている。派手な金色のウィッグはまるでたてがみだ。個室に猛獣と一緒に閉じ込められたようなものだが、葉子は慌てずに少女を黙って見返した。

「あんた、あの人の何なの？　オバンのくせに」

少女の声は震え、満たされない性欲と嫉妬の炎《ほむら》が、全身から立ちのぼっている。

「竜二と寝たのかもしんないけど、アイツだって、オバンとやるのなんか厭々《いやいや》に決まってるじゃん。竜二をはべらせて水割り作らせちゃって……なんか弱みでも握《にぎ》ってんの？　あんた、ボトルだって入れてないし、カネがあるようにも見えないのよね」

亜里沙はさらに、葉子の着ているスーツがグッチでもシャネルでもないくせにとか、バッグがコーチで靴がフェラガモのヴァラぐらいで大きな顔するんじゃないとか、口を極《きわ》めてまくし立てた。若くて、しかも頭がよくないだけに、こうなると抑制が利《き》かない。

「あなた酔ってるのね。未成年にお酒を出したことが判れば、その店も罰せられるのよ。あなただって大事な竜二さんに迷惑をかけたくないでしょう？　落ち着きなさい」

内心のムカツキを抑えて、葉子は冷静に言った。

「なによ、脅《おど》かす気？　このババアっ」

金のたてがみを振り乱した猛獣が唸《うな》りながら襲いかかってきた。長い付け爪の指が全部、鉤形《かぎ》に曲げられている。

やむを得ない……。葉子は、咄嗟《とっさ》に手を伸ばし、逆上した少女の手首をつかんだ。

葉子が戻って来ない……。

これから彼女をどう口説くか考えていた竜二はふと我《われ》に返り、鋭い目で店内を見回した。

亜里沙のいた席が空になっている。

何が起きたかを瞬時に悟った彼は、弾《はじ》かれたように席を立って化粧室に向かった。

店の奥の化粧室の前では、まだ二十前の若いホストが、手におしぼりを持ったまま、間抜け面《づら》で立っていた。緊張した面持ちの竜二を見て、彼はさっと顔色を変えた。

「すいません。亜里沙さんと、あの……社長のお客さんが入ったまま出て来なくて、カギまでかけられちゃってて、どうしたもんかと」

「馬鹿野郎」

ホストを押しのけた竜二は黄金色のドアノブに手をかけて激しく揺さぶった。

開かない。

マズい、と思った竜二が咄嗟《とっさ》に体当たりをしようと身を引いた時、すっとドアが内側から開けられた。

何事もなかったように歩み出た葉子は、若いホストからおしぼりを受け取った。髪にも服にも乱れはない。化粧も直したあとなのか、涼《すず》しい顔だ。

「じゃ、あとはお願いね」

竜二と視線を合わせた葉子は、振り返って化粧室の中を見遣《みや》った。

その中では、黒いタイルの床に亜里沙がうずくまって呻《うめ》いていた。痛そうに手首をさすり、転んだ拍子に足を捻《ひね》ったのだろうか、両脚が閉じられない。ミニスカがまくれあがり、内腿までが丸見えだ。

亜里沙は竜二の姿を見て、大声で泣き出した。

「おい。何をしたんだよ、先生?」

振り返った葉子はぴしゃりと言った。

「ちょっと礼儀を教えてあげただけ。今はあの子についてたほうがいいわ。トラブルは嫌でしょ」

じゃ、と言い残して店を出る葉子の後ろ姿には凛《りん》としたものがあって、竜二もそれ以上追えなかった。

溜め息をつき、うんざりしながら化粧室に入った彼は、亜里沙の傍《そば》にしゃがみこんだ。

「なあおい。あの先生に何をされたんだ?」

「判んない。気がついたら壁のとこにぶっ飛ばされてて……何なのあの女」

「あの先生はおれの……まあ、主治医というか」

「嘘ばっか。どこも病気なんかじゃないくせに」

しゃくりあげている亜里沙に、竜二は自分の病名——解離性同一性障害——を言おうとしてやめた。このガングロ厚底ギャルに判るわけがない。

「まあ、とりあえず店を出ようぜ。送ってってやるよ」

仕方なくそう言ったのは、竜二も余計なトラブルが嫌だからだ。だがその言葉を聞いた途端、現金なもので亜里沙の顔がぱっと輝いた。

「ほんと? じゃ錦糸町《きんしちょう》のラブホいこう。部屋にプールとミストサウナがついてて、プレステ2にワイドテレビに……もちろんカラオケもあるんだよ」

亜里沙とラブホテルに行く気はさらさらないが、この泣き喚《わめ》く未成年者を店から連れ出すために竜二が適当な合い槌《づち》を打っていると、またしても化粧室のドアが勢いよく開いた。

立っていたのは薄紫総レースのスーツを着た細身の女だ。スーツの色が色白の肌によく映えている。アップに結った黒髪が艶《あで》やかで、日本人形のように整った顔立ちの美形だが、目に険《けん》がありこめかみのあたりが神経質にぴくぴくと震えている。総レースのスーツは高価そうだが、数年前のセンスで、しかも何回か水をくぐっているのは明らかだ。

その女が、亜里沙が口にした『ラブホ』という言葉に敵意を剝き出しにした。

「ああら竜二さん。ラブホにお出かけですって? 若いだけのマグロちゃんで、あそこはガバガバなんて言ってた子とねえ。そりゃあ大変だこと。お互い、色恋《いろこい》営業には苦労するわねえ」

「なによぅっ!」

竜二より早く反応し、スーツの女につかみかかったのは亜里沙だった。アドレナリンが噴出して痛みを感じなくなったのか、捻った脚を庇《かば》おうともせず踏ん張っている。

「ババアのくせによく言うよっ。あんたの事、よく知ってるんだ。銀座に先輩がいるからね。なーにが高級クラブよ。『シャノワール』つったって、サセ子さんじゃしょうがないじゃん!」

スーツの女、華絵《はなえ》の凄みのある美貌が引き攣《つ》った。この華絵は銀座でも一流で通用する外見の持ち主でありながら、男とカネにだらしがない。カネに詰まれば裏で客と寝る、いわゆる『サセ子さん』をやることで、かろうじてソープ行きを免《まぬが》れている。そんな火の車の状態なのに竜二にハマり、三日とあげずに『シャフト』に通い詰めているのだ。もちろん、店で毎回顔をあわせる亜里沙とは互いに敵愾心《てきがいしん》剝き出しだ。

華絵は咄嗟に後ずさりして、亜里沙の攻撃をかわしながら言った。

「あぁら、なんのお話かしら？　ったく最近の水商売は、礼儀も仁義もなにも知らない子が増えたわよねえ」

冷静さを装《よそお》ってはいるが、その声は震えている。すかさず亜里沙が言いつのった。

「あんた、あたしがキャバクラだってバカにしてんの？　あたしはオヤジをたぶらかしてカネ引っ張ってるけど、あんたみたいな枕営業はしてないよ。借金でホスト通いもしてないしね」

痛いところを突かれて、華絵の白い顔がさらに引き攣り般若《はんにゃ》の形相《ぎょうそう》になった。

突如、ぎぇええーっと怪鳥の叫びのような声が狭い化粧室に炸烈《さくれつ》した。そのあとに起こったことは、竜二にはもう思い出したくもなかった。

女子高校生キャバクラ嬢のウィグを銀座のホステスがむしり取る。やる気このババァとキャバクラ嬢の付けツメがホステスのレースのスーツをカギ裂きにする。若いだけのブスがいい気んなるんじゃないわよそっちこそミエミエの整形のくせに、なによブスデブ黒豚、あんたこそ鼻のシリコンずれかかってるよと、聞くに耐えない罵倒《ばとう》の応酬になった。

女同士の争い、いわゆるキャットファイトが好きな男はけっこう多い。竜二も普段なら面白がって見物したことだろう。ことに亜里沙は極端な露出系の服装だから、チューブトップがずり落ちて小麦色の巨乳が丸出しになり申しわけ程度のパレオ風ミニスカートも破り取られ、あっという間に全裸も同然の姿になっている。

亜里沙のお尻まる出しTバックのストリングビキニを見て華絵がこの色狂いと罵《のの》り、亜里沙も負けじと華絵のスーツの胸元を引き裂いてワインレッドのブラを露出させ、あんたこそと罵り返す。華絵のつややかなアップの髪が亜里沙の爪で根元からがっくりと崩れる。逆上した華絵が自分のヒールを脱ぎ捨てて手に持ち、亜里沙をさんざんに打ち据える。

そこまで見ていて、止めに入るべき竜二はつくづく嫌になってしまった。

どちらもどうしようもない女たちだ。女子高生のくせにホストにハマる亜里沙も、借金まみれで男の始末もカネの始末もつけられない華絵も、どっちもどっちだ。

つくづくおれは頭の悪い女にしか縁がないのかと己《おのれ》の不幸を思うと、この店も毎晩七桁《けた》には届く売り上げも、竜二にはどうでもよくなってきた。これでトラブって店が営業停止を食らってもいいか、と投げ遣りな気分になった。

モトはとうに取っているから橘風会のオヤジにあれこれ言われることもあるまい。サツが出張《でば》ってきても、おれが出頭すれば済むことだ。いや待てよ、サツにはおれの代わりに大介に出頭させればいい。大介の野郎、訳が判らずまごつくだろうが、いい気味だ。それで溜飲《りゅういん》も下がる。先生とのせっかくのデートが台無しになったこのムカつきを晴らすには、あの大介がうってつけだ。大介のことを気にしている葉子先生も、それで少しは反省するだろう。そうなるのもすべてアンタがさっさと帰ってしまうからだぜ先生……。

そう思った竜二はやや元気が出てきた。その目の前で、またしても化粧室の扉が開いた。女二人のつかみ合いが一瞬とまり、燃えるような四つの目が新たな侵入者を睨みつけた。何も知らないでドアを開けて立ちすくんでいるのは、元ＯＬ・現ソープ嬢の深雪だった。

「ごめんなさい……あたし」

場違いなところに顔を出したと悟り、とっさにドアを閉めようとする深雪の手首を、竜二はぐい、と引いた。

彼の手が触れただけで、深雪の細い躰には電流のような震えが走った。

この女……もしかして感度が無茶苦茶いいのかもな、と竜二は思った。

深雪とはまだ一度も寝ていない。清楚《せいそ》な美人だし、元が一流企業のＯＬだから頭も性格も悪くはない。それなのに手を付けなかったのは、イマイチ地味すぎて食指が動かなかったからだ。

売り上げが目標に足りない時など、竜二が呼び出すと必ず都合をつけて店に来る。イベントがあれば進んで高額のボトルを入れる。竜二に恥をかかせてはいけない、そんな義務感に駆り立てられているようだ。

なのに深雪は竜二に何も求めて来なかった。彼が隣に座っても他の客のように派手に盛り上がることはない。緊張しきってひたすら竜二の横顔を見つめる視線は、ひたすら何かを訴えかけている。

こういう女はいくら学校の成績がよくても本質的にバカなんだよな、と竜二は思い、それは亜里沙や華絵の頭の悪さとは違うが、やっぱりソソられないのだ。

だが、今夜は違う。竜二は何もかもをぶち壊したい気分になっている。一発決めたいと思っていた葉子先生に逃げられて、行き場をなくした性欲も股間でうねっている。

竜二は、目の前で震えている深雪の肩を思いきり乱暴に引き寄せた。

「来いよ。お前、おれが好きなんだろ？　抱いてやるよ」

亜里沙にも華絵にも聞こえるように、わざと大きな声で言ってやった。

深雪の、大きな瞳がさらに見ひらかれた。突然の幸運が信じられない様子だ。

一瞬の沈黙ののち、亜里沙と華絵がそれまでに倍する大声で喚き始めた。今度はお互いをではなく、竜二を非難し、口をきわめて深雪を罵っている。

竜二は黙って深雪を押し出し、泣き喚く女二人の鼻先でぴしゃりと化粧室の扉を閉めた。

開けてよ、開けなさいという悲鳴とともに中からの乱打が始まったが、彼は扉を肩で押さえ、近くのホストに工具箱を持ってこいと命じた。

営業中は軟派の極みという顔をしているホストだが、開店前と閉店後は肉体労働が待っている。ことに新人は掃除もすれば椅子もテーブルも運ぶ。土地柄か、ガテン系からの転職組も多いので、ちょっとした補修や配線工事なんかもお手のものだ。

工具箱片手に駆けつけてきた元鳶《とび》職《しょく》の若いホストに、竜二は化粧室の扉を釘づけにするよう命じた。この店では社長の竜二の命令は絶対だ。若いホストは扉にまな板を当てがって、五寸釘をがんがん叩《たた》きこんだ。

他の客やホストは、呆気にとられてこの騒動を見ている。トイレの中から女二人の阿《あ》鼻叫喚《びきょうかん》が聞こえてくると、事情を察したのか、店内は爆笑に包まれた。

「あと十分はこのままにしておけ」

と言い置いた竜二は、これがほんとの雪隠詰《せっちんづ》めだぜと大笑いしながら、怯《おび》えた目の深雪の肩を抱いて店を後にした。

＊

「どうして……あたしなんかに……」

不忍池《しのばずのいけ》を右手に湯島《ゆしま》の方向に歩きながら、深雪が震える声で聞いた。

「あたしなんかを選んでもらって……どうすればいいの？　十日連続で通って、毎日ルイ十三世入れる？　なんでも言って。その通りにするから」

熱に浮かされたように口走る深雪に竜二は言った。

「お前さぁ。その『自尊感情』ってのなぜそれがそんなに低いわけ？　お前結構かわいいし、きちんとしてるし、あの亜里沙や華絵なんかよりよっぽどマトモなのになあ」

自尊感情という専門用語は葉子からの聞きかじりだ。深雪は目を見張った。

「どうして？　私をそんなに褒《ほ》めてくれるのは、なぜ？　何かあったの？　お金がいるの？　今のお店、住み替えてもいいのよ。一千万ぐらいなら……前借りできると思うし」

思い詰めたような口調の深雪に、竜二は苦笑するしかない。

「お前、なんか凄い勘違いしてない？『シャフト』は儲かってるし、金の心配なんかない。だけど、お前が店移りたいんだったら相談に乗るよ」

「そんな……あなたが紹介してくれたお店が気に入らないわけないじゃない！」

深雪が現在勤めている吉原のソープは、竜二が昔馴染《なじみ》の石原《いしはら》というオヤジに頼んで『優良店』を探してもらったのだ。鶯谷《うぐいすだに》近辺で女を抱えて出張デートクラブをやっている石原のとっつぁんは、商売柄そういう情報にも詳《くわ》しい。

なんてひどい事を、彼女の気持ちを知っててそういうことをしたの……と、葉子先生が聞けば怒り狂うだろう。そういえば、「あんたも罪なことするね」と深雪をひと目見て成り行きを察した石原のとっつぁんも言っていた。しかし、あなたにもっと逢いに来たいけどOLのお給料では無理だから、と言いだしたのは深雪自身だ。

勤め先の飲み会の流れで、同僚の遊び人OLに誘われて『初回飲み放題五千円』の『シャフト』にやって来た夜。それが深雪の人生を変えてしまったのだ。

竜二がベッドで大の字になっていると、深雪が恥ずかしそうにバスルームから出てきた。

「明かりを消して……」

薄明かりの中、深雪はベッドの脇でタオルを落とすと、素早くシーツの間に躰を入れた。

「ソープ嬢のくせに何恥ずかしがってるんだって思ってるでしょう……」

深雪は消え入りそうな声で言った。

「思ってないよ。そんなこと」

竜二は彼女の腕を取って引き寄せた。

「あなたと……ほかの人は、全然別なの。だから……今の私は……」

竜二に混ぜっ返す気はなかった。今の深雪は、初めて男に抱かれる処女も同然なのだ。

「あっ……」

彼が躰に触れただけで、深雪は悲鳴を上げた。

「ごめんなさい……恥ずかしいわ。すぐ声出ちゃって」

「謝らなくていいって」

竜二は乳房に手をやると、その膨《ふく》らみを味わうようにゆっくりと揉《も》み始めた。最近の若い娘はみんなスレンダーなくせにバストもヒップもしっかり出ている西洋人のような体形になってきたが、深雪もそうだった。店の中で着衣の姿を見ている分には、他の女と代わり映えがしないようにしか見えなかったが、実際こうして曲線に触れてみると、陰影に富んだ素晴らしいプロポーションだった。

ものの弾みというか成り行きでベッドに入ったのだが、掌《てのひら》に残る深雪の躰の肌触りは最上の部類であることが判った。

(こりゃソープでも売れっ子になるはずだぜ……)

緊張のせいか、深雪の肌はうっすらと汗ばんで湿《しめ》り気を帯びている。その感触が何とも言えず滑《なめ》らかで、しかも吸いついてくるようなのだ。

彼は深雪の上に重なって、まず、唇を奪った。

「は、む……」

舌を挿《さ》し入れて絡《から》めてやると、深雪の唇からは『法悦《ほうえつ》』と言ってもいいような、心からの幸福なため息が漏れた。

おれがヤってやるだけで、こんな声が出るんなら世話ねえな。

竜二はそう思いながら、深雪の乳房をぎゅうと絞って先端を尖《とが》らせると、わざと下品な音を立ててべろべろと舐めてやった。

「ひっ……ああん」

深雪の乳首は、みるみる硬く勃《た》ってきた。野苺《のいちご》のようになったそれを彼の舌先がころころと転がすと、深雪は熱い吐息を吐きながら、肩を震わせた。

彼はさらに両手で双つの乳房を揉み上げ、親指で乳首を押し潰《つぶ》した。

「はうっ……ん」

乳首に刺激を加えてやるたびに、彼女の全身はひくひくっと震え、軽いアクメになっているような反応が起きた。

竜二は、両手を動かしながら、舌を乳房から下に這《は》わせていった。へその周りを丹念に舐めてやると、深雪の躰は驚くほど熱くなっていった。

舌先はそのまま翳《かげ》りへと降りていった。彼女の性格そのままの、あまり濃くない柔らかな秘毛だった。

「きゃぁっ！」

舌の先端が、彼女の肉芽に触れた。深雪は、初めて男に愛撫される少女のような悲鳴をあげた。

すでに膨らみきっているクリットをちゅぱちゅぱと音を立てながら吸うと、秘腔からはとろとろと熱いものが湧《わ》いてきた。深雪の腰は大きくくねり、男のモノをおねだりしているようだ。

「ほしいのか？」

竜二が聞くと、彼女は小さくこくりと頷いて、羞恥《しゅうち》に顔を火照らせた。バスルームから洩れてくる薄明かりでも判るほどだから、深雪は真っ赤になったのではないか。

竜二は、一気にベッドの上掛けを剝いだ。僅《わず》かな光が深雪のボディラインを描き出し、豊かな曲線をくっきりと浮き彫りにした。

「きれいだぜ、深雪……」

竜二は本気で呟いた。しなやかな躰の線に沿って、手を脇腹から腰、腿と這わせていくと、深雪は背中を弓なりに反《そ》らせた。

秘腔から湧いてくる愛の泉はかなり潤沢で、愛撫している竜二の掌と口のまわりが、たっぷり濡れた。

彼は、そこに指を差し入れてみた。

「ああっ、ダメ……イッてしまう。お願い。あなたのモノが、ほしい……」

あ、その前に、と深雪は起きあがると、すっと竜二の下半身に顔を埋《うず》めた。

「ごめんなさい……自分の事ばかり考えてしまって……あなたを気持ちよくしてあげなければい

けなかったのに……」

どこまでも謙虚というか、竜二最優先の女だ。

深雪は半勃ち状態の肉棒を口に含むと、愛《いと》おしそうにしゃぶった。まるで最高の御馳走のように舌を鳴らし、湧いてくる唾液を白い喉を鳴らして飲みこんだ。

さすがに彼女の舌捌《さば》きは抜群だった。彼のペニスにぴったりと密着して、敏感な場所を逃すまいとするかのように、ぬめぬめと這っていく。

「うっ……」

百戦錬磨の竜二も思わず声が漏れてしまうほどに、深雪のフェラは行き届いていた。

カリの部分をちろちろと焦《じ》らすように微《かす》かに触れたかと思うと、すぼめた唇でサオをぬめぬめとしごきあげる。

「待った！　このままだとおれがイッてしまいそうだ……だから」

竜二は一晩に何回でもやれるタフさを誇る男だが、のっけのイッパツはやはり、女のあの部分でイキたい。

彼は態勢を立て直し、正常位の形になって、深雪の太腿を広げさせた。

彼の脚が内腿に触れただけで、彼女の躰はひくひくっと痙攣《けいれん》して早くもイッてしまいそうだ。

「じゃあ、いくぜ」

いななくようにそそり立ったモノを、彼女の柔らかな開口部に挿し入れた。

「はあっ！　はあああああっ」

驚いたことに、竜二が肉棒を挿入しきらないのに深雪の女壺はきゅうっと締まった。しかも全身を弓なりに硬直させて、ぶるぶると震えた。ほとんど何もされないうちに達してしまったのだ。

深雪は、荒い息をついて陶然《とうぜん》としている。

だが、これでは竜二のほうが収まらない。彼は深雪がイッてしまったのを知りながら、そのまま抽送を続けた。

が、彼女は、やはり異常に感じやすいタイプらしかった。竜二がほんの数度、腰を使っただけでなおも立て続けにイき、ついに悲鳴をあげた。

「ね……私、イッてしまったから……ごめんなさい……苦しいの。もうちょっと待って」

そう言われて、竜二は彼女の躰から降りて横たわった。

「お前、いつもこんなに感じるのか？」

竜二は深雪の脇腹を撫でながらきいた。

「いつもこんなじゃ、疲れて大変だろう」

「……そうじゃないの。お仕事の時は、手抜きはしないけど本気じゃないから……」

陶酔から抜けきらないまま、焦点の定まらない目を天井に向けて、深雪は呟いた。

「信じてもらえないかもしれないけれど……こんなになったのは生まれて初めてなの。これが最後のセックスになってもいいくらい」

深雪は真剣な眼差しで竜二を見あげた。

「でも、そのほうがいいのかも……私このまま、あなたのことをずるずると求めてしまいそう。きっと嫌な女になる。抱いてと言えるような立場じゃないのに」

この女はどうしてこうも遠慮深いんだ、と竜二は呆れた。

たくさんの人に抱かれてしまった躰でごめんなさい、という深雪に、竜二は言わずにいられなかった。

「あのなあ。そもそもお前がソープに行ったのは、おれの店に来るカネをつくるためだろ？　有り難いとは思っても、おれがお前のことを悪く思う理由がないじゃないか」

でも……という深雪の口を竜二はキスして塞《ふさ》いだ。

「何人の男に抱かれた、なんてのも関係ない。お前が誰に抱かれようが、セックスでおれが負けるはずがないものな」

ごめんなさい、と謝る深雪に竜二はちょっといらいらし、そこで気がついた。

この女、あの大介のやつにそっくりじゃないか。相手にひたすら忠実で、要求に応《こた》えようと必死に頑張《がんば》るところがだ。その相手が、自分を苦しめるだけの存在でしかなくても。大介も、あの性悪女の自分のオフクロにそうだった。殴られても食事を抜かれても水風呂に頭を突っ込まれても、あの女の機嫌をとるために、必死に勉強してたっけ、やつは。

「お前、小さい頃は優等生でさ、親の言うことなんでも聞いてただろう？　違うか」

「なぜ判るの？　どうして知ってるの？　私のこと」

驚く深雪に竜二は、まあな、と曖昧《あいまい》に答えた。

こういう女をたまらなく愛おしいと思う男は多いはずだ。しかし皮肉なことに、きちんと愛してくれる男に深雪は見向きもしないだろう。逆に、タチの悪いクズのような男に彼女はどうしようもなく惹《ひ》かれて、そのあげくに徹底的にカモにされるのだ。

どっちの役割りも願い下げだな、と竜二は思った。『あなたには「愛」という感情が判らないのよ』という葉子先生の言葉も思い出し、たぶんそうなんだろうと納得した。カネになろうがセックスがよかろうが、一人の女に決める事など、考えるだけでも鬱陶《うっとう》しい。

そんなことを思いながらふとベッドサイドのテーブルに目を遣ると、深雪のバッグが横倒しになっていて、可愛い花柄のノートがこぼれ出ていた。十センチ四方ほどの、小さなスパイラル・ノートだ。

「あっ駄目。それは……見ないで！」

恥ずかしがる深雪にかまわず竜二はそれを手に取って開いた。中にはきちんとした文字で日記らしきものが記されていた。

『お店はとても流行っている。きょうもあの人が私の隣についてくれたのは三十分だけ。夜中から朝まで五時間も店内にいたのに。でも、それでも幸せだった』

『「シャフト」の主任、Mさんの誕生日。彼は、あの人の片腕で大事な人。だから私からもお祝いにドン・ペリニョンのピンクを全テーブルにプレゼントした。私にできることはこのくらい。これがあの人のお誕生日だったらいいのに、と思うけど、あの人は絶対に誕生日を教えてくれない。子供のときのことなんか思い出したくないのだそうだ』

『今週は特に何のイベントもない。お金をあまり使わなかった。売り上げ、大丈夫かしら。こんな私でも役に立てればいいと思って、なるべくたくさんのヘルプをつけてもらう。ボトルは入れたばかりだし、あの人は車もスーツも欲しがらないから』

『きょうは席につくなり、あの人がいきなり私の手を握った。心臓がとまるかと思った。たぶん気まぐれだと思う。でも……恥ずかしいけれど、それだけで私はエクスタシーになってしまった』

……というような心情がせつせつと、きれいな筆跡で綴《つづ》られている。

竜二ですら、おいおい、と言いたくなる内容だが、突如、かなりイケるアイデアが彼の脳裡《のうり》に閃《ひらめ》いた。

「ちょっと、これ借りるぜ」

女殺しの人気絶頂ホストは、有無を言わさぬ口調で深雪に告げた。

＊

「こういうの、いいのかなあ……」

古い雑居ビルの狭い部屋に置かれたパソコン機器に埋もれて、浅倉《あさくら》大介は今日もぼやいていた。

彼は、パソコン絡みの事ならなんでもやる『便利屋エンジニア』だ。特に、大手や一流どころが手をつけたくないヤバイ系の仕事が多い。だが彼に、特にポリシーがあってアングラ的なことをしているわけではない。経営に困った印刷所が違法なエロチラシを刷るのと同じだ。

どうしても断ち切れない関係を竜二と持っている大介は、いつも面倒なことに巻き込まれてきた。その結果、せっかく就職した一流企業に居ることもできなくなり、不安定な裏モノ稼業で生計を立てざるを得なくなっている。

今、竜二に命じられているのは、『みゆき』と名乗るソープ嬢のホームページの作成だ。それなら別に何の問題もないのだが、大介には内容が大いに引っ掛かった。

猥褻《わいせつ》とかそういう事ではない。他人の日記を無断で公開しているとしか思えないからだ。なぜならば、竜二が書いたものでないことは明らかな女性の筆跡のノートを、そのまま引き写してコンテンツにしろと言われたからだ。事情は判らないものの、プライバシー絡みの問題になるのではないかと大介は危惧《きぐ》していた。

内容から判断するに、これは竜二を深く愛してしまった不幸な女性の日記だ。愛をお金として表現するしかなくて、その女性は竜二に貢ぐためにソープ嬢に転身したのだ。

日記を書いた本人には了承を取り付けてあると竜二は言ったが、それは極《きわ》めて疑わしい。もし自分なら、こういう事は誰にも言わずに黙ってるんじゃないかと思う。女性なら尚更《なおさら》、羞恥の感情があるだろう。しかも、こんなしっかりした文字と文章を書く女性が、自分の恥を公開するだろうか？

これは、十中八九、竜二がデタラメをしているはずだ。

大介は、コンテンツを実際に作成する人間として、良心が咎《とが》めた。

匿名《とくめい》だから罪にはならないとしても、倫理的な問題は残るんじゃないのか？

などと、思っていることをそのまま竜二に言えば良さそうなものだが、それが出来るくらいなら大介だって、もっと平和で穏やかな生活を送っていられたことだろう。

どういうわけか彼は、竜二の命令を断れない。それどころか、底知れない恐ろしさを感じる。自分が持ち合わせていない邪悪なものを理解することはとても難しいし、嫌悪すら覚える。大介が竜二に持つ感情が、まさにそれだった。

なのに、どうしても関係を断ち切れない。大介の中にも、竜二を頼る部分や憧れる部分が全くないとは言えないのも辛《つら》い。大介が窮地に陥《おちい》ると妙に親身に助けてくれて、しかも大介には到底無理な方法で見事鮮《あざ》やかに解決してしまうのだから、恩義に感じる気持ちが弱みになっている。

そして、竜二はひとの弱みにつけ込むのが無類にうまい。

だから今日も大介は、竜二が持ちこんだこの仕事を、かなりの疑念を感じつつ、やらざるを得ないのだ。

さらに悪い事に、大介が毎日のように更新して分量を加え続けているこのサイトは、スキャンダラスかつ迫真の内容で評判が評判を呼び、超人気サイトになってしまった。管理人同然の大介の元にも、毎日たくさんのメールが届く。内容は極悪ホストに天誅《てんちゅう》を、というものがほぼ三割、救いようのないバカ女氏ね（死ね）というネット方言まるだしの煽《あお》りのメールが一割。だが一番多いのは、「みゆきさん頑張って。身体にだけは気をつけて。これがいい事かどうかはみゆきさんが決めた事なので私には何もいえないけれど、幸せを祈ってます」というような内容の励ましのメールだった。彼女の文章から滲《にじ》み出る人柄が、男女を問わず共感を呼んでいるのだろう。

罪ほろぼしの意味も込めて、せめてそういう励ましのメールの内容ぐらいは『みゆき』本人に伝えたいと大介は思うのだ。

大介には『みゆき』の本名も勤め先も判らない。しかし、彼女は竜二の店『シャフト』の常連客であるはずだ。

ならば、と、大介は彼女に見せたいメールのプリントアウトの束《たば》を手にして立ちあがると、つけっぱなしだったラジオを切った。経済運営の失敗で政府与党の支持率が急降下、このままでは総選挙大敗か、などとアナウンサーが喋《しゃべ》っていたが、大介は政治には興味がない。いや、彼は政治にかぎらず、世の中のほとんどの事に関心がない。生きるエネルギーのほとんどすべてを竜二に取られるようになってこの方、ずっとそうだ。

彼は財布の中身を確認すると、秋葉原《あきはばら》の自宅から、夜の上野仲通りに向かった。店の従業員に聞けば、『みゆき』がどの客かを教えてもらえるはずだ。直接手渡すのが一番だろう。

大介の家からはほぼ目と鼻の先だが、彼が『シャフト』に来るのは初めてだ。そもそも酒が飲めないし金もない彼は、男が行くような店にすらほとんど足を踏み入れた事がない。

おずおずと『シャフト』のドアを開けた瞬間、暗い店内にいた若いホストが凍《こお》りついたように固まった。ぎょっとしたような顔をして、「どうしたんですか？」と慌《あわ》てた様子で言ったのだ。

普通なら何の御用ですかとか、どちらさまですか、と聞くんじゃないか？

しかしそのホストは引き攣った顔で、必死にフォローしている。

「いや……いいんです。なんでもないっす。たまにはカジュアルな恰好もいいですよねっ」

「あ……」

大介はようやく気がついた。また、竜二に間違われている。よりにもよって一番忌《い》み嫌う竜二、自分に似ているとは全く思えない竜二に間違われた事は、これまでに何度もあった。これは例の『病気』に付随するやむを得ない事態だと、今では理解出来ている。少なくとも、頭では。

(どう説明しようか。面倒なことになった……)

事情が判っている葉子先生ならともかく、初対面のホストに何と言えばいいのか……。

「ごめんなさい。店を間違えました」

大介が逃げ出そうとした時、扉が開き、また一人、客が入ってきた。

女性だった。店内のほの暗い照明に浮かび上がったその顔を見て、大介は思わず息を呑んだ。

彼女が文字通り、目のさめるような美女だったからだ。

理知的な、上品な美しさだった。夜の酒場、それも上野にはおよそそぐわない雰囲気だ。それでいて匂い立つような色香がある。白い肌。大きな黒い瞳。たおやかそうな躰の線。優雅な、落ち着いた物腰……そのすべてに、男心を妖《あや》しくかき乱すような何かがあった。

ホストたちが口々に「いらっしゃいませ」と迎えたが、その声も心なしか震えている。百戦錬磨《ひゃくせんれんま》のホストたちさえ、一瞬動揺させてしまう美女。

その彼女と大介の目が合った。

「あなたが……沢《さわ》竜二さんという方ね。雑誌に載っていたのを見ました」

落ち着いて、教養を感じさせる声だった。大介は一瞬、知性派のニュースキャスターを思い浮かべたが、それ以上の華のある、女らしさに溢《あふ》れた話し方だ。

「いいえ……あの、違うんです」

圧倒され逃げ腰になって店のドアから出ようとした大介に、突然、頭の中から叱咤《しった》する声が響いた。

『バカ。客を逃がすんじゃない』

押しのけられる……と、思った瞬間、大介の意識はブラック・アウトした。

「やあ。いらっしゃいませ。こちらへどうぞ」

いままで大介だった肉体が、次の瞬間、竜二そのものの声を発し、竜二そのものの身のこなしで新来の客を店の奥に案内していた。

「あ……竜二さん、いや社長」

ホストが、ほっとしたように声をかけた。

「なんか、いつもと様子が違うみたいだったんで」

「ナニ言ってる。ほら、お客様をご案内して」

彼はテキパキと若いホストに指図した。

大介と竜二は、同じ肉体を共有している、いわゆる『多重人格者』だ。葉子先生によれば『解離性同一性障害』、WHOにも認定された疾患ということになるが、色悪で悪知恵に長《た》けて女の扱いがうまい竜二は、実直で真面目で女っ気のない大介をこれまでさんざんいいように利用してきた。二人は正反対な性格なのに、一つの肉体を共有せざるを得ない。この疾患の驚くべき点は、人格が入れ替わるとその表情も姿勢も一変して、容姿までが変貌したように見えるところだろう。

それはともかく、今や『竜二』になった彼は、抜け目なくその女性客を観察した。

彼女は、どことなく雰囲気が葉子に似ていた。知性美に溢れ、何よりも上品だ。それでいて葉子よりは女らしく柔らかな感じがする。これは、竜二の理想のパターンだ。

美女は卵の殻《から》のような色の、何ともいえない上品な色あいのスーツを着ている。靴とバッグはお揃《そろ》いの、カフェオレのような色だ。

(よし、この女を、今夜中に落としてやる。葉子先生の代わりだ)

そう決心した竜二だが、すぐには彼女の席にはつかず、若手にヘルプさせておいて自分は他の席ばかり回った。もちろん、その美女をじらすためだ。

驚くべきことに、数週間前にあんな目に遭《あ》わせたというのに、店内には亜里沙も華絵も来ていて、おとなしく竜二が来るのを待っていた。

「今でもずっと怒ってるんだからね、あたし」

亜里沙は竜二が席についた途端に文句を言った。これは最近の決まり文句になっていた。

「ふうん。そうかい。ま、飲み物作ってよ」

と、竜二が亜里沙の目を見つめると、彼女は拍子抜けするほど従順に水割りを作りはじめた。華絵は、そんな二人の様子をあからさまなジェラシーを込めて見つめている。

女とトラブルになった後、こういう強気の態度に出られるかどうかで、一流のホストかどうかが決まる。この商売はあくまで男がヘゲモニーを握らなければならない。少しでも後ろめたさを見せたが最後、女に主導権を取られてしまう。乗馬と同じで、女も馬もこちらがナメられたらおしまいなのだ。

亜里沙も華絵も、今夜は雑誌を見て駆けつけたらしい。例の『みゆきのホームページ』の評判を聞きつけた写真週刊誌が記事にしたものだ。真面目ＯＬをここまで骨抜きにしたホストはこんな男だ！　という記事だ。

深雪の真摯《しんし》な熱意にほだされて竜二がふらふらイッちゃうんじゃないかと不安になったのか、それともあんな女に負けたくないと思ったのか、二人の女は競うようにボトルを入れさせ、派手に金を使った。

大介のバカにホームページを作らせたのは狙《ねら》いどおりだったな、と竜二は内心ほくそ笑みながら、目では店の一番奥に座っている美女を観察していた。

かなりの数の女を見てきている竜二にも、その美女のバックグラウンドは見当がつかなかった。身につけているバッグもスーツも靴も、シャネルやグッチなどのいわゆるブランドものではない。だからと言って金持ちではないとは言えない。男ならスーツや時計、靴を見れば、金のあるなしはある程度目星がつく。しかし、女の場合は、持ち物から金の有無、階級はまったく判らない。風俗で働いている女も援交のコギャルも本物の金持ちの娘もカード破産寸前のＯＬも、似たようなブランドの、何十万もするバッグや服を身につけている、それが今の日本だ。

彼女はすらりとした両脚を横に流し、形のいい膝小僧をぴたりとくっつけて、優雅に上品に座っている。センスは最先端とは言えないが、よく身体にフィットした上品なカットとデザインのスーツはおそらくオートクチュールだろう。店の入口で間近に見たバッグや靴も非常に上質のものであることを、竜二は咄嗟に見てとっていた。

これは、葉子とも違う世界の女だな、と竜二は判断した。

さっき聞いた声の質と折り目正しい言葉遣いで、高い教育を受けているらしいと判るが、あの落着きは人妻に特有のものだ。年齢は二十代の後半から三十代前半というところか。だが、肌も髪も非常によく手入れされていて、実際の歳よりもはるかに若く見えているという可能性もある。

（これはとんでもない大金持ちの女房、あるいは娘かもしれないぞ）

その可能性を信じた竜二は、おもむろに席を立って美女のテーブルに向かった。

彼女は人をそらさない笑みを浮かべて、竜二がヘルプにつけた十代の茶髪のホストと、愉《たの》しそうに話していた。

上品だが、お高くとまった印象はまったくない。本質的に育ちがいいのだろう。

人妻とはいえ、人と接することの多い立場の女なのか、人慣れしている。

美女の発散する魅力に逆に参ってしまったのか、すっかり表情の緩《ゆる》んでいる若いホストに竜二は訳もなく腹が立った。

お前がトークかけられてどうすんだよ、しっかりしろ、と言おうとしたその時。

「社長。本部のほうからお電話はいってますが」

この店の電話は奥の事務所にしかない。本部、つまり店のバックにいる橘風会の親分直々の電話を無碍《むげ》にはできず、竜二が客席に戻った時には、美女の姿は消えていた。

テーブルの上には、手の切れるような一万円札が三枚、置かれていた。

「初回は五千円ですっていったのに、いいから取っておきなさいって……」

「馬鹿野郎、そんな上客なんで帰した！　名刺は貰《もら》ったろうな」

三白眼でくわっと睨みつける竜二の迫力に、若いホストは失禁するんじゃないかと思えるほどおどおどしながら、一通の白い角封筒を差し出した。

「すいません。あの……これ、社長に渡してくれって、あのお客さんが」

きちんと封をされた封筒の中には白い便箋《びんせん》がはいっていた。貪《むさぼ》るように広げてみると、記されていたのは、東京近郊とおぼしいある住所と『槙野《まきの》』という名字、そして六月十五日、午後二時にお待ちしております、という達筆のメモだけだった。日付を見ると明日、いや、すでに今日になっている。

「おい。今夜は帰るぞ。後は頼む」

早寝しなければ、と即座に決心した竜二は店を出た。

＊

その日の午後。

上野から一時間近くも電車に乗った竜二は、地図で調べた住所のある街を歩いていた。整然と区画整理された街並みには空き地が目立つ。街路は広いが、両側に植えられた植栽は貧弱で、どこか貧乏臭い。原野を切り開いて造成したニュータウンというやつだ。昨夜の美女のイメージから東京山の手の洋館、もしくは田園調布《でんえんちょうふ》、成城《せいじょう》あたりの大邸宅を想像していた竜二は面食らった。

『くぬぎ野字《のあざ》二〇〇〇－五、槙野』という表札が見つかった。

竜二が探し当てた家は、見た目は小綺麗なショートケーキ風だが、安っぽさが隠しきれない建て売りだ。おまけに周辺には五軒ほどもコピーしたようにそっくり同じ家がひしめいている。

昨夜の美女とはあまりにかけ離れたイメージなので、竜二はかつがれたかなと思いつつ門扉を開けて狭い前庭に入り、槙野という表札の下のインターフォンを押した。

「ようこそ。ほんとうに来てくださったのね」

しかし、開いたドアの向こうにいるのは、まぎれもなく昨夜の彼女だった。太陽の下で間近に見る熟した女の色香に、竜二の血が騒いだ。

昨夜とはうって変わって、何の変哲もないセーターと膝丈のスカートという姿だ。いかにもニュータウンの主婦ですというスタイルだが、セーターを持ち上げているほどよい胸のふくらみ、腰のくびれ、スカートの下のヒップの張りが、ぞくぞくするほど艶《なま》めかしい。明るい午後の光の中では、その肌の美しさと髪の艶《つや》がさらに際立っていた。石鹸《せっけん》のようなシャンプーのような、淡いがなんともいえないよい香りがふわり、と漂っている。

竜二は衝動的に彼女を玄関に押し倒したくなり、すんでのところで思いとどまった。

「どうぞ。おはいりになって」

美女は先に立ってスリッパを揃え、安い合板が張られた短い廊下から、リビングらしい部屋に入った。ごちゃごちゃと色々なものが置かれた部屋だ。通販で買ったとおぼしい花柄に籐《とう》の枠《わく》の応接四点セット、電話機にはレースのカバー、ティッシュケースやドアノブにも電話機とお揃いのカバー。

竜二は、瞬間的におかしいと思った。この家にはたしかに生活の匂いがあり、人が住んでいる。だがその住人はこの美女では絶対あり得ない。彼女が身につけているごくあっさりしたライトブルーのセーターが上質のカシミアであること、そして白いリネンのスカートのカットと縫製の質の高さを、竜二は瞬時に見てとっていた。見た目の地味さで高級品であることを誤魔化《ごまか》されるほど、彼の目はフシ穴ではない。

この家の一見裕福そうだが実はどうしようもなく下品で貧乏臭いセンスのなさと、彼女から自然に滲み出ている気品とハイ・ソサエティな雰囲気は、決定的にそぐわない。水と油だ。

それに、主婦が自分の大切な生活圏に、危険なよその男を招きいれるか？

美女はリビングに続くキッチンに引っ込んで何かしている。竜二は部屋の中の観察を続け、窓際のワイドテレビの足元の黒い毛皮の敷物に目を止めた。黒い耳が動いて尻尾がぱたり、と床を打った。敷物ではない。犬だ。ジャーマン・シェパードが昼寝をしているんだ、と気づいた竜二は内心、舌打ちをした。

なるほど、そういうことか。おれがこの家の女主人というか、そのフリをしているあの女に狼藉《ろうぜき》に及んだ途端、こいつが飛び掛かってくるって寸法だ。

「どうぞ。召し上がって」

美女がキッチンからトレイを運んできた。紅茶と菓子が載っている。食器は結婚式の引き出物らしい派手な安物だが、菓子は違う。パイ菓子の下のパラフィンに印刷された店名は、港区の一流ホテル内のものだ。その店は支店を持たずパイのような焼き菓子は予約制で一日数個しか焼かないことを竜二は知っていた。例のホステス・華絵がこれと同じブルーベリーパイをまるごと一台店に持ち込み、ホストたちに振る舞って得意そうに講釈を垂《た》れていたからだ。首都圏とは名ばかりの田舎《いなか》の、こんな建て売りでお目にかかれるような代物《しろもの》ではない。

「いい家ですね、奥さん。ここだと……そうだな、坪千五百として……五千万くらいはしたでしょう？」

竜二はいきなりかましてやった。一瞬戸惑ったが、美女はすぐに答えた。

「え……ええ。そのくらいは……」

決まりだな、と竜二は思った。この女は絶対にこの家の主婦なんかではない。籍を置いている上野の消費者金融で不動産を担保として扱うことも多いから、相場は判る。この家は土地上物込みでせいぜいが一九八〇万ってとこだろう。

竜二はいきなり立ち上がって彼女の隣りに座った。

美女はたじろいだが、逃げる様子はない。床に寝ていた犬がぴくり、と耳を立てた。

「あんた、本当は、何が望みだ？」

竜二は言った。

「どうしてこんな手の込んだことをする？」

たぶん、この女にも自分がどうしたいのか判っていないのじゃないかと思いながら、竜二は彼女の手を取った。

白くて柔らかな、綺麗な手だ。すんなりした指に、浅い笑窪《えくぼ》のある指の付け根。爪は磨《みが》かれ、よく手入れされているが、マニキュアは塗《ぬ》っていない。

薬指に、プラチナの細い指輪が塡《は》まっていた。

手を握られた瞬間、彼女は全身を震わせたが、そのままじっとしている。

やがて、ぽつりと言った。

「雑誌で読んだのだけれど、たくさんの女の人があなたに夢中になっている。そうよね？」

まあな、と竜二は答えた。深雪の日記が評判を呼んで、竜二の写真も雑誌にスクープされた。『こんなにモテてるホストはオレだ！』というタイトルで、インタビューされてもいない事を好き勝手に書かれたが、大いに店の宣伝にはなった。

「どんなにお金を遣ってもそれ以上の価値はあるとみんなが思うほど、あなたとの……」

セックスという言葉が口に出せないのだろう。言い難《にく》そうに言葉を変えた。

「その……あなたは素晴らしい……それは本当なの？」

「セックスの事なら、まあ、自慢じゃないが、そうだろうな」

竜二は彼女の切れ長の瞳を見つめた。

「みなさんにおれのナニはご好評だから」

露骨に言われて一瞬ひるんだが、しかし彼女は無理した様子で続けた。

「では、あなたにそういうことをお願いしようと思ったら一体、どのくらい……必要なのかしら？」

「……カネか？　奥さん。あんたなら、こっちが払ってもお願いしたいくらいだぜ！」

もう我慢が出来なかった。

竜二は次の瞬間、美女に覆《おお》い被《かぶ》さり、その躰を花柄の悪趣味なソファに押し倒していた。何ともいえない上品な香りが鼻孔を満たした。

やり方は回りくどくても、オレとやりたがっているのはこの女も、亜里沙や華絵と同じなのだ。遠慮する理由はない。

背後の犬が気になったが、かまわず竜二は美女のカシミアのセーターをたくしあげ、その素肌に手を這わせた。肌は驚くほどなめらかで柔らかい。ほどよく水分を含んで、しっとりしている。たるみや緩《ゆる》みはまったくない。

美女は一瞬、痺《しび》れたように力を抜いたが、やがて我に返ったように無言で抵抗を始めた。竜二はかまわず手をさらに侵入させ、そのたわわな乳房の片方をぎゅっとつかんだ。

ブラは柔らかなレースだ。ワイヤーのようなものは入っていない。おそらくイタリアものの下着だな、と思いながら、竜二はその薄いレースごしに美女の乳首を指で嬲《なぶ》った。

「ひっ！」

その瞬間、乳首が硬くなり、そこから電流が走ったように彼女は全身を震わせた。

感じているな。もうひと押しだ、この分じゃ多分あそこも濡れているだろう……。

内心快哉《かいさい》を叫んだ竜二は下半身にも手を伸ばし、白いスカートの裾を割ろうとした。

「い……いや……やめて」

ようやく美女が口を開いた。完全にうろたえきった声音《こわね》だ。男の行動に、というより自分の躰の反応に動転しているのに違いない。

竜二はかまわず手をスカートの中に侵入させ、難なくパンティの股間に指を到達させた。ブラとお揃いの柔らかなレースの向こうに、ふっくらとした秘毛の手触りが感じられた。

全身で女の躰を押さえつけて抵抗を封じ、そこをぐいぐいと指で押し、遠慮なく上下にこすりあげた。

「お願い……」

やめてほしいとの哀願とは裏腹に、そこは指の動きに応《こた》えるようにみるみる熱くなり……そして、竜二の指は、柔らかなレースと秘毛に覆われた向こう側に、はっきりと熱い潤《うるお》いをとらえていた。

「ほら……もっと正直になりなよ」

耳元で囁きながら、彼は指を蠢《うごめ》かせた。

よし、このまま一気にいくぜ。まず指でイカせてやるか。一番恥ずかしいところを触られて感じてしまい、恥態を晒《さら》してしまえば、この手の女は脆《もろ》い。タブーが強くて表面を取り繕《つくろ》っているだけで、ガードを破られれば茫然《ぼうぜん》自失して激しく乱れる。

極上の女体をこれから味わってやるという期待に竜二はぞくぞくしつつ、指を強引にパンティの脇から侵入させようとした、その時。

美女がまたも必死に抵抗を始めた。彼女も、秘部をじかに触られてしまえばおしまいだと悟ったのだろう。

「だめ……許して……今日は……まだ」

「いいんだよ。心の準備なんか出来てなくたって。そんな事どうでもよくなるって」

ダンナとやる時いちいち心の準備をしてるのかと付け加えた。

美女の表情は引き攣っている。大きく見開いた目には激しい混乱と怯《おび》えがあった。

その眺めを愉《たの》しみながら竜二はじわじわと服を剝いでゆき、ブラをずらして、乳房を露出させた。豊かだが引き締まった乳房の先端にある乳暈は、淡い色だ。人妻であることは間違いないだろうが、子供は産んだことのない躰だ。

この女、トシにしてはウブだな、と竜二は思った。昨夜、店でヘルプを相手に歓談していた時の物慣れた様子がウソのようだ。人慣れはしているが、男の経験は少ないのか。

剝き出しにさせた乳房に、かわるがわる口をつけて吸ってやると、美女は激しく躰をくねらせた。必死に男の唇を逃れようとしている。だが、抵抗しつつもその躰が感じてしまっていることは明らかだった。

これは面白い。じっくりイカせてやるか、と竜二がついにパンティにも指を侵入させ、熱く湿った恥裂をじわじわと左右に分けようとした時。

かすれた声で美女が悲鳴をあげた。

「アレフ！　来てっ！」

途端に竜二は背後に低い唸《うな》り声を聞いた。大型犬の唇がめくれあがり、牙《きば》が剝き出されていることは、振り返らなくても判った。

ちっ、もうちょっとだったのにな。

竜二は舌打ちしてしぶしぶ躰を離した。西部劇に出てくる悪漢のように両手をあげた。

猛《たけ》り立った股間が痛い。だが、美女の乱れた姿を鑑賞して愉しむ余裕はあった。ブラがずらされて乳房は両方とも剝き出し、スカートはたくしあがってレースのパンティが丸見えという姿は、それが上品な美女のものであるだけに、滅多に拝《おが》めるものではない。

しばらく呆然《ぼうぜん》としていた彼女は、やがて震える手でブラを引きおろし、セーターの裾をひっぱり、スカートをきちんと整えて座り直した。その間にもシェパードは竜二に向かって唸り続けている。別に怖くはなかった。犬に嚙みつかれながらのセックスはぞっとしない、というだけのことだ。そもそも、竜二には『恐怖』という感情が無いのだ。

お預けを食らわされたのは腹が立つが、それ以上に竜二はこの美女に興味を持ってしまった。

考えてみれば、美人で裕福そうな人妻が、ウブなくせにこんな大胆なことをするのには、単に浮気願望以上の、何か大きな理由があるはずだ。

ならば躰より先に心を開かせる作戦に変えようと即座に決めた竜二は、わざと傷ついたような表情をつくって言った。

「……判らない。なぜこうなるんだ？　そりゃ、いきなり抱きついたりして悪かったよ。だけどホストだって人間なんだからさ、誘っておいてその気にさせて……それでこういうのは、ちょっとないんじゃないの？」

「ごめんなさい」

ようやく動悸が収まったらしい美女は、心底申し訳なさそうな表情になった。

「わたし……あなたに……いえ、あなたの住んでいる世界が知りたかったのね、きっと。何も知らなくてこの歳まできてしまったから」

言い訳なのか本気でそうだったのか。竜二は問わないことにした。

「この歳って、まだ若いじゃないか。それに凄く綺麗だし。おれ、マジで好きになりそうなんだけど」

ほんとにそう思う？　と美女は一瞬とてもうれしそうな顔になったが、ふっと顔を曇らせた。

「でも……若い女の子には勝てない……。男の人って、そうなんでしょう？　女は、若ければ若いほど、いいんでしょう?」

違うな、と竜二は即座に言い切った。

「男が全員ロリコンってわけじゃない。ガキの肌はたしかにプリプリしてるが、中身ってモンがない。まあ……あんたの亭主は、お肌プリプリ派なのかもしれないけど」

美女の唇が震えた。

ビンゴだ。大体読めたな、と竜二は思った。

この女は亭主に浮気されてあれこれ思い悩み、どうしていいか判らなくなって、こんな突飛な行動に出てしまったのだ。世間知らずで育ちのいいウブな女ほど、追い詰められると暴走する。

竜二はここぞとばかりにプッシュをかけた。

「ほんと信じられないよな。オヤジ連中の考えることって。するとなにかよ? あんたみたいな綺麗な奥さんがいるのに、あんたのご主人は、そのへんのバカ娘にハマり狂ってるってこと?」

「そんな……」

美女の目が辺りをさまよった。

「まだ……確証があるわけでは」

「なんだかなあ。おれならあんたのような美人の奥さんがいたら、マジで大事にするけどな。毎晩、念入りにセックスして、絶対に三回はイカせる」

美女の顔が、ぽうっと赤くなった。

この線も図星かよ、と思いながら竜二はさらにプッシュした。

「どうなの？　奥さんはご主人とちゃんとヤッてる？　イクって感覚、判りますかぁ？」

「そんな……ヤルとかイクとか……。夫婦って躰の繋がりだけじゃないのよ……。あなたは、まだ若いから判らないだろうけど」

「あのさぁ、そーゆーこと言ってる間にご主人は若いギャルとバンバンやりまくりだよ。今時の若い女はあんたと違って知性も教養も遠慮も慎《つつ》しみも何もないから、あんたのご主人のナニであそこを突かれてひいひいヨガって、すげえ気持ちヨクなってるわけ。奥さんはそれでいいの？　損してると思わない？　おれ、賭《か》けてもいいけど、あんた、イッたことがないんじゃない？」

「やめて！」

「今までに知ってる男も、もしかしてご主人一人だけとか？　処女で結婚して、手抜きのセックスされて、イカされたこともなくて、あげく亭主は若い女とヤリまくりですかぁ」

美女は顔を覆った。惨めさが溢れ出てついに耐えられなくなった、という感じだ。ぶるぶると肩を震わせている。

「違うわ……そんなのじゃない。愛は躰だけのものじゃない。わたしほどあの人を愛しているのも、あの人を理解出来ているのも……」

「だからさ、愛だとか理解だとか、セックスに狂った男には、吹けば飛ぶようなものでしかないんだって」

美女はほんとうに泣いていた。ちょっと言い過ぎたかな、と思いながらも竜二は、ここぞとばかりに彼女の耳元で囁いた。

「ごめん。相談に乗るよ、おれでよかったら……何なら、調べてあげようか。あんたの御主人が付き合ってる、その若い女のこと」

美女は、はっと顔をあげた。瞳は潤み頬は涙でぐしゃぐしゃだが、それでもやっぱり美しかった。美人は泣いても怒っても美しい。

「主人が付き合ってると決まったわけでは……でも」

慌ただしく床のバッグに手を伸ばす。

「この子なの。もしも本当に調べていただけるのなら……お礼はします」

お礼は奥さん、あんたの躰がいいな、と軽口を叩きかけて竜二は思いとどまった。ここで警戒させてはいけない。親身になったフリをして、この人妻の心をつかむのだ。

「安納唯依《あのうゆい》。浜町女学館高等部の一年だそうなの」

差し出された写真には、かなりの美少女が写っていた。ほっそりした顔の輪郭。こちらを見つめる大きな瞳。目の光が尋常ではなく強い。ふっくらした唇が、細いデリケートな鼻梁《びりょう》ときわだったコントラストをなしている。男の子のようなショートカットが、全体に未成熟な感じによく似合っていた。グラビアアイドルでも充分通用するルックスだ。

「浜町女学館か。そこならツテがある。まかせてよ」

なんとも幸運な偶然の一致だが、あのキャバクラ女子高生の亜里沙と同じ学校ではないか。

しかし、この大きな瞳にはどこかで見覚えがあるような、と一瞬思った竜二だが、誰かアイドルに似ているせいだと適当に納得し、二つ返事で調査を請け合った。

第2章　大邸宅の美少女

「あ……竜二？　あたし。あのさ、ちょっと出てこれる？　今、小石川《こいしかわ》ってとこにいるんだけど」

まだ目が醒《さ》めきっていない竜二は、しつこく鳴りやまない携帯をようやく耳に当て、聞こえてきた能天気な声に大いにムカついた。

「てめえ誰だ？　今何時だと思ってる？」

「だからーあたしだってば。今？　朝の十時。だからさ、出てこれない？　小石川まで」

竜二にとって朝十時は一般人にとっての深夜の二時と一緒だ。しかもいきなり『あたし』と来た。このデリカシーのなさとバカっぽい喋り方はキャバクラ女子高生の亜里沙だ。

「お前、いい根性してるな。このおれをこんな時間に叩き起こして呼びつけんのかよ。お前が手玉に取ってるオヤジ連中と一緒にすんな」

「あ……人にモノ頼んでおいて、そゆこと言うんだ。いいよ。それじゃ。来なくったって」

携帯の向こうの亜里沙は怒ったようだ。

「今、安納唯依って女の家ン中にいるんだけどさ。そんなんだったらもういいよ」

安納唯依……。

竜二は泥沼のような頭の中からその名前を探した。

……安納唯依とは、謎の美女から竜二が調査を依頼された、少女の名前だ。そしてその調査を竜二がそっくり亜里沙に丸投げしたのは、わずか一週間前のことだ。

「あたし帰る。なんか超ムカついた！」

亜里沙は惚れた竜二が相手なのに、キレた。

「竜二のためって思うからウザいの我慢して唯依って女に近づいて、友だちになったのに。マジな女子高生やるの疲れンだよ。なによ。クソつまんねー下級生の女にトークかけて一週間で仲よくなって、お泊まりするとこまで持ってきたのに……頼んだことも忘れてんだ竜二ってば」

もうソッコーでウチ帰るあたし。とマシンガンのように怒りをぶちまける亜里沙を竜二は慌ててなだめた。

「判った。悪かったよ。すまん。申し訳ない。そのままでいてくれ。帰るんじゃない。すぐ行くから。で、その安納唯依の自宅ってのは、小石川のどの辺だ？」

「よく判んないけど、凄い大きなお屋敷だよ。あ、表札は安納じゃなくて『海音寺《かいおんじ》』だから、間違わないでよね。で、塀についてる勝手口みたいなのがあるんだけど」

「判った。そこの鍵を中から開けて手引きしてくれ。速攻で行く。今から十分後だ」

竜二は飛び起きて、急いで身支度を整えた。

そして正確には九分三十五秒後。竜二は『海音寺』邸の、長々と続く土塀に沿って走っていた。竜二の現在の住居である湯島の高級マンションから小石川までは、タクシーですぐだ。『凄い大きな屋敷』は向こうのほうから目に飛び込んできた。ビル街の道路一本裏にこんな広大な土地があったのかと驚くほどの広さだ。うっそうと生い茂る木立は由緒《ゆいしょ》ある神社仏閣を思わせる深さだ。

『通用口』とプレートが貼られたドアの上には監視カメラがあった。構わずノブを回して押すと、土塀にくり抜かれた小さな木の扉が内側に開いて裏庭のような場所に出た。

そこに仏頂面《ぶっちょうづら》して待っていた亜里沙の恰好を見て、竜二は思わず吹き出しそうになった。金色のウィグもガングロの化粧もない亜里沙は意外にも色白だ。だがそれが下ぶくれの顔の輪郭を目立たせて、パッとしない田舎の女子高生にしか見えない。

「なんなんだよ、その恰好？　似合わねー」

「言わないでくれる？　あたしだってこんな姿、見せたくはなかったよ」

安納唯依に近づくには仕方なかったのだと亜里沙は言った。

「唯依って女、凄いお嬢さまなのか知らないけど、黒塗りの車で送り迎えされててさ、学校とこの家以外、どこも行かないの。真面目なフリして近づくしかないじゃん」

亜里沙が着ているのは浜町女学館の制服なのだろうが、今どき珍しい長い襞《ひだ》スカートのセーラー服だ。体格のよい彼女にはまったく似合っていない。ウエストのくびれのなさと手足の太さばかりが目立って、『純情可憐な女子高生』という理想のイメージにはほど遠い。

「お前、やっぱりギャルの恰好のほうが似合うよ」

そのほうがまだ可愛い、と竜二は言った。

「AV見てお前みたいなのがその恰好で出て来たら、本物の女子高生って言われても腹立つだろうしな」

「もういいってば。似合わないのは判ってんだから」

亜里沙はふくれた。

「怒るなよ。しかしお前凄腕じゃないか。一週間でよくここまで近づけたよな」

「唯依って子、友だちが全然いないらしくて。きっかけ作れば後は簡単だったよ」

亜里沙の話を聞きながら、竜二はお屋敷の様子を見た。都心とは思えない広大な敷地の真ん中に、森に囲まれたという按配《あんばい》で、さながら桂《かつら》離宮のような数寄屋《すきや》造りの家屋があった。勝手口は今居る塀の通用門から五十メートルほど離れていた。正面玄関ほど豪華ではないのだろうが、それでも切り子ガラスの入った格子戸には、さりげなく歴史を感じさせる底力がある。

「で？　唯依って女はどこにいる」

竜二は、突っ立っている亜里沙をうながした。

「……こっち」

亜里沙は屋敷の側面に回り込んだ。庭を見渡せる位置には、広々した縁側があり、その奥には大広間とでもいうべきだだっ広い座敷があった。外の陽光を引き入れたその座敷は、装飾を凝《こ》らした欄間《らんま》と青々とした畳の佇《たたず》まいが、品格と伝統美を感じさせた。

その座敷の中央に、一人の少女が正座していた。亜里沙と同じセーラー服を着ているが、背筋が伸びて、凛《りん》とした姿だ。

唯依という少女は、亜里沙とはまったく対照的だった。天然なのか、軽くウェーブのかかった黒髪を、男の子のようなショートカットにしている。艶《あで》やかな巻き毛が、細いうなじの白さを強調している。顔は小さく、ガラス細工のように繊細な美しさがあった。その中で大きな瞳の輝きが強く、それがとても印象的だ。

亜里沙のように発達しすぎていない少年のような未成熟な肢体が、セーラー服によく似合っている。清楚という言葉がこれほどぴったりくる少女も珍しいだろう。

その清純な美少女が、どこか由緒ある仏閣を思わせる広い座敷に、静かに座っている。座敷の格式と相まって、その雰囲気は荘厳《そうごん》といってもいい。

その座敷をもっとよく見ようとして一歩前に踏み出した竜二は、次の瞬間、慌てて身を引き、縁側に開いたガラス戸からの死角に逃れた。

「おっさんが畏《かしこ》まってるぞ。誰だ、あれは？」

「さー。唯依が客があるって言ってたから、その客じゃないの、よく知らないけど」

二人は、死角から出ないように用心しながら首を伸ばして座敷の中を覗《のぞ》き見た。

「ほんとだ。マジでカネありそうなオヤジだね」

と亜里沙が言った。

「ああいう、デブで禿《は》げてて脂《あぶら》ぎってるスケベ面《づら》のオヤジ。絶対、愛人つくりそうじゃん。それも、セーラー服がよく似合う清純な美少女が好みだと思うよ」

「何が言いたいんだ？」

「別に。だけどこの家も、唯依って女も、絶対どっか変だよ」

亜里沙は、彼女としては珍しく真剣な表情になっている。

「あたし、ゆうべから泊まり込んでるんだけど、唯依って女のパパもママもいないの。お手伝いとか運転手か用心棒みたいなのはいるけどね。ここは唯依のうちなのかな？」

女を外見で判断しちゃダメだって、と亜里沙は続けた。

「あの子、チョット見可愛くて真面目そうだけどね。あの子、今朝こう言ったんだ。『ちょっと仕事があるの。この家の中でお客さんに逢う用事だけどすぐ済むから、亜里沙さんはお部屋で待っていてね』だって。……ヘンじゃない？　超ヘンだよ」

亜里沙は大いに憤慨している。

「仕事って何？　お客さんって何よ？　よそのウチで女子高生が、セーラー服着て？　それと、あそこにいるヤツ。あれがそう。唯依が『客』とか言ってた」

高そうな背広の膝を折り曲げ、道場のような部屋にかしこまって正座している男を顎《あご》で指しながら亜里沙は言った。

「ああいうのって絶対、カネにモノいわせて女子高生や中学生買うタイプだよ。唯依って女、援交してんじゃん？　たしかに……こんな大きな屋敷使って、親だか保護者だかの公認でやるなら絶対バレないけどね。スケール大きいよね」

亜里沙は悔しそうだ。竜二があの少女に関心を持っていることが、気に入らないのだ。

「まだコドモで〜す全然エッチなんか知りませ〜ん、みたいなタイプが裏に回れば一番凄いの、竜二だって知ってるでしょ？」

だが、女性にかけては数をこなしている竜二の目から見て、その唯依という少女は亜里沙のいうような裏に回るとヤリヤリのイケイケタイプには思えなかった。

それが表情に出ていたのだろう、亜里沙は頭から湯気を出すほど怒った。

「竜二も、実はあの子とヤリたいと思ってるとか？　あたしをダシにして近づこうっての？　それは絶対、許さないからね」

場所が渋谷のラブホでもこのお屋敷でもウリはウリだ、そんな女のどこがいいのか、と言い募《つの》る亜里沙の両頬を、竜二は両手でつかんだ。

「いい加減にしろ。おれも頼まれて調べてるんだ。男の仕事の邪魔をするな」

両頬を伸ばされてダヨーンのおじさんのような顔になった亜里沙に顔を近づけた竜二は、低音で凄んだ。いつもの数％に抑えているが。

「だが、お前の協力で見えてきた。ま、お前の言ってるセンに近いな」

竜二に働きを認められた亜里沙は、さっきの怒りはどこへやら、にっこりと微笑《ほほえ》んだ。

「そっか。竜二は少女売春の潜入調査してんだ。あたし役に立った？」

少女売春……そうかもな、と竜二は思った。唯依の古風なセーラー服や、凛としたムードは高い金をふんだくるための舞台装置だ。

すると座敷の奥の襖《ふすま》が開いて、客とは別の、一見チンケなオヤジが顔を出した。一応スーツを着てネクタイは締めているが、背が低く貧相な身体つきにサイズが合わず、大きめなのが野暮《やぼ》ったい。色黒で、額《ひたい》が禿げ上がっている。あぐらをかいた鼻に、小さな狡猾《こうかつ》そうな目。歯並びが悪く出っ歯なのも、男を余計にマヌケ面に見せている。下男という感じだ。

その男は一応作法どおり、正座したまま廊下から座敷ににじり入ると、『客』である紳士、亜里沙いうところの『マジでカネありそうなオヤジ』になにやら二言三言耳打ちした。紳士は軽く頷き、懐から四角い袱紗《ふくさ》包みを出して貧相な下男に渡した。

下男が後ずさりして座敷を出てゆき、襖が閉まった。

明るい座敷には客の中年男とセーラー服の美少女が二人きりだ。

明らかに何かが始まろうとしていた。

男が平蜘蛛《ひらぐも》のように座敷に這いつくばり、おそるおそる顔をあげて、美少女に何かを言った。端然と座った唯依は、目を閉じ、沈思黙考《ちんしもっこう》している。

薄暗い密室でコトを進めるのではなく、こういう眩《まばゆ》い陽光の下でイタすのがスペシャルな趣向なのかもな、と竜二が思ったその時。

亜里沙が庭の苔《こけ》に足を滑《すべ》らせた。「きゃっ！」という悲鳴を竜二は咄嗟《とっさ》に塞《ふさ》ごうとしたが、早くも廊下の向こうからこちらに駆けてくる足音があった。

「……じゃ、あたしは客間で休んでいることになっているから、後はヨロシク」

面倒な事に関わり合いたくない亜里沙は、たちまち姿を消した。

「おい。そこにいるのは誰だ。何をしてる」

ガラス戸を引き開け、誰何《すいか》したのは、さきほどの貧相な間抜け面の男だった。

男は、縁側から外に飛び出してきた。身のこなしは敏捷《びんしょう》で、冴《さ》えない中年の小男という印象からはほど遠い。竜二は、そのまま男に腕をつかまれた。

「お前はなんだ？　どうやってここに入ってきた？」

マヌケ面が歪《ゆが》むと不気味になった。笑っているようだった目が三白眼になって、刺すように鋭く竜二を見上げている。歯並びが悪くて前歯が極端に前に突き出ているのが、凶暴な印象に転化した。

「お前、この野郎」

男の力は思いがけないほど強く、ぐいっと竜二の腕を捩《ね》じ上げた。

「どこの馬の骨だ。お嬢さんに何の用だ。それともコソ泥か。ロクなもんじゃねえな」

男が竜二の向こう脛《ずね》を思いきり蹴り上げた。

「なんだよ。あんた、冴えないオッサンのくせに乱暴だな」

元来、痛みを感じない竜二は薄ら笑いを浮かべて男を嗤《わら》った。

普通なら足を押さえてうずくまるはずなのにせせら笑われて、中年男の顔は引き攣った。

「この野郎。ひとの屋敷に勝手に入ってきておいて、そのナメた言い草はなんだ」

鋭いパンチが竜二の鳩尾《みぞおち》に炸裂した。数センチのストロークしかないのに、瞬時に繰り出されたずしりと重い一撃は、この男の外見からは想像もつかないプロの技だった。

ここでお返しをすると後が大変だろう、と竜二は思った。

（こういうチンケな野郎に出てこられちゃな。収穫もあった事だし、ずらかるか）

面倒になった竜二は、ふっと姿を消した。

意識の全面にいきなり押し出された大介が見たものは、怒り狂った中年男の酷薄《こくはく》そうな目つきだった。と、思ったら、足と鳩尾に強烈な痛みが襲ってきた。

「ぐふっ」

息が出来なくなった大介は、何がなんだか判らないままに、その場に膝《ひざ》をついた。

「なんだこの野郎……殴られて痛くなるのに時間がかかるってのは初めてだぞ」

男は大介を、まるで気味の悪い怪物に触れたような目つきで見た。

僕にだって何がなんだか判らないんだ！　と大介は叫びたかったが、痛みで声にならない。ここがどこで自分は何をしていたのか。今目の前にいる邪悪そうな男は何者でここはどこなんだ。きっとこの男に殴る蹴るの暴行を受けたんだろうが、どうしてこうなったのか。

いつもの事ながら、皆目《かいもく》見当がつかない。きっと竜二の仕業だ、と思いながら、大介は痛みにのたうち回った。

その時。澄みきった水の流れを思わせる声が縁側から響いた。

「どうしたの。野崎《のざき》。何かあったの？」

セーラー服姿の、少年のような美少女が縁側に立っていた。異様な気配に、客への『接待』を中断して出てきたのだろう。

「いや、お嬢さん。どっかから侵入した雑魚《ざこ》です。関わり合いになっちゃいけません」

野崎と呼ばれた男は大介の姿を見せまいと、唯依との間に立ち塞がるようにした。

「乱暴なことは駄目よ。……あっ！」

体をくの字に曲げてうずくまっている大介と目が合った美少女が、息を呑んだ。

「……もしかして……」

彼女は、白いソックスのまま、庭に駆けおりてきた。

「もしかして……そこにいるのは、お兄ちゃん？」

その声を聞いた瞬間、大介の中で何かが弾けた。

聞き覚えのある声だった。いや、絶対に忘れようのない声だった。そして、その声をこんな状態で聞くとは思いも寄らなかった。

「お兄ちゃん！　大丈夫？」

唯依は野崎と呼ばれた男を押しのけて、大介を抱き起こそうとした。

「お嬢さん、いけません。こんなコソ泥風情《ふぜい》に」

野崎は汚《けが》らわしいモノのようになおも大介を蹴飛ばそうとしたが、唯依が止めた。

「やめて。何をするの！　……大丈夫？　ひどい事をされて……ごめんなさい！」

まるで瀕死《ひんし》の恋人を介抱するような唯依の様子に、野崎はさもいまいましそうに舌打ちした。

「お兄ちゃん……私のこと、忘れたの？」

大介を見つめる少女の、その声と大きな瞳が、大介の何かを溶かしていった。

ずっと記憶の奥底に仕舞っておいたものが、じわじわと甦《よみがえ》ってきた。

……自分はどこかの、人気のない冬の屋外にいる。原野を切り開いたような広い場所だ。造成されたばかりの地面は剝き出しで、土の色が赤い。生々しい傷のようだ。あたりには殺風景な建物がいくつか立ち並んでいる。建物も、そのまわりの空間も、ひどく広漠としている。自分がとても小さく感じられ、なんともいえない心細さがある。

それは実際に自分の身体が小さかったせいだ、と大介は記憶の中で気がついた。そうだ。記憶の中の、あの時の自分は……たしか九歳だった。

九歳の自分を取り巻く空気が冷たい。時刻は夕暮れで、山陰に太陽も隠れてしまった。腹部に痛みがある。それが空腹のせいだったということも、大介は思い出した。この施設に連れてこられ、母親から離されてから、いつもお腹が空いていた。

なぜこんな事が甦ってきたのだろうか。昔の事は普段は殆《ほとん》ど思い出すこともない。しかもその大部分は靄《もや》がかかったようにはっきりせず、ぼんやりしているのに。

『あの場所』にまつわる記憶は、心細さと空腹……いや、それ以上にもっと厭《いや》なことがあった。躰のうしろを引き裂かれるような痛み。そして覆い被さってくる黒い男の影……駄目だ……今、それを思い出してはいけない。危険だ……。

「ねえ？　お兄ちゃん……お兄ちゃんでしょう？　私には判るの」

ベールがかかった記憶を引き裂くように、唯依の声がまたもや大介の心の奥底に届いた。同時に記憶の中にあった二つの大きな瞳が、今、目の前にあるものと重なった。

そうだ、この瞳。自分を見上げ、頼りきっていたこの二つの瞳だけが、あの時、自分の拠《よ》り所だったのだ。

「君は……」

「私は、唯依」

彼の目の前で心配そうに見つめている美しい少女は答えた。

「思い出した？　私はお兄ちゃんのこと、忘れた事なんかなかったのに」

その声でいっそう記憶がはっきりしてきた。あれから十年以上経っているはずなのに、その声は変わっていない。

……彼女はまだ三歳だった。幼かったが賢い子で、言葉は早かった。人里離れた『あの場所』で、親にも見捨てられ、知らない大人たちに怯《おび》えながら過ごしていたのは彼女も大介も同じだった。兄弟のいない大介は彼女を妹のように思っていた。あらゆる辛《つら》いこと、悲しいことからこの子を守ってやらなくてはならない。絶対に。堅く決心していたその気持ちが、ありありと昨日のことのように甦ってきた。大介自身、まだ九歳だったのに。

「嬉しい……信じられない。でも、いつかきっと逢えると思ってた。お兄ちゃんぐらい優しいひとは、いなかったもの。今までに、ひとりも」

僕にも……きみが支えになっていたんだよ、あの時は……。

大介はそう言おうとしたが、口がうまく動かない。あまりにも突然の再会で、甦ってきた記憶をうまく処理できなかった。判っていることは、自分もまた、彼女を守ろうとして気を張っていたから、守るものがあったからこそ、あそこでの暮らしが耐えられたということだった。

あそこでの暮らし……『あそこ』とはどこだったのだろうか？

「ねえ、お兄ちゃんはあれからどうしてたの？『超能研』がなくなってからも、やっぱり勉強は続けた？　東大に入ったの？」

目の前の少女……唯依が訊《たず》ねている。

「いや……東大じゃないけど」

工学部で有名な国立大学の名前を口にした大介は、ようやく記憶を取り戻した。

『超能研』……『超早期能力開発研究所』。

それが、自分と唯依がそれぞれ九歳と三歳だった一時期を過ごした施設の名前だ。

場所は覚えていないが、どこか東京近県の、原野を切り開いたような土地だった。いくつもの建物があり、そこに大勢の母子が共同で参加していた。特殊な、歪んだコロニーだった。才能ある子供を選抜し、徹底した英才教育でその能力をより高めるという目的のために、それまでの生活と財産をすべてなげうってやってきた母と子供たち。我が子の才能を伸ばしてやりたい親心だったのか、満たされない人生を子供で晴らす母親の『自己実現』だったのか、それとも主宰者の異常なまでのカリスマ性によるものだったのか。結局その試みは失敗し、カルト集団の巧妙な詐《さ》欺《ぎ》事件として大きな社会問題になったが、今ではすっかり風化して話題になる事もなくなった。

しかし、その事件で癒《い》やされぬ傷を負い、未《いま》だ苦しむ者たちもいる。この僕のように……。

だが、大介の回想は、突然膨れあがった竜二の意識によって妨害された。竜二が人格のスポットに戻ってきたのだ。

「またかよ。くだらねえことウダウダ思い出してんじゃねえよ。誰にだって辛《つら》いことの一つや二つはある。それをお前はいつまで経ってもウジウジイジイジ。うぜぇんだよ。いい加減に忘れろよ。それとも何か？　お前は、あの、今流行《はや》りのACとかPTSDってやつなのか？」

竜二はそう毒づいて大介を意識下に放り込んだ。

「おっと」

おどけた声を出して、竜二が完全に全面に出た。完全に、大介が竜二に変身したのだ。

心配していた唯依は、その突然の変化に目を丸くした。

「ええと……その、心配してくれて、ありがとう」

この先の事も考えて、竜二は彼女には丁寧な態度で接する事にした。

「でも、もう失礼したほうがよさそうだ……きみ、また逢えるといいね」

立ちあがった竜二は、唯依に手を差し出した。握手すると見せかけて、そっと名刺を握らせた。『浅倉大介』の住所が印刷されているほうだ。ついでに、脇で控えている野崎を睨みつけた。野崎も睨み返し、すぐに行動に移れるよう爪先に力を入れたが、唯依の手前もあって殴りかかるわけにもいかない。

竜二は、涼しい顔で歩き出し、通用門をくぐって外に出た。

「いけるぜこれは」

と、竜二は呟いた。彼は、大介が見聞きした事をすべて知る立場にある。しかし大介に竜二の体験を知る術《すべ》はない。不公平だが多重人格の場合往々にしてそういう事が起こるのだと、葉子先生が説明してくれた。

（あの唯依という女、絶対に何かある……）

この広壮な屋敷、謎の美少女……竜二は本能的にカネの匂いを嗅ぎつけていた。

例の美女がもたらしたこの件には、当初彼が想像した以上のバックグラウンドがありそうだった。あの女自身もタダモノではあるまい。単にホストにうつつを抜かす人妻ではないはずだ。あの美女の事も調べ上げたほうがいい。必要なら彼女を脅《おど》す材料を集めておくべきだ。竜二はそう思って行動を開始した。

＊

竜二はその足で、先日美女に呼び出された新興住宅地『くぬぎ野』を再び訪れた。

睡眠が足りないのは辛いが、ここで聞き込みをするなら昼間のほうがいい。

『隣近所』こそ情報の宝庫だ。誰かが捕まると「あの人はこうだったああだった」と喋《しゃべ》りまくる『近所の住人』というのがマスコミに出てくるではないか。

案《あん》の定《じょう》、竜二がちょっと廻っただけで、槙野に関する良からぬ噂が売るほど集まった。

曰《いわ》く、『槙野のお婆《ばあ》ちゃん』と『息子の嫁』は犬猿の仲である。嫁は密かにパート先の上司と浮気しているが、それは町内では公然の秘密になっている。あんなブス女でも浮気出来るのね。

曰く、『槙野のお婆ちゃん』はさる名家で長年女中奉公をしていて、今でも付き合いがあるらしい。その名家のお嬢様は、今注目を集めている若手政治家・桐山真人《きりやままさと》の妻になっているそうだ。お婆ちゃんは桐山先生のサイン入り色紙を神棚に祭ってるんだって。

曰く、『槙野のお婆ちゃん』はそのお嬢様の愛のキューピッド役を務《つと》めたのが自慢で、老人会ではいつもその話を何百回と繰り返し、町内の人間はみんな暗記してしまったほどだ。この前なんかテレビの取材がきてたわよ。正体は意地悪バアさんなくせして。

曰く、『槙野のお婆ちゃん』は今でもお嬢様の相談相手になっていて、目下の悩みは若くて弁が立ってカッコイイ桐山さん（リベラル政治家も世間ではタレントと同列に扱われている）の浮気問題らしい。あんなに颯爽《さっそう》として注目を浴びてるんだから女も寄ってくるわよね。

町内の話を総合すれば宇宙の神秘まで解明出来るように思われるほど、あれやこれやの情報が集まった。しょせん噂だから玉石混淆《ぎょくせきこんこう》だが、けっして新聞の政治欄に載《の》らない生臭い話のテンコ盛りだった。

竜二が得た教訓は、律儀《りちぎ》そうだからといって老人に秘密を洩らすな、という事だった。時間を持て余して注目を浴びたい老人は、ウケたい一心で何でも喋ってしまうのだ。

東京に戻った竜二は、図書館で人事興信録を広げて例の美女の夫・桐山真人について調べた。

桐山真人　衆議院議員（＊党・東京＊区当選五回）　弁護士

昭和三十年六月十八日生。同五十三年慶應《けいおう》大学法学部卒業同年司法試験合格、弁護士の傍《かたわ》ら市民オンブズマン運動に参加、同六十一年以来衆議院議員に五回当選平成八年＊党に転ず
家族：妻　千晶《ちあき》（昭和四十三年生、漆原《うるしばら》長太郎《ちようたろう》長女、慶應大学文学部卒）

桐山に子供はなく、市民運動出身で途中で革新から保守に転じた経歴であることが判る。前に所属していた党の名前が明記されていないのは、やはり『転向』が今でもマイナス材料なのか。

次いで竜二は、桐山の妻・千晶の父親である漆原長太郎についても調べた。

漆原長太郎は、戦前から続く名門企業・東日本《ひがしにほん》曹達《ソーダ》のオーナー一家の直系で会長も務め、経団連の役員も歴任、としか記述がない。紳士録には俗なことは書かれていないので、館内にあるパソコンを使って、インターネットで検索をかけてみた。

すると、漆原は『財界の政治部長』『保守本流の後ろ盾《だて》』『陰の組閣本部長』と呼ばれて、政界に大きな影響力を及ぼす人物であることが判った。

ついでに彼は、美少女・唯依がいた屋敷の持ち主である『海音寺』の名前を検索してみたが、これには該当する人物がヒットしなかった。


数日後、再び例の美女から連絡があった。竜二は頼まれた件の調べがついたと答えて、逢う約束をとりつけた。

「あんた、何が目的なんだ」

『くぬぎ野』の例のあの家でソファに座るや否や、竜二は問い質《ただ》した。

「目的って……それはこの前申し上げたでしょう？」

正体が割れている美女の前で、竜二は煙草に火をつけた。

「判ってるんですよ。あなたが桐山千晶だって事は。この家の奥さんじゃない事も」

竜二の向かいに座った彼女は、身じろぎもしないで彼を凝視した。

「この家の本物の奥さんは浮気性で、姑《しゅうとめ》、つまりあなたの事実上の育ての親と折り合いが悪いんでしょう？　あなたはその『槙野のお婆ちゃん』にあれこれ相談していた。数いるお手伝いさんの中でも一番仲が良かったんだよね。で、そのお婆ちゃんが自分の息子の家を、おれとの密会の場に提供した。息子の女房の評判も落ちて、一石二鳥《いっせきにちょう》だよな」

そこまで言われると、千晶は敗北の笑みを浮かべた。

「でしたらば」

千晶は言葉を継いだ。

「わたくしが懸念している事情もお判りですよね？」

千晶は数通の『怪文書』を竜二に見せた。それは千晶の夫・桐山真人が未成年の少女と都内のホテルなどで密会しているという内容で、ご丁寧に証拠写真までついていた。それは、ホテルの廊下で連れ立っている姿の隠し撮りだったが、意味深ではある。

「これ、誰が持ちこんだんです？」

「それは判りません。政治家などをやっていると、脅しというか嫌がらせというか、こういうものが送りつけられるのは珍しくないんです。それでなくとも、桐山は目立つ存在ですし」

亭主が田舎の主婦にも人気のあるカリスマ的政治家である以上、未成年の女子高生との肉体関係は致命的スキャンダルになる。政治生命はほぼ確実に絶たれるだろう。清廉潔白《せいれんけつぱく》さを売り、自らの信じるところを熱く語るリベラル政治家にとって、不道徳でアブノーマルな香りのある児童買春疑惑は、ダーティな利権疑惑以上のダメージだ。

同時に千晶にとっても、夫の不倫は妻のプライドをズタズタにする許しがたい行為に違いない。親の反対を押し切って夫の野望に賭けて一緒になった、いわば同志的結合の夫婦である以上、尚更《なおさら》だ。

竜二は、千晶がなにを知りたいのか、手に取るように判っていた。

そもそも彼には、他人の幸せに心を砕くつもりはない。なんとかして千晶をモノにしてやろうと虎視眈々《こしたんたん》と狙《ねら》っているのだから。

「あんたの亭主は、あんたを裏切ってますね」

わざと殺伐《さつばつ》とした雰囲気を盛り上げようと、竜二は煙草の煙を吐きながら言った。

「あんたが教えてくれた安納唯依という娘は、小石川の海音寺という怪しげな屋敷に住み込んでいる。そしてそこには不特定多数のオヤジたちも出入りしててね……判るでしょ」

「いえ……」

千晶は不安を隠しきれない面持ちだ。

「ウルトラがつくほどの美少女を求めてオヤジが足繁《あししげ》く通ってるんだ。それも、けっこう身なりのいいオッサンたちがね。安っぽいラブホテルじゃない。中で何がおっ始まっているのか、外からじゃ簡単には判らないお屋敷だ。状況からしてこれは、金持ち相手の超高級女子高生売春だな」

そう言い切って、竜二は彼女の反応を見た。

「うそ……」

千晶はショックを受けて小さく震えている。

「中まで覗けなかったんで確かな事は言えないが、おれは庭のかなり奥まで潜入した。そして座敷の窓の下まで行って、そこで聞いたものは……男と女のナニの音だったたな」

「ナニの音って……」

蚊の鳴くような声というのはこういうことか、と竜二は内心ほくそ笑んだ。千晶は完全に彼の術中に落ちている。

「あんたも結婚してるんだから判るでしょ。肉の音ですよ。男のおっ立ったナニが、ぐっしょり濡れた女のアレを出入りする、グッチョグッチョっていう……」

「あああ」

千晶は頭を抱えた。

「そのものズバリじゃないけど、いろいろつなぎ合わせると……あんたの亭主はかなりヤバい状況にあるんじゃない？」

竜二はわざと軽い口調でトドメを刺した。

「人気者って、一気にドッボにハマることが多いんだよね。あんただって金で女子高生を自由にしてるような男、愛想を尽かすだろ？」

「……言わないで！　それ以上なにも……」

驚いたことに、千晶は立ち上がると自分から竜二に抱きついてきた。彼のよく動く邪悪な口を封じるためかと思いきや、それだけではなかった。

ソファの上で、千晶の柔らかな胸がぎゅっと彼に押しつけられた。

これ以上のサインはない。

竜二の手は彼女のスカートへと延び、なんの抵抗もなく、内部に侵入した。

指先がパンティを通して秘部に触れると、千晶は躰を震わせた。竜二は構わずそのまま指を這《は》わして秘腔の周りをじっくりと弄《いじ》りあげた。

「あっ」

彼女はもう何も言わずに、なすがままになっている。

竜二は、前回の轍《てつ》は踏むまいと思っていた。今日は犬もいない。調べて判ったことを教えるかわりに犬は無し、と、こちらから条件を出したのだ。とにかくこの女は、やってしまうに限る。一度貞操を失えばガタガタになってこっちの言うままになるタイプだ。

パンティに手をかけると、するっと一気に引き降ろした。千晶は身を固くはしたが、やはり抵抗はしない。

姿勢を変え、彼女を下にして押さえ込むようにしておいて、竜二は素早く自らの下半身を露わにした。こういうのは手慣れたものだ。警戒心が強く、婚姻外性交渉に恐れを抱いている女には、一気呵成《いっきかせい》に攻め込むのが一番なのだ。気がついたらハマっていた、という事になれば言い訳も立つだろう。

竜二は千晶の秘腔を指で慰《なぐさ》め続けた。ほどなく愛液が湧き出してきて、彼の指先をじっとりと濡らした。

欲情し始めたのを見られるのが恥ずかしいのか、千晶はクッションに顔を埋《う》めている。

このまま躰を浮かして指とペニスをすり替えれば容易《たやす》く挿入は果たせるが、それでは味がない。

「こっちを向きな。奥さん」

竜二はわざと千晶を奥さん呼ばわりし、彼女の頰に手を当ててこちらに向かせた。

「！」

千晶の目の前には、竜二の屹立《きつりつ》した男根が突きつけられていた。

「な……なんですか」

整った顔に、まるでショットガンを突きつけられたような恐怖が走った。

「何ですかって……しゃぶって欲しいんだよ、その上品な唇で。あんたら、オーラルはやった事ないのか？　改革を標榜する人気政治家も、ベッドの中じゃ保守反動なんだな」

千晶は目を見開いてソレを見た。まるで、生まれて初めて男の性器を見るような目だ。

「あんた、本当に口でやった事ないのか。さすがはお嬢様だね」

「そういう言い方しないで！」

どうやら千晶は、生まれ育ちの事を揶揄《やゆ》されるのが嫌いらしい。庶民にアピールする人気政治家の妻としては、実家が大富豪で親が財界の重鎮である事はプラスにはならないのか。

男根が千晶の顔にさらに近づいた。嫌悪なのか、喉の奥が吐き気でぐっと鳴った。

しかし、彼女は結局、唇を開いた。

「嚙《か》みつくなよ。これはおれの商売道具だからな」

竜二はすかさず、千晶の口の中にペニスを挿し入れた。

見よう見真似《まね》、という感じのぎこちなさで彼女はそれを受け入れ、知的な言葉を発する上品な唇で咥《くわ》えた。

「それだけじゃ気持ちよくならないだろ。上下にしごくんだよ」

喉の奥でぐぐぐという音を鳴らしつつ、千晶は唇を窄《すぼ》めてペニスを愛撫しはじめた。

口の中に男のモノがある違和感からか、彼女は全身を硬くしていた。だが、やがてそれにも慣れたようだ。オーラル処女とはいえ、そこはやはり人妻だ。

思えば、いくら人気ホストだからといって、ここまでハイグレードな女の相手が出来ることは、まずない。金持ちの女といっても限度がある。成金の女房ならいざ知らず、日本を裏で動かすような『本物の金持ち』の娘で、なおかつ『日本を動かす実力をもつ政治家の妻』に唇で奉仕させる事になるとは、まさか竜二も思わなかった。

竜二の下半身には、その『ハイグレードな女』千晶が顔を埋めている。懸命に唇をすぼめて、ペニスをしごこうとしている。本能的に遣り方を悟ったものか、頬をすぼめて一心にペニスを吸引している姿が、竜二の嗜《し》虐《ぎゃく》心を掻き立てた。

「ほらほら、もっとしっかりやれ。舌も使えよ」

竜二はわざと乱暴に千晶の髪の毛をつかむと、頭を前後に動かしてやった。レイプビデオで強姦魔が無理やりフェラチオをさせる場面の真似だ。乱暴に扱われるのを好む女もいるので、彼は時々、営業判断で使う。しかし今は、本気で、心の底から千晶を手酷く穢《けが》したい思いが募《つの》っていた。

彼女は呻き、それでもぬるりと舌を這わしてきた。軟体動物のような熱い肉が、敏感なペニスの上で蠢《うごめ》き、巻き込み、包みこんだ。

「そうだ。あんたも、もっと気分出せよ」

竜二は手を伸ばして千晶の胸をまさぐった。まだ着衣のままだが、服の上から乳房を揉みしだいただけで、彼女の全身に痙攣《けいれん》が走った。

感度抜群じゃないか、この奥さんは。

竜二はスカートの裾から千晶のブラウスを引っぱり出してたくし上げ、慣れた手つきでブラを外した。

この前見て忘れられなかった、きれいな曲線をもった乳房がまろび出た。

彼の指先が乳首を摘《つ》まんでこりこりと抉《えぐ》ってやると、千晶は肩を大きく震わせた。

「うっ……うぐぐっ」

「ほら。口を忘れるんじゃない！」

空いているほうの手でふたたび髪の毛をつかんだ。

千晶の顔色は、最初は心なしか蒼《あお》ざめていたが、だんだんと赤みがさして、今ではほんのり紅潮している。

「正直にいえよ。おれのを、欲しいか？」

千晶は、しばし躊躇《ためら》った。しかし、さらに指で乳首を抉《えぐ》られ、乳房の膨らみ全体をむっちりと揉まれると、ついに首を縦に振った。

ようし。

千晶が思い直して拒絶する暇を与えずに、竜二は、素早く彼女の唇からペニスを抜いた。そしてその猛り立った剛棒を、熱く濡れた女芯に突き立てた。

千晶は声にならない声で何か言いかけたが、彼の素早い動きがそれを封じた。ぬる、と潤んだ肉の音が微《かす》かにすると、彼の獰猛《どうもう》な肉棒は千晶の上品な女芯に、しっかりと収まっていた。

ぐいぐいと大きく抽送すると、彼女は背中を弓なりに反らし、乳房を揺らした。

はしたないと思うのか、声は出さない。唇をしっかり噛み締め耐えている風情だったが、竜二がテクニックを繰り出してくると、そうもいかなくなった。

彼は腰をグラインドさせて、ペニスでぐるりと肉襞を撫で上げた。ただのピストンでは触れない部分まで、丹念にじっくりと先端を這わせていく。ウブな千晶には、初めて口にする、禁断の果実も同然の快感のはずだ。

「うっ……ふ、ふう……」

ついにこれ以上我慢できない、という感じで唇が開き、熱く甘い吐息が漏れ出た。

感じてしまっていることを示すように、肉襞もきゅうと締まった。

これは一級品だ……おれは、金じゃ決して手に入らない女を姦《や》っているんだ。

女は抱いてしまえばみな同じと思っている竜二も、今回ばかりはさすがに感銘のようなものを心ゆくまで味わっていた。それほどの躰でもあり、美貌だった。

「あんた、ダンナと別れる気はないのか？」

腰を動かしながら聞いた。

「どうして？　わたくしがどうして彼と別れるの？」

「だってよ。ダンナはあんたを裏切って、ガキを買ってるんだぜ？」

そう言われても千晶は目を閉じ、無言のままだ。

「あんたは、ダンナに負い目があるんだろう？　知ってるんだぜ」

竜二は、くぬぎ野探訪の後、老人集会所で『槙野のお婆ちゃん』を訪ねてあれこれ聞き出していた。

「あんたの親父が桐山に転向を迫ったんだろ。野党から与党に移れって。どうせ政治をやるなら、万年野党で燻《くすぶ》ってるより与党でアタマを取って内閣首班をとれって」

そういうことを今考えたくないのか、千晶は竜二の背中に腕を回し、自分から腰を押しつけ動かしはじめた。

「積極的じゃねえか。桐山は口は達者でもチンポはおとなしいんだろ。あんた相手じゃ」

「違うわ」

千晶は女芯をくいくい締めながら言った。

「わたくしと彼とは、そういうレベルの繋がりじゃないの」

「またそれか。『そういうレベル』ときた。でもな、夫婦ってのは結局、男と女なんだよ。で、男と女ってのはこれだろ、要するに」

竜二は思い切り腰を突き上げた。彼の堂々たる肉棒が千晶の奥深くまでを貫いた。

「ああっ」

彼女の全身に震えが走った。それは喜悦の震えだ。

「あ、あたしが怖いのは……あの人がすべてを投げ出してしまう事なの。この世界はストレスが多い。それはよく判ってる。それで……私には出来ない癒《いや》しを……彼はあの女の子に求めてるのかもしれない。それならそれで……」

千晶は軽い痙攣《けいれん》を起こした。アクメの前兆だ。

槙野の婆さんの言によれば、桐山真人は今、与党のホープとして党総裁選に出ようとしている。だが以前、代議士の地位に執着などない、いつでも市井《しせい》の人間に戻っていいんだと言い放った事があるらしい。

すべてを投げ出す、か。政治家のオヤジのくせに、カッコよすぎるじゃないか。

竜二は、どうせロばっかりのそんなセリフに、千晶が騙《だま》されているのにも腹が立った。たとえばおれが『シャフト』の売り上げもカリスマホストの座も未練はない、と思うのは本気だが、一度政治家になって味をしめた野郎がそんな事を言うのは、ウソに決まってるじゃないか。

事ここに至っても桐山に未練があるらしい千晶にもムカついて、竜二はがんがんと乱暴なほど強烈に腰を使った。

「あ……あああっ……もっと優しく……」

「贅沢《ぜいたく》をいうな！」

躰が浮いてしまうほどの強い突き上げの連射に、千晶は一気に追い込まれ、全身を硬直させた。その直後、ひいぃっというような声を発して、アクメに達してしまった。

彼女の全身が硬直し、秘部も最高に締まった。竜二もたまらずに、果てた。

お互いぐったりとソファに倒れ込んだが、千晶の目が竜二を熱く見つめる事はない。

妙に静かな眼差しが、天井に向けられていた。

千晶を完全に籠絡出来たと思ったのに、そうではなかった。これだけ肉の快楽を堪能させてやったのに、自分になびかない女が存在することが、竜二には信じられなかった。有望な若手政治家か何か知らないが、浮気されてもやはり亭主に未練タラタラなのか。

竜二は柄にもなく、千晶の夫・桐山に強いライバル意識を抱いてしまった。

それは、『愛』などというまやかしを信じる連中を竜二が大嫌いなせいかもしれない。千晶がなびかないのが夫への未練のせいだと判った以上はなおさらだ。

「あんた、なんで亭主に直接ぶつかってみないんだ？　あんたらには、つよーい結びつきがあるんだろ？　だったらなんでも話し合えばいいじゃないか」

「それが出来るくらいなら……」と、千晶は言いかけ、突然、思いがけない事を口走った。

「そうだわ。わたくし、その子に逢ってみたいわ」

「いや、それは……」

下手に二人を逢わせると、自分の嘘がバレてしまう。竜二は言葉を濁した。

「逢わせて。その唯依って娘に、本当はどうなのか、お金だけなのか、愛情があるのか、いろいろ聞いてみたいの。お願い」


「ねえ、お願い」

突然、着衣を乱し下半身裸の、とびきりの美女が目の前に現れて、大介は飛び上がるほど驚いた。またしても都合の悪くなった竜二が遁走《とんそう》して大介に無理やりバトンタッチしたのだ。よくあることとはいえ、事前になんの心の準備もないのだから、こういう事態に慣れることなど、大介に出来るはずがない。

明らかに、セックスの後だ。竜二はこの女性とやることをやって逃げ出したのだろう。女性を未だ一人しか知らない大介には、到底手に負えない状況だ。

何とかその場を取り繕《つくろ》おうとして、大介は話を合わせるしかない。

「だからその子に逢わせてと言っているのに」

「はあ……なんとかしようと思いますが……『その子』って？」

「あなた、わざと意地悪をしているのね。どうしても言わせたいの？」

年上の美女は半裸の躰を起こし、バッグから一枚の写真を取り出した。

「この娘よ。わたくしの夫と……男女の関係にある女の子。名前は、安納唯依」

大介はショックを受けた。たしかに、その写真に写っている少女は唯依だった。かつて大介が知っていた三歳の女の子。そして数日前に思いがけなく再会した、可愛い少女。

「どうして……この子が？」

状況が飲みこめず驚くばかりの大介に、千晶は苛立《いら》った。

「どうしてそんな見え透いたおとぼけをするのかしら？　わたくしは、真剣にお願いしているのよ。この娘に、桐山との事をはっきり訊ねたいの」

しかし……大介の記憶にある限りでは、唯依は言動も女子高生というには幼く、無垢《むく》に見えた。この美熟女が言っているような事があるとは、とても思えないのだ。

「とにかく……その、前向きに対応するよう、速《すみ》やかに検討したいと」

どうしてこういう役人のような言葉しか出てこないのだろう……とイヤになりながら、大介はそそくさと服を身につけた。

第3章　「改革の旗手」

秋葉原にほど近い、露地を入った突き当たりにある古い雑居ビル。それが大介の自宅兼仕事場だ。２ＤＫの広くもない部屋の中には、数台のパソコンと周辺機器がラックに整然と並んでいる。きれい好きの整頓好きで、ケーブルがだらしなく垂れ下がっているのを見るだけで束ねたくなるのが大介の性分だ。もちろんプロのコンピューター何でも屋としては、商売道具がすぐに稼動出来るようセットしておくのは当然の事だと思っている。

深夜の二時。その時も大介は、急ぎの仕事をやっていた。某スーパーマーケットのポイントカードの解析だ。ライバルのスーパーが偽造カードを作って営業妨害をしようというのか。そういう悪事のお先棒を担《かつ》ぎたくはないが、清く正しい仕事だけでは家賃も電気代も払えない。

がんがんとドアを叩く音で、彼は仕事を中断した。ノックなどというものではない。今すぐ開けないと承知しないぞ、という音だ。仕事柄、そういう訪問者は日常茶飯事だ。

「もうすぐ出来ますよ。だからそんなにうるさくしないで……」

大介は苦笑しながらドアを開けた。この仕事を持ち込んだハマさんはせっかちだ……。

が。廊下に立っていたのは、凶暴な目つきの中年男・野崎だった。海音寺の豪邸で有無を言わせずパンチを繰り出した、あの用心棒だ。

「おい、兄さん。嬢ちゃんがここにいることは判ってるんだ。隠すとタメにならねえぜ」

ちょっと見はへらへらして冴えない中年男なのに、凄《すご》むと目の奥の狂気が光を放った。

「調べさせて貰う」

野崎は有無を言わさず玄関先の大介を押しのけて上がりこんだ。当然のように土足のままだ。

「いるんだろ！　早く出せ！」

男はそう喚《わめ》きながら、目についた引き出しという引き出しを引き抜いて、中身を床にぶちまけはじめた。

「ちょ、ちょっと待ってください。誰かを探してるんですか」

「言っただろうが！　嬢ちゃんだよっ！」

唯依が引き出しに隠れられるはずがないのに、野崎はやめない。机の引き出しを全部ぶちまけて文房具から書類まで全てを床に散乱させ、ラックの引き出しからは接続コネクターやケーブル類を引きずり出し、さらに食器棚の中身をばら撒いた。フォークやスプーンや箸《はし》が降り注ぐ。

「どこだ！　早く出せっ！」

野崎は押し入れを開けると、予備の布団や段ボールを引っぱり出した。それが終わるとベッドのシーツもひき毟《むし》り、トイレと風呂のドアを壊れんばかりに勢いよくあけて中を見た。

「いねえようだな」

男は歯ぐきを見せた。それがニヤリと笑っている表情だと判るまでに時間を要した。今や部屋中がメチャクチャで、足の踏み場もない。しかし無神経なサイコ男は、あらゆるものを土足で踏みながら歩き回った。

「あ！」

大介は思わず悲鳴を上げた。野崎が踏みにじってびりびりと引き裂いたものが、映画の劇場用プログラムだったからだ。

「なんだよ。たかが映画じゃねえか」

野崎は主演女優の写真に足跡のついたプログラムを蹴り飛ばした。

「……なるほど。嬢ちゃんはここには来てねえようだな。だがな」

大介の胸倉《むなぐら》をつかんだ。酒と煙草の交じった口臭が臭《にお》った。

「これからもときどきチェックしてやるからな。隠せるなんて思うなよ。え？　兄さん」

野崎はいきなり大介の鳩尾《みぞおち》にパンチを叩きこんだ。

大介はごふっ、と肺の中の空気を全部吐き出し、身体をくの字に曲げた。

「この前は嬢ちゃんが止めにはいったから、ヤキの入れ方が足りなかったたな。そんときの借りだ」

前のめりになって膝をつこうとしたところに、今度は顎《あご》に強烈な衝撃を感じた。次の瞬間、彼はラックに激突し、その上にスキャナーやMOドライブなどが降ってきた。

痛みより先に、頭がぼんやりした。脳震盪《のうしんとう》を起こしかけて意識が薄らいだのだ。

アッパーカットを食らって叩きつけられたのだと判った頃に、全身の痛みが襲ってきた。

大介を殴り倒した野崎は、類人猿めいた顔に歯茎を剝き出しにし、しーしーと不快な音を歯の間から洩らして、にやにや笑って見下ろしている。

野崎は身体こそ筋肉質だが、後退した額とあぐらをかいた鼻の様子は、どこにでもいそうな中年男にしかみえない。だが、その一見愛敬《あいきょう》のある男が、笑いながら暴力を振るうのだ。

「どうした？　こんなのほんの挨拶代わりじゃねえか。兄さん弱っちいな。男は強いのが一番だって事が、あの嬢ちゃんにはまだ判ってねえんだよな。そうだろ？」

野崎は床に倒れて苦悶している大介の腹を蹴り上げた。

「おい。反吐《へど》でおれの靴を汚すんじゃねえ」

野崎は汚れた靴を大介のシャツに擦りつけた。

「あの嬢ちゃんには、いずれおれがじっくり教え込んでやろうと思ってる。男は、中身が勝負ってことをな」

「ま、待って……」

大介は男の脚にしがみついた。

「待ってください。あの子に何をするつもりなんですか？　絶対にダメだ。何もしてはいけない！」

「てめえ！　誰に向かってそんな口きいてるんだ」

頰を靴でぐいぐいと踏みつける野崎に、大介は必死に訴えた。

「お願いだ……あの子は……唯依は、まだ子供なんだ」

大介は、顔を真っ赤にして咳《せ》き込みながら、かろうじて言った。

「馬鹿野郎。子供だからいいんじゃねえか」

野崎は大介の腹をいやというほど蹴り上げた。

「子供なら何も知らないから、男にあれこれ注文をつけることもない。別の男と比べることもない。女なんてのはみんな性悪だぁね。頭ン中はアレの事しかねえから、ガキのくせにすぐロクでもねえ知恵をつけて男をバカにする」

野崎はいかにも憎々しげに、唾を飛ばしてまくしたてた。

「そうなっちゃあお終《し》めえよ。ほんとうは知恵のつかない小学生ぐらいが一番いいんだ」

兄さん知ってるか、と野崎は得意そうに言った。

「小学生ぐらいのガキでも、上手にやってやれば悦ぶんだぜ」

小学生の女の子の後をつけて公園のトイレに入り、パンツを降ろしてあそこを舐めてやるんだ、と野崎は言った。

「まだ毛も生えてなくてよ、きれいなもんだぜ。ちょっと臭う小便の香りがまたよくてな」

こいつは筋金入りの変態なのだ、とようやく大介は悟った。そんなやつが、あの唯依のすぐ傍《そば》にいるのだ……。

「女の子は驚いて声もあげられない。で、その、すっとタテに線が入ってるだけのアソコを指で左右に広げてやる……」

野崎は、起き上がれないでいる大介の傍《かたわ》らにしゃがみ込んだ。その股間が勃起していることがズボン越しにも判って、大介はぞっとした。

「剝き出しになったアソコを、思いっきり吸ってやるのさ。小さな女の子にもクリトリスはあるから、その包皮を剝いてやって、じっくり舐めて吸ってやれば、ほんのガキでも感じるんだぜ。子供は正直でいいよ。自分からぐっと股をおれの口に押しつけてくる子もいるもんなあ」

野崎の表情はそのときのことを思い出したのか、恍惚《こうこつ》としている。ズボンの前の膨らみも、ますます大きさを増していた。

「そのままやっちまったこともある。ま、本番は昨今さすがに色々と厄介でな。最近はしゃぶらせるだけで我慢してるが」

被害者の女の子への感情など一片もないこの野崎という男に、大介は恐怖と怒りと、吐き気を覚えるほどの嫌悪を感じた。だが、肉体の痛みは消えず、口を開くこともできない。

金さえ出せばガキも買えるが、と野崎は愉しそうに続けた。

「ダメなんだよ、カラダを売るような連中は。ナリはガキでもスレてるし、アソコに何本男のモノを咥《くわ》えこんだか判りゃしねえし」

大介は耳を塞ぎたかったが、どうにもならない。

「オクテな子ってのが最高だな。たとえば、あの嬢ちゃんだ。あの細っこい躰、高校生だなんて信じられるか？　胸も薄くて男の子みてえだ。おれの好みだよ。ソソられるぜ。裸にしても、きっとまだ大して毛も生えてねえな。賭けてもいいが」

「やめろ！　薄汚いことを言うな！　あの子に……唯依に手を出したら……許さないぞ！」

舌なめずりしていた野崎は、目を剝いてせせら笑った。

「てめえに何が出来るってんだよ、あん？　この、青びょうたんがっ」

目にもとまらぬ速さで立ち上がった野崎の蹴りが今度は胸の真ん中に炸裂し、大介は悶絶した。灼けるような胃液が喉《のど》からせり上がり、口の中に熱い苦みが広がった。

「じゃあな。兄さん。また来るぜ」

野崎は後をも振り返らず、大介のアパートを出て行った。

股間が濡れている感触に気がついた。痛みのあまり失禁してしまったのだ。惨《みじ》めさに呻《うめ》きながら、大介はこういう事もこれが初めてじゃないな、とぼんやり思った。

子供のころ、母親に折檻《せっかん》されてお洩らしした記憶が何度もあった。それを見て余計に逆上した般若《はんにゃ》のような母親……。いや、それよりももっと厭《いや》なことがあった。

もうちょっと大きくなって入所していた『超能研』で、「あの男」と二人きりにされた時のことだ、と大介は悪夢のような過去が甦ってきた。

『キミは賢い、優秀な子だ』と耳元で囁く声がして、肩に優しく大人の手が置かれた。

その手が、まだ少年だった自分の躰中を撫で回し、まさぐり……そして。

彼は抵抗できなかった。本心ではぞっとするほど厭だったが、その気持ちを口に出すことも、股間にまで這ってくる「あの男」の手を払いのけることもできなかった。

この人は偉《えら》い人なんだ。逆らったら大変なことになる。

母親に逆らえなかったように、少年だった彼は人々に『マスター』と呼ばれて奉《たてまつ》られていた「あの男」にも、何も言えなかった。

ズボンを降ろされ、幼い性器が弄《もてあそ》ばれ、やがて躰のうしろに、あの焼け火箸を突っ込まれるような激痛が……。

そこで大介の記憶は途切れた。気がついたときには、やはり失禁していたのだった……。

こんな事が一生続くのかと思うと、口の中に苦いものが広がった。自分はいつも殴られ、小突き回される役回りなのだろうか。母親に、「あの男」に、竜二に、そしてあの野崎に。自分はいつも精一杯頑張って、必死に生きているのに……。

惨めさと痛みと無力感で身動きも出来ずにいると、アパートの外の廊下で足音がし、再び玄関のドアが開いた。

野崎がまた戻ってきたのだろうか。

大介は、ふたたび痛めつけられることを覚悟して、目を閉じた。

「お兄ちゃん？」

だが、聞こえたのは少女の声だった。その声は驚愕に震えた。

「どうしたの！　大丈夫？　あいつが……野崎がこんなことをしたの？」

驚いて自らの傍らに膝をついた唯依に、大介はやっとの思いで告げた。

「鍵だ。鍵を……かけて。あいつが戻ってきたら、今度は……きみが危ない！」

大介の言葉の意味をすぐに察して唯依は立った。慌ただしくスチールの鍵を回す音がした。

これで取り敢《あ》えずは安心だ、と立ち上がろうとした彼の脇腹に激痛が走った。もしかして肋骨《ろっこつ》に罅《ひび》ぐらいは入ってしまったのかもしれない。

玄関から唯依が戻って来て、心配そうに大介の顔を覗き込んだ。

「ごめんね、お兄ちゃん。私のために……痛む？」

「ああ……ちょっとね」

彼女に微笑《ほほえ》もうとしたが、無理だった。立ち上がろうとした事で新たな痛みが生まれ、大介は呻きながら畳に倒れ込んだ。

「私が看病してあげる。これでも簡単なお料理ぐらいは出来るんだから」

いそいそと少女は言った。

「ベッドに移れる？　あ……」

大介のズボンと畳が濡れていることに気がついた唯依は戸惑ったような声を出した。

「……いいんだよ。自分でやるから……うっ」

大介は、顔から火が出るほど恥ずかしく、慌てて立ち上がろうとして、再び激痛に呻いた。胸郭《きょうかく》に目も眩《くら》むような痛みが走り、息を満足に吸い込むことさえ出来ない。

唯依はさっと立った。台所でタオルを絞る音が聞こえた。

「横に動ける？　あ、無理しなくていいから。ゆっくりでいいの」

大介の横に唯依が膝を突き、絞ったタオルで濡れた畳を拭いた。拭き終わると彼を向いて、大介のベルトのバックルに手を伸ばした。

「着替えなくちゃ。風邪ひいちゃう」

いきなりベルトを外され、ズボンのファスナーを降ろされたので、大介は慌てた。

「あっ、ダメだよ。いいよ、そんなこと自分で……」

だが、唯依の手を止めようとすると、激痛が走る。

「遠慮しなくていいのに。昔、お兄ちゃんだって、私の面倒みてくれたでしょ」

たしかに、『超能研』で子供同士二人きりだったとき、お洩らししてしまった唯依を大介が着替えさせ、身体をきれいにしてやった事が何度もあった。だが、あの時とは話が違う。

大介はすでに一人前の男になっているし、唯依も今は美しい少女に成長しているのだ。

なのに唯依は、うろたえる大介にかまわず、彼のズボンを引き下ろし、足首から引っ張って無理やり脱がせてしまった。

「これ、洗えるんだよね」と言いながら立って、洗濯機の蓋を開けてセットする音が聞こえた。

戻って来た唯依は、またもお湯でしぼったタオルを手にしていた。まるで看護婦ごっこをしているように、大介の太腿を拭きにかかった。

熱いタオルは気持ちいいが、自分の股間が若い男性としてごく自然な反応を起こしつつある事に気がついて、大介はますますうろたえた。片手をそこに持って行って、なんとか隠そうとするのだが、にわか看護婦になった唯依がその手を払い除けた。

「ちょっと足を開いてね。腿の内側も拭いてあげる」

唯依はやたら甲斐甲斐《かいがい》しかった。彼の世話が出来る事が嬉しくて仕方がない、という様子だ。

唯依がこんなにも無邪気そうでなかったら、よっぽど男の扱いに慣れているのかと疑ってしまうところだ。

でもこの子の中身は、あの三歳の泣き虫の女の子だった頃と少しも変わっていない。そう思えたのは、唯依のまっすぐな目の光と澄んだ声、ちょっとした仕草に幼い時の姿が重なったからだ。

そしてあの頃の、彼女を大切に思う気持ちも、はっきり甦ってきた。

この子だけは悲しませたくない、守ってあげたい、そして、絶対に奪われたくない。

親から引き離され放置されていた二人には、お互いしか縋《すが》るものがなかった。唯依はいつも大介の後を追い、片時も離れようとはしなかったが、その事で大介も救われていたのだ。

だが、そういう純な気持ちと、現在の彼の下半身の反応は別だった。

ついに唯依の手がブリーフに掛かった。

その、引き降ろしかけた手が一瞬とまった。

美少女の手に触れられた刺激で大介の男性が完全にそそり立ち、下着を押し上げていたのだ。

慌てて両手で隠したが、唯依は一瞬とはいえ、その部分をはっきりと見てしまったようだ。

唯依の頬がぽっと赤く染まった。男のその部分を見るのは初めて、ということがはっきり判る赤面の仕方だ。

大介は恥ずかしさにいたたまれなくなった。しかし唯依は気を取り直したように、その周辺を熱いタオルで拭き始めた。手をどけてと言う彼女に、大介は自分で拭くからとタオルを奪い取ってようやくホッとした。

唯依は怒ったような顔で、散乱している床から探し出したパジャマのズボンを穿かせてくれ、さらに、痛いところはどこ？　と聞いて、大介の脇腹を氷水に浸けたタオルで冷やしてくれた。

「あの時、私の面倒をみてくれたお返しがしたいの。あれから色々なことがあったけど……お兄ちゃんぐらい優しくしてくれた人は、誰もいなかった」

唯依はまっすぐに大介を見つめた。二人が別れ別れになってから長い年月が経ったが、大介と同じく、唯依もあまり幸せではなかったようだ。

唯依は横になった大介に枕をあてがい、ベッドにあった薄いタオルケットをかけてくれた。

じっとしていると間が持たないのか、彼女は野崎が滅茶苦茶に荒らした室内を片付け始めた。畳一面に散乱した引き出しやタンスの中身を、これはどこに仕舞えばいいの？　と大介に聞きながら、手際よく片付けていく。その唯依の動きが止まった。

彼女の手には、びりびりに裂けて足あとがついた映画のパンフレットがあった。

「夏山零奈《なつやまれな》主演『マノン』……お兄ちゃん、このひとを知っているんでしょう？」

正面切って聞かれた大介はうろたえた。

唯依が手にしたパンフの表紙は、野崎に踏まれて無惨に裂け目が入った夏山零奈の写真だった。

「なぜそう思うの……女優さんだよ、このひとは」

取り繕《つくろ》おうとしたが、声が震えた。生まれて初めて全力で愛した女・夏山零奈のことは、大介にとってはまだ生々し過ぎる過去だ。うっかり触れると傷口が開き、また血が流れ出しそうだ。

零奈のポートレイトをじっと見つめる少女の顔が蒼白め、指先が小さく震えた。

「このひとは……もう、この世にはいない。私には判るの。冷たい……冷たい水がまわりで渦を巻いている」

「えっ⁉」

突然、別な世界に入ってしまったような唯依の様子に、大介は不安になった。

零奈が死んでしまったこと、それも、大介の目の前で冷たい日本海に転落し、逆巻く浪間に消えて行ったことを、なぜ唯依は知っているのだろうか。

「ニュースか何かで……見たんだよね。そのひとの事故の話を」

「ニュース？」

夢から醒《さ》めたような顔で唯依が言った。

「私はテレビは見ないの。新聞も雑誌も読まない。感覚を磨いて、人には見えないものを見るためにはノイズに触れてはいけないって、海音寺さんが」

海音寺……それは唯依が暮らしている大きな屋敷の表札にあった名前だ。海音寺とは、唯依の何に当たるのだろうか。

疑問を問い質《ただ》す隙もなく、唯依が続けた。

「この女のひとはもう居ないけれど、お兄ちゃんの心の中にはこのひとがいる」

唯依は悲しそうだった。

「すごく、好きだったんでしょう？　今でも忘れられないんだね」

大介は胸が苦しくなった。喉が締めつけられるようで、空気まで薄くなったような気がした。零奈のあの眼差し、あの肌の柔らかさ、『ずっとそばにいて』と大介に言った、あの声。しかし、それは彼女の本心ではなかった。零奈の心は別のところにあった……。

大介の心身の変調を、唯依は敏感に察知したようだった。

「駄目！　辛くなるんだったら、もう思い出さないで！」

彼女はパンフを閉じて、そっと置いた。

「……でも、その女のひとは、後悔はしていないよ。お兄ちゃんに、『ごめんなさい』って言っている声も聞こえる」

唯依が、掌を大介の額に置いた。身体の痛みなのか心の痛みなのか判らなかったが、その苦しさが、すっと抜けた。なぜか呼吸も楽になった。

大介は不思議な思いに打たれていた。唯依にはなぜ、こういうことが判るのか。

一緒にあの施設で暮らしていた幼い頃も、唯依はひどく勘のいいところのある子供だった。これは、その能力の延長線上にあるものなのか。

「すごく……悔しいよ」

大介の額をさすりながら、唯依が言った。

「もうちょっと早く……お兄ちゃんにまた逢えていれば、私がそのひとの代わりになれたのに。お兄ちゃんだけを好きになって、こんな悲しい思いをお兄ちゃんにさせることは、絶対になかったのに」

　これは……愛の告白なのか？　いや、まさか。

　大介は信じられなかった。あの頃は、お互い、まだ幼い子供だったのだ。

「嘘だと思ってるでしょう？　私のことなんか忘れてたでしょう？　でも、私はそうじゃなかった。お兄ちゃんのことを、一日だって忘れたことはなかったのに」

　それはきみが幸せじゃなかったから。理由はそれだけなんだよ、と大介は言いかけてやめた。自分と似たりよったりな境遇の彼女に、それを言うのは残酷過ぎる。

　唯依は、なんとなく気力を失ったような様子で、大介の傍らに座り込んだ。

　途方に暮れた表情で、ぽつりと言った。

「ねえ。私、ここで暮らしちゃ、いけないかなあ」

　迷惑はかけないから、と慌てて言い添えた。

「学校なんかやめちゃってもいいし、どこかで働く。ここに置いてくれるのなら、洗濯やお掃除をするし、食事だって作るから……」

「いやしかし……きみのうちの人が」

「海音寺さん？　海音寺さんは親戚でも何でもないの。ママのところには帰りたくないし」

　唯依の家庭の事情は判らないが、大介は唯依をあの広大な屋敷に帰してはいけないように思えた。だいいち、あそこには筋金入りの変態・野崎がいるのだ。未成熟な少女の肉体にしかそそられない、とうそぶいた中年男の表情を思い出し、大介はぞっとした。

そうだ。唯依をあんなところに帰してはいけない。

帰ることはないよ。二人で一緒に居よう。昔みたいに……。

だが、そう言いかけた大介ははっと口を閉ざした。大介と一緒に居ることさえ、唯依にとって安全ではないのだ。自分一人なら、どんなに唯依が魅力的でも、欲望のままに彼女の幼い躰をもてあそぶようなことは絶対にしない。だが……竜二という存在がある。

一橋葉子によれば解離性同一性障害、すなわち多重人格者であるらしい自分は（認めたくないことだが）、あの竜二と同じ身体を共有している。そして、男女を問わず他の人間を『獲物』としか思っていない竜二が唯依のような美少女と同じ部屋にいれば、何もしないわけがない。腹をすかせた野良猫とカナリアを、一つの籠に閉じ込めるようなものだ。五分と経たないうちに唯依は食われてしまう。いや、今も、こうして二人きりでいるだけで、自分は彼女を危険に晒しているのではないか。

そのことに気づいた大介が動揺したその瞬間、恐れていたことが起こった。

『そのとおりだぜ。トロいお前にしちゃなかなか冴えてるな。いいか。目の前にいるこのガキはお年頃になってムラムラ発情して、お前に姦《や》られたがってるんだ。女の誘いを断るのは失礼ってモンだぜ。なんなら、おれが望みを叶えてやろうか？』

竜二の声が大介の頭の中に響いた。

やめろ！　やめてくれ！　と大介は心の中で必死に叫んだ。

唯依は、大介の返事を待っているのだろう、目を伏せている。

彼は身体と意識を乗っ取ろうとする竜二に抵抗したが、こうなると大介には勝ち目はない。

彼の意識を押しのけて、『竜二』がずい、と前に出た。大介だった身体から、一切の痛みが消えうせた。

「……ここに居たいんなら、いればいいじゃないか」

元・大介だった男は、澄ました顔でいった。

唯依は、今や中身が『竜二』である男に、目を輝かせて「本当？」と聞いた。

「ああ、本当だ。ボクだって、きみのような可愛い子がいてくれるのは大歓迎さ」

竜二は、何事もなかったようにすっと立ち上がった。

突然元気になった彼を見て、唯依は驚き、反射的に後ずさりした。

「痛くなくなったの？　急に……どうなっちゃったの？」

「ああ。全然平気だ。ボクは不死身だからね」

顔は腫《は》れあがり、腕や足は打撲して紫に変色しているというのに、彼はニヤリと笑ってぴょんぴょん飛び跳ねてみせた。

「ほら、大丈夫だ……どうしたんだよ？　ゾンビを見るみたいな顔するなって」

彼は唯依の手を取り、自分のほうにぐい、と引き寄せた。

「いやっ」

いきなり小さな胸を鷲《わし》づかみされた唯依は悲鳴をあげた。

「お兄ちゃん！　何をするの！」

「何をするって……ここで一緒に暮らすって事はどういう意味か、きみだって判ってるんだろ？　まさかニセモノの兄妹ごっこをしにきたんじゃないだろ？　え？」

カマトトぶるのはよせよ、と言いながら竜二は少女を抱き寄せ唇を奪おうとした。

「だめ！」

彼女は反射的に拒絶し、強引に迫ってくる彼を突きのけようとした。

「あ……ご、ごめんなさい」

竜二はわざとよろめいた。怪我《けが》をしている彼を突き飛ばした事に唯依は自分でも驚き、謝った。

しかし竜二はニヤニヤ笑うばかりだ。暴行されて顔が歪んだ状態の男が笑うと、悪魔の口が耳まで裂けたように見えて、極めて不気味だ。

「いいって。ボクは全然痛くないんだからね」

そう言って竜二は、彼女のうなじに唇を近づけ、舌を這わせようとした。

が、その時。

ドア外の廊下で、けたたましいベルが鳴り始めた。火災報知器だ。スチールの扉がいくつか慌ただしく開閉され、複数の足音が響き、「火事だ！」と怒鳴る声もした。

「なんだ？」

竜二は玄関に向かった。唯依がさっきかけたドアチェーンを外そうとしていると、突然、後ろから強い力で腕をつかまれ、物凄い勢いで後方に引き戻された。

「開けてはいけない」

凛として厳しい声に、竜二はぎょっとして振り返った。聞き覚えのない声だったからだ。

「これは罠《わな》だ。判らないのか」

すぐうしろに立っているのは、唯依だ。彼女の唇が動いていた。声も唯依の口から聞こえてくる。だが、それは唯依の声ではなかった。可愛い少女らしさは跡形もなく、まったく違う声が流れて来るのだ。男の声でも年寄りの声でも、獣じみた声でもない。だがそれはつい先程までの、年齢より幼く感じる少女の澄んだ声では、まったくなかった。

その声がまた言った。

「外には野崎がいる。非常階段に積まれていた段ボールに、野崎が火をつけたのだ」

確信に満ちた口調でその声は続けた。表情も雰囲気も、十六歳の少女のものではない。

非常階段はここからは見えないだろふざけんな、と言おうとして竜二は黙った。

唯依の、いや、唯依の姿を借りた「何か」の、全身から放たれるオーラのようなものに圧倒されたからだ。

大介と違って裏の社会で生きてきた竜二は、これまでに何度も修羅場をくぐってきている。一触即発のような状況も数知れない。それだけに、相手の力量を瞬時に推《お》し量る能力には長《た》けている。強い相手を見くびれば大怪我をするからだ。

そんな竜二の本能が、なんだか知らんがコイツは只者ではない、甘く見るなと告げていた。

躰も細くて小柄な唯依なのに、そのまわりの空気が張りつめていた。眼の光も、さっきまでとは比較にならないほど強い。顔からも、唯依の愛らしい表情が、一切消えていた。

一人の少女ではなく、何か非人格的なエネルギーのような「もの」がそこに存在していた。表情を失って空白になった顔立ちが、崇高《すうこう》にすら感じられる。

その口から続けて言葉が出た。

「今、外に出れば、野崎に捕捉される。あの男は、ここをずっと見張るつもりだ」

ご託宣かよ、と笑い飛ばす事は竜二には出来なかった。良く考えればその通りなのだ。あの野崎とかいう変態は、このガキにえらく執着している。なるほど。放火ぐらいはやりかねない。うかうかと扉を開けるようなバカをしなくてよかったぜ。

外の廊下はますます騒がしくなった。

「消防署に電話しろ！」

「消火器を早く持ってこい！」

「避難しろ！」

この雑居ビルの住人がどやどやと出て来て足音が入り乱れ、慌てた声が飛び交っている。

「お前たちは、ここから脱出しなくてはならない。野崎の目の届かないところに」

唯依の口から出た声が告げた。

「だが、普通の方法では無理だ。お前と浅倉大介の主治医が東大病院にいるはずだ。彼女に連絡するといい」

なんなんだよ、こいつ。

竜二はますます不気味になった。なぜ唯依がそんなことまで知ってるんだ。大介が一橋葉子のことを唯依に話したのであれば、当然、オレはその事を知っているはずなのに……。

葉子先生によれば『上位人格』である竜二には、大介の身に起こることはすべて判る。それだけではない。大介の考えていることも記憶の内容も、すべて知ることが出来る。だがその逆は成り立たないのが、この「病気」の不公平なところだが。

しかし竜二の知るかぎり、大介は一橋葉子の事を唯依に話してはいない。さらに、女医である葉子が東大病院の嘱託《しょくたく》だということも、唯依が知っている筈《はず》はない。

いや、それ以上に引っ掛かるのが、たった今彼女が口にした、『お前と浅倉大介』というフレーズだった。

竜二と大介がともに解離性同一性障害である事を、なぜ唯依が知っているのか。これは今のところ彼（ら二人）と、葉子先生しか知らないことなのに。

これまでに大介と竜二が『別人』であると看破した人間は、夏山零奈しかいなかった。それも、零奈が両方とベッドをともにしたから判ったことだ。

なぜこのガキがそれを見破ったのだ、と竜二は不安になり、唯依を手なずけてセックスしてしまおう、というさっきまでの猛り立つ欲情が、すっかり萎《な》えてしまった。処女をいただく、という目的がなくなれば、こんな辛気臭いだけの大介の部屋に用はない。

竜二は人格の中心（スポット）を大介に明け渡して、消えうせた。

「うぐっ……ぐぐ」

戻ってきた大介をたちまち激痛が襲った。身動きもできない状態だったところを、竜二に無理やり立ち上がらされ、ドアの前まで歩かされたのだから当然だ。

「入れ替わったな」

床にくずおれ、痛みにのたうち回る大介を見て、『唯依の姿をしたもの』は静かに言った。

「もう一度、お前にも言う。外には野崎がいる。ここを無事に出なくてはならない。お前の主治医に協力を頼むのだ」

大介には何がなんだか判らない。竜二が『スポット』に出てきていたことは知っているが、それから先の、竜二の部分の記憶が大介にはないからだ。人格が交替すると、ビデオを編集したように時間がスキップしてしまうのだ。

目の前に立っている唯依の表情が空白で言葉遣いがおかしいことも、『入れ替わったな』と見抜かれたことにも、大介は気が回らなかった。痛みでそれどころではない。だが、葉子に電話して協力を求めるというアイデアは、非常にいいし、それしかないと思った。

唯依が電話の子機を持ってきて大介に渡した。

「もしもし。東大病院ですか？　精神神経科の一橋先生をお願いします。はい。私は浅倉……いえ、沢と申します。ええ、出来ましたら急いで」

そこまで言った大介は、絶句してしまった。彼の目の前で、立っていた唯依が突然、白眼を剝いたからだ。

唯依は、完全に空白となった表情のまま、がっくりと畳に膝をついた。

「唯依っ！　……どうしたんだ？　しっかりするんだ！」

自分も床に倒れたままの大介は、失神した唯依を抱き起こそうとしたが、痛みでどうにもならない。それどころか自分も激痛のあまり意識が薄らぎ、子機を取り落としてしまった。

＊

自分の身体が揺れている感覚で、大介は目が覚めた。そこは、走っている車の中だった。

「気がついたわね？」

葉子先生が覗きこんだ。白衣を着た葉子の手には注射器があった。

「ひどいことになってるわね。でも、もう大丈夫。鎮痛剤を打ったから」

大介はストレッチャーに寝かされていた。その横には、唯依が同じくストレッチャーに横たわっているが、こちらは意識を失ったまま昏々《こんこん》と眠っている。

「この子は大丈夫。バイタルはすべて正常だから。あなたのほうが大変みたい。病院に着いたら一応、頭部CTに全身のレントゲンを撮るわ。内臓の損傷はないようだけれど」

ストレッチャーが並べて二台置ける、普通の救急車より広い車内には、まるで宇宙船のようにさまざまな医療機器がセットされていて、二人の容態をモニターしている。

「電話に出たら呻き声しか聞こえなくて、最初はイタ電かと思ったんだけど……発信者番号を見たら沢さんというか、つまりあなただったから、慌てて飛んできたのよ。何となくカンが働いて……ベッドが二つある搬送車輌にしてよかったわ」

車内には医者でもなく救急隊員でもなさそうな屈強な男が二人、乗っている。

「東大病院だと自由がきかないし迷惑かかっちゃうし、私のクリニックでも心許《もと》ないので……設備じゃなくて、セキュリティの点でね……こちらのお世話になるわ」

葉子の白衣には『東京第二・精神保健センター』のネームが入っていた。

「閉鎖病棟なら、外部の侵入者からがっちりガード出来る。普通の病院はその点ザルだから、刺《し》客《かく》でも誘拐犯でも誰でも出入り自由なの」

葉子先生は竜二が何か裏社会がらみのトラブルに巻込まれたのだと思っているらしい。

大介は安心した。二人の男は病院の看護士だ。彼らがいたので野崎も手が出せず、唯依と大介は無事にアパートから脱出できたのだ。

葉子は話しながらもテキパキと唯依の状態をチェックした。

「心配はないと思うけれど……癲癇《てんかん》そのほかの意識障害の既往症があるかどうか判らないから、検査をしたほうがいいわね。でも、あなたは大変よ」

葉子は、下半身だけパジャマのズボン姿という情けない恰好の大介のポロシャツをめくりあげ、いきなり肋骨の下あたりを、くいっと押した。

ぎゃああっという悲鳴が揺れる車内に響きわたり、葉子は苦笑した。

「鎮痛剤を打ってあってもこうだから……。あなたは痛みに極度に弱い体質ね。ちょっとキツい打撲よ。骨折まではしていない。同じ身体なのに、竜二さんとは正反対ね」

そう言ってから、しまった、という顔になった。

「ええと。あなたと竜二さんは一つの身体を共有しているわけだけど……たぶん脳波の波形も違うはずだし脳内の神経回路の働き方も、まったく違っているはずよ。そうなると、ドーパミンやノルアドレナリンといった脳内物質の出方も違ってくる訳で……痛みに対する感受性の違いはそれで説明できるのだけれど」

　葉子は解離性同一性障害において、人格の交替とともに喘息《ぜんそく》や蕁麻疹《じんましん》のようなアレルギーまでが現れたり消えたりする不思議なメカニズムについて説明した。

「今そんな難しい事説明されても判らないですよ。それより、入院させてほしいんです。僕はいいんですが、彼女を」

　葉子は、判ってます、というように頷いた。

「保護者も当てには出来ないんでしょう？　あの『超能研』に子供を入れていた親では、ねえ」

　葉子はバッグからファイルされた昔の雑誌記事を取り出した。それは『超能研』、すなわち『超早期能力開発研究所』という団体について詳細に調査報道をした記事だ。

「これはあなた方との次のセッションで使うつもりだったものよ。これを読んで『超能研』にあなたが居た時のことを、少しでも思い出せないかしら？　辛いでしょうけど」

『超能研』という組織は、警察・司法関係者のあいだで、最近またしても注目されるようになっているのだ、と葉子はオピニオン雑誌の記事コピーを示しながら言った。

「子供の能力開発を謳《うた》って、親に大金を出させる。しかも子供を人質のように預かる。場合によっては親にまで家を捨てさせ財産を奪い、そのお金で建てた施設に監禁してしまう……被害総額三百六十億円。これは立派なカルトね。しかも金銭的な事だけではない後遺症が親子だけではなく、社会までを蝕《むしば》んでいるの」

ここ数年、何不自由ない裕福な家庭に育ち成績も優秀で知能も高い少年たちによる、不可解な暴力事件が頻発していた。そしてその少年たちの年齢と居住地には、明らかな特徴があった。年齢は十四歳から十七歳。居住地域は首都圏の、比較的裕福な階層の人々が住む西東京エリア。そして彼らの生育歴を調べてみると、その中の何人もが過去、『超能研』に所属していたことがすでに判明しているのだと葉子は言った。

「あのセミナーにいた子供の全員がそうなると言ってるんじゃない。でも、幼いころに心と身体を傷つけられた人間が、傷つける側に回ってしまうことは、残念ながら多いの」

『超能研』に預けられていた子供たちに対し、何らかの虐待が行われていたことを指摘する専門家は多いが、具体的にどんな事があったのか、関係者はもとより少年たちも口を閉ざして語らない以上、真相はベールに包まれていた。

葉子も、大介や竜二から聞きだそうとしていたが、未だ巧《うま》くいっていなかった。

「この記事に、代表者の辻沢《つじさわ》ってひとの写真が載ってるでしょう？　それを見てなにか思いださないかしら？」

葉子は、若そうに見えるが中年にも見える年齢不詳の男の写真を示した。さらさらした長髪が印象的な写真だが、コピーゆえ画質が悪い。そのせいか大介は首を横に振った。

「弱いものへの暴力は、どこかで断ち切らないかぎり連鎖する。浅倉さん、あなたの抱えている問題も、沢竜二さんが周りの人を必ず苦しめてしまうことも、原因は『超能研』での体験にあるはずだと私は思う。あの場所でなにがあったか話してくれる気には、まだならない？」

葉子の問いに大介は横たわったまま顔をこわばらせ、黙りこくってしまった。

「……車の中で話すことじゃないわね。いつか、話してくれると信じているけど」

どういうわけか女の子の場合、『超能研』に預けられたことがあっても、犯罪などの極端な逸脱行為に走るケースはないのだ、と葉子は言った。

「鬱《うつ》病やリストカッティングはあるけれど……それは幼少期に親から見捨てられたことが原因ね。『超能研』では、理由は判らないけれど、女の子はただ単に放置されていただけだと思うの。このお嬢さん……安納唯依ちゃんっていう名前なの？　彼女は、あなたが知る限り『超能研』で虐待に類するような仕打ちを受けていたのかしら？」

「それは、ないです」

大介は自分の心の奥に、暖かい火が灯《とも》ったような気がした。

「唯依は……ぼくが守りましたから」

そうだ。惨めな事の連続だったこれまでの人生でただ一つ誇れることがあるとしたら、それは唯依の事だ。ぼくは彼女を守った。あのひどい場所で。無関心で非情だった大人たちの中で。

そのことを絶対、無駄にはしない、と大介は改めて決心していた。今のところ、唯依は駄目になってはいない。彼女だけは、ぼくのようになってはいけないんだ。

もうすぐ彼女は大人になる。自分で自分が守れるようになるまで、もう一度、ぼくは彼女を助けることが出来るだろうか……。

大介が彼女の事を考えている間に、車は救急車だまりに着いた。

数十分後、唯依と大介は東京近郊のさる精神病院の個室に落ち着くことが出来た。ここは東京側から大きな川を越えて河川敷を見下ろす高台の森に聳《そび》える、近代的な病院だ。

床は明るい色の硬材のフローリングで、窓に格子がはまってはいるが、精神病院の閉鎖病棟から連想される陰惨さはまったくない。空調は快適な温度に保たれ、照明も柔かだ。ただしベッドに枠はなく、床に直接マットレスが置かれている。廊下に接した面会用のスペースにも格子が設けられているが、それも銀色のステンレスの円柱で、紐《ひも》などをかけることは出来ないようになっている。自殺防止のためだろう。

ここが最もセキュリティの度合の高い閉鎖病棟であることは、入る時によく判った。病棟の入口に強化ガラスのドアがあり、出入りに際しては、必ずスタッフが鍵で開閉を行わなければならない。部外者の侵入の心配はないだろう。

葉子は、今夜はこの病院での宿直を代わってもらったから何かあったら私を呼ぶように、と言い置いて立ち去った。寝巻きというか入院着を看護婦が置いていった。

唯依は、床に置かれたマットレスの上で眠っている。

取り敢えずほっとした大介は床に腰をおろした。唯依が目醒めた時、傍に居てやりたいので付き添ってはいるが、何もすることがない。

手持ち無沙汰《ぶさた》なままシャツのポケットをさぐると、入れたままになって傷んでしまった写真が出てきた。あの、年上の美女・桐山千晶から手渡されたもので、唯依と与党の国会議員・桐山真人が一緒に写っている。長身の桐山の手が、セーラー服姿の唯依の肩にかけられ、唯依が愛らしい横顔を見せて桐山を慕わしげに見上げている。隠し撮りされたものらしいが、背景はホテルの廊下のような場所だ。

それを見ながら、大介はまたもや考え込んでしまった。

あの変態の野崎だけではなく、桐山真人のような男までが唯依の周辺にいて、唯依を弄ぼうとしているのなら……自分はどうしたらよいのだろう。彼女を守ってきたという誇りも、結局は自己満足に過ぎなくなってしまうではないか。

桐山に会いに行こう。本人に会って、正面から事情を問い質《ただ》そう。自分にはそうする義務、いや権利がある。大物政治家にいきなり会おうとするのは、大介には似合わない極端な考えだったが、彼はそう決心した。

唯依が何事かつぶやき、マットレスの薄い毛布の下で身じろぎした。

やがて、ぱっちり目を見開いた唯依は、大介が傍にいるのを見て、心からうれしそうに微笑んだ。意識を失っていたことにも、今自分が居る場所にも不審を抱いた様子はない。

彼女は大介をじっと見つめて、

「汗をかいて気持ち悪い……身体、拭いて」

と、甘えた口調でいった。

「昔、あそこにいたときは、お兄ちゃん、よくそうしてくれたじゃない？」

すっかり子供の口調に戻っている。着ていたパーカーやTシャツを、唯依は何のためらいもなく一気に脱ぎ捨ててしまった。

透きとおるように白い肌、妖精のように華奢《きゃしゃ》な肢体、そしてまだ幼さを残す乳房が露わになった。何も隠さない唯依を見て、大介の股間は不覚にも熱くなり、ひどくどぎまぎしてしまった。

この子は僕を誘惑しようとしているのだろうか？

女性というものをよく知らない彼は、唯依にどう接していいのか判らなくなった。

この無邪気さと大胆さは危険だ、とひどく心配にもなった。

「ダメだよ。きみはもう子供じゃないんだから、人前でそんな恰好になったらいけない」

だが唯依は、可愛い胸を隠そうともせずに、まっすぐ大介に向きなおった。

「どうして？　お兄ちゃんは他人じゃないじゃない」

「そうだけど、僕だってほら、一応は男だから……おかしな気分になってしまうよ」

「いいの。そうなっても」

唯依は立ち上がった。細くて白い裸身を隠すものは腰にぴったりと貼りついたショーツだけだ。

少女は大介の前に全身を惜し気もなく晒した。

「お兄ちゃんになら、何をされてもいいって、ずっと前から決めてたの。昔、私が言ったこと、覚えてる？」

唯依は強い眼の光で、大介をまっすぐ見つめた。その強さに大介はたじたじとなった。

濃い霧がかかったようにはっきりしない、昔の記憶……。そのぼんやりした中に突然、くっきりとある映像が浮かび上がった。幼い女の子が自分を見上げる顔だ。

三歳の女の子は大介の服の裾を握り、大介の顔を見上げながら言っていた。

『ユイね、おおきくなったら、おにいちゃんの、およめさんになるの』

夕方の寒さで頬が赤くなっている。今よりふっくらした顔だちだが、三歳とは思えない強い眼の輝きは、今の唯依と変わらない。

まだ九歳だった自分が、胸をきゅんと締め付けられた気持ちも、はっきりと思い出した。六歳年下の女の子を、どうしようもなく愛しいと思った、あの気持ち。

あの時と今とを隔てる時間が消え去り、十四年前の寂しい冬の夕方に戻ってしまったようだった。頬に突き刺さる冷気が感じられ、斜めから射していた弱々しい陽射しまでが、ありありと目に浮かんだ。

そして、今。また唯依が傍にいて、自分を見つめている。彼女を愛しいと思う気持ちは変わらないが、その時にはなかったものがある。

目の前にいる美少女の裸身に、大介の躰が、激しく男の反応をしてしまっている事だった。

「ねえ……どうして逃げるの？」

唯依がさらに一歩進み、床に置かれたマットレスを降りた。

膨らみかけた乳房は十六歳にしては未発達だ。抜けるように色白な肌に、桜色の乳嘴《にゅうし》がひっそりと存在を主張している。手も脚も首も細く華奢で、躰にも余分な肉は一切ついていない。少年のような裸身だが、微妙にくびれはじめたウエストのラインは、やはり少女のものだった。

大介は真っ赤になり、激しい動悸が自分でも判った。股間にも、どくどくと血が集まっている。

「お嫁さんにしてくれる、って言ったじゃない……あのとき」

いつの間にか壁際まで追い詰められた大介の頬に、唯依がそっと手を伸ばして触れた。

「駄目だよっ」

次の瞬間、大介は弾かれたように逃げ、床から入院着を拾い上げて唯依に押しつけた。

「どうして？　お兄ちゃんは私が嫌いなの？」

「違う。違うけど、きみはまだ子供なんだ。もっと自分のことを大事にしなくちゃ」

ありがちな台詞《せりふ》だと思ったが、大介は動揺していた。目の前の、美少女の裸身を女として抱きしめ押し倒したいという衝動と、その中にいる三歳の女の子を妹のように愛しく思う気持ちが、どうしても重なりあわない。

竜二なら、何のためらいもなくこの子を押し倒すんだろうな……。

そう思うと、初めて激しい悔《くや》しさと絶望が彼を襲った。

僕は病気なんだ。僕は二人いる。だから君に責任が持てない……。

大介が唯依と愛しあったとして、その最中に、あの竜二の人格が現れたら？

そう考えただけで大介はぞっとした。そんなことになれば、自分は彼女を守るどころか、一番傷つける男になってしまう。あの小児性愛（ペドフィリア）の野崎と同じくらい悪い。

気がつくと、唯依が目に涙を浮かべて大介を見ていた。せっかくまた逢えたのに何故、とその瞳が言っている。

「お兄ちゃんは……あのひとが、映画のパンフレットに載っていたあのひとのことが、まだ忘れられないのね」

それもある。零奈の記憶はあまりにも強烈で痛すぎるけれど、でもそれだけじゃない、そう言おうとしたとき、唯依が床に落ちている写真に目をとめた。

「これ……私が写ってる。何故お兄ちゃんがこんな写真を持っているの？」

拾い上げながら聞く唯依に、大介は逡巡した。が、正直に言うのが最善だと決心した。

「そこに写っている男の人の奥さんに渡されたんだ。その奥さんは、御主人ときみとの間に何かが、男と女の関係というか、そういうものがあるんじゃないかと心配しているんだ」

「お兄ちゃんもそう思うの？」

「判らない……いや、きっと何かの誤解だと思う。だけど……」

「やっぱりそう思ってるんだ」

唯依は真剣な顔になった。

「説明する。私はお兄ちゃんが好き。好きになったのもお兄ちゃんだけ。だから、そんなおじさんとヘンな事、するわけがないじゃない」

この男の人とは『仕事』で逢っていたのだ、と唯依は言った。

「仕事っていうと誤解されるかもしれないけれど、変な事は何もないの。海音寺さんのうちの、あの広いお部屋があるでしょう？　そこにこういうおじさんたちが来る。この人だけじゃなくて、何人も。その人たちが私に色々なことを聞くの」

「色々なことって……？」

あの屋敷でちらりと見た、地位も金もありそうな中年の男。そんな男たちに淫らな質問をされている唯依を想像しただけで、大介は胃が痛くなった。

「覚えていない。気がついたら何もかもが終わっていて……ねえ、これって変？」

変に決まっているじゃないか！　と大介は叫びたかった。少女の躰を弄びたい男たちの前で、唯依はおそらく意識を失うのだ。今日、そうなってしまったように。そのあいだに男たちは彼女の服を脱がせ、まだふくらみきっていない、幼い乳房に指を這わせ……。

大介は、頭を抱え、そのイメージを必死に脳裡から追い出した。

怒りという生易《なまやさ》しいものではない。激しい憎悪で、気が狂いそうだった。

「どうしたの？　お兄ちゃん、すごく怖い顔してる。でも、これはずっとやってきた事だから……海音寺さんのところに預けられてから」

「いつから？」

「小学生の時からだけど」

怒りとショックで大介は目の前が真っ赤になるような気がした。唯依はやっぱり、そういうことをされていたのか……自分はもう仕方がないが、彼女だけは守ってやりたいと思っていたのに。それは手遅れだったのか。

　唯依はふたたび写真に目をやった。

「この人、覚えてる。いい人だった……ううん。いい人みたいに思えた」

「これは、どこで撮ったの？　きみが暮らしていた、あの家とは違うよね」

「都内のホテル。なぜこの人とだけ、ホテルで会ったのか判らないけれど」

「何をされたんだ？　桐山は、この人はきみに何をした？」

「別に何も……そうか。桐山さんて名前なんだ。……ええと、この人は私の顔をじっと見て、『済まなかった。私は何も知らなかったんだ』って苦しそうに」

　最悪の想像が現実になった、と大介には思えた。間違いない。桐山は唯依とセックスをしたのだ。意識を失った少女を好きなように弄び、目を醒ました唯依に白々しく『済まなかった』と。

　怒りに全身が震えた。未成年であることを知らずに抱いたのだから、自分に責任はないとでも言いたいのだろうか？　済まなかった、と謝りさえすればそれで済むとでも？

『改革の旗手』などという美名の陰で、桐山真人という政治家は妻を裏切り、少女の躰をおもちゃにしている。許せない、と大介は思った。

　逢いに行こう。この写真を持って桐山に正面から逢いに行き、自分のしたことの意味を突きつけてやるのだ、と大介が改めて決意したその時。

　唯依がはっと身じろぎをした。面《おもて》を上げ、空気中の何か目に見えない気配に耳を澄ましている様子だ。突然、聞き覚えのない声が、その唇から出た。

「この病棟は侵入を受けた。すぐに知らせなければならない」

変わってしまった唯依の声に大介は驚いた。竜二なら、彼女のこの変化が数時間前、大介のアパートで起きたものと同じであることに気づいただろう。

「三階の、一般病棟との連絡通路だ。その手前にあるリネン室にスタッフが倒れている。閉鎖病棟の鍵が奪われているはずだ」

「どうしたの！　何を言っているのか判らないよ。しっかりして……唯依、唯依っ」

唯依が何かの発作を起こしたのだと思った大介は、咄嗟にコールボタンを押していた。その背後で、唯依の口をついて出る不思議な声がさらに告げた。

「もう一人のお前にも言う。聞こえるはずだ。沢竜二。ウォルフガングの身に危険が迫っている。七月十二日に気をつけること。場所は日本橋丸萬《まるまん》。忘れてはいけない」

「ウォルフガング？　丸萬？　なんだ？　何の事だ？　何を言ってるんだ？」

いきなり出てきた固有名詞に、大介は混乱した。唯依は一体、どうなってしまったんだ？

考える余裕もなく廊下に慌ただしい足音があり、面会用の格子の向こうに葉子が姿を現した。白衣を着て、鍵を手にしている。

「どうしたの？　何かあった？　ここ、開けましょうか？」

唯依の口から出る不思議な声が命じたのと、大介が絶叫したのが同時だった。

「開けてはいけない」

「先生あぶないっ！」

廊下の端から、白衣を着た男が猛烈なダッシュで葉子に飛びかかろうとしていた。

その男の、ずんぐりした体型と、あぐらをかいた鼻に見覚えがあった。野崎だ。

目の前で葉子が襲われるのを指を咥えて見ているしかない……！　大介は歯がゆさと怒りと恐怖で動転した。葉子の鍵がなければ、この部屋から出ることも出来ないのだ。

が、しかし。一瞬のうちに事態は思いがけない展開を見せた。

野崎が襲いかかるのと同時に、葉子は無駄のない身のこなしでさっと振り返った。

次の瞬間、葉子の肘《ひじ》が野崎の顔面に命中していた。

「ごふっ！」

鼻血が噴き出した顔を野崎が押さえた。しかし葉子は容赦《ようしゃ》しない。

怯《ひる》んだ男の腹に、続けて鮮やかなひざ蹴りが決まった。

「ぐっ！」

身体をくの字に曲げた野崎の背中を、次いで葉子の両手を組んだ鉄拳が襲った。だが、野崎も血だらけになりつつ逆襲を開始した。葉子に体当たりで頭突きを食らわせたのだ。

武道の心得があるらしい葉子も、男の渾身の力には敵《かな》わず、ステンレスの格子に叩き付けられた。野崎はすかさず襲いかかり、葉子の両足首をつかんで一気に持ち上げた。引きずり倒された女医は、床に後頭部を激しく打ち付けた。

「このアマ……偉そうにしやがって」

血だらけの顔を歪ませた野崎は前屈みになり、葉子の首筋に手をかけようとした。

だが次の瞬間。反動をつけた葉子の爪先が男の喉笛を思いっきり突き上げた。

「げっ……」

息が出来なくなり、動きが一瞬止まったのを見逃さず、優秀な精神科医はふたたび両脚をたわめ、その勢いで野崎の腹を思いきり蹴り上げた。

貧相だが筋肉質の身体が香港映画のワイヤーワークのように宙を飛んだ。

男の頭がリノリウムの床に激突した。

こうなると葉子は、血に飢えたオオカミのようにキレた。間髪《かんはつ》をいれず立ち上がって襲いかかり、野崎の髪の毛をつかんでガンガンと床に叩き付けた。

鼻血に混じって後頭部からの出血が床にじわじわと広がって行く。

「先生！　殺しちゃうっ！」

大介が叫ばなければ、葉子は本当に野崎を殺していたかもしれない。

ハッと手を止めた葉子の隙をついて、暴漢はよろめきながら脱兎《だつと》の如く逃走した。

床に座り込んだ葉子はしばし呆然としていた。

「先生！　通報をっ！」

大介にそう言われて、葉子はハッと我に返り、近くの内線電話を取り上げた。

「警備の人に繋いでください。不審な男が侵入してます。第三閉鎖病棟の西側通路を、医療センター方面に逃げたわ。白衣が血だらけの男。私？　私は大丈夫」

気丈に通報している葉子を見ながら、大介は野崎がこの病院にまで唯依を追ってきた執念に底知れぬ不気味さを感じていた。それは少女の未成熟な肉体への執着なのか？　いやそれだけではない。もっと切迫した理由があるのかもしれない……。

電話を切った葉子は、きまり悪そうに大介たちを見た。

「大変なところを見せちゃったわね。医師としてあるまじき行為？」

葉子は笑みを浮かべかけたが、傍らの唯依に目をとめ、その表情が厳しくなった。

唯依の様子は依然として普通ではなかった。

「唯依ちゃん？」

葉子の呼びかけに、唯依は、またもやあの力強い声で答えた。

「あなたにも言っておく。七月十二日、ウォルフガングに大きな危機が迫るだろう。彼を失うことはこの国にとり取り返しのつかない損失になる。それを許してはならない」

ウォルフガングって？　と葉子は答えを求めるように大介を見た。しかし彼も首を振るしかない。

「この子と少し話してみたいの。二人っきりにしてくれる？」

葉子は、病室の鍵を開けて大介を外に出すと、自分が入れ替わりに中に入った。

「もう一度言う。七月十二日、ウォルフガングに大きな危機が迫る。それを許してはならない」

「ウォルフガングって誰ですか。大きな危機とはなんですか」

「それはいずれ判る。心にとめておくように」

「……その件は判りました」

七月十二日は明日だわね、と思いながら、葉子は彼女を注意深く観察した。

訴えている内容に意味があるとは思えないが、錯乱もしくは昏迷《こんめい》の状態にあるようには見えない。それでいて雰囲気に非常な違和感があった。凜とした発声の仕方も、その語彙《ごい》も、まだ十六歳だという少女の口から出るものとは思えないのだ。

葉子は精神科医という職業柄、精神的に不調な状態にある多くの患者を見てきているが、今、目の前にいる少女は、そのどれにも当てはまらないのでは、という気がした。

分裂病？ 違う。演技性人格障害？ これは俗に言うヒステリーだけれど、この子は私の関心を惹《ひ》きたくて演技をしているようには見えない。

まさか……？

「この安納唯依が、浅倉大介や沢竜二と同じ病気だと思っているのか？」

だしぬけに思っていることを言い当てられて葉子はぎょっとした。

「そうではない。あなた方には理解できないと思うが、これは病気ではない。安納唯依はひどい虐待《ぎゃくたい》を受けたことはない。解離の原因となるようなトラウマもない」

内心の動揺を押し隠しつつ、葉子は一応は冷静に問い返した。

「安納唯依というのはあなたの名前でしょう？ なぜ、他人のような言い方を……」

白衣の腕をいつの間にかさすっていた。白衣の下が半袖なせいか、寒さを感じる。

エアコン効き過ぎね、この部屋……外はこんなじゃないのに。

葉子の目は無意識にコントロールパネルを探し求めたが、この病棟全体の冷暖房が集中制御であることを思い出した。

「安納唯依は私ではない。私がここに存在できる時間は短く、しかも多大なエネルギーを消費する。私が誰であるかを語る必要はない」

あまり時間がない、という印象が葉子の心に閃いた。このように喋り、葉子と向かい合っていることに、この少女の身体が長くは耐えられないだろう……そう直感したのだ。それほどに、目の前の存在から放たれるパワーのようなものは強力だった。

「そう。それでは一番聞きたいことを聞きます。あなたはなぜここにいるの？」

本人は否定したが、葉子は、この少女もまた大介たちと同じ解離性同一性障害、すなわち多重人格者であることを、ほぼ確信していた。何といっても、親から引き離して預かった子供たちにさまざまな虐待を行っていた疑いのあるセミナー『超能研』に、この子も在籍していたのだ。

唯依、あるいはその交代人格が答えた。

「私は『助ける』ためにここにいる。行く道を示し、助言を与えること。それが、私の役割だ」

この人格はいわゆるＩＳＨ（内なる自己救済者）、多重人格治療の鍵となる『インターナル・セルフ・ヘルパー』なのだろうか、と葉子は考えた。多重人格者の内部にひそみ、すべての人格、その記憶、生活史について知る者、それがＩＳＨだと言われているが、葉子はそのような存在を、まだ浅倉大介の中に見出すことが出来ないでいる。

謎の交代人格は続けた。

「私はあらゆるものを助ける。この国の進むべき道さえ、示すことができる」

唯依の黒い瞳が、まっすぐ葉子を見つめた。葉子は不思議に気圧《けお》されるものを感じた。

警視庁に協力して『犯罪者矯正プログラム』などという治療を行っている職業柄、強姦犯や暴力犯罪の容疑者と相対することも多い葉子だが、これまで、どんな相手にも怯んだことはない。

そんな葉子が、自分よりもずっと年下の、しかも年齢《とし》にしては小柄で華奢な少女を前にして、その存在感に圧倒された。

「あなたは、その娘の肉体を借りて、何を言いたいのですか？」

葉子の質問に答えはなかった。マットレスの上の唯依は、再び深い昏睡に落ちていた。


日が落ち、すでに外来が終わった一般病棟のロビーは人気がない。照明も落とされて、グリーンの非常灯だけがリノリウムの床を照らしている。大介はビニール張りのソファに腰をおろし、両肘を膝について、頭《こうべ》を垂《た》れていた。

きびきびした足音が近づいてきた。葉子だった。

「こんな所にいたのね。探したわ」

「あの子は……大丈夫ですか」

「眠っている。『あれ』が起こると、とても体力を消耗するのね、きっと」

大介にも、『あれ』とは何かがもう、言われなくても判っていた。

葉子は大介の向かいのソファに腰を下ろし、疲労の色が濃い顔に笑みを浮かべた。

「警備のスタッフから聞いたけど、連絡通路から閉鎖病棟に入ろうとしていた看護士が頭を殴られて、白衣と鍵を奪われてそこに引きずりこまれていたって」

葉子はなんとなく落ち着かない様子だった。いつもの自信に満ちたクールな雰囲気が、影をひそめている。

「ねえ、先生。唯依はやっぱり……病気なんですか」

僕と同じ、という言葉を口に出す勇気がないのだろうと葉子には判った。

「今の時点では何とも言えない。その可能性は高いと思うけれど」

大介の顔が一気に暗くなったので、葉子は慌ててフォローした。

「でもね、あの子が虐待を受けたとは限らない。酷い外傷体験がなくても解離するケースは、実はけっこうあるのよ」

それは『憑依《ひょうい》』と呼ばれるものなのだ、と葉子は説明した。

「WHOの『国際症病分類』によれば、いわゆるトランスや憑依という状態も、解離性の障害には含まれる。そしてこれは人類の歴史とともに、遥かな昔から存在したものでもあるの」

シャーマニズムという言葉を聞いたことがあるでしょう、と葉子は言った。

「これはシベリア東部に起源を持つ……そうね、一種の情報を得るためのテクノロジーであると言っていいのだけれど」

普通の人間には入手できない情報をどのようにしてか知ってしまう人間が存在する、それがシャーマンなのだと葉子は言った。

「ツングース語のイダゴン、恐山《おそれざん》のイタコ、沖縄のユタ……すべて語源は同じで、身体的にも同一のテクニックを使っている。肉体から魂が抜け出して情報を取得したと体感される場合と、逆に何らかの存在がシャーマンの肉体に降り立って情報を与えたと感じられる、二つの方法があるのだけれど。唯依ちゃんの場合は後者だと思う」

葉子の表情が、次第に熱を帯びてきた。言葉を選び、自分の考えに集中している様子だ。

「そうね……多重人格者の場合、ひどい虐待を受けている自分の身体から人格が抜け出して安全な場所から見ている、と体感するケースがよくあるのだけれど、これもシャーマンが使う『脱魂』のテクニックと基本的には同じものだしね」

体系的な修行の末に獲得されたものか、生き延びるための緊急避難としてそうなったかという悲劇的な違いはあるけれど、と葉子は語った。

「さらに『憑依』と解釈できなくもない症例もある。たとえばラルフ・アリソンという、多重人格治療のパイオニアでもある人が手がけたいくつかのケース」

多重人格と診断された患者に見られる複数の人格の中には、その由来が、本人の生育歴からはどうしても説明がつかず、悪魔・悪霊と表現するしかないようなものが存在することもあるのだ、と葉子は語った。

「クライアントの交代人格のパターンに合わない『何者か』が、自ら悪魔と名乗ったケースがあるし、近くの港で溺《おぼ》れた女性の霊だと主張した例もある。前者は司祭がエクソシズムの儀式を行うと、その『悪魔』が出現し、取り除かれた。後者の女性はアリソンが催眠術をかけてクライアントの身体から出ていくことを同意させてからは、気がつくとクライアントが港の近くを歩いているという奇妙な行動はなくなったそうなの」

「じゃあ唯依も……悪魔に取り憑《つ》かれているというんですか」

「それはちょっと違うと思う。あの子の中にあるものは、少なくとも邪悪な存在ではない。そんな気がする」

それに私だって医者として、そんな悪魔憑きのようなことを信じているわけではないし、と葉子は言った。

「アリソンは多重人格の治療に悪魔祓《ばら》いの儀式を取り入れたことで、ほかの医師たちからは大変非難されたけれど、彼自身がそういう事を信じていたわけではない。方法はどうあれ、まず第一に患者のことを考え、可能な事は何でも試してみた。その結果、治療が一定の効果をあげた、ということなの」

大介はいっそ自分にもその悪魔祓いの儀式を行って、『竜二』をこの身体から追い出してくれないか、と葉子に頼みたかったが、どうせダメだとすぐに諦めた。聖水を撒き、神の御名においてこの身体から立ち去れ、と命じたぐらいでは、とてもどうにかなる相手ではない。

「面白いことにイタリアでは『悪魔憑き』が今でもかなりの数存在していて、バチカンから正式に任命されたエクソシストが活躍しているんだけど、その一方で、北米に多発している多重人格の症例がイタリアではほとんど報告されていないの。多重人格・トランス・憑依を含むいわゆる解離性障害が『文化特異的疾患』とされる由縁《ゆえん》ね」

「でも唯依は、そのトランスだか憑依の状態を自分ではコントロールできません。しかも起こった後には、あんなに長い間意識を失ってしまって、そのあいだの事は何も憶えていないんだ。そこに付け込む悪いやつらがいたら……」

「それは問題ね。その症状により、自分もしくは周囲が苦しむ、これが精神疾患の端的な定義だから。でも、昏睡状態に陥ってしまうことを除けば、あの子には問題がないように思えるの。これは直観的な印象なんだけれど」

唯依にはむしろ、並外れた健康さと心的なエネルギーのようなものを感じる、と葉子は言った。

「各種の心理テストや知能検査をすれば、いずれはっきりするでしょうけど、知的能力も感情の豊かさも、あの年頃の少女としては、あの子は非常に卓越しているように思えるの。精神に失調をきたしている人間だとは、どうしても思えなかった」

「ぼくが心配なのは……あの状態になってしまった彼女が、考えられないようなことを口走るからです。リネン室のこともそうだし……それに、唯依はぼくの中のあいつに……竜二に、名指しで呼び掛けたんだ！」

大介の表情に恐怖と怯えがあった。

「ぼくは、唯依に自分の病気のことを言っていない。それなのに判るなんておかしいじゃないですか。唯依はやっぱり何かよくないものに……その、取り憑かれているのでは」

落ち着きなさい、と葉子はたしなめた。

「あなたは今日私に電話をしたとき、彼の名前で私を呼び出したでしょう？　違う？」

　確かにそうだった。葉子が主治医となっているのは、東大病院で『犯罪者矯正プログラム』の適用を受けた竜二のほうだ。カルテも『沢竜二』の名前で作成されている。

「唯依ちゃん、もしくは彼女の交代人格は、おそらくそういう細かい情報までを無意識に記憶していて、必要に応じて取り出せる能力を持っているのだと思う。いわゆる超能力は、ほとんどがそういう事で説明がつくの」

　リネン室のことにしても同じだ、と葉子は思った。彼女は『超自然現象』や『超能力』というものが嫌いだ。すべての事は科学的に説明がつくと信じている。

「それに、交代人格がテレパシーや念動と表現されるような能力を実際に発揮した症例もあるのよ。十九世紀末の、ピエール・ジャネという学者が報告している」

　もちろんいわゆるテレパシーだって、いずれ科学的にそのメカニズムが解明されるでしょうけどね、と付け加える事は忘れずに、葉子は続けた。

「だから、今の彼女に起こっていることは、病態としてそんなに異常なものではないの。それに、あの交代人格が彼女や周囲に害を与えるとも思えない。自分は『助けるために』ここにいる、彼女ははっきりそう言ったわ」

『助けるために』……大介に、突然一つの記憶が甦った。

　気づかわしげな黒い瞳が、自分を見上げていた。

『おにいちゃん、だいじょうぶ？』

自分は九歳で、あの場所にいる。躰の中に、灼けた鉄の棒を突っ込まれ、掻き回されたような激痛がまだ残っていた。

無理やりに押し広げられた躰の痛みもひどかったが、もっと悪いことがあった。それは自分が取り返しのつかないほど汚されてしまったという、絶対的な『恥』の感覚だった。

……ぼくはクズだそうよあんたはクズよママを怒らせるのがそんなに楽しいの？　あんたさえいなければママは……。

無数の声が頭の中で鳴り響き、そのすべてが彼を罵《のの》り、否定していた。

やめてよ……わかったよ……ぼくさえいなければいいんだよね。

今まで完全に忘れていた過去のその場面で、大介はやせ細った少年である自分が、ふらふらと立ち上がるのを見た。その視線の先には小さな納屋《なや》があった。そこに『必要なもの』が揃っている事は判っていた。ロープ。踏み台になる何か。が、その時。

『おにいちゃんは、クズなんかじゃない』

幼い女の子の手が、少年だった自分のシャツの裾をしっかりつかんでいた。

『そっちへ、いっちゃ、だめ』

三歳の少女の手が、彼の剝き出しの脚をなぞった。

『ちがでてるよ。ユイがふいてあげる』

少女の手が触れたその瞬間、渦巻いていた痛みと怒り、そして恥の感覚がすっと抜け、同時に、心の闇から立ち現れて、大介を滅ぼそうとしていた邪悪なものの存在が消えた。

ぼくは救われたんだ。彼女がいなければ、あの時、ぼくは死んでいた……。

思い出すと居ても立ってもいられなくなった。唯依を守ったと思っていたが、実際に守られていたのは自分のほうだった。そんな彼女に今自分が出来る事はなんだ？

「何処《どこ》に行くの？」

立ち上がった彼を、葉子が驚いたように見上げている。

「都内に戻ります。どうしても逢わなければいけない人がいるんだ。唯依を、お願いします」

*

ホテル・ニューオータニの大宴会場では、いわゆる『政経文化パーティ』が行われていた。こういうイベントは初めての大介は、グラスを片手に持ったまま毒気に当てられていた。

立食パーティの会場を、水割りのグラスを手にあちこちのテーブルを駆け回り、頭を下げたり下げられたりしているのは、まだ駆け出しの若手代議士連中か。

反対に悠然と構え、挨拶を受けているのは有力支持者だろう。話す機会を虎視《こし》眈々《たんたん》と狙《ねら》っている冴えない連中は陳情団か。顔の売れた政治家とみると声高に話しかけ、これみよがしに握手をし、一緒に写真を撮りたがる。

そんな会場の一隅で、常に人垣に囲まれて飲物も料理も口に出来ないまま喋り続けている男がいた。それが桐山だった。

まだ若いが大物政治家と呼ばれるだけあって、そこだけにスポットライトが当たっているような華やかさがある。人垣も彼の話によく反応して笑い声があがり、言葉の応酬も賑《にぎ》やかだ。他の席のような儀礼的な会話ではなく、談笑の形は取っているが話の輪に参加している人たちの目は真剣で、身振り手振りにも熱が籠《こも》っている。日曜午前の政治トーク番組で見たことのある桐山は芝居がかっていたが、目の前にいる実物は、遥かに理知的で頭の回転が早そうだ。膨大な知識とデータ、そして情熱が渦を巻き、溢れ出ている感じだ。

だが、いくら格好いい事を言っても自分の下半身ひとつ律せないで、なにが改革か。英雄色を好むと昔から言うが、奥さんも唯依も幸せに出来ない人間に、自分たちの運命を託せるものか。

大介は必死にそう思って自らを奮い立たせた。そうでもしなければ気後《きおく》れして、とても声などかけられない……そう思わせるだけのパワーとオーラが桐山にはあった。

話の区切りがついたタイミングを狙って、勇気を振り絞った大介は桐山に近づいた。

「桐山さん。ちょっといいですか」

緊張で声が裏返った。その様子を見て、桐山の側にいるSP二人がさっと身構えた。

「これを見ていただきたいんですが」

大介がスーツの内ポケットに手を入れると、SPもホルスターに差してある拳銃に手をかけた。が、取り出されたものが凶器ではなかったので緊張を解いた。

「この子を、知ってますよね」

写真を見せられた桐山の顔色が変わった。カリスマ的な微笑を湛《たた》えていた顔が、唯依の横顔を認めた瞬間に、虚を衝《つ》かれた表情になった。普通の男の顔になり、不安が支配した。

「あの子は……どこにいる」

圧《お》し殺した小声で桐山は言い、大介を睨みつけた。その目の奥には不安な感情が浮かんでいる。思いがけない反応に、大介はとまどった。

「君。唯依をどうしたんだ。どこに連れていった？　君、これは刑事事件だぞ」

桐山は激しく詰め寄った。声は小さいが迫力がある。まるで大介が誘拐犯人で、身代金交渉に現れたのを捕まえたかのようだ。

「彼女は安全な場所にいます。入院しているのです」

「入院？　あの子は病気なのか？　どこの病院だ」

桐山の心配そうな表情に大介は驚いた。

「どういう状況なのか、説明してほしい」

矢継ぎ早に問い質す桐山の様子は、まるで被害者だ。

その姿に偽善の匂いを感じた大介は、彼としては珍しく、本当に腹を立てた。

「あなたにそんな事を聞く資格があるんですか？　彼女を傷つけ、病気に追い込んだ人間の一人であるあなたに？　病気の、それも未成年の女の子に付け込むなんて、最低だ！」

桐山は、絶句してしまった。怒りと困惑と怯えの表情が浮かんだ。

「いや、私は……」

やっとの事で言葉が出てきたが、その声は掠《かす》れていた。

「確かに、私は悪いことをした。だが……あの子が病気だとまでは……」

言いかけたが、あとが続かない。論理明快、立て板に水の弁舌が売り物の桐山なのに、目は落ち着きなく辺りを泳ぎ、口は言おうか言うまいか迷うように、開いては閉じた。

「認めるんですね。それなら彼女から手を引いてください。もう二度と逢ってほしくない」

「何なんだ、君は？　いったい何の権利があって私と唯依の事に口を出す？」

意外にもキレたのは桐山のほうだった。沈着冷静な桐山が血相を変えていた。ＳＰや周りの秘書らしい男たちも、桐山の感情の爆発は見慣れていないらしく、慌てて割って入り、大介を引き離そうとした。

「待ちなさい。私はこの失敬な男と話があるんだ」

次第に興奮してきた桐山にまずいと思ったのか、秘書のひとりが大介の腕を捻って拘束しようとした。その時、まあまあと声の大きな中年男が割って入った。

「コトを荒立てない荒立てない。どうしたのお兄ちゃん」

秘書たちが「あ。これはセンセイ」などと恐縮するなか、その中年男は大介の腕をがっしりと握ると会場の外に連れだそうとした。この男の胸にも議員バッジが光っている。

大介は咄嗟に写真をポケットに戻した。桐山が言った。

「待ってください、鴨志田《かもしだ》先生。これは私の個人的な事情なので、お気遣いは無用に……」

それを遮《さえぎ》って議員バッジの男は言った。

「まあまあ。こういう事は私にまかせなさい。いや改革派も大変だね、桐山クン。クリーンで売ってるとほんの少しのゴミでも汚れたと騒がれる。そこにいくとワタシみたいな守旧派バリバリは気楽なもんだ。誰も清廉潔白《せいれんけっぱく》を期待しないからね」

鴨志田先生と呼ばれた中年男は、がははと破れたスピーカーのような声で笑うと、ほれ、と大介を引っ立てた。

「ちょっと待ってください。ぼくは桐山さんに重大なお話が」

だが鴨志田は有無を言わさず、大介を宴会場の外まで押し出してしまった。

「ひどいですね。ぼくは会費も払って中に入ったのに」

抗議する大介に、鴨志田は笑った。

「悪いね、君。議員秘書から成りあがると、つい、裏方的に動いてしまう。それが敵に塩を送ることになってもな。お兄さんも、政治家を脅そうと思うんなら、もっと場所を考えなさいよ」

その時。突然、物陰から二人に駆け寄って来た一人の女がいた。

「ミスター・カモシダ、私、あなたに聞きたいことがある。あの、ラミレスという白人」

「また君か。私は何も知らないよ。帰りなさい。大事なパーティの途中なんだ」

鴨志田は途端に面倒くさそうな表情になり、女を両手で追いやるような仕草をした。

「待って！　私、会場に入れない。あなたのことをずっと待っていたのに……」

会場の戸口からSPらしい男が二人現れた。ずっとこちらを窺《うかが》っていたのだろう。

SPが女の両脇に立って腕をとり、連れ去ろうとした。女はもがき、会場に戻る鴨志田の背中に興奮して何かを叫んでいる。どうやら中国語らしい。女が着ているチャイナ・ドレスの深いスリットが開き、一瞬、太腿の半ばまでが全部見えた。綺麗な、長い脚だ。

長身で、スタイルのよい女で、顔も美しい。だが、その瞳にある憑かれたような光が、見るものをたじろがせ、引かせるようなところがあった。

ＳＰに羽交い締めにされ、もがく女を呆然と見ていた大介の意識が押しのけられた。

「おい。あんたら、そのくらいにしとけよ」

大介と入れ代わって、ぐい、と前に出た竜二がＳＰたちに言った。

「鴨志田センセイ、中国クラブの女に手を出したのか？　モメるのは遊び方がヘタだからだな」

「失敬な。先生はそんな事はしない。この女の頭がおかしくて、ずっと付きまとっているだけだ」

「まあいい。そういう事にしとこう。……あんた、よかったら相談に乗るぜ」

竜二は中国人らしい美女にも言った。彼女はＳＰにつかまれた腕を痛そうにさすっている。

「鴨志田センセイに酷《ひど》い事をされたのか？　なら、泣き寝入りする事はないいんだぜ」

聞こえよがしな竜二の嫌みに、ついにＳＰが切れた。

「貴様ぁ、マスコミか？　政治ゴロか？　いい加減にしろっ！　それとお前」

ＳＰは中国女に指を突きつけた。

「これ以上、根も葉もない事で先生に付きまとうようなら、入管に連絡するぞ！」

入管、という言葉を聞いた途端に美女は身を翻《ひるがえ》し、ホテルの廊下を駆け去っていった。

＊

その翌日。竜二は、ふたたび小石川の海音寺の屋敷に行ってみた。

唯依という少女には何かがある、と本能が告げていた。獲物の気配を察知すると、後を追わずにはいられない。正義やスジを通すことには興味がないが、金でも女でも『大きな獲物』を追うことに、無性にスリルをかきたてられる。

海音寺邸で唯依を利用した高級少女売春が行われているのだろうか？　だとすれば出入りする人間を脅すだけでも結構な金になる、と竜二は考えた。いや、金が欲しいという以上に、桐山の妻である千晶が自分になびかなかったのが腹立たしい。桐山や千晶につながるお上品な連中に一泡吹かせてやりたいのだ。

海音寺邸に出入りする高級車のナンバーから、すでに持ち主は探り出してある。その中で竜二が注目したのは、昨夜のパーティでも出会い、現在、桐山最大のライバルと目されている政治家・鴨志田毅一《たけかず》だ。鴨志田も海音寺邸に足繁く通っている一人なのだ。

竜二は、海音寺邸の車溜まりで暇そうにしている運転手に接近して話しかけ、耳寄りな情報をつかんだ。海音寺という人物はいわゆる占術の大家で、政治家をはじめ『お偉いさん』と呼ばれるような人種はみんなやってきてお伺いを立てるというのだ。鴨志田も例外ではない。

そして、最近では海音寺以上に霊能があると噂される、巫女《みこ》のような少女がいるのだとも。

唯依が、肉体を提供しているのではなくて、霊能力を提供している？　一時の快楽を与えているのではなくて、一国を動かすような「託宣」を下している？

竜二には、にわかに信じ難い話だった。

いったん湯島の自宅マンションに戻って、じっくり考えた。

裏社会で生きる彼は、政治にも通じている。日曜午前の政治トークショーは録画してでも見るし、新聞の政治欄もきっちり読む。もちろん裏からの情報も入ってくる。

そこで総合した知識から判断する限り、海音寺の屋敷に出入りしている顔ぶれの、ほぼ全員が『鴨志田毅一』の人脈に収斂《しゅうれん》してゆくことは確かなようだ。

鴨志田は、いわゆる守旧派の典型だ。官庁への影響力を駆使して地方選出の議員を片端から配下に収め、業界団体や企業を後援組織に組み入れる、という旧来の方法で自分の勢力を肥大させてきた。そして現在、新しい派閥を立ち上げて、党内実力者の地位を揺るぎなきものにしようとしている。当然、それには莫大な『実弾』が必要だ。

ところが業界が不景気な今、資金の調達は困難な筈なのに、なぜか鴨志田の周辺で莫大な金が動いているらしいという噂が去年から絶えない。

鴨志田には、いくつもの黒い疑惑があった。東アジア某国へのＯＤＡにまつわる利権、あるいは特定の娯楽産業に対する許認可がらみの調整、などは竜二程度のレベルでもよく耳にするが、現在、鴨志田の周辺で動いている金額は、そのレベルではないという。

裏で囁かれている噂は、海外から違法、かつ巨額な資金が流れ込んでいる、というものだった。過去にあったロッキード事件とかグラマン事件のような。

噂とはいえ、莫大なそのカネの正体を、唯依とあの屋敷を探る事により明らかに出来るとすれば？　これはチンケな少女売春スキャンダルどころの話ではない。数千倍数万倍のカネになる。

さらに、桐山の存在がある。革新の旗手と言われ、鴨志田のような政治家とは「水と油」である筈《はず》の桐山までが、海音寺邸をめぐる人脈の中に、ぽつんと島のように登場する理由は何なのか。

（やっぱりこいつは……総裁選がらみか）

現在、桐山は次期総理総裁選に関しその去就が注目されている。若すぎるとも言われ、政策の上でも党執行部と対立している桐山だが、国民の支持の高さからして立候補すれば十分に勝算はある。そしてその最大のライバルが鴨志田だ。

桐山に敗れたら反主流派になってしまう鴨志田派の議員にとって、また、彼らのバックにいる勢力にとって、桐山の動向は死活問題である筈だった。

（何かあるな……絶対）

そういえば大介のやつが桐山に唯依の写真を見せた時、いきなり割って入った鴨志田の態度も不自然といえば不自然だった。

さてこれをどう解き明かしたものか……いろいろ思いを巡らせるうちに、どうやら最高級のネタをつかんだらしい感触に竜二は興奮してきた。

が、そこに電話が入った。『シャフト』の主任からだ。新人ホストの雅哉《まさや》が、ヤクザの女に手を出して、拉致《らち》されてしまったという。

「ったくこんな昼日中に、ガキのシモの始末かよ？　オレが出てかなくちゃダメなのか」

竜二は電話でSOSを求めてきた主任に言った。実に下世話な話で、天下国家をネタに思案していた興奮が腰砕けになること夥《おびただ》しい。

「はあ、お休みのところをすいませんが、なんせ相手はヤクザなもんで」

「仕方ないな。まあいいや。雅哉が連れてかれたのは浅草《あさくさ》の加納《かのう》組かよ」

「はい。店の大掃除をしてるときに連中、大勢でカチ込みかけてきまして……」


三十分後。西浅草二丁目にある加納組の事務所に竜二が乗り込むと、ホストの雅哉は椅子に座らされていた。美形の顔は紫色に腫《は》れていて、一カ月は営業出来そうもない。

申し訳ない、と竜二はいきなり頭を下げた。

「若いモンの躾《しつけ》が行き届かず、申し訳ありませんでした。人様のものに手をつけるなんざ、最低の事です。許してやってください」

キレた時の凶暴さが業界でも知られている竜二が乗り込んで来た、というので身構えていた加納組の若い連中は、いきなりの謝罪に面喰った。

「この坊やはまだ十八のヤリたい盛り、こちらの姐《あね》さんも飛びっきりのいい女だ。オレでもふらっとなりますよ。とは言え、他ならぬこちらのアニさんのものを盗《と》っちゃいけません。この坊やはマグロ漁船にでも乗せて叩き直してやりますから、それで勘弁して貰えませんか」

竜二はそう言うと、雅哉の頬を思いきり平手で張った。すでに純白のスーツを血で汚している美形ホストは、あらためて血反吐《へど》を噴いた。

「まあまあ。沢さんにそこまで言われちゃあ、ウチとしてもガキみたいに怒ってられませんや。寝盗られるのは男の甲斐性がないって事だし」

若い衆の後ろで、デスクで電話連絡をしていた若頭が立ち上がった。両手を広げてマアマアとポーズを取っている。

「面目が立ちゃ、それでいいんです。このご時世、共存共栄でいきましょうや」

若頭は、竜二の腰が異様に低いのを警戒しているようだ。

「面目ない。恩に着ます。若頭」

竜二はもう一度深々と頭を下げ、封筒を差し出した。

「これは、心ばかりのお詫びってことで……五本、はいってます。お納めください」

封筒を見たヤクザの一人が眉間にシワを寄せた。

「五本って、その厚さじゃ、せいぜい五十ってとこだろうが？　一桁《けた》、少ないんじゃないのか」

竜二は身体を起こし、座り直した。

「それじゃあこっちも言わせてもらうが」

当たりの柔らかさがさっと消え、殺気のようなものが漂った。

「ウチの客のキャバクラ嬢が帰りぎわ、仲通りに出たとこでタカって若いもんに白い粉を渡された。ドレッドヘアで顔中にピアスして、だぶだぶの服を着てるやつだ。あれは加納さん、おたく一触即発の雰囲気に事務所が静まり返った。竜二はかまわず続けた。

「どこもシノギが苦しい昨今、クスリは御法度《ごはっと》って建前を守ってもいられないだろう。でもね、考えてみてくださいよ。ウチはクスリで若い女からカネ引っ張ろうなんてコトはやってない。しがない接客業だが、違うコトで女の子を気分よくさせてますよ。カネは吸い上げても命までは吸い上げませんや。ね？　ウチの目と鼻の先でそういうコトはよしていただけませんかね」

竜二の口調は穏《おだ》やかで微笑みさえ浮かべているが、その目は笑っていない。全身からも殺気が放たれている。若い衆の誰かが事を起こせば、その数秒後には竜二はこの事務所をメチャクチャに破壊する事だろう。

若頭は、竜二が取り引きを始めたことをよく判っていて、お説を拝聴、という態度だ。

「ウチの客に限って、お恐れながらとその白い粉片手にサツに行く、なんて事はありませんがね」

不気味な沈黙の後、ははは、と若頭が破顔一笑して封筒に手を伸ばした。手打ちの合図だ。

「よく判りました。今回の事は、お互いなかった事にしましょう。ご足労おかけしました」

ものの数分で、事態は平和裡に解決した。

帰りの車の中で、美形ホストは肩を落としていた。

「おれ、ホントにマグロ漁船に売られるんすか」

情けない声を出す雅哉に、竜二はどんと背中を叩いた。

「ンなわけないだろ。オマエがそんな重労働出来るか？　ま、取り敢えず、田舎に帰れ。ホストには向いてないよオマエ。ホストは客に情を移しちゃダメなんだよ」

　雅哉はすいません、と、しゅんとした。

「だけど、美冴《みさえ》さんも気の毒なんです。たまたま好きになったのが極道で、一緒になって子供できたけど、でも最近のこの不景気じゃシノギもうまく行かなくて……」

　聞いた所では美冴の亭主であるところのヤクザが大きな穴をあけたようで……と耳にした事情を話しはじめた。

「どうしても断れない筋からの依頼で、鉄砲玉をやるそうなんです」

　ウチの人が何の落ち度もない一般人をヒットしようとしている、これではただの人殺しだ、もうついていけない、子供にもあれがお父さんだとはもう言えない……と泣かれて、つい同情が愛に変わったらしい。

「ふうん。で、そのヤクザが殺《や》ろうとしているカタギってのは、誰なんだ？」

　竜二はヤクザの女とホストの純愛物語に興味はなかった。

「名前忘れちゃったんすけど、有名人ですよ。ほら、よく本を書いて売れてる」

「エログロの小説家か」

「いえいえ。もっと偉い学者先生で。ガイジンですよ。『ここがダメだよ日本経済』とかそんな本を書いてテレビにも出てる、ナントカっていうデブでハゲのオヤジ」

　竜二の顔が引き締まった。そいつは経済学者のウォルフガング・ビーダーマイヤーのことではないのか。桐山真人のブレーンで、もしも桐山が政権を取ることになれば、ドイツ人ではあるが総理の私的顧問になるだろうとさえ言われている。この二月に出した反グローバリズムに基づいた斬新な経済政策への緊急提言は大きな話題を呼んだし、最近出した『日本をよくする十ヶ条』という本もベストセラー入りしているはずだ。

「そういや……あの若頭、オレがお前の命乞いをしてやってるときに、電話で連絡してやがったな。なに言ってたか聞いてたかオマエ」

「ええとですね……ウルフとかオルフとか……あとは……日本橋の丸萬。午後七時とか」

「丸萬って言えば有名な本屋じゃねえか……あ！」

竜二の頭に稲妻が駆け抜けた。病院の中でおかしくなった唯依が口走った言葉が甦ったのだ。

『もう一人のお前にも言う。聞こえるはずだ。沢竜二。ウォルフガングの身に危険が迫っている。七月十二日に気をつけること。場所は日本橋丸萬。忘れてはいけない』

竜二は思わず雅哉の胸倉をつかんでいた。十二日といえば、もう今日ではないか。

「オマエ、本当に七時って聞いたのかよ」

「アレ？　十七時だったかな……」

顔が腫れたホストのいうことは心許ない。

竜二が時計を見ると、もう午後四時になろうとしていた。

彼は携帯を取り出し、メモリーに入れてある桐山千晶の番号にかけた。

「もしもし。オレだ。あー今は緊急だからとにかくオレの言うことを聞いてくれ。聞けってば！」

千晶が何か言いかけるのを、竜二は怒鳴って制した。

「いいか。今から言う事をよく聞くんだ。もう一時間もない。あんたの旦那のブレーンに、ウォルフガングなんとかって学者がいるよな？　そいつが危ない。殺されるかもしれない。その先生、日本橋の本屋で今夜サイン会か何かだろ。護衛をつけろ。判ったな。じゃ」

携帯を切った竜二は、運転手に止めろ、と怒鳴った。

「おい、お前はここで降りろ」

彼は雅哉にまとまった金を渡した。

「さっきのは取り消しだ。お前、その美冴さんと一緒に逃げろ。美冴の旦那はしくじる。しくじって大騒ぎになるから、どさくさに紛れてお前の純愛を貫け。オレは今から急用がある」

竜二は雅哉を放り出すようにして降ろすと、車を日本橋に急行させた。


日本橋の老舗書店・丸萬本店の五階イベントホールには、大勢の観衆が集まっていた。日本経済や社会に的を射た具体的提言を連発して政財官界にもファンの多い、ウォルフガング・ビーダーマイヤーが来日し、講演とサイン会をするのだ。

竜二が会場に飛び込んだ時、イベントホールのちょっとした雛壇《ひなだん》の上には司会者然とした男が立って、前座というか挨拶がてらビーダーマイヤーの業績の紹介をしていた。

竜二は会場の中を一瞥《いちべつ》した。百人ほどの観衆はパイプ椅子に行儀よく座り、立ち見が十数人ほど。外人も混じるお客はみんな勤勉で真面目そうで犯罪とは無縁に見える。とはいえ、ガードマンのような警備の者は三人しかいない。スーツ姿だがガタイと目の光で警備だと判る。あと数人の出版関係者が本日の講演会のスタッフなのか、会場を何度も出入りしている。

これじゃ警備なんかないのも同然じゃないか。センセイ丸裸か。

竜二は舌打ちした。観客席から立ち上がった男が雛壇に突進すれば、簡単にナイフで刺せるし至近距離からの銃撃も可能だ。警備も関係者も立ち位置は壁際だから、咄嗟の時に大先生をカバーなんか出来ないではないか。

(千晶のやつ、ちゃんと桐山に伝えたのかよ)

竜二は、素人《しろうと》のような手際の悪さに腹が立ってきた。先生を呼んだ関係者は、殺しが起こったら何と言って弁解する気だ？　だからインテリとか素人はダメなんだ。

彼は、観客の一人一人を観察した。全員が凶器を持つ刺客のように見えるし、全員が平和で暇《ひま》な連中にも見える。美冴のバカ亭主は、途中で会場に乱入してくるかもしれないし、帰り際にサインを求めるフリをして一発御見舞いするかもしれない。

くそ、どいつが殺し屋だ。

竜二ひとりが焦る中、ウォルフガング・ビーダーマイヤーが控え室から現れた。赤ら顔で人の良さそうな、ビールが詰まったような腹をしたオヤジだった。

このドイツの経済学者は愛想よく「不況になっても日本の治安はよろしいねえ」などと日本の観衆におべんちゃらをいうと、早速本論に入った。

さすがに桐山の知恵袋と言われるだけに、その主張するところは桐山とほぼ同じで、今後日本に必要な構造改革について、的確かつ具体的に述べた。桐山との違いは、市場に任せると言いつつ実は儲けの事しか考えていないグローバリズムに呑み込まれるな、グローバリズムはマイナス面が多すぎるのだとハッキリ主張するところだ。同じルールに乗ることは必要だが、相手の言いなりになる事はない。国民のためにいいこと悪いことを選別して戦ってこその国家ではないか、と言い切ってしまう。政治家には言えない事だ。

「……そして、その方策もきちんと具体的に、この本に書いてあります」

とセールスも忘れないのは抜目ない。

竜二は講演を立ったまま聞きつつ、注意は会場に集中していた。

やがて観衆との質疑応答の時間になった。緊張が薄らぐ、この瞬間が危ない。

が、依然として刺客らしい男の動きはない。

客席からは、のどかで場違いかつトンチンカンな質問が相次いでいる。本の感想を述べるつもりが延々自分語りをしてしまうオバサン。官僚から情報を取るコツを聞きだそうとするマスコミ就職内定者。質問する前に「ハイル！」と叫ぶ奴など、馬鹿だねえと呟《つぶや》いてしまうほどだ。

会場がすっかりリラックスムードになり、外人エッセイストの爆笑トークライブのような雰囲気になってきた、その時。

客席の中ほどに座った男が紙袋を取りあげ、中身を探るのが目についた。と同時に竜二は走り出していた。

周りの客を突き飛ばし、竜二がその男に飛び掛かったその瞬間、男の手に握られていたマグナムが姿を現した。

会場が騒然とした。何を血迷ったのか警備員がまず竜二に飛びかかった。竜二は警備員を蹴り飛ばしながら、刺客の男の腕をねじ曲げざるを得ない。

パーンという音が響いた。しまった。防げなかったか……竜二は正面を見やった。

ウォルフガング・ビーダーマイヤーの巨体が数メートルふっ飛び、背後の壁に叩き付けられていた。スーツの胸のあたりに穴が空き、硝煙が一筋たなびいている。

一斉に悲鳴があがり、会場はパニックになった。腰が抜ける者、とにかく逃げだそうとする者、騒ぎを聞き付けて飛び込んでくる者が入り乱れ、場内は大混乱になった。

ビーダーマイヤーは雛壇の後ろで倒れている。

おろおろするばかりの出版関係者に竜二が怒鳴った。

「バカ！　あの先生を何とかしろ！」

SPと判る数人が飛び出してきて、出版社の社員とともにビーダーマイヤーを助け起こした。

会場では、ようやく事態が明らかになっていた。警備員は竜二から手を離し、彼と一緒になって刺客の男、すなわち美冴の亭主であるヤクザを取り押さえようとした。

「おい！　誰の差し金だ！　言え！」

その時、脇で見ていた金髪の白人が、いきなりスーツの内ポケットからナイフを取り出すと、無言のままヤクザの脇腹を深々と抉《えぐ》るように刺した。

「うわっ！」

　この蛮行には警備員も驚いて腰を引いてしまった。竜二はとっさにこのナイフの白人男をつかまえようとしたが。男はすでに脱兎《だっと》のように走りだしていた。

「なんで追わない！　あんたら危機管理がなってないんだよ！」

　竜二は顔面蒼白で震えている出版関係者を怒鳴りつけた。

「バカ！　救急車を呼んだのかよ！　おいしっかりしろ。お前を刺したあの白人を知ってるか!?」

　しかし、ヤクザは何も言わないまま、竜二の腕の中で、ことされていた。

「ちくしょう……」

　完全な口封じだ。しかし、あの白人男の迫力は尋常ではなかった。普通なら手に感触が伝わる刃物での殺傷は嫌うものだが、さっきの白人は、その瞬間ニヤリと笑ったようにさえ見えた。

　やがて、救急隊員と警官がやってきた。

「あんた、どうしてこの男の犯行が判った」

　警官は、まるで竜二も一味だというように迫ってきた。

「見てりゃ判るだろ。みんな雛壇の先生を見てるのに、ひとりだけゴソゴソしてたんだからな」

「あんたは何者だ。なんか知ってるんだろう」

　面倒臭い事になってきたな、と思った時、横から女性の声がした。

「あの……わたくし、桐山真人の家内ですが」

はっ、と警官は姿勢を正した。与党の有力議員の女房となれば扱いは違う。

「この方はわたくしの知人です。ビーダーマイヤー先生を襲う計画があると知らせてくれて……こうして助けていただいて」

「どこでその情報を知ったのです？」

警官の竜二に対する態度は少し改まった。

「それは言えない。しょせんは噂だし」

うっかり加納組の名前を出すと、竜二の属する橘風会と全面対決になってしまう。

「それより、あのドイツの先生は大丈夫なのか。胸に命中したろ」

千晶は彼に防弾チョッキを見せた。超大型で、胸に当たる場所には小さな穴が空いている。

「わたくしからお願いして、先生にはこれを着けていただきました」

証拠品を警官に手渡した千晶は、困惑した表情で竜二の耳元で囁いた。

「夫があなたに直接お目にかかってお礼を言いたいので、待っていてほしいと……」

言い難そうに頼む千晶に、竜二は言った。

「オレはさ、あんたの旦那のためにやったんじゃないし、あの先生のためにやったんでもない。もちろん、日本の未来なんか関係ない話だし……」

竜二は、ホント、マジでオレは何のために誰のためにこんな派手な立回りを演じてしまったんだろう、と考えながら、千晶を見た。そこに答えがあった。

「……オレは、あんたのためにやったんだ。本当に有り難いと思うのなら、あんた、もういっぺん抱かせてくれよ」

　しかし、千晶は、気の毒なほどうろたえて困り切っている。

夫に心を残している様子の彼女を見て、竜二の胸に男の嫉妬《しっと》が燃え上がった。

「気が変わった。やっぱりあんたの亭主に会う。会いたいというんだから、会ってやろうじゃないか。そしてお礼にはあんたが欲しいとはっきり言ってやる」

「お願いだから、それはやめて！」

　千晶は悲鳴をあげ、自殺でもしそうな顔になった。

「さあて、旦那はどんな顔するかな。あんたがベッドの中でどんなだったか聞けば」

　千晶は追いつめられて、なにも言えなくなった。

　と、その時、竜二の携帯が鳴った。

「はい。今取り込み中」

　気のない返事をした竜二の声が変わった。

「え？　唯依が入院していた病院から連れ出された？」

　電話をしてきたのは葉子だった。

「これは竜二さんと話してるのね。海音寺の家にも戻ってないし、どこに行ったのか判らないの」

第4章　ざ・とりぷる

気がつくと、大介は郊外の大きな駅の高架ホームにいた。すでに夜になっている。ホーム前方には広く黒い水の流れがあり、大きな河川敷を吹き渡ってくる風が熱気を和らげている。後ろにはきらびやかに輝く巨大ショッピングモールがあった。

ここにはもう、二度と戻らないつもりだったのに……。

二子玉川《ふたこたまがわ》の駅を大介は出た。今でも足が憶えている道をたどりながら、気力が萎《な》え、うずくまりそうになった。かつては夜遅く塾の帰りに疲れ果て、空腹を抱えて何度となくたどった家路だ。だが、小さなマンションの一室には、暖かい夕食も迎えてくれる笑顔もなかったのだ。

『あんたのためにママは家を売ったのよ！　こんな狭くて小汚いマンションに住まなきゃならないのはあんたのせいなのよ！　勉強しなさいったら。勉強して東大に行って大きな会社に入ってローンを組むの。そしてもう一度家を買うのよ。判ってるわね！』

常軌を逸しつつあった母親と、二人きりで暮らしていた大介は無力な子供に過ぎなかった。

マスコミに叩かれた末に『超能研』は解散した。母親が供託した資金は戻って来ず、大介と母親は殆《ほとん》ど無一文で放り出された。売ってしまった一戸建ての近所にマンションを借りたが、安い賃貸で築年数も古く、狭くて汚かった。世田谷《せたがや》の二子玉川というステータスにこだわりさえしなければ、もっと条件のいい物件があっただろう。しかし母親はあくまでも失った夢とそれまでのプライドにしがみついた。働かなければならなくなったが、彼女の自尊心を満たすような仕事ではなかったのだろう。その不満と怒りと屈辱の矛先は、すべて大介に向けられた。

『あんたの塾のお金だって月に何万かかると思ってるの？　それなのにこんな点しか取れないなんて、お金をドブに捨てさせる気？　今夜は寝ないで勉強しなさいよ。御飯なんか後でしょっ』

母親の罵声が耳に甦って大介は、きりきりと胃が痛くなった。もう、ぼくには期待なんてしないでよ。無理なんだよ、ぼくには。ママの喜ぶようにするなんて……。

しかしそれでも、あの頃の自分は家路をたどるしかなかった。そこにしか帰るところはなかったし、どんなに怖くても、大介には母しか頼る人がいなかった。

今も同じ夜道をたどりながら、激しい恐怖に襲われている。それでも吸い寄せられるように歩みを止める事ができない。なぜなのだろう。いや、それ以上に不思議なことがある。この自分に、あの家を出る、家を出て母親を捨てる、などという事が、なぜ出来たのだろうか？

今まで考えたことはなかったが、よくまああの家を出られたものだと思う。その時の自分は、わずか十四歳だったのだから。

大介は華やかな駅前を離れて、暗い裏道をたどった。二子玉川は多摩川《たまがわ》沿いのリゾートの香りのする高級住宅街だ。一流デパートが経営する巨大ショッピングモールがあって都内でも恵まれた階層の女性たちが集まる場所の一つだ。ブランドショップに洗練されたレストラン、お受験向け各種幼児教室……社交と消費に一日を愉しんだ彼女たちは、デパート地下に出店している有名レストランや料亭の惣菜《そうざい》を買って帰り、食卓に載せる。親の金と夫の金で、夢のように生きている女性たちで溢れ返る、華やかな場所。

だが、そういう夢の世界から、大介の母親は転落してしまった。実家の援助はあったらしいが、以前の生活を取り戻すことは出来なかった。華やかな川沿いの住宅街にも、暗くて狭い裏町はある。その一画の古いマンションに、大介の足は向かっていた。

近づくにつれ、どうしようもなく足がすくんだ。自分は母親の最後の夢だった。歪んだ夢だが、彼女はそれに縋《すが》るしかなかったのだ。しかし、かすかに期待する気持ちもあった。自分は大人になったのだから、『あの人』を少しは喜ばせてあげられるようになっているのではないか。

大介はそう思って、まだ開いていた菓子店でケーキの詰め合わせを買った。年月が『あの人』を変えて、普通の母親のようになっていてくれたら、どんなに嬉しいだろう。

見覚えのある建物が見えてきた。十年前よりもさらに荒廃したように思われる、煤《すす》けた外壁。白いモルタルに黒い雨じみが幾筋も流れている。亀裂が走り、ところどころ剝落《はくらく》した箇所もある。修繕積立金のようなものは徴収していないのだろう。華やかな街の中で立ち枯《か》れてゆく一画。

みすぼらしい八階建ての建物の横手の小さな駐車場と、貧弱な植え込みが見えてきた。それを目にした瞬間、大介の不安は堪えがたいほどに強くなった。この駐車場のアスファルトが雨に濡れていた光景と、植え込みの中から聞こえるかすかな声が、一瞬ありありと甦った。

駄目だ。思い出してはいけない。

その不安感はほとんど恐怖そのものだった。ひどく気分が悪くなり、足が路面に貼りついたように動かなくなった。

だが、行かなくてはならない。唯依のためだ、と大介は必死に、ここまで来た理由を自分に言い聞かせた。母親は『超能研』の名簿を持っている。

あくどい商法がマスコミに取り上げられ、叩かれた『超能研』は十年前、突然解散した。会員は一方的に倒産を告げられ、全財産を処分して供託した資金も、殆ど戻ってこなかった。『被害者の会』のようなものが結成され、母親もそれに関わっていたはずだ。夜、仕事から戻った母親が、赤い表紙の名簿を片手にあちこちに電話していた姿を、大介は覚えている。

その名簿を見せてもらうだけでいい。『安納』という名前と住所が見つかれば、そこから手繰《たぐ》って唯依の現在の居所を突き止めることが出来るかもしれない。唯依を病院から連れ出した、唯依の『母親』と名乗る女性について、差し当たりほかに手がかりが無いのだ。

みすぼらしいマンションの駐車場と植え込みから、大介は必死に目を逸《そ》らした。

恐怖がますますふくれあがり、喉元までせりあがってきた。でも、こんなに久しぶりなのだから、『あの人』も、ぼくを見て嬉しそうな顔をしてくれるかもしれない……。

大介は買い求めたケーキの箱の取っ手をぎゅっと握った。

エレベーターを降りて暗い廊下を数メートル進んだ。切れ掛けた蛍光灯が点滅している。見覚えのある汚れたドア。大介は震える手でチャイムを押した。

中に人の気配は無い。このまま逃げ帰ろうか、と思った瞬間、ドアが開いた。

老婆の顔がこちらをうかがっている。大介は混乱した。

誰なんだ……この人は。『あの人』がこんなみすぼらしいお婆さんであるわけがない……。

それは『老婆』としかいいようがなかった。皺が深く刻まれた皮膚。脂気《あぶらけ》の無い、白髪まじりの髪。だが、おぞましいことに、そこには『あの人』の面影があった。大介の記憶にある、美しくも恐ろしかった『あの人』の顔の、劣化したコピーのようなものが大介を睨みつけていた。

呆然とする大介の前で、その老婆の目が、かっと見開かれた。その目は昔と変わらずに大きい。だが、その周囲は無数の皺に覆われている。

「あ……あなた……」

震えて弱々しい声だが、それは間違いなく、母親のものだった。

「……大介です。ご無沙汰しています」

「帰って！　帰ってちょうだい！」

突如ヒステリックな絶叫が狭苦しい廊下に響きわたった。老婆は力まかせにドアを閉じようとした。

「待ってよ！」

大介は咄嗟に爪先をドアの隙間にこじ入れ、ドアを押し返した。

「ぼくが嫌いなら、すぐに帰るから……見せて欲しいものがあるだけなんだ。あの名簿……『超能研』の名簿だよ」

「け、警察を呼びますよっ」

どうしてここまで嫌われなければならないのだろうか。

ショックで何も言えなくなった大介の表情が、何かの引き金になったようだ。

老婆は『警察』という自分の言葉に興奮したように言い募《つの》った。

「今度こそ、ほんとうに警察を呼びますからねっ。まったくあんたときたら、どこまで私を苦しめれば気が済むの？　あんたのためを思って被害届も出さなかった私の気持ちも知らないで……十年経ったからもうそろそろ時効だろうって、それで押し掛けてきた訳？」

警察？　被害届？　時効？

大介には訳が判らない。しかし、今目の前で自分を罵《のの》しっている老婆が紛れもなく自分の母親だということだけは、心の底から実感できた。『どこまでママを苦しめれば』『あんたのためを思って』という耳慣れた言葉が突き刺さってくる。何も変わっていないんだ。ぼくには、母さんを苦しめることしかできない……。

真っ黒に縮《ちぢ》こまった大介の気持ちが顔に表れたのだろう。彼女は俄然《がぜん》、攻撃的になった。さっきの怯《おび》えは跡形もなく、本格的に彼を罵り始めた。

「あんた、ここを出てくときに自分がしたことを判っているの？　あんたは絶対まともじゃない。狂っている。そんな出来損ないだとも知らずにお金をかけてきたなんて……私の一生と財産をドブに捨てさせて、そんなに嬉しいの？」

老婆は憎々しげに言い募った。唾を飛ばし、黄ばんだ歯を剝《む》き出して罵り続ける。

「ええ？　何とか言ったらどうなのよ？　実の親によくもまあ、あんなことが出来たもんだ。しかもそれっきりで謝りにも来ない。今さら来たって遅いのよ。このクズが」

母親は完全に往年の調子を取り戻していた。大介が何も言い返せないでいるからだ。

「たかが汚い猫一匹のことで……聞いてるの？」

猫……汚い猫……その言葉が大介の脳の中のある場所を刺激した。

『聞いてるの？　一体どういうつもりなのよ？　ママの留守中にそんな汚い猫を連れ込んで？』

ずん、という衝撃とともに、完全に忘れていたあの夜の情景が甦ってきた。

『ママが外で嫌な思いをして働いているというのに、あんたはそんな不潔な生き物を拾って』

不潔じゃないよ、と必死に言い訳をする自分の声が聞こえた。ちゃんと洗ってあげたんだから。

雨の夜。下の駐車場の濡れたアスファルト。植え込みの中で必死に鳴いていた小さな生き物の声。濡れて泥にまみれ、自分の手の中にすっぽりと収まった、小さな猫。

『勝手なことをするんじゃないの！　洗ってやったって、そのタオルで拭いたの？　そんなことに使ったタオル、もう捨てるしかないじゃないのっ』

やめて、ごめんなさい、ひどいことをしないで、と泣きながら謝る自分の声。抱きしめた猫を奪い取ろうとする母親の邪険な手。怯えた生き物の悲鳴。

やめてよ、ママ……ぼくにその猫を返して……元いたところに戻してくるから、もう二度と、部屋に連れ込んだりしないから……お願いだからそんなことをしないでよ……。

少年だった自分の声が、虚《むな》しく哀願する声が耳に甦った。母親の手の中で激しくもがき、にゃあにゃあと鳴き続ける無力な生き物。

『痛いッ……嚙みついたわ！　この猫……もう、許しませんからね！』

猫までママをバカにして！　この傷で病気になったらどうする気？　もう、我慢できないッ！

ベランダのサッシが引き開けられる音がした。大介には母親がこれから何をするつもりかが判った。逆上した母親に大事なものを、これまで何度捨てられたことだろう。でも……まさか、いくらママだって。だって、だって、猫は生きているのに……。

ベランダに母親の後ろ姿が見えた。猫をつかんだ手を大きく振りかぶっている。

やめて……まさか……そんな。

大介は死ぬほど怯えていたが、弾かれたように立ち上がっていた。気力をふりしぼって母親の後を追った。冷たい雨粒が頰に当たった。

だが、遅かった。

ベランダに降りた彼の視線と仔猫の絶望に満ちた目が一瞬交叉した。次の瞬間、鋭い悲鳴が遠ざかった。毛玉のようなものが、何もない空間に放物線を描いて落ちていった。

全身の血がすうっと下がっていった。頰のあたりの皮膚がちりちりと厭な感じに粒立った。十本の指先すべてが冷たく、無感覚になった。それでいて胸のあたりには抉《えぐ》られるような鋭い痛みがあった。もう……もう、取り返しがつかない……。

五分、いや一分間でいい、時計を戻すことができたら。それができないのならせめて……。恐怖と絶望に呑み込まれた大介の心は石のように無感覚になり、縮こまった。

たった今、仔猫を八階下の駐車場に叩き付けたばかりの母親が、さっと振り向いた。部屋からの灯りに照らされたその顔は雨に濡れ、怒りと興奮に上気して、おぞましくも美しかった。凍りついている大介を見て、母親は勝ち誇ったように言った。

『判ったわよね？　ママの留守に勝手なことをしたからこうなるのよ。あんた、本当はママを馬鹿にしてるんでしょう？　ええ？　何とか言ったらどうなのよ！』

記憶の中の声が、目の前で喚《わめ》いている老婆の耳障りな濁声《だみごえ》とオーバーラップした。

「たかが汚い猫一匹のことで……聞いてるの？　ええ？　何とか言ったらどうなのよ！」

駄目だ……駄目だよ、もうそれ以上言わないで！

大介の悲鳴は声にならなかった。『何か』が出てこようとしていた。あの夜と同じに。

駄目だ。こんなになってはいけないんだ。ママがいるのに出てきちゃダメだ！

大介は凄まじい恐怖を感じていた。大勢の人が見ているところで括約筋《かつやく》のコントロールを失い、排泄《はいせつ》をしてしまう……それにも似た恐怖だ。母親の前で『それ』が起こったことは一度もなかった……少なくとも、あの夜までは。しかし、内側から次第にふくれ上がる巨大なエネルギーが、あの夜、ついにコントロールを失った。それは大介が決して感じたことのない『怒り』だった。

甦った記憶に圧倒された大介が何も言い返せないのを見た老婆は、さらに言い募った。

「あんた、そこに何を持ってるの？　安物のケーキ？　そんなものでママにしたことが帳消しになるとでも思ってるの？」

馬鹿にされ、嘲《あざけ》られている人間は、チャンスがあれば自分より弱い存在に同じことをする。大介の母親だった女も、今やその攻撃性を全開にしようとしていた。

「だいたいあんたは……」

老婆がさらに罵ろうとしたとき、大介の手がケーキの箱を床に叩きつけた。

マンションの入口で潰れた箱を、エナメルの靴が踏みにじった。

『大介』の意識は凍りつき、心の奥の安全に守られた領域へとしりぞいた。

ふくれ上がる別のエネルギーが、空白になった場所を埋めた。

「ババァ、うっせえんだよ」

ケーキの箱を踏み潰し、ずいと前に出たのは『竜二』だった。

圧《お》し殺した、凄味のある声だった。一瞬で殺気が全身を覆っていた。

「ひっ」

老婆は目をしばたたき、息を吸い込んだ。そのままよろよろと後ずさりした。

竜二が静かに言った。

「治ってねえみたいだな。その弱いものいじめの腐った根性は」

「なに……なによ……また、あのときみたいに私を……」

「冗談じゃねえぜ。てめえみてえな腐れまんこにまた突っ込むほど暇じゃねえ。いいから『超能研』の名簿を出せって。それさえ貰えば大人しく帰ってやるからよ」

ぐい、と肩から室内に侵入しようとする竜二に、老婆は目を極限まで見開き、ぶざまに尻もちをついた。そのまま腰が抜けたように床を這って後ずさりしながら口走った。

「わ、判ったわよ。名簿ね。それで帰ってもらえるのね」

「……先生か。おれだ。今、二子玉川にいる。悪いが大介を迎えに来てやってくれないか」

「どういうこと？　あなたは……竜二さんね。大介さんに何かあったの？」

葉子の携帯から聞こえているのは竜二の声だった。

「ああ。やつは厭なことがあるとすぐケツを割る。ガキのころからそうだった。そして、やつがバックレた後はいつもおれが引き受けるんだ。おかげで見たくないものを厭っていうほど見た。だが……今夜のは極めつけだ」

竜二の声はいつになく打ち沈み、滅入っていた。

「もう、厭なんだよ、先生。あの女の顔なんか、おれはもう二度と見たくなかった。だが、大介のやつが逢いに行って、そうしたらやっぱり」

「ちょっと待って。『あの女』って誰のこと？」

「大介のおふくろだ」

葉子は絶句した。まさか大介が、誰よりも恐れていた実の母親に逢いに行くとは思っていなかった。しかも大介は、自分が母親を捨て家を出たときのいきさつを知らないのだ。

葉子の脳裡に、かつて竜二から聞かされたショッキングな言葉が甦った。

『だが、やつのおふくろは、根性の悪ささえ目をつぶればなかなかいい女だった。年の割りには若いし、躰もよかった。あそこの具合もな』

竜二にとってあくまでも『大介のおふくろ』でしかない女は、自分の虐待が息子を発病させてしまった事実を知らない。好きなだけいたぶることが出来た無力な少年が、ある日突然、獣性も露わなオスに文字通り『豹変』したのだ。

それが十年前に起こったことだ。その獣のような息子が再び目の前に現れて、大介の母親は一体どういう反応を見せたのだろうか。携帯から竜二が続けた。

「おれだってよ、たまにヤツを面倒な状況に放り出してバックレるけど、それはガキのころからの積み重ねの、ほんのお返しだ。厭なことはみんな、おれが引き受けてきたんだよ」

「厭なことって……具体的にはどんなこと？」

「言いたくない。まあ、おれは別に痛いわけじゃないから、どうでもいいような事だけどな。だが、あまりにムカつくんで大介のやつを殺してやりたくなったこともあった」

「あのね。何度も言うけれど、大介さんを殺すってことは自殺と同じなのよ、あなたにとって」

「まあいいや。とにかくおれはもう厭なんだよ。こういうふうに仕方なく出てきて、後を引き受けさせられるってのは。おれは行くから大介を頼む」

「頼むって……あなた。大介さんは何処《どこ》にいるの？」

「やつは引き籠っちまって出てこない。使い物にならない状態だ。地理的には二子玉川の駅前のバス乗り場んとこ。そこのベンチでへたれてるよ。じゃ、先生、後たのんだぜ」

通話は切れた。

葉子は時計を見た。午後十時。湯島にある葉子の自宅マンションから二子玉川まで車を飛ばせば一時間足らずだ。急いだほうがよさそうだった。竜二が人格のスポットを明け渡してしまい、大介も引き籠って出て来ないとすれば、彼らが共有する身体はどうなってしまうのだろう。

葉子は慌ただしく身仕度を整え、コーチのバッグと車のキーをつかむと、マンションの地下駐車場に向かった。


246を飛ばしてきた葉子のサーブは速度を落とし、駅前のバス広場に止まった。

葉子が見渡すと、人の流れから外れたベンチにうずくまる人影があった。

ハザードを点灯し、縁石沿いにサーブを停めた葉子は、そのベンチに駆け寄った。

背中を丸め開いた両脚のあいだに頭を抱え込んだその人影は、葉子が近寄っても動かなかった。服装は竜二のものだ。カットのいいスーツを着ている。だがイタリア製らしい磨かれた靴には、白いクリームのようなものが付着して汚れていた。

「沢さん？……聞こえる？浅倉さん？」

返事は無かった。竜二も大介も、どちらも葉子の呼びかけに応える気はないようだ。

「大丈夫？」

葉子がそっと手を置いた瞬間、スーツの肩がびくっと痙攣し、両手が持ち上がった。

「……やめて……こっちにこないで」

甲高く震える、恐怖に満ちた声だった。

「いやだよ……いきたくないよ」

葉子が恐ろしいモンスターででもあるかのように両手で顔を庇《かば》い、ぶるぶると震えている。

これは……と、葉子は愕然とした。

こういう反応を見たことがある。児童相談所からの依頼で、両親に虐待のかぎりを尽くされてきた三歳の男の子と面接した時だ。その子は葉子が近づき、身体に触れようとしただけで顔を背け、両手で攻撃を避けようとした。

「怖がらなくてもいいの」

葉子は静かに言った。同時にベンチの隣にそっと腰をおろし、彼の背中に軽く手を触れた。その瞬間、背中がびくっと震えたが、葉子がさするにつれ、震えは徐々に収まっていった。葉子はなおも静かに語りかけた。傍目《はため》にはラブラブのカップルに見えるだろう。

「あなたの行きたくないところには、絶対に連れていかない。約束する。あたしの名前は『ひとつばしようこ』。あなたは誰？　お名前を教えてくれるかな？」

「だいすけ……あさくらだいすけ」

「そう。だいすけくんって言うんだ。だいすけくんは、いくつ？」

「ふたつ……」

やはり。新しい人格、現在二十三歳である沢竜二と浅倉大介に次ぐ、第三の人格を目の前にしていることを葉子は確信した。『だいすけ』が不意につぶやいた。

「……ねこちゃん、いないの」

途方に暮れたような声だ。

「猫ちゃん？　猫ちゃんがどうかしたの？」

一見とりとめのない幼児のような言葉だが、葉子は辛抱強く聞き出そうとした。

「あのね。おじちゃんがぼくをよんだときに、ねこちゃんがいたの。そしてぼくが『とくべつしどう』からもどってきたら、ねこちゃん、いなくなってた」

『特別指導』……おそらく大介が『超能研』に預けられていた時の記憶だろう、と葉子は見当をつけた。大介が西湖《さいこ》の畔にある『超能研』の本部に預けられたのはあわせて二回、それぞれ二歳と九歳の時だったことは既に聴き取り済みだ。

「『おじちゃん』って誰のことかな？　『特別指導』はその人がしたの？」

だが、葉子はすぐにその質問を後悔した。『だいすけ』がしくしくと啜《すす》り泣き始めたからだ。

「わからない……いやだよ……ぼくいきたくないよ……こわい……いたいよ。おなかがいたいんだ、すごく」

決定的な解離が起こった時点での人格が「凍結」され、そのまま引きこもってしまう症例はよくあるらしいが、こうして二歳児の段階にまで退行してしまったのでは、まともな生活が送れなくなってしまう。

「わかったわ。だいすけくんを怖くないところに、大丈夫なところに連れて行ってあげる。だからあの車に乗りましょう。いい？」

大介が涙に濡れた顔をあげた。竜二と違って普段から自信の無さそうな大介だが、今は一段と頼りなく、まさに幼い子供そのものの表情だ。

「どこにいくの？　ねこちゃんにあえる？」

「逢えるわよ」

葉子は咄嗟に心を決めて断言した。彼にアニマル・セラピーを試してみよう。

「どんな猫ちゃんなの、だいすけくんが逢いたいのは？」

「まっしろで、きんいろの目をしたねこちゃん……ぼく、かならずもどってくるよ、ってやくそくしたのに、もどるのがおくれて……ねこちゃんいなくなってた」

葉子は子供のように泣きじゃくる大介をうながしてサーブの助手席に座らせ、携帯で電話を一本かけた。


一時間後。自分のマンションに大介を連れて戻っていた葉子は、真っ白な子猫を手に入れた。治療のために日頃から協力して貰っているアニマル・セラピストに深夜だというのに無理を言って、『だいすけ』が望む真っ白な猫を手配してもらったのだ。

バスケットの蓋《ふた》を開けると、『ゆきちゃん』という名前の白い猫が顔を出した。しばらくあたりを見回していたが、やがてしなやかに身体をひねってするりと抜け出した。そしてふんふんと匂いを嗅ぎながらあたりを探索しはじめた。

葉子は白猫を抱き上げ、扉を閉めておいたベッドルームに入った。そこには二歳の人格に退行した『だいすけ』が部屋の隅にうずくまったまま頭を抱えていた。二子玉川から戻ってきてからずっとこの姿勢だったが、白猫が葉子の腕の中でにゃあと鳴くと『だいすけ』はハッと顔をあげた。

「ねこちゃん……」

「そうよ。猫ちゃんが戻ってきたの。もう、どこにも行かないわ。しっかり抱いてあげて」

幼児のように夢中で手を差し伸べる彼に、葉子はそっと猫を手渡した。『ゆきちゃん』は人見知りしない性質なのか逃げようともせず、彼の腕の中におさまった。

彼がおそるおそる撫でるにつれて、猫は次第に大きくゴロゴロと喉を鳴らし始めた。同時に『だいすけ』の全身を覆っていた緊張と強ばりもみるみる和《やわ》らいでいくのが、葉子にも見ていてはっきり判った。

猫は気配に極めて敏感な生き物だ。ちょっとした物音にもすぐにぴんと耳を立て、素早く危険を察知する。猫が人間と暮らし始めた数千年前、猫が傍らで安心して寝ている姿は、それだけで人間に安心をもたらすものだった……という説を葉子は思い出し、とても納得した。

『だいすけ』は『ゆきちゃん』の背中を撫でつづけている。葉子はそんな大介の背中をさすった。静かな部屋の中に聞こえるのは猫がゴロゴロ言う音だけだ。やがて、大介が静かな寝息を立て始めたことに葉子は気づいた。彼女自身のまぶたも重くなっている。

この、幼児の人格『だいすけ』は、おそらく彼が最初に『超能研』に預けられた二歳のときのものなのだろう、と葉子は考えた。トラウマとなるような体験がその時にあり、以来引きこもって表に出てくることがなかった人格かもしれない。

そして、そのトラウマとはおそらく『超能研』にいた大人の誰かから、何らかの性的虐待を受けたことに違いない、とも。

では、彼らが解離する直前までメインの人格であったと思われる『だいすけ』が、猫にこだわるのは何故だろうか。

おそらくは、決定的な体験で失われた彼のイノセンスが、『白い猫』の存在に重ね合わされたのだ。『白い猫』が実在し、そしていなくなってしまったことは事実だろう。そして猫を失ったショックが、性的虐待に劣らぬ深い傷を、幼かった彼の心に与えてしまったのだ。

そう考えれば、すべてがつながる。現在の大介が、あの唯依という少女を『守る』ことに、かたくななまでにこだわる理由も理解できる……。

うとうとしかけた葉子は、何か軽いものが床に落ちるぱたっという音にはっと我に返った。

赤い表紙の薄い冊子のようなものが落ちていた。二子玉川の駅前でピックアップした時からずっと、大介が固く握り締めて離さなかったものだ。

『超早期能力開発研究所・被害者の会　会員名簿』。

赤い紙の表紙に印刷されたその文字を読んで、葉子の表情が引き締まった。

これだ。これを手に入れるために、大介はあれほど恐れていた実の母親に逢いに行ったのだ。

未《いま》だ治りきっていない、バラバラの心のままで。

そして、過去の傷口をえぐるような何かが起きてしまい、彼は幼児の人格に逃げ込んだ。それほどの危険を敢《あ》えて冒《おか》したのも、すべて彼があの唯依という少女を守ろうとしているからだ。その、失踪した唯依の手がかりが、この名簿の中に……。

『安納唯依』という名前を求めて、葉子が名簿のページを繰《く》ろうとしたその時。

大介の腕の中で丸まっていた猫が、突然、弾かれたように飛び出した。床に跳んだ猫は、ふーっと唸り声をあげ、耳をうしろ向きにぴたりと寝かせた。威嚇《いかく》するように唸りつつ、猫は横向きに小刻みなジャンプを数回繰り返した。丸めた背中の毛と尻尾の毛が、ぶわっと逆立って、まるで白いタワシか食器洗いブラシのようだ。

「どうしたの？　ゆきちゃん」

だが白猫は葉子が差し伸べた手にもしゃーっと唸っただけだった。金色の目の中で極限まで開き、丸くなった瞳孔が、大介をかっと睨みつけていた。

猫は明らかに興奮し、何かを恐れていた。

恐れる？　何を……？

大介の傍から立ち上がり、猫をなだめようとした葉子は、突然腰に激しい衝撃を食らって床に倒れこんだ。嘲《あざけ》るような声がした。

「ずっと待っていたんだよ、先生。こうして二人っきりになるのを」

「あ……あなたは、沢さん……」

無力な幼児に退行していたはずの『だいすけ』は消えていた。押し倒された葉子の顔を上から覗き込んでいるのは、らんらんと輝き牡《おす》の欲望に燃えた竜二の瞳だった。

うろたえながらも葉子は竜二の顔を、これまでにないほど近くから観察していた。『大介』とは瞳の色が違うような気がする。金色、とまではいかないが、どことなく獣じみて感じられる。それは瞳孔が収縮して、明るい茶色の、虹彩の部分が大きくなっているからなのだと葉子は気がついた。同時に、大介のものではない、幼児の人格とも全く違う体臭が鼻をついた。その匂いを思いっきり吸い込んだ葉子は不覚にもくらくらっとし、全身の力が抜けてしまいそうになった。

不快な体臭ではない。生々しいが、剝き出しに牡を感じさせる匂いだ。

「なあ。先生だっておれとやりたいはずだ。それは前から判ってる。無理すんなよ」

竜二は手際よく葉子の白いブラウスのボタンを外している。片方の手はすでにタイトなベージュのスカートの内腿に達していた。

葉子には護身術の心得がある。だが不意を襲われ、こうして男の力で床に押さえつけられてしまっては、もうどうすることも出来ない。

両手と膝で葉子の動きを封じた竜二は、片手をかわるがわる使って下半身ではストッキングごとパンティを脱がそうとしている。白いブラをずりさげられて、たちまち白い双丘が剝き出しにされてしまった。

露わになった葉子のバストに、竜二がごくりと唾を呑み込む気配があった。

寄せて上げるタイプのブラは使っていない。女医という職業にふさわしく、しっかりホールドして抑えるタイプのものを葉子はいつも身につけている。だが、そこからこぼれ出た両の乳房は決して小さくはない。周辺の筋肉がしっかりしているので、見事な形とハリを保っている。そして抜けるように白く、ミルクのように滑らかな膨らみの頂点には、ルビーの色をした乳首がある。

みかけによらない凄いおっぱいだな、先生、のような軽口を竜二は叩かなかった。それだけ彼も興奮しているのだろう。無言のまま、手早く葉子の服を剝ぎ取ろうとしている。葉子も必死に抵抗したが、竜二の唇が近づき乳首を捉《とら》えた瞬間、ふっと力が抜けた。

こういうことにならないように精一杯、虚勢を張ってきたが、実はこれを待ち望んでいたのかも、と思ってしまったのだ。あそこがじんわりと潤うのが、自分にも判った。竜二のもう片方の手はストッキングを引き下げて、ショーツの中に入ってこようとしている。

あそこが濡れている、自分も彼を欲しがっている。それを知られてしまえば、いっそ楽かもしれない。葉子の躰は明らかに、竜二に抱かれたがっていた。でも……。

それが癪《しゃく》だった。ホストクラブ『シャフト』に来る女たちが、どんなに金を積んでも抱かれたがるという竜二だ。そんな彼とセックスすれば女性としては勝利かもしれないが、ほぼ間違いなく、彼の『治療』はこれで終わりということになるだろう。一人のプロフェッショナルとして、精神科医としては、明らかな敗北だ。

キスされている胸からも、熱い掌にまさぐられている内腿からも、耐えがたいほどの甘美な感覚がびりびりと電気のように伝わってくる。鼻孔には若々しく刺激的なオスの体臭が一杯に広がって、もうこのまま、何もかも忘れて、この心地よさに、大波のようなうねりに、身をまかせてしまいたくなった。

だが、その気持ちをぐっと抑えつけて、葉子は太腿に力を込めた。鍛え上げた筋肉だけに、竜二の力でも、こうなるとやすやすと股を開かせることは出来なくなる。

「待って」

葉子は言った。

「私とこうなってしまうと、もうあなたの主治医ではいられなくなるけど、いいのね？　それで？」

「だからおれは病気じゃないって。先生よ。これからは医者と患者じゃなく、男と女として、いい関係を築こうぜ」

やっぱり。言うだけムダだったか、と葉子は思いながらもさらに言った。

「じゃあ、こうしない？　主治医として最後にいくつか質問をさせて。それに答えてくれたら、私も思いっきりその気になって、あなたといいセックスをする。どうかしら？」

「やだね」

竜二は言下に拒否した。

「あんたは頭がいいから、男が萎《な》えるようなことを訊《き》くつもりなんだろう？」

御免だねそんなのは、と竜二は葉子の内腿に思いっきり手をこじ入れた。その痛みに葉子は思わず眉をしかめた。

「今は無理やりでも先生、次からはよろこんでその気になるって」

本当にそうなってしまいそうなのが、怖くもあり、腹立たしくもあった。竜二が触れるあらゆるところから、電気のような刺激が巻き起こっている。ひときわ強い刺激は、葉子の腿のところだ。そこにスーツの布地越しに、竜二の猛り立った男性器がぴったりと押し付けられている。乳首は勃ちあがり、女性の部分がさらに充血して潤いつつ、きゅううっと痛いほど締まるのが自分でも判った。

ああ……私のここは彼を受け入れたがっている……。

これまでずっと優位を保ってきた自分が、これから彼に組み敷かれ、刺し貫かれて快楽の喘ぎ声をあげてしまうのか……そう思うとたまらなく口惜《くや》しかったが、同時にそうなってみたい、というわくわくするような気持ちもあった。これまでにそこそこの男性経験はあるものの、いつも理性が邪魔をしていた。決して夢中にならないで済むような、必ず自分が主導権を取れるような相手ばかりを、葉子はいつも注意深く選んできた。だが、ついに年貢の納め時が来たようだった。

それにしても、残念だ。最初の解離がどういう状況で起ったのか、そして、実の母親と対面した大介に何が起こったのか、竜二から聞きだす、これは最後のチャンスだったのに……。

葉子の太腿から力が抜けた。竜二の手がすかさず押し入り、葉子のショーツを引きずりおろし、その股間に指を侵入させた。持ち主の意志に反してぐっしょりと濡れ、男を迎え入れたがっているその部分に、ついに竜二の指が触れた。

「凄いよ、先生。ぐしょぐしょだ」

驚いたような、喜んでいるような竜二の声が聞こえる。

ああ……もう、どうにでもして。葉子は目を閉じた。精神科医としての自我が、一匹のメスの本能に譲り渡されようとした。その時。

突然、竜二がくしゃみをした。しかもそのくしゃみは止まらない。まるで発作のように猛烈に連続している。細かい霧のようなそのしぶきを葉子も思いっきり浴びてしまった。

何よ、こんな時に、私がせっかくその気になっているのに、と葉子は一瞬、腹立たしくなり、次の瞬間、ふいに我に返って、のしかかっている竜二の身体を突き退けた。

くしゃんくしゅんくしゃんくしゃんくしゃーんと、とめどのないくしゃみに竜二は顔を押さえている。さっきまで葉子を押さえつけていた狂暴なオスの面影はまったくない。葉子は脚を折り曲げ、素早く立ち上がると壁ぎわに逃れ、とっさに服の乱れを直した。

触られたところがまだ疼《うず》いているが、その興奮を抑えて葉子は竜二の様子を冷静に観察した。

くしゃみだけではなく涙と洟《はな》までが猛烈に出ているのか、竜二は両手で顔を覆っている。取り敢えず葉子にとっての危険は去ったらしい。恰好をつけたがる竜二だけに、こんなみっともないところを見せてしまった女相手には、しばらくその気にはなれないだろう。

やれやれ、無敵の強姦魔もこれじゃ形無しね、と苦笑しつつ葉子はティッシュの箱を取って竜二に渡してやった。

「はい、これ。……沢さん、あなた、花粉症だったの？」

すでに花粉の季節は過ぎたはずだがと思った葉子は、ティッシュをつかみ出した竜二の手の甲の赤いみみず腫れに気がついた。

数センチほどの皮膚が切り裂かれ、そこが左右にはっきりと盛り上がっている。猫だ。ゆきちゃんが逃げる時に、彼の手の甲を引っ掻いていったのだ。だが、普通ならこれほど腫れ上がる事はない。葉子にもようやく事の次第が呑み込めた。

「知らなかった。あなたが猫アレルギーだったなんて」

「おれ……猫は苦手なんだよ」

情けない声で竜二が言った。

もう自分を襲わない事を約束させ、葉子は彼に坑ヒスタミン注射をしてやった。竜二の約束など当てにはならないが、こうも脱力な展開のあとで彼が自分に迫るとは思えない。注射をするとアレルギー反応に特有のすみやかさで、目のかゆみも涙も、急性の鼻炎も、くしゃみも、みるみる治まるのが判った。

「なぜ、猫が嫌いなの？」

二歳の別人格である『だいすけ』は猫に執着している。アレルギー反応も起こさなかった。人格が交代すると体質までが変わり、それまでには無かったアレルギーが現れるという典型的なケースだろう。その原因は心にある。心が身体を支配しているのだ。

「たとえば煙草の煙で喘息《ぜんそく》を起こしていた女性の父親がチェーンスモーカーで、彼女はその父親に幼い頃虐待を受けていた、それがアレルギーの原因だったというケースがあるのだけれど、沢さん、あなたも猫に何か、怖い思い出があるの？」

白猫のゆきちゃんはベッドの下に逃げ込んだきり出て来ない。『だいすけ』と竜二が別人であることが、動物の本能で判るのだろう。

猫が同じ部屋にいると思うせいか落ち着かない様子の竜二が答えた。

「別に。怖くねえよ、猫なんて。ただ、あいつら何か不気味なんだよな。何考えてるか判んねえし。弱っちくて、ちょっと何かしただけで死にそうだし。かといって殺すと化けて出そうだしな」

「そう……だいたい判ったわ」

大介（あるいは『だいすけ』）には喪《うしな》われた子供時代と無垢《むく》を、そして竜二にとっては彼が何よりも憎んでいる大介の……というよりは人間一般の『弱さ』『傷つきやすさ』の象徴が猫なのだろう、と葉子は推理した。

「何が判ったんだよ。勝手に決めるなよ。それより先生、もう一度さっきの続きはどうかな。今度はおれも無理やりじゃなく、もっと優しくするからさ」

あんたもおれに触られて結構気分出してたの知ってんだぜと言いたげな竜二に、葉子は言った。

「遠慮しとくわ。あなたとは男女の仲になってアッという間に使い捨てられるより、主治医でいるほうがよっぽどスリリングですからね。おっと。ダメよ。また襲いかかろうとしても。さっきはうっかり油断してたけれど」

「判ってるよ、先生の護身術の腕は。おれだって、あんな猫野郎が下に隠れてるベッドで事に及びたくないもんな」

もう帰っていいかな、先生、と落ち着かない竜二に葉子は言った。

「待って。一つだけ教えて。あなた……じゃなくて浅倉大介さんは今夜、二子玉川のお母さんに逢いに行ったのよね？　何が起きたの、その時？」

「何かが起きた、ってより、何も変わってなかった、と言ったほうがいいな」

少し考えてから竜二は答えた。

「やつのおふくろの根性の悪さは相変わらずだった。十年間逢わずにいるうちに、あの女が優しくなっているかもしれない……そんな事を、おめでたくも期待してたんだな、大介のやつは。まったく救いがたいバカだぜ。それとは別に変わっちまった事もあった。あの女は見るカゲもないババアになってた。それもやつにはショックだったんだろう」

「それだけなの？　それだけで、あなたまでが壊れちゃったりするものなの？」

「壊れてねえよ、おれは。ただ心底イヤになっただけだ」

竜二はむっとしたように言い返した。電話をして葉子に助けを求め、身体のコントロールを二歳の幼い人格に明け渡してしまった事を、認めたくないのだ。

「なぜ？　何がイヤだったの？」

「だから猫のことを大介が思い出したんだよ」

「どの猫？」

「やつが昔、駐車場で拾った汚い猫だ。よせばいいのにそいつにユイって名前をつけて」

「ユイ？　本当にその名前だったの？」

それがどうした、という口調で竜二は続けた。

「ババアの留守にやつはその猫を部屋に連れ込んでエサをやり、風呂場で洗ってやった。そこへババアがたまたま早く帰ってきて」

竜二は思い出すのも厭だという表情で吐き捨てた。

「動物が大嫌いなババアはヒステリー起こして猫を投げたんだよ。八階のベランダからロォォングシュート！　猫は下の駐車場に激突、それを見て、やつはおかしくなっちまってよ」

判るだろ、という目で竜二は葉子を見た。

「で、今夜と同じことが起きたんだ。大介は逃げていなくなり、仕方ないからおれが出て行って、ババアを軽く黙らせてやった」

「それが十年前、十四歳だったあなたと大介さんが家を出た夜に起こったことね？　でも、それだけじゃないでしょう？　その時、あなたは大介さんのお母さんを……」

「だからそれを言うなって。おれだって無茶苦茶気分悪かったんだから。……で、おれはめでたくあの胸糞の悪いマンションをオン出て、前から目をかけて貰ってた上野の橋風会の世話になった、とこういうわけさ」

「『沢竜二』の戸籍は、その橋風会の組長が用意してくれたものね」

「ああ。家出する前からおれは日本橋の進学教室に通うと見せかけて、上野あたりで色々やってたからな。大介のやつは知らなかったが」

生活力のある竜二が東京の裏社会を生き抜く一方で、『大介』の人格はそのまま勉強を続け、というか竜二に続けさせられ、二重の生活と戸籍のまま東京工大を卒業して現在に至る、というわけか、と葉子は理解した。

「そう。そういうことだったの……。はい、これ」

葉子は『被害者の会』の名簿を竜二に渡した。

「安納唯依の母親の名前は安納美保《みほ》。住所はここ。目黒区《めぐろ》東ヶ丘《ひがしおか》……となっている。私も調べてみるけれど、こういう追跡調査なら大介さんのほうが慣れているし、早いんじゃないかしら」

大介はインターネットを自在に使いこなせるし、ハッキングの技術も持っている。

「なるべく早くこの名簿を大介さんに渡してあげて。安納唯依って女の子のことを、大介さんは物凄く気に懸けているから」

「安納唯依の事を知りたいのは、おれも同じだ」

と竜二が言った。

「あれはただのガキじゃない。唯依って女と、それを操ってる海音寺ってジジイの周りにはキナ臭い連中がうじゃうじゃいるんだよ」

「調べたの？」

「ああ。海音寺の屋敷に出入りしている連中をチェックした。すると出るわ出るわ、株屋に土建関係の族議員にゼネコンの総務、モノホンのヤクザの企業舎弟まで、揃い踏みのオールスターキャストだ。察するところ、あれは公共事業の利権と次期総裁選がらみの人脈だな」

「ちょっと。そういう事を調べて、あなたどうするつもり？　まさかまた恐喝……」

と言いかける葉子を竜二は軽くいなした。

「そんな。トンでもないっすよ、先生。ホンの好奇心。ホストだって社会勉強しなくっちゃね。銀座のホステスだって、一流どころは日経《にっけい》読んでるんだから。ところで、先生、おれもちょっと聞きたいんだが」

「何よ？」

「大介のやつはなぜあんなに猫、猫って騒ぎ立てるんだろうかな？」

猫オタってやつはほんと迷惑なんだよ、と苦々しげな竜二に葉子は答えた。

「あのね、それは猫にかぎらないの。可愛がっていた動物を目の前で無惨に殺された子供は、大変なトラウマを負うことになるのよ。たとえばヘンリー・リー・ルーカスという連続殺人犯がいるのだけれど」

ルーカスは三百人を殺したとも伝えられ、あの『ハンニバル』のレクター博士のモデルであるとも言われている人物だが、やはり虐待する母親に酷い育てられ方をしたのだ、と葉子は言った。

「ルーカスの母親はアルコール依存症の娼婦でね、少年だった彼の前で平気で客と寝た。半身不随だった父親は鉄道自殺に追い込まれた。でも一番酷いエピソードは、ルーカス少年がとても可愛がっていたロバを、その母親がわざわざ彼の目の前で、銃で撃ち殺したことね」

「ふうん。世の中には大介のおふくろよりひでぇ女もいるって事か」

「あと、動物の死がまさに人格解離の直接の引き金を引いたケースもある。最近は学校でのいじめが原因のＭＰＤ（多重人格）が増えているんだけど」

日本の小学校でクラス全員からのいじめを受けていた女の子がいて、と葉子は続けた。

「その子のたった一つの心の慰めは学校で飼っているうさぎたちだったの。うさぎの世話をするためだけに、その子は学校に通ってた。でもある朝……」

彼女が登校すると、うさぎたちはすべて蹴り殺されていたのだという。

「金網に血がこびりつき、内臓がはみ出したうさぎたちを見たその子はその場で失神して、それっきりその人格は引きこもってしまったの。代わりに出現した人格は一切しゃべらず、感情を表すこともない少女で、それが一年続き、いじめはやんだ……」

「なるほど。ま、ありがちだが、世の中にはうざいやつらが多いって事だ」

嵩《かさ》にかかって弱いものいじめをする連中はワケ判んねえよ、と竜二は言った。

「だいたい、そういう事して何になるんだよ？　おれだって悪い事はするよ。けど、いつだって欲しいものは判ってる。うさぎを蹴ったり猫を投げたり、大介のおふくろみたいに自分の息子の頭を水風呂に突っ込むような連中は、一体何のためにやってんだろうな」

そんな簡単な事をして何が楽しいのだ、と竜二は首をかしげている。

「自分より強いやつを出し抜いたりとか、先生、あんたみたいになかなか落とせそうもない女を姦《や》ろうとする事のほうが、よっぽど面白いと思うがなあ……」

「悪いけど、あなたの『やりたいリスト』から私は外しておいて」

葉子はわざとそっけなく言った。

「私はあなたの主治医をやめるつもりなんかないから。それとあなた、『強いやつマニア』も結構だけど、あまり無茶をしないようにね」

海音寺邸を探るうちにつかんだらしい政財界がらみの『美味《おい》しい』ネタに、竜二がハンターの本能を掻き立てられているらしい事が、葉子には心配だった。

「無痛症とはいっても、あなたの肉体は確実にダメージを受けるのよ。それを忘れないで」

「はいはい、判りましたよ、先生。じゃ、名簿の事は大介に言っとくわ」

猫アレルギーも消え、すっかりへらへらしたいつもの調子を取り戻した竜二は、慌ただしく葉子のマンションを出て行った。

＊

翌日の午後八時。銀座は並木通《なみきどお》りの、とあるビルの前でためらう人影があった。

上物のスーツを着ているが、なんだか似合っていない。それも道理で、スーツは竜二のものだが、着ているのは大介だからだ。

いつも学生のようなカジュアルな服しか着ない大介には、竜二が仕事に着るイタリアンのスーツが窮屈だ。体型的にはぴったりのはずなのに、借り着としか思えない。

大介は手元のメモに目を落とした。

『(株)カジマ総業　中央区銀座八丁目……代表取締役　安納美保』

カジマ総業の名前に辿りつけたのは、大介ではなく竜二の閃《ひらめ》きだ。唯依の母親と名乗る女性が病院に書き残して行った世田谷区内の住所も、『〈超能研〉被害者の会』の名簿に記載されていた住所も、架空のものだった。

途方に暮れて部屋に戻りパソコンに向かったまま眠り込んだ大介が目覚めると、一枚のリストがディスプレイに立てかけられていた。書きなぐったような汚い字は竜二の筆跡だ。いくつかの名前と団体の一覧に付け加えて、竜二のメッセージがあった。

『海音寺の屋敷に出入りしている連中のリストだ。こいつらの実体を洗え。おれのカンだが、この連中が関連している企業や団体の関係者と、「安納美保」の名前をクロスチェックしてみろ。多分ヒットするぜ』

結果はビンゴ！　だった。カジマ総業は与党政治家・鴨志田の実弟が経営に参加している建設会社の出資を受けている企業の一つとして名前が出た小さな会社だが、大介が念のために調べてみると、その役員に安納美保の名前があったのだ。カジマ総業の実体は銀座のクラブ『シャノワール』、代表取締役の安納美保はそこの経営者、つまり『ママ』である。

安納美保は現在三十四歳になるはずだ。年齢からすると、唯依を産んだのは十八歳のときか。名簿に記載された住所を手がかりに、世田谷区役所で入手した戸籍謄本《とうほん》によれば、安納美保の両親は二人ともすでに物故している。本籍地は東北地方の某県で、山岳信仰で有名な地域の、とある村になっていた。そこから辿って地元の中学を卒業したことまでは調べがついたが、その後、十八歳で出産するまでの足どりは不明。しかも唯依の父親は空欄で、認知もされていない。

　これだけのデータで断定することは出来ないが、安納美保の人生が平穏無事だったとはあまり思えない。そんな彼女が、わずか二歳の娘である唯依を、なぜ『超能研』のようなところに預けていたのか。大介自身も二歳の時に預けられていたのだが、早期能力開発とはいえ、そこまでのことをする親は異常なまでに教育熱心だ。費用も馬鹿にならなかった筈だから、その時二十歳だった安納美保にも、誰かがついていた筈だ。

　それは誰だ？　唯依の父親に当たる人物か？　と思った大介は、もう一度、安納美保の戸籍謄本を見てみた。安納唯依の出生届は山梨県南都留《みなみつる》郡足和田《あしわだ》村で出されている。

　山梨県南都留郡……富士山の見える場所……と連想した大介は、はっと思い当たった。『超能研』の本部が置かれていたのは富士五湖の一つ、西湖の近郊だ。安納美保は、唯依を『超能研』の本部で出産したのではないか？　もしかして安納美保自身が、『超能研』に預けられていた子供だったのではないか？

　その事に思い当たった大介は、何とも言えない厭な気分になった。未成年だった唯依の母親を妊娠させ、出産までさせてしまったその人物が、やはり『超能研』の関係者だったとしたら……。『超能研』に関するかぎり、それがありえない事ではないと判るだけに、大介は気が重かった。

　しかもその安納美保に、大介はこれから逢わなければならない。逢って、唯依の無事を確かめなくてはならないのだ。おそらく大介には想像もつかない人生を送ってきただろう、年上の女性。しかも銀座の高級クラブのマダムだ。

『シャノワール』の入っているビルは、かなり間口が広い。しかもその正面のほぼ全部を贅沢《ぜいたく》に使ってエントランスにしている。二階の高さまでが吹き抜けで、床も壁も輝く白い人造大理石で張られている。金メッキにクリスタルガラスのシャンデリアが白大理石に反射して、まばゆいほどだ。白い壁には、色とりどりの小さなアクリル看板がたくさん光っている。このビルに入居しているバーやクラブの店名一覧だ。

『シャノワール』は、二階のフロア全部を占めているようだ。エントランスの奥には、落ち着いた銀色の扉のエレベーターがあるが、大介は華やかな雰囲気に呑まれてその場に立ちすくんでいた。

そんな彼の周りを、客とおぼしい男たちや、出勤してくるホステスたちが通り過ぎてゆく。次々とビルに横付けされる高級車のキーを受け取っている黒服もいる。車を預かって代わりに運転し、どこかに停めに行くのだろう。

金と権力の香り。それが銀座にいる女たちから立ちのぼっているものだった。そのパワーのオーラが彼女たちのバックに存在する男たちに由来するものか、それともパワーを追い求める彼女たちの生命力そのものなのかは判らないが。

きれいに髪を結い上げ、粋を凝らした和服の背筋を伸ばして店へと急ぐマダム風の女性。派手なシャネル風スーツに身を包んで酔客を送り出すホステス。男たちはと言えば、恰幅《かっぷく》のいい社長風の客、かと思えばチノパンにラルフ・ローレンのポロというカジュアルなスタイルだが、腕にはロレックスを光らせている遊び人風の男……。

大介には誰もかれもがバブル崩壊を生き延びて棲息する肉食獣のように思えて、次第に気力が萎えてきた。

駄目だ……とても太刀打ちできない。

彼女たちにとっては『戦場』『狩り場』も同然の、営業中の高級クラブにのこのこと入っていって、そこの親玉ともいうべきマダムから、商売に関係のない話を聞きだそうとする……想像するまでもなく、自分には無理だった。

出直そう。それとも閉店の時刻まで待つか……大介がすごすごと踵《きびす》を返そうとしたその時、白大理石のホールの奥のエレベーターの扉が開いた。

「どうも有り難うございましたぁ！」

「じゃ、またお近いうちに」

「ああ。ユミ、今度こそホテル行こうな」

賑やかに降りてきた数人の客たちは派手目のスーツ姿だ。芸能関係か広告関係か。二人のホステスがそんな男たちに頭を下げて送り出している。エントランスに佇《たたず》む大介と、見送るホステスの目が合った。

「あら……」

黒地にゴージャスな花柄の、柔らかい素材のドレスを着た女だった。肌の露出は多くないが躰のラインが浮き出るようなドレスで、それが大人の色気を演出している。

その躰の線がまた魅惑的だった。熟しきって崩れる寸前というか、豊かな胸もヒップも太腿も、どこもかしこもが柔らかそうで、それでいて絶妙なカーブを描いている。顔は美形というよりファニーフェイスだ。ちょっと上向き加減の鼻と、くっきりと山形を描き、への字になっているが、口角がきゅっと上がった唇が、ペルシャ猫を思わせる。潤んだ瞳も猫のように大きい。それを強調するアイラインと、大胆に描いた眉が、彼女の個性をきわ立たせている。化粧で女っぷりが二倍にも三倍にも上がるタイプだろう。

客に『ユミ』と呼ばれていたそのホステスは、ヘルプらしいもう一人に何か囁いてエレベーターに押し遣った。そして、ふたたび大介の視線をとらえると、まっすぐに近寄ってきた。

「ねえ。あなた、上野の『シャフト』にいる沢竜二さんでしょう？『アイリス』でも、『やるやる』でも見たわよ。あなたの写真」

ユミは週刊写真雑誌とホスト雑誌の名前を上げた。ホスト雑誌は、この店にはこういうホストがいる、という情報を紹介するものだが、インターネットの人気サイト『みゆき日記』のおかげで、竜二は『真面目なＯＬをソープ嬢に転身させたカリスマ・ホスト』として一般にまで名前を知られるようになっている。

ユミにいきなり手を握られて、大介はびくっとしてしまった。柔らかく、まとわりついてくるような感触だ。

「今日は営業かけに来たの？　どこのお店の何てひと？　ねえ。もし時間があるなら、うちにも来てくれない？　『シャノワール』よ。ここの二階。あたしのお客になってくれたら、今夜十二時、ここを上がったあと、必ずあなたのお店に行くわ……」

いや、ぼくは沢竜二ではなく……という説明をする暇もなく、大介は有無を言わさずエレベーターの中に連れ込まれてしまった。ユミは彼にぴったりと寄り添い、離すものか、というように彼の腕を取って、ふくよかな乳房を横からぴったりと押し付けてきた。

その温かで柔らかい感触に、大介はカッと頭に血が上り、何がなんだか判らなくなった。

「うれしいわ。『シャフト』のカリスマ・ホストがあたし目当てで営業に来たってことになれば、凄いステイタスだわ。鼻が高いわ」

クリスマスとお正月をハワイのモアナ・サーフライダーで過ごすより恰好いい、とユミははしゃいでいる。大介には訳が判らない。

「どうして……」

「あら。だってあなたのような人がお店に呼びたくて営業かけるのは、『太い客』になれる女の人だけでしょう？　ってことは、その子がそれだけ売れててお金があるんだって、誰もが思うじゃない。あのね、自慢じゃないけどあたし、『シャノワール』では結構な売り上げなのよ」

ユミがウォールナットの重そうなドアを開けた。

ひょんな形だが、取り敢《あ》えず目的の場所への潜入は成功した。だが大介にはまったく無縁な場所だから、どういうふうに身を処していいか判らない。酒を飲むショットバーや居酒屋は判る。女の子にHなことをするピンサロも判る。そこそこの値段で女の子を口説けるかもしれないキャバクラも判らないことはない。しかし、馬鹿高い金を出して女性と会話を楽しむ場所らしい『高級クラブ』というものは、その存在理由からして理解出来ないのだ。何をするところか判らないから、未知の惑星を探険するような恐れとおののきが湧いてくる。

店の内部が見えた。柔らかな光の白熱灯と壁面に張られた鏡が、華やかな雰囲気を盛り上げている。まだ八時台だが、客の入りはまずまず、低いソファとスツールの席のほとんどが塞《ふさ》がっている。地位も金もありそうな男たちばかりだ。客についているホステスたちも、皆一様に背が高く、シェイプされ尽くしたボディに、手間暇かかったヘアスタイルと化粧だ。人間の女というより、高い値札をつけられてショーケースに並べられているブランド商品という感じがする。

談笑する低いざわめきとグラスと氷の音がしている。店の一角にはグランドピアノとマイクがあるが、弾き語りのステージは中休みのようだ。有線のピアノ・トリオのジャズが静かに流れているのが、いかにも大人の場所、という雰囲気を高めている。

雰囲気に呑まれて足が竦《すく》む大介を、ユミはかまわず席につかせた。

「取り敢えずボトル入れるわね。シーバスでいい？　どうせあなたのお店で『倍返し』することになるんだし」

とユミは席にやってきた黒服にあれこれ命じている。

「それと、ヘルプはまだつけなくていいから」

竜二だと思い込んでいる大介と二人っきりで話したいらしいユミに、黒服が遠慮がちに言った。

「あの……ユミさん、鴨志田先生のお席にも、ちょっとお願いしたいんですが」

「鴨志田さん？　ママと同伴じゃなかったの？　悪いけど、もうちょっと後にして」

カリスマホストとの逢瀬を邪魔されそうなユミは迷惑そうだ。

「そこを何とか……ママはまだ見えてなくて。先生がご機嫌斜めで……若い子じゃお相手が勤まりませんよ。ユミさんの接客じゃなければ、とても」

「あら、まるであたしが若くないみたいな言い方、随分ね」

と睨《にら》むユミに、まだ若い黒服はへどもどしている。

「いえ、自分はそういう意味で言ったんじゃなく……ユミさんは頭がよくて話術も最高だと」

「判ったわよ。あと五分で行くから」

……というわけで時間がないの、とユミは大介に向き直った。

「ね、今日は本当は、誰に営業かけにきたの？　もしかして華絵？　彼女、そんなにいいお客なの？　あのひと、あなたにハマって『シャフト』に通い詰めて、また売り掛け溜めて、そろそろ飛ぶかソープ行きでは、ってもっぱらの噂よ」

ユミの瞳は好奇心にらんらんと光っている。

「華絵とは寝たの？　どう？　彼女とのセックス、良かった？」

そう言いながら、ユミは、ぐいぐいと弾力のある躰を押しつけてくる。

濃厚なコロンとユミ自身の匂いがまざりあった、咽《むせ》るような香りに、大介は頭がぼうっとなってしまった。腕にはまたもユミの乳房が押しつけられている。薄いドレスとブラを透して、その柔らかさと丸みが露骨に伝わってくる。

不覚にも股間が硬くなりかけ、そこを絶妙なタイミングでユミが大介の太腿に掌を置いてさすりはじめた。腕に押しつけられているユミの乳首が、しゅんと硬くなったのが大介にも判った。

「あの、実は……この店について、ちょっと伺《うかが》いたい事があって……」

「あーら何かしら？」

ユミはDカップほどもあるバストをなおも露骨に密着させてきた。大介の乏しい知識によると、こういうことは気位の高い銀座の高級クラブのホステス、それもユミのような売れっ子は絶対にしない事ではないのか？

大介はユミから必死の思いで躰をもぎ離した。今夜の『使命』を思い出したのだ。

ユミがにやりと笑った。

「あ、ゴメンなさい。あたし積極的過ぎたかしら？　でもねあたし、これでもセックス・グルメなの。一目見れば男の味は大体予測がつくのよね」

口調はクールだが、瞳は欲情にうるみ、息遣いもかすかだが、乱れている。

「さっきは見栄であなたを誘った。でも今は違う。あなた、凄いわ。聞きしにまさるフェロモン系ね。女がお金を払ってまでホストと寝たがるなんて、バカみたい、と今までは思っていたけれど……」

ホストは見かけは恰好よくても、実際は睡眠不足と酒の飲み過ぎで、セックスそのものは女にとってよくない事が多いのだ、とユミは続けた。

「でも、あなたは違う。見かけ倒しでも養殖でもない、天然物の、本物のオトコね。あたしには、判るの」

　どうかしらさっそく今晩、と言いながら大介の太腿をさすりつつ口説くユミの瞳は真剣だ。

「すみません……そんなんじゃなくて」

「そう。やっぱりあなたのお店に行かなくちゃダメ？　銀座の友達連れていくわよ。『太い客』、何人も紹介できるわ。あたしと寝て損はないと思うけど？」

　矢継ぎ早に畳みかけてくるユミに、大介はやっとの思いで答えた。

「そうじゃなくて……実はここのママの事について知りたいんだ」

「ママ？」

　大介のお目当てがママだと勘違いしたユミは、目を剝き、ついで落胆の表情を見せた。

「あなた、マザコンなの？　年増が好き？」

「いや……そうじゃなくて。いや、そうかも」

　大介はしどろもどろになった。ユミは大介から躰を離し、まっすぐ向き直った。

「あのね。悪い事は言わない。美保ママはやめときなさいって。言いたかないけど、あの人、淫乱よ。あたしが淫乱とか言っても説得力ないだろうけど男なら誰でもいいの美保ママは。カウンターのとこ、見える？」

　店の入口近いカウンターでは、年齢や服装もさまざまな数人の男たちが、ホステスも侍《はべ》らせずに酒を飲んでいる。全員が入口を気にしており、しかも男たちの眼には一様に、憑《つ》かれたような光があった。

「あの人たち、みんなママとやりたくて来てるのよ。一度ヤッちゃった、その味が忘れられなくて、ああしてママを待ってるの。それを美保ママが一人ずつ順番に『お持ち帰り』して三井《みつい》アーバンか銀座国際ホテルあたりで、あの人たちを片付けていくんだから」

それも営業時間中によ。銀座のママが、信じられる？　とユミは心底イヤそうに言った。

「これじゃクラブなんだか売春宿だかわかりゃしない、ってもんでしょう？　だけど、ここは何故《なぜ》か凄く客筋がよくて、たぶん強力なバックがあるんだろうけど……だからあたしもスカウトされたんだけど」

プロ意識のないママの下で働くのは嫌気がさしているのだ、とユミは言った。

「美保ママはクスリやってるって噂もあるし。目つきが熱っぽいし、普通じゃないの」

あれでしょう、とユミは身を乗り出した。

「クスリやってセックスすると、中毒になっちゃうんですって？　ここのママがきっとそうね。目が醒めてるかぎり、三十分とオトコなしではいられないのよ。それが証拠に」

ユミは声をひそめた。

「ママのマンションに行ったことがあるけど、こんなのが、っていう男まで出入りしてるのよ。貧相で色黒で、出っ歯で、鼻があぐらをかいてるようなやつ」

貧相、色黒、出っ歯、あぐらをかいた鼻……それはもしかして……。

それまで女の中傷話に辟易《へきえき》気味だった大介が突然身を乗り出したので、ユミは口を噤《つぐ》んだ。

「あの……その男って、額が禿げ上がって、小狡《こずる》そうな目をした……」

「そうそう、そんな男よ。いくらママがセックス中毒でもあれは酷すぎ。もう、相手構わずって感じね。たしか、野崎、とか呼ばれてたけど」

大介はショックを受けた。唯依を淫らな欲望の対象にしているあの野崎が、唯依の身近に？

「変態ぽい感じで気持ち悪い男なのよ。セックスが上手そうにも見えなかったし。それだけじゃないのよ。外人もいたの。白人だけどやっぱり気味の悪い奴でさ」

「そいつらは……ママのマンションにいるの？」

野崎が唯依の近くにいるとしたら、今すぐそのマンションに急行して、唯依を助け出さなければ。そう思うと居ても立ってもいられない。

「そこは、どこ」

「あらご執心」

ユミは嫌な顔をした。

「ママのマンションの場所は知ってるわ。でも、どうしてそれをあなたに教えなくちゃいけないの？　失礼しちゃうわね」

ユミはムッとした表情も露わに席を立とうとした。

『……まったく使えない奴だな、お前は。そこを退け。馬鹿野郎』

『竜二』の声が大介の頭の中で響いたのはその時だった。

「まあ待てよ。もうちょっと話をしようぜ」

　心持ち背筋が伸びたような彼が、ユミの手を引いた。

『大介』の緊張してオドオドした表情が消え、にやけた笑みを浮かべた『竜二』がそこにいた。こういう世界を知りぬいた、遊び人の余裕がみなぎっている。

「ダメよ。忙しいのよあたしは」

　ユミは完全に機嫌を損《そこ》ねている。

「ヤリまくりのママはいつ出勤してくるか判らないし、あとは若いだけの、話術もなにもないコばっかり。銀座らしい接客が出来るのは、あたしぐらいなんだから」

「あんた、鴨志田の席に呼ばれてたよな。与党の大物だよな、あいつ」

「あら、詳しいのね。ホストさんでも新聞読むんだ」

「まあそう突っかかるなって。この店のママの事を訊いたのは、ヤリたいからじゃない。実はおれは少々、株をやってるんだが」

　もちろん出まかせだ。

「今の総理は支持率急降下で、総裁選も時間の問題と言われてるよな。総裁選となれば仕手《して》株が動く。アングラで耳寄りな情報を仕入れた。今日はそのウラを取りに、ここに来たってわけだ」

　アドリブでまことしやかな嘘をつくのは朝飯前だ。そう言いつつ竜二は強引に座らせたユミの腰に手を回し、くびれたウエストの感触を愉しむように曲線を撫でた。

「だが取り敢えずそれは置いといて、と。あんた、いい女だな」

　竜二の手はウエストから下がって、彼女の豊かなヒップを撫でた。

「さっきの話だが、もちろん、お手合わせ願いたい。こっちから頼んでも」

あんたと寝たい、という意味の竜二の言葉に、ユミはぱっと目を輝かせた。

「ほんと？」

「ああ。本気だ。ただ、ちょっと頼みを聞いて欲しいんだが」

「いいわよ。出来ることなら、何でも」

ユミが掌を返したように機嫌を直した時、入口が賑やかになった。

「いらっしゃいませ」

「ママおはようございます」

黒服や若いホステスたちが一斉に挨拶し、ママと同伴らしい客を迎えている。

客は白髪オールバックの老人だ。紋付羽織り袴姿のその客が、あの海音寺であることを見て取った竜二は、やっぱり、と思った。政界の寝業師・叩けば埃《ほこり》が出続ける男・次期総裁を狙う野心家の鴨志田毅一だけではない。小石川のあの屋敷に関係する人脈が、そっくりこの店にも集まっていると見てよさそうだった。

そして、海音寺に続いて入ってきた女が、安納美保だろう。竜二は、この店のマダムである彼女の姿をじっくり観察した。

細身の、華奢《きやしや》な女だ。和服が良く似合っている。瞳の大きい細面は抜けるような色白だ。顔立ちは唯依によく似ていた。ことに、ほっそりした首筋から尖った頤《おとがい》のラインは瓜《うり》二つと言っていい。安納美保が病院から唯依を引き取る際に母親と名乗ったのは、嘘ではないらしい。だが彼女には、唯依とは決定的に違う何かがあった。

妖《あや》しい、熱に浮かされたような、何かに取り憑かれたような、その眼の輝きだ。

ユミの言う並外れた淫乱も、ドラッグをやっているという噂も、あながち嘘ではないと思わせる、どこか崩れた雰囲気が安納美保にはあった。

なるほど、顔は似てても『使用前』と『使用後』ってとこか、と竜二は思い、大介が必死に守ろうとしている唯依という少女の、まっすぐな瞳を思い浮かべた。

大介のやつはあのガキを、こういう風にだけはしたくないって事なんだな……。

「あのご老体、海音寺だろ？」

「あのおじいさん？　ええ。ときどきお店に来るわよ。たぶん、鴨志田さんか、あのおじいさんか、どっちかがママのパトロンだと思うけど」

彼の耳に、鴨志田が発する典型的オヤジの『ゲハハ大声笑い』が聞こえた。見ると、鴨志田は隣のホステスの肩を抱いて、ダミ声でなにやら下品なジョークを言うと、また自分でゲハハと笑った。まるでコントに出てくる戯画《ぎが》化された下衆《げす》オヤジそのものだ。

ユミも振り返って鴨志田の席を見た。ユミと目が合った鴨志田は、こっちへ来いと大きな手ぶりをした。この店の女はみんなおれのモノだ、と言わんばかりだ。

だが、その鴨志田が、海音寺の姿を認めた瞬間、慌てて立ち上がって最敬礼をした。その席に案内された老人は、いやいや、と手で制するような身振りで悠然と腰をおろした。

どういう繋がりだ？　二人はこれから何を話すのだ？

竜二はユミに言った。

「あんた、鴨志田に呼ばれてたよな？　頼みがあるんだ。向こうの席で、聞き耳を立ててほしい。何でもいい、あの二人が話してたことを教えてくれよ」

「いいわよ。そのぐらい。お安い御用だわ」

ユミが席を立ってからしばらくの間、竜二は独りで酒を飲んだ。いくら飲んでも酔わないから、ボトルで入れたシーバスはあっという間に空になった。

「お待たせー。あら？　こんなに時間経ったんだっけ？」

ユミは二本目のシーバスのボトルをみて目を見張った。

「で、鴨志田は、あのじいさんと何喋ってた？」

「年寄りのエロ話よ。鴨志田さんとあのおじいさん、二人で、出るとか出ないとか、立つとか立たないとか、そんな話ばっかり。あのおじいさんがまさか勃《た》つわけないじゃないねえ」

ユミはあははと笑うとタバコに火をつけた。

「じいさんのほうが鴨志田さんに、あんたは立っても駄目だ、と言ってた。たしかにねえ、鴨志田さんも糖尿のケがありそうだし……あれよ、女の子をいじりまくって変態ぽいことさんざんやったあげく、肝心の時に役に立たないってタイプね。持続力にも硬度にも問題アリよ、きっと」

総裁選挙が近いという情報はきれいにユミの頭からは消えているらしい。

「それでね、鴨志田さんは、資金面はまったく問題ありません、って食い下がってるの。ま、セックス弱くても、おカネがあれば女はゲットできるわよね」

独自の解釈を施《ほどこ》した話をひとしきり喋った。

「で、ママってのは、あのひとだよな？」

竜二はユミと入れ違いに鴨志田の席についた和服の女を目で示した。

頷くユミにやっぱりなと思った竜二は、彼女の内腿に手を滑らせた。

「もう一つ、頼みがある」

大介に肩入れするわけではないが、唯依は奪還しよう、と竜二は決めていた。あの少女がいれば、こちらの切り札が一枚増える。何が目的、とまだ絞ったわけではないが、この店に集まる連中の背後に見え隠れする巨額のカネの気配を、竜二は嗅ぎ取っていた。

「ママのマンションの鍵を手に入れてくれ」

ユミが目を丸くした。

「大丈夫だよ。妙なことはしない。オレだって売れっ子ホストだよ。ヤリたきゃ正面からアタックするって。ヤバいことにはならない。うまくやればお前にたっぷりコッテリやってやるよ」

「ほんと？」

大きく頷いた竜二は、指先でドレス越しにユミのパンティラインをなぞってやった。

「判った。絶対よ。約束よ」

そう言うとユミは席を立ち、いそいそと「プライベート」と書かれたドアの中に消えた。

鴨志田が口にした『出る』とか『立つ』とは、明らかに総裁選へ立候補する事だろう。仮に鴨志田が総裁選出馬を考えているとしたら？

そうか。これで大筋が読めたぜ、と竜二は納得した。

総裁選ということなら現在、鴨志田にとっての一番の邪魔者が、あの桐山真人だ。経済がここまで混乱している今、世論は首相がフェアに選ばれることを待望している。

となれば人気絶大で、世論調査でも総理にしたい政治家・第一位につけている桐山が断然有利だ。政策的にも桐山は、守旧派の代表で利益誘導型の鴨志田とは、真っ向から対立するポジションにある。桐山が総理総裁となって改革を断行すれば、ビジョンを持たない鴨志田のような政治家は、その利権と権力の大半を失うことになるだろう。

逆に言えば、桐山のような男が総理になれば、困る人間がそれだけ多いということでもある。反グローバリズムを掲げる以上アメリカにも煙たがられているし、出馬を阻《はば》もうとする闇の力の大きさも、容易に想像がつく。

一番簡単なのは桐山に圧力をかけて立候補を断念させることだろう。決まりだな。桐山の女性スキャンダルを握って小出しに洩らし、怪文書を流しているのは鴨志田に間違いないぜ。

と。向こうの席にいた海音寺が席を立ち、トイレに向かうのが目に入った。

すかさず竜二は後を追った。

小便器に向かっている海音寺は、ただの老人のように見えたが、その背中にはまったく隙がない。背後から殴りかかっても、たぶん失敗するだろうと思わせる「なにか」が漂っている。だが、竜二は構わず声をかけた。

「あんた、桐山真人を潰そうとしているのか？」

海音寺は、わっはっは、と豪快に笑った。小便を続ける音にも乱れはない。

「これはすこぶる単刀直入な御質問ですな、お若いの」

海音寺は動ずる様子もなく、さりとて振り向きもせずに、答えた。

「潰すも潰さぬもない。こういうことは天命でな。流れに逆らわずに、人智を超えるものの声を聴き、それを伝える。わしはずっとそうしてきた。だが最近の政治家には、どうもそれが判っておらん。往生際の悪い鴨志田君といい、せっかく『命《めい》』を与えられておりながら天の声を聞こうとしない桐山君といい……」

訳判んねえこと言ってんじゃねえよジジイ、と竜二はムカついたが、それを口に出させない殺気のようなものがある。

小便を終え、悠然と向きなおった海音寺に、竜二は問い質《ただ》した。

「じゃ、どうして桐山を脅すような真似をする？」

「脅す？　なぜわしが桐山君を脅さねばならん。そもそも彼がわしに一度しか会いに来ないからといって脅さねばならんほど、わしは小さな人間ではない」

じゃっと水を出して手を洗った。その手付きにさえ、儀式のような厳《おごそ》かさがある。

「桐山君は、能力も器量も十分にある。だが、人智を超えた力を信じておらん。それだけが、欠点じゃな」

海音寺は淡々と語った。

「戦後、政権を手中にした人間で、わしの許《もと》に来なかった者は一人もいないというに」

すでに竜二にも、「ホラを吹くなこのジジイ」と言い放つ気はなくなっていた。彼のような傍《ぼう》若無人《じゃくぶじん》な男にも、海音寺が放つ独特の威圧感は充分に伝わっていた。

「だが、唯依って女、アンタんとこにいるだろう？　その唯依と桐山は、どういう関係なんだ？」

「あんたは何か思い違いをしておるようじゃ」

海音寺の目が竜二をまっすぐに見た。それは竜二が思わず目を逸らしてしまうほど強い光を放っていた。

「唯依は、普通の子供ではない」

能か狂言のような流麗な仕種で懐《ふところ》から懐紙を出すと、優雅に手を拭いた。

「あの子には、本物の霊能があるのじゃ。わしにも多少は心得があるので、霊能の真偽は見分けられる。霊能というのはお判りかな。たとえば、先の事を見通せる能力じゃな。誰しも行く末の事を知りたいと思う。一国の舵取りをする人間ともなれば尚更の事。多くの命運を左右するだけに、決断にははかりしれない重圧がともなう。指導者は孤独なものじゃ。どんなかすかな光でもいい、行く手を示すものがほしい、誰しもがそう思う。だがその光を示す能力のある者は、ごくわずかじゃ。わしはあの子の、そういう貴重な能力を活かしてやりたいと思い、屋敷に引き取って面倒を見ている。それがどうかしたかな？」

「話を逸らしちゃいけませんよ、ご老体。だから、桐山との事はどうなんです」

竜二の口調も自然と改まってくる。

「ああ。あの御仁は、ほかの多くの政治家や商売人と同じく、唯依のアドバイスを求めに来た、ただそれだけじゃよ」

竜二は、海音寺の言うことに矛盾を感じた。

「しかしあんたはさっき、桐山は一度しか会いに来ないと言ったじゃないか」

「だから、一度は来たんじゃ。霊能という人智を超えたものを信じようとしないから、二度とは来んがな」

こういう神懸かり野郎のゴタクを真に受けていられるか、と竜二は思った。そう思うと、なんだか海音寺のすべての所作が、芝居がかったいかがわしいものに見えてきた。

化けの皮を剝いでやろうか、という気持ちがムクムクと沸き起こった。このジジイの嘘っぱちさを暴いてやろうと決めた。心の中のどこかで、『頼む、用心棒の野崎が唯依のそばにいるかどうか、それを聞いてくれ』という悲鳴のような声がしたが、そんなものは無視だ。

「けど、ジイサンよ」

わざとぞんざいに竜二は言った。

「あんた、そんなに大事にしている唯依サマなのに、どうして屋敷に戻ってこないんだ？」

おれは知ってるぜ、というカマシだ。が、しかし、当の海音寺は驚く様子もない。

「おお、それは簡単な事でな。唯依がしばらく母親のところで過ごしたい、と子供らしい事を言うから、ああそれじゃ気の済むまでお母さんに甘えておいでと送り出したんじゃ」

それより、と海音寺は竜二をふたたび見据えた。

「お若いの、おぬし、わしにぜひ聞きたい事があるのではないかな？」

老人の炯々《けいけい》たる眼光が心の底まで見透《すか》すような気がして、竜二は落ち着かなくなった。

ねえよ、別に、と言おうとしたが声にならない。何だこれは、と思った途端、竜二の意識はブラックアウトし、ぐるり、と壁が回るように『大介』が表に出ていた。

「わっ！」

突然意識が戻った大介は、激しくうろたえた。

「いろいろと派手な若い衆じゃの」

慌てる大介を、海音寺は面白そうに眺めた。

「だが、あんたのような人は、わしの世界では珍しくはない。修験者にもいるし、恐山にもいるな。唯依もそうだ」

物事が見かけどおりである事はなく、一人に見える人間がそうではない事もあるのだ、と海音寺は言った。

「その隠れている者と言葉を交わすのが、いわばわしの生業《なりわい》でな。あんたを引っ張り出すぐらいは造作もない」

事情は判らないものの、この老人が自分の『病気』を見抜いていること、どうやら自分が『竜二』の意志に反して、ここに呼び出されたらしい事が、大介にも判った。

「ええ……失礼。大変失礼……ええっと」

大介は必死になって言うべきことを思い出そうとした。

「どうかしたかな？　水でも飲んで落ち着きなさい」

妙な具合に、『仮想敵』である海音寺に心配されて、大介は顔を赤らめた。

「アスピリンでも飲むかね？」

本気で気づかっているような御大《おんたい》に対して、大介は大介なりにきちんと対応したかった。

「いえ……申し訳ありません。大丈夫です」

急に礼儀正しくなった若い男を見て、海音寺は面白そうに頬を緩めた。

「……で、わしに言うことはないのかな。席のほうで私の連れが待っているのでな」

「あ。ちょっと待ってください」

いきなり『スポット』に引っ張り出された衝撃で混乱していたが、ようやく、この老人に聞かねばならぬ事を思い出した。

「唯依さんには……用心棒のような男がついてますね？」

「ああ。野崎の事だろう？　あの男にはつい先だって暇を出した。もう姿は現さん」

理由は言わないが、何かがあったらしい口振りだ。

「その野崎が、唯依の母親、つまりこの店のママですが、そのマンションに出入りしていることは御存知ですか？」

それを聞いた途端に、海音寺は難しい顔になった。

「……海音寺さん。今のあなたのお顔を見れば、あなたが野崎に一抹《いちまつ》の不安を持っている事はよく判ります。それなのに、どうしてあなたはあの野崎を唯依の傍に近づけるようなことを……」

その時、トイレのドアがノックされ、ユミが顔を出した。

「ああ、ここにいたの。アタシに妙な事を言いつけて帰っちゃったのかと思った。ねえちょっと」

ユミに無理やり手を引っ張られて、大介は海音寺を置いてトイレから出た。

「ほら、これ」

彼女の指には鍵があった。

「取ってこいと言ったでしょ。ママの部屋の鍵よ。場所は高輪《たかなわ》」

いつものように話の流れはよく判らないが、竜二が唯依の母親の部屋の鍵を取ってこいと命じたのだろう。

「判った！　有り難う！」

大介はそう言うと鍵を受け取り、万札を一枚ユミに握らせると、そのまま店の外に走り出た。

「ねえ約束守ってよ、絶対よ！」

ユミが彼の背に叫んだ。

第5章　華人の女

ユミにもらったメモを頼りに大介がやってきたのは、高輪でも一際高くそびえ立つ高級マンションだった。丘の上に羽根を広げるように建っているそれは、リゾートホテルのように左右のウィングが延びている。

マンションを見渡すと、特に高い塀《へい》を張り巡らせている訳でもない。植栽のある花壇を足がかりに大介は塀を乗り越えた。外廊下に侵入したところで、ユミが入手してくれた玄関キーでオートロックも開いたのだという事に気がついた。

過度に緊張していた。唯依を守ろうという意識が強すぎた。

落ち着け、と自分に言い聞かせながら八階でエレベーターを降りる。

八〇六号室。表札のない部屋が唯依の母親・美保の部屋だ。

高級マンションだけに、外で耳を澄ませても中の音は聞こえない。

が。ドアの向こうに、微《かす》かな叫び声がしたように感じた。外の騒音に掻《か》き消されてしまいそうなほどの声だが、まぎれもない唯依の悲鳴だと大介には思えた。

大介はためらいを捨てた。キーをドアに挿しこみ、ロックを解除した。セーフティ・バーは幸いかかっていなかった。

部屋の奥から、少女の泣き叫ぶ声がはっきりと聞こえた。

大介は靴も脱がずに駆け上がり、廊下から広いリビングに抜けた。

「やめてっ！」

唯依の声はリビングのさらに奥から聞こえてくる。

短い別の廊下に出た大介は声を頼りにドアの一つを引き開けた。そして叫んだ。

「唯依！　助けに来た！　もう大丈夫だっ！」

ダブルベッドに、唯依が組み伏せられていた。両脚を激しく暴れさせて抵抗していたのがはっきり判る。スカートは太腿の付け根まで完全に捲《まく》れ上がり、その下にあるショーツには男の手がかかっている。

もう片方の男の手は、唯依の首をしっかりつかんで、ベッドに押さえつけていた。

「なんだテメエ。邪魔するんじゃねえ」

野崎だった。その目は獣欲に輝き、興奮で鼻の穴が大きく開いている。唇は醜《みにく》く歪《ゆが》んで、汚れた歯が剝《む》き出されていた。

唯依の着衣は乱れ、ブラウスのボタンは飛び散って、蕾《つぼみ》のような膨らみを被うブラが無理やりずらされている。あと少しで彼女は全裸に剝かれて餌食《えじき》になろうとしていた。

大介は何も言わずダッシュして野崎に飛びかかった。戦法などなにも考えられない。夢中で、相手の胸元に飛び込み、鳩尾《みぞおち》に頭突きを食らわした。

げふ、と音を出して野崎の体が揺れた。大介は男の襟首をつかみベッドから引きずり下ろした。

「出ていけ！　この子にこれ以上指一本でも触れたら……」

だが、顎に炸裂した衝撃で言葉が続かなかった。強烈なアッパーカットで頭がくらくらした大介の腹部に、さらにどすどすっ、と連打が入った。そのパンチの鮮やかさは素人《しろうと》の技ではない。

大介は体をくの字に曲げて、そのまま前のめりに倒れこんだ。

「馬鹿野郎。屁《へ》でもない奴だ」

野崎の爪先がぐい、と首の下に差し込まれた。その足に大介は必死でしがみつき、思い切り野崎の足首をひねった。

野崎がよろめき倒れ込む一方で大介は猛然と立ち上がり、その腹に思い切り蹴りを入れた。口から内臓を蹴り出してやりたかった。唯依の躰に手をかけたことが許せない。

しかし、一度は不意をつかれて蹴られた野崎だが二度目は違った。今度は逆に大介が蹴ろうとした足を払われた。バランスを失って倒れた大介の上に、凶暴そうな金壺眼《かなつぼまなこ》と類人猿のような剝き出しの歯が迫った。その顔が一瞬遠ざかった次の瞬間、すさまじい衝撃が鳩尾を襲った。野崎が全体重をかけたニードロップだ。内臓が破裂したかと思うほどの衝撃だ。野崎はそのまま膝をぐりぐりと動かして、大介が苦しんで全身を痙攣《けいれん》させるのを楽しんだ。

「喧嘩もロクに出来ない野郎が、オレに歯向かおうってのがそもそもの間違いなんだよ」

　野崎は、そのまま馬乗りになると、大介の顔をパンチングバッグのようにかわるがわる左右の拳《こぶし》で殴った。首が振れるごとに、大介の鼻や口から血が噴き出ては飛び散った。

「で、出て行け……二度と、唯依に手を触れるな……出て行け……」

　どんどん腫《は》れ上がっていく顔で、それでも大介は呻いた。

「はぁ？　ブクブクの顔でなにを言ってやがる！」

　野崎は左右の拳にいっそう力を込めて殴り続ける。しかし、なおも大介は、渾身の力を振り絞って訴え続けた。

「うるせえんだよ！　このメスガキはオレが自由にするんだっ！」

　野崎は再び立ち上がり大介の腹に思い切り蹴りを入れた。ドスッという音がするたび体のどこかがダメージを受けるのが判る。骨には罅《ひび》が入り、内臓は出血しているだろう。立ち上がろうともがいたが、野崎の爪先が腹にめりこむたびに体が動かなくなっていった。

「や、やめて……お兄ちゃんを殺さないで……」

　恐ろしさのあまり声を失っていた唯依が悲鳴をあげた。

「わ、私でいいなら。それでお兄ちゃんを助けてくれるなら……だったら……」

　唯依は、胸を覆っていた両手を広げて見せた。

　だが大介をボロキレのようにズタズタにすることに夢中になった野崎は、「あとからゆっくりやってやるぜ」と唯依に見向きもしなかった。

「先にこいつだ。この減らず口が一番好かねえんだ」

男は、またも跳び上がって大介の真上に膝から落下しようとした。迫ってくる野崎の膝が、大介にはスローモーションのように見えた。これが命中すれば今度こそ内臓破裂か肋骨骨折だ。とにかくただでは済まない。

「やめてっ！　死んじゃう」

唯依が金切り声をあげたその瞬間、ベッドルームのドアが、突然開けられた。

大介の体がかろうじて反転したのとほぼ同時だった。

「何をしておるっ！」

海音寺の怒声が、そう広いとは言えないマンションに響き渡った。老人が発したものとは思えない、迫力のある大音声《だいおんじょう》だ。しかし、声量だけではない。

その声には、なにかを動かすような不思議なパワーがあった。

野崎は、どういうわけか、一メートルほど飛ばされた格好で尻もちをついていた。

「この狼藉《ろうぜき》は、貴様、一体どんな了見だっ。飼い犬に手をかまれるとはまったくこの事だ」

その迫力に、さすがの野崎も怯《ひる》んだのか、身動きもできず凍《こお》りついているかのようだ。

この海音寺という老人には、なにか測り知れない力があるとしか思えなかった。

だが老人は、唯依を見て優しく言った。

「間に合ったか。取り返しのつかない事には、なっておらぬな？」

彼女が黙って頷くと、海音寺も頷いて「そうか」と独りごちた。

「野崎。お前には暇《ひま》を出したはずだ。二度とわしの前に姿を現すなと言ったろう！」

雇主だった老人の一言を聞くと、野崎はのろのろと玄関ドアに向かった。腕力を使えばこの老人など一撃のもとに黙らせる事が出来るだろうに、なぜか男はそれをしなかった。

すごすごと立ち去りかけたが、さすがに唯依や大介の手前、格好がつかないと思ったのだろうか。ドアを開けて外に一歩踏み出した姿勢で、野崎は顔だけを海音寺に向けた。

「じじい……威張《いば》りやがって。だがな、おれのバックにはスゲエのがついたんだ。『タクティクス・ホールディングズ』って聞いたことがあるか？　こっちだってな、もうお前にコキ使われる必要なんかねえんだよ」

精一杯、という掠《かす》れた声で捨てぜりふを残すと、野崎は脱兎の如く駆け出した。

「タクティクス……」

海音寺はこの聞き慣れない固有名詞を繰りかえした。その顔には驚きが浮かび、次いで苦渋《くじゅう》が広がった。

大介が見聞き出来たのはそこまでだった。あまりの痛みに意識を失ってしまったのだ。

失神した大介に取って代わって、出現したのは竜二だ。

「なんだなんだ。こんな事くらいで大騒ぎしやがってよ」

といつもの調子で言いかけた彼だが、唯依の目が異様な光を放ち始めたのを見て絶句した。

唯依が口を開いた。その可愛い唇から出たのは、やはり『あの声』だった。

「海音寺。お前は間違っている」

やれやれ、またかよ。竜二はまたもやおかしくなったらしい唯依を見てげんなりした。

「何故《なぜ》判らぬのだ？」

普段の唯依とはまったく違う声が、海音寺に告げた。唯依が続けた。

老人は、その言葉に頭《こうべ》を垂れ、恐れ入った様子で正座した。

「お前は、日本の将来を託せる人物に力を貸さねばならぬ」

声と口調を別にすれば、まだ子供のような少女に、老人は深々と頭を垂れた。

「……しかして、そのお方はどなたなのでありましょうか」

平伏したままの海音寺が伺《うかが》いを立てた。その姿は、師匠に教えを乞《こ》う弟子……いや、絶対君主の意を伺うしもべ、とさえ竜二の目には映った。唯依が答えた。

「それは、われわれの力を知らず、決して信じることもない人物だ。だがお前は、その彼を知り、彼の力を信じなくてはならない」

聞きようによっては厳かに、唯依が言った。海音寺は驚きの色も露《あら》わに、「ははーっ」と更に平伏し頭を垂れたりしている。

「なんだそれは。時代劇のお殿様と家来の会話かよ」

竜二は横からチャチャを入れた。打撲で顔中紫色に膨らみダラダラと血を流している男が、軽薄な口調でチョッカイを出しているのだ。海音寺が怒る事を竜二は期待したが、雰囲気があまりにも荘厳《そうごん》で霊験あらたかすぎて、彼の言葉は宙に消えた。

相手にされない竜二は面白くなく、次いで馬鹿馬鹿しくなった。

「あーもう、こんな茶番には付き合ってられっかよ。おれは消えるぜ」

竜二は大声で言うと、どさっと音を立てて床に大の字になった。

「おいジイサン。一橋葉子って女医先生に連絡してくんな。おれは寝る」

竜二は海音寺に葉子の携帯番号を告げると、そのまま動かなくなった。

＊

翌日未明。葉子は、東大病院から自分のマンションに戻ろうとしていた。彼女の部屋には唯依がいる。昨夜、海音寺という老人から連絡を受け、預かる事になったのだ。

自分の車で大介を東大病院のＥＲに運び込んで治療を任せると、葉子は唯依を自分のマンションに連れ帰った。

意識を取り戻した唯依は、しきりに葉子と大介の関係を知りたがった。自分は主治医なのだと葉子は説明したのだが、唯依の目からは疑いの色が消えない。

苦笑するしかない葉子は、ブランディをホットミルクで割ったものを唯依に飲ませて寝かせた。

一度病院に戻らなければならない葉子は、眠ってしまった唯依に、外に出ないで部屋の中にいること、電話にも一切出てはダメ、とメモを残して部屋を出たのだった。

それから数時間後。深夜スーパーで食料品をいっぱい買い込んだ葉子が自室のドアを開けると、唯依の姿がなく、部屋に荒らされた跡があった。

誰かに、拉致《らち》された？

咄嗟にそう判断した葉子は、電話で東大病院を呼び出した。

「ゆうべERから一般外科病棟に移った患者の浅倉さん……ええと沢さん、かもしれないけれど、電話に出られますか？」

しかし電話の向こうの看護婦は慌てていた。

「それが……今、点滴を見に行ったら……病室からいなくなってるんです！」

＊

大介の意識が戻った。ぼんやり見えたものは、処置台の様子だ。グリーンの手術着姿の医師や看護婦が屈《かが》み込んで塗ったり縫ったり巻いたりしている。無影灯の青白い明かりが眩《まぶ》しい。

次にはっと目が覚めたのは、薄暗い病室だった。深夜で消灯しているらしく、両脇のカーテン越しに寝息が聞こえた。

……病院か。

そう思うと、大介は少しほっとして、また深い眠りに落ちて、夢を見た。

彼がまだ子供の頃の、『超能研』時代の夢だ。

幾つの時の事なのか、判らない。彼は白い壁に囲まれた個室で、高度な数学の問題を解かされていた。絶対に失敗してはいけない、という緊張と怯《おび》えがあった。壁の一面は大きな鏡になっていて、自分の姿がぼんやりと映っていた。

やがてその一面にある扉が開き、大人たちがはいってきた。

大介が解いていた数式を取り上げる長い指と、『あの男』の声。

「御覧ください。正解です」

大人たちから感嘆の声があがった。

「私たちが指導して能力を開花させた子供たちの一人が、この少年です」

そう言われて彼は前に押し出された。一人の大人が大介に手を差し出し、握手を求めてきた。

「これからも頑張るんだよ。きみのその能力を、この国と、この国に住むみんなのために役立てる、そういう大人になってください」

……その声は、桐山だった。なぜ今まで気づかなかったのだろうと、大介は夢の中で不思議に思った。そして……大介が誰よりも恐れている『マスター』と呼ばれるあの男』の声が聞こえた。

「ミホちゃん、では先生を宿舎のほうに御案内して」

「はい」

と、澄んだ声がした。

この声も……。この声も聞いた事がある。

驚いた大介がその声の主を見ると、そこには唯依と瓜二つの顔があった。いや……それはよく似ているけれども、母親の美保だった。彼女は、若き日の桐山を案内してどこかへ消えた。

夢の中では、その部屋には大介と『あの男』の二人しかいなくなっていた。

「よくやってくれた。きみはこの研究所の、いや、私の誇りだ。心からきみを可愛いと思う」

やめて！　ぼくに近づかないで！　またあんな事をしないで！

大介は内心悲鳴をあげるがそれは声にならない。『あの男』の顔が、目の前に迫ってきた。いっそう激しく声を上げて、もがこうとするのだが……。


夢中になって起きあがると、そこは夢の世界ではなかった。深夜の病室だった。

ベッドの上で、全身にびっしょりと汗をかいていた。

彼は生唾を飲みこんだ。ごくりとする感触がはっきりと判って、大介はほっとした。

深夜の病院。どうして？　それは……。

彼は、おぼろげながら、海音寺に助けられた事までを思い出した。

その時、廊下の向こうからひたひたという足音が近づいてきた。それはドアのそばで立ち止まり、やがて、ゆっくりと戸口に姿が現れた。

大介は身構えたが、点滴につながれているので、身動きが取れない。

戸口に立った人影は、逆光でシルエットでしか見えないが、細くて小さい。

「お兄ちゃん。大丈夫？」

唯依の声だった。

「どうして？　どうしてここにいるんだ？　たしか先生のマンションにいたんじゃ……」

大介は驚いて言った。

「一人で出歩いちゃ、危ないだろ。どうやってここに……先生に黙ってかい？」

唯依は、まっすぐに大介を見た。どう説明していいか困っているように見えた。

「判らない。よく判らないんだけど……でも突然、ここにいちゃいけないって気がして、そう思ったら先生の部屋にいるのがすごく怖くなって……気がついたら、この病院に」

唯依は言葉足らずに、葉子先生の部屋に危険を感じたという事を伝えた。

「だけど……ここだって安全ということは……」

そう言いかけた大介は、この病室も危険である事に気づいていた。この前の病院にも、野崎は易々と侵入したではないか。

「出よう」

大介は起きあがり、服を着ようとした。しかし彼の服は血だらけの上にズタズタだ。

しばらく考えた末に、彼は隣の患者の服を黙って借用することにした。と言っても入院着の上に羽織るコートだけだが。ベッド脇の物入れに畳んで入っているのが見えたのだ。

何も知らずに眠っている隣のおじさん患者の枕許に服の代金として万札を一枚置くと、大介はベッドから降りた。

足が床に着いた瞬間、彼は「うっ……」と呻きを押し殺した。全身打撲に裂傷数ヵ所、骨折や罅《ひび》が入っていないだけマシだが、満身創痍《まんしんそうい》には変わりない。

「どこに行くの？」

点滴の針を腕から外している彼に、唯依が聞いた。

「いやそれは、アテはないけれど……でも、ここから出た方がいい」

しかし、どこに行く？　まともにホテルや旅館に泊まれば、たちどころに見つけだされてしまうだろう。行く当てが思い浮かばない大介に、唯依が言った。

「心あたりがあるの。私、友達少ないけど……」

＊

「唯依があたしに電話してくるから何かと思ったら。へーえ」

未明の六本木。ハードロック・カフェの前で待っていた亜里沙は、タクシーから降り立った唯依に開口一番、馬鹿にしたような言葉をぶつけた。

「ダサ過ぎだって。こんなトコで待ち合わせるのって、もろイナカモンじゃん」

だが、唯依に続いてタクシーを降りた大介を見て、亜里沙は目を丸くした。

「竜二！　な、なんであなたが？　どうして竜二が唯依なんかと？　ね。ね、ね、なんでなんでなんで？　上野の店休んでて、その上そんなにボロボロになって、何やってるわけ？」

またも竜二に間違われてしまった大介は困った。今、目の前にいる年齢不詳のコケットな女と竜二がどういう関係なのか、まるで判らないからだ。

「唯依！　これ、どういう事よ。あんた、まさか、あたしに竜二との関係を見せつけたいから呼び出したってわけじゃあ？　竜二がこんなに怪我《けが》してんのも、あんたのせいなのっ？」

チューブトップに超ミニの亜里沙は、大きな胸をぶるぶる震わせて全身で憤《いきどお》りを表した。大介が答えられないので、亜里沙は唯依を問い詰めた
「どういうことなの。答えなさいよっ！」

「あの……ちょっと今、困った事になってて……行くところがないの」

おどおどと答える唯依に、亜里沙はサディスティックな目を向けた。

「へーえ。あんたが。竜二は助けてくれないの？」

「彼も困ってるの。あなたなら力になってくれると思って……」

大介は身の置きどころがなくて、仕方なくハードロック・カフェの壁にぶら下がっているキングコングを眺めた。こういう時にまるで役に立たない自分が情けない。守ってやるべき唯依に守られようとしている事はもっと情けない。

亜里沙が、ははあんと頷いて、大介の許にやってきて耳打ちした。

「竜二も想像を絶するワルよね！　金に困って唯依を売り飛ばそうっての？」

とんでもない事を言われて思わず目を剥いた大介に、亜里沙は小悪魔の微笑みを浮かべた。

「それともアレ？　ホスト素人のあの娘が竜二に迷惑かけてるの？　で、処置に困ってるとか？」

亜里沙は独り合点で言い募った。

「なんにも知らないあの娘がホスト遊びのお金欲しさにイッパツ稼ごうとか？　で、ワルの竜二は、モロ清純美少女な唯依ならカネになると踏んで、六本木で働かせよう、とか？」

大介が仰天していると亜里沙は勝手に納得してしまった。

「そうか。そうなんだ。ならいいよ。唯依、勝手に家出とかして、竜二を困らせてんでしょ？　だったら、あたしの店でバイトすればいいよ。社員寮だってあるし」

「ほんと？　泊めてもらえるの？」

目を輝かせる唯依に、亜里沙は冷たく言い放った。

「けどアンタ。あんたにキャバクラ嬢なんかやれんの？　スキあらばお触りしてくるスケベな客ばっかなんだよ。アンタ泣いても許してくれないんだよ」

「……頑張るから」

ねちねちといたぶるような事を言いつのる亜里沙に、唯依は懸命な表情で答えている。「君はそんなことしなくてもいいんだ」と言ってやることも出来ない大介は、ほとほと情けなくなった。

「ええ。そりゃ従業員はいつも募集してますし、寮だって完備してますよウチは」

キャバクラの店長は、大介と唯依を交互に見て首を傾げた。その脇には亜里沙が先輩風を吹かせて煙草を吸っている。すでに閉店して、店長以外誰もいない。掃除のためにつけた灯《あか》りが、煙草のヤニがしみついたような店内を容赦なく照らし出している。

「だけど、そのコ、幾つなんです？」

「アタシと同い歳《とし》」

亜里沙が口を挟んだ。

「若く見えるだろうけど、ハタチなんだよ」

そうなの？　と店長はまるで信じていない様子だ。

「まーねえ。亜里沙ちゃんもハタチという事で通ってるんだけれども……」

店長は唯依を品定めするように爪先から頭のてっぺんまで何度もジロジロと見た。

「店長。ここの制服、着せてみたら？　似合わなきゃオーディション不合格にすればいいじゃん」

煙を吐きながら亜里沙が言った。鼻から紫煙を放出するその姿は、まるで女山椒太夫《さんしょうだゆう》だ。

じゃあ、と店長はクリーニング店の袋に入った制服を唯依に渡した。

「全部、着てみてくれる？」

ハイ、と唯依は受け取ると、事務室隣の更衣室に消えた。

「無理に雇わなくてもいいんですよ。あの娘は向いてないと思うし」

大介がようやくの思いで言った。これが彼としては限界だ。

「そりゃあまあそうですよね。あの娘は可愛いけど、ウチじゃ話が面白かったり、ガンガン明るいコの方が受けるからね」

店長は一呼吸置いて、言葉を続けた。

「ところで、あんた、誰」

傷痕《きずあと》も生々しい大介を見て、店長はうさん臭げに聞いた。彼は慌てて言い訳しようと口を開いたが、適当な言葉が出てこない。

「あのコのヒモさんかなにか?」

「違うよ店長。あたしの恋人!」

亜里沙が膨れっ面で言った。

「彼、モテるからいろんな女の子が寄ってくるのよ。で、今日は店長にイイコを紹介しようって来てくれたんだから」

「それはどうも」

嬉しくなさそうに店長が言った。

「寮に二人して住まないでしょうね。寮の風紀が乱れると、女の子はぼろぼろ辞めちゃうから」

「あ。そんなことは」

大介は慌てて両手を振った。

「だけど店長。キャバクラって素人の、自宅通学の子がバイトしてるってのがウリじゃん。なのにどうしてウチは寮があんのよ?」

亜里沙がキッチンから残り物のスモークチーズを取って来て、勝手に食べながら聞いた。

「寮に住んでりゃバイトの学生じゃなくてプロじゃん」

「きょうび、そういうスジを通してたら質のいい女の子を確保出来ないのっ!」

店長が面倒臭そうに怒鳴った。

「寮には住んでないけど、学校にも行ってない『殆《ほとん》どプロ』もいるじゃない。ボクの目の前に」

亜里沙が言い返そうとした時、制服に着替えた唯依が出てきた。

「うわお！」

店長が驚きの声を上げた。

「似合うねえ～。これはすごいね～」

その顔はにやけてしまって、締《し》まらないこと夥《おびただ》しい。

どこかの私立女子高校の制服を参考にしたのか、それは実に男のスケベ心をくすぐるデザインで、唯依には最高に似合っていた。襟が丸い白のブラウスに濃いエンジの棒タイ。その上にグリーンの格子模様の入った前あきのベスト。下は濃いグリーンのスカートだがプリーツの幅が広くて、かなりのミニ。そして足元は、白のハイソックスに黒のローファーだ。

それだけならただの制服だが、キャバクラの制服だけあってエロな工夫がしてある。ブラウスはかなり透《す》ける素材を使っているので、ブラの線がハッキリ判る。肌にホクロがあっても透けるほどだから、ノーブラだと乳房の具合が手に取るように見えるだろう。しかもサイズが小さめで肌にフィットしているから、ボディラインもモロに出る。着ている方がH、というタイプだ。スカートも、この丈で座れば持ち上がってパンティまで覗《のぞ》けるんじゃないかという短さだ。

大介が目を丸くしているのを見た店長は自慢そうに言った。

「永年の研究の成果ですからね。他店に真似されるほどです。上品でエロティック、見えそうで見えないという絶妙な線を狙いました……しかし彼女、凄く似合うなあ」

「そりゃそうじゃん。実際……」

校で毎日似たような制服着てるんだから、と言いかけて亜里沙はやめた。自分だって同じ学校なのに、唯依のようにゾクゾクするほど決まらないのが口惜《くや》しい。

「いや。これならナニだ。こちらから頭下げてでもお願いしますよ。実際の年齢問題はアレです。何かあったら副店長にブタバコに入ってもらいます。ハイ解決」

傷痕も生々しい男が、ワケアリな匂いをぷんぷんさせた美少女を連れてきたのだ。不審に思わないほうがどうかしている。だが唯依の幼いほどの清純さが一転、エロティックに炸烈した魅力の前には、不審の念もなにもかも吹き飛んでしまったらしい。

「じゃ、亜里沙ちゃん。彼女を寮にご案内して。場所知ってるよね。酔い潰《つぶ》れたとき寮で寝て帰ってるの知ってるんだから。あー、えっと、唯依ちゃんですよねっ？」

有頂天になった店長に、唯依はハイ、と返事をした。

「うーその声も可愛いっ！　明日から店には出れるのね？　悪いね。恩に着るよ」

唯依に恥をかかせてやろうと思った亜里沙の思惑は外れた。ぷーっと膨れたままの亜里沙は、大介と唯依を連れて、六本木というよりは麻布十番《あざぶじゅうばん》に近い『社員寮』に行った。

周りの超高級マンションに比べれば古くて格は落ちるが、小綺麗なマンションだった。中はワンルームで家財道具も一応揃《そろ》っている。

ベッドしかない部屋のカーペットに、三人が座った。亜里沙は不愉快さを隠せない。

「で？　あんたと竜二は、ここでナニするの？」

「何するのって……もう夜も遅いし……」

大介は、もう限界だった。痛み止めが切れかけている。

「悪いけど……」

と断ってベッドに横になった大介は、そのまま寝息を立てはじめた。

亜里沙はずっと嫉妬と疑惑の目で唯依を睨みつけていたが、大介が熟睡したのを見て安心したのか、失神するようにカーペットに大の字になると、がーっというイビキを立てはじめた。

ひとり所在なさげだった唯依も、やがて大介の隣に無理やり潜り込み、すがりつくようにして目を閉じた……。

数時間後。大介は部屋に射し込む陽の光と、唯依の話し声で目が醒めた。

「もしもし……葉子先生ですか。唯依です……黙って出てきてしまってごめんなさい」

唯依が、大介の携帯を使って話していた。メモリーから葉子の番号を探し出したらしい。携帯のマイクからは、興奮しているらしい高い声が洩れている。大介は唯依の手から携帯を取った。

「電話替わりました。ぼくです。浅倉大介です」

『ちょっと！　絶対安静の患者が黙って病室からいなくなるし、唯依ちゃんは消えるし……どういうことよ？』

「すみませんでした。昨夜、唯依が突然ぼくのところに来て……先生の部屋に一人でいたら、ここを出た方がいいっていう、非常に強い感じがあったそうなんです」

「そう……唯依ちゃんのカンが当たったって事ね。部屋に荒らされた跡があるもの」

大介は、事情を話した。

「考えたわね。ホテルや旅館は調べられるけど、そういうお店の社員寮なら、店長が黙っているかぎり誰にも見つからないでしょうし。なかなか機転が利くじゃない。とにかく、唯依ちゃんの身柄を何者かが狙っているのは確かなの。くれぐれも用心してね」

はい、と返事して大介は電話を切った。

横で聞いていた唯依が、「怖いっ」と言って彼に抱きついてきた。

「怖い……凄く怖いの……私、全然眠れなかった」

「ちょっと待って……そこに君の友達が」

大介は困った。すぐそばで亜里沙がまだ寝入っている。大介としては亜里沙に面識がないのだが、亜里沙は竜二にご執心のようだ。

「いいの。ね……今、抱いて。なんて言うの、お兄ちゃんの彼女っていうの？　私をそれにして。お兄ちゃんの彼女にして！」

大介をひたと見つめて、唯依は懸命に訴えた。

「そうすれば……そうすれば、もう二度と離ればなれになることなんかない。そうでしょう？」

唯依は全身で大介にすがりついてきた。

まだ痛みが残っているとはいえ、そういう刺激はまた別だ。

「ダ……ダメだよ……」

そう言いながらも、少女の香りが大介の鼻先を掠《かす》め、柔らかな躰の感触が、肌を通して伝わってくる。唯依の体温を直接感じる。

肌の温もり。

これ以上、ひとの心を和ませるものがあるだろうか。それが欲しいくせに近づけず、恐れながらも求め続けてきた大介には、少女の肌の温かさが、何にも増してボロボロになった心に染み入るようだった。

「唯依……」

思わず唯依の躰をしっかりと抱き返していた。

柔らかな躰。女性特有の、優しくて無限の慈愛の源泉のようなその躰。張りつめていたすべての緊張が一挙にほぐれていくようだった。深く癒される感じが、ひたひたと満ちてくる。大介は、少女が放つ愛情の波に呑まれそうになった。

気がつくと、大介の肉体の一部に変化が生じてきた。

だが、自分は唯依を抱くわけにはいかない。この子を、そういう対象に思ってはいけないのだ。妹以上に大切な、全力を尽くして守ると誓った存在なのだから、そういうことをしてはいけないのだ。

大介は激しく葛藤《かっとう》した。しかし彼の胸にしっかりと抱かれた唯依は、いつしか静かな寝息を立てていた。その寝顔は本当に安心しきって、至福の表情に溢れていた。

「……唯依」

大介はしばらくそのまま彼女を抱きしめていたが、やがて、起こさないようにそっと離れた。

「必ず戻ってくるから、絶対ここから出てはいけないよ」とメモを走り書きして、その手に握らせ、頬にキスをすると、大介は、すでに日も高くなった六本木の街に出ていった。

＊

同日午後。大介は葉子と日本橋浜町《はまちょう》にある浜町公園で逢っていた。その前に近場のカラオケボックスに入って傷口を診てもらい、包帯やガーゼを取り替えた。その後、二人で公園まで歩いてきたのだ。

「どこでお話ししようか迷ったんだけど……私の部屋は今、警察が現場保存してて入れないし、クリニックも誰かに見張られてるかもしれないし」

葉子のクリニックはこの近くだが、そこで会うのは危険だった。

「で、浅倉さん、あなたこれからどうするつもり？」

「その前にご相談が……僕は、唯依をどうしたらいいでしょう」

葉子は缶コーヒーを飲む手を止めて、まじまじと大介を見つめた。

「不思議なんだけど……あなた、どうしてそれを自分で決められないの？」

葉子は大介が何か言いかけるのを制して続けた。

「あなたにも彼女にも複雑な事情があるのは判ってる。でもあなた、すべての問題をＤＩＤ（解離性同一性障害）のせいにしていない？　過去は絶対ではないのよ。あなた、治りたいんでしょう？　どんなに辛いことがあっても、心に酷《ひど》い傷を受けても、人間には生き延びる力がある。あなたは生き延びるためにこの病気になった。でももう、生きるために解離という手段を取る必要はなくなっているのよ。あなたにだって自分で決断し、責任を持って行動する能力はあるの。それを信じなくちゃ駄目」

竜二だけにではなく、とは口にしなかったが、葉子ははっきりと言った。

「浅倉さん。あなた自身で考えて、その結論に従って行動しなさい」

突き放されて途方に暮れた様子の大介に、葉子はさらに続けた。

「たしかに唯依ちゃんはまだ未成年よ。でも、彼女のことが好きなんでしょう？　愛しあっているのなら、それはあなたと彼女の二人で決めることじゃないかしら」

「判らないんです。僕が彼女に抱いてる気持ちが、愛なのかどうか……」

彼は目を彷徨《さまよ》わせた。

「僕はやっぱり零奈を、どうしても忘れられない。それなのに、唯依の気持ちにつけこんで彼女と寝てしまうことは、いけない事じゃないですか。そんな事をしたら、ぼくは竜二と同じクソ男になってしまう。それだけは絶対、イヤなんです」

必死の表情が浮かんでいる大介の顔を見て、葉子はげっそりした。

「だけどね、竜二さんと同じじって言うけど、竜二さんはあなたでもあるのよ」

途端にぽっきりと折れてしまいそうになった大介の様子を見て、葉子はしまった、と思った。

やはり、治癒《ちゆ》への道は遠いと言わざるを得ない。大介と竜二の『融合』を目的とするかぎり……。葉子は内心溜め息をついた。

「ったくよお」

だしぬけに竜二の声がして葉子はぎょっとした。

「ほんとに大介の野郎ってのはウジウジしてて、糞《くそ》の役にも立たねーダメ男だぜ。先生もそう思うだろう？」

竜二にそう言われても困ってしまう。葉子はどちらかと言えば竜二の存在にこそ困惑しているのだ。彼にも否定出来ない魅力があるのだが、微妙な問題においては、竜二のガサツさはすべてを台無しにしてしまう。こうして突然出てくるところもそうだ。

「おれは、ハッキリ言わせて貰《もら》うよ。やつに伝えといてくれ。おれが、『唯依をいただく宣言』をしたってな」

「ちょ、ちょっと。あなた何を言ってるの？」

葉子は慌てた。煮え切らず頼りないこと夥《おびただ》しい大介へのアドバイスを、竜二に実行されては非常にマズい。

「女がよ、股開いてさあどうぞと言ってるんだ。なのに逃げ出すようなやつは、男じゃないね。大介のやつ、そこまでフニャチン野郎だったとはな。しかし、おれは違うぜ。一発でどんな女でもモノにしてやる」

「駄目よ、未成年をレイプだなんて！」

「だから先生、頭悪いなあ。レイプじゃないって。合意の、自由恋愛ってやつだよ」

でも唯依ちゃんが愛していて処女を捧げたいと思っている相手はあなたではなくて……そう言おうとした葉子の言葉も聞かず、竜二はベンチから立ち上がった。

「じゃ、おれは帰るぜ先生。マンションに戻って、着替えて、今夜は店に出る」


自分の部屋に戻った竜二はベッドの上にひっくり返り、リモコンでテレビをつけた。

ちょうど夕方のニュースの時間帯になっていた。有名女性キャスターが、ゲストに呼んだ政治家に話を聞いている。どこかで聞いた声だなと思ってぼんやりと画面を見ると、その政治家は、なんと桐山だった。

「三日前、桐山さんの知恵袋とも言われている評論家のウォルフガング・ビーダーマイヤーさんが暴漢に襲われましたが、あの事件を、桐山さんは政治テロとはお考えにならない、と？」

「ええ。そう断言するには情報が不足しています」

キャスターの問いに桐山は慎重に答えた。キャスターが続けた。

「ビーダーマイヤーさんの日本経済への提言は過激すぎるという批判もありますが」

「そうでしょうか。私は、彼の異邦人であるがゆえの視点を大切に思っています。今の日本は間違ったより困難の多い方向に進みつつある、というのが彼の主張で、私もそう思っています」

「お説の『反グローバリズム』ですね。しかし市場に任せる、というのが世界の趨勢《すうせい》では……」

「市場は万能ではありません。そもそも、儲けるためにあるのが市場です。儲け主義の商売人に国を任せてどうしますか。彼らは儲かると思えば集中豪雨のように資金を注ぎ込むが危険を察知するとさっと引く。アジア経済危機はそれで起こったのです。金という生き血をいきなり抜かれたら、その国は死にます。そして最安値で国の資産が買い叩かれてしまう。商売としては当然でしょうが、彼らは利益を上げる事しか考えていない。そういう人間に一国の経済をゆだねてしまっていいとは到底思えませんね」

「なるほど……しかし、そういう主張が摩擦を生んで、先日の事件に発展したとは？」

「それはあるでしょう。ウォルフガングや私の考え方を嫌う人たちはたくさんいます。既得権益を守ろうとする守旧派だけではない。グローバリズムで日本を『改革』しようという勢力もそうだ。ここ二、三年が正念場《しょうねんば》でしょう。今後数十年の日本の進路が左右される、大事な時期です」

日本は変わらなければならないが、どう変わるのかが問題なのだ、と桐山は力説した。

「私は色々な人と話します。市井《しせい》の、普通の人たちです。そのおじさん、おばさん、若者たちの中に、現在、価値観の大きな変動が起きている。それを肌で感じます。見せかけだけの豊かさも、弱肉強食の競争社会も、どちらも彼らは求めていない。人々が求めているのは、一言にしていえば『安心できる社会』。そしてそれを実現する『嘘をつかないリーダー』なのです」

桐山はそのハンサムな顔で女性キャスターをじっと見つめた。

「たとえば、あなた。一生の伴侶に、美味《おい》しいことを言う青年実業家と、冴《さ》えないけれど決してあなたを裏切らず嘘もつかない誠実な男性と、どちらを選びます？」

知性派女性キャスターの顔がみるみる紅潮するのが、画面を通してはっきり判った。

寝転んでテレビを見ながら、竜二は感心した。

「なるほどね。お堅い事を言っても女性票が付いてくるのはこういう所なんだな」

突然話を振られた女性キャスターは、それは誠実な方のほうが、などと言っている。

けっ、バブリーな青年実業家に言い寄られたらいっぺんで転びそうなタマのくせによ、と竜二は美人キャスターに突っ込みを入れながら、桐山にも腹が立ってきた。

「なーにが『嘘をつかないリーダー』だよこのタコ。女房を裏切ってるロリコンの癖に」

しかし画面の桐山は相変わらず弁舌爽《べんぜつさわ》やかだ。

「今の政治は、国民のそういう意識の変化についていけていない。だが、私はその変化を政治に反映させたい。それは可能だと思う。変わる時には、一気に変わりますよ。政治だけではなく、国のあり方そのものが」

桐山はそう言い切ると、にこりと笑った。その笑顔がおそろしくチャーミングだ。

「夢みたいな事を言ってると思うでしょう？」

女性キャスターが思わず「はあ」と返事をしてしまうほどに、その口調はころりと親しみあるものに変わっている。

「だけどね、日本の根本を変える事は、案外簡単なんです。自分たちが本当は何を望んでいるのか、それに気づく人がどんどん増えてきているのですから。私にはその具体策があります。与党ならではの、永年権力の中枢にいたノウハウがあります」

「それは、以前属されていた野党より今の与党のほうが腕を振るえるという事なのですね？」

外見の魅力だけではない、相当の戦略家。しかも、権力を握るためだけにその能力を使っているのでもない、大きな設計図を描ける男。

そういうムードが画面から伝わってくるのを、竜二は不思議な思いで見た。

こいつがとんでもない男だったら、日本は大変なことになるぞこりゃ。

彼はリモコンでテレビを消して、少し寝ようとした。今夜は店に顔を出さないと商売に差し支える。ナイトキャップというにはまだ時間が早いが、バーボンをストレートで飲み、再びベッドにもぐりこんだ。

こういう時に限って宅配便だの新聞の勧誘だの宗教の勧誘だのが来るのが人生だ。案《あん》の定《じょう》、ドアチャイムが鳴った。

起きて行くのが面倒でうっちゃらかしておいたが、チャイムは根気よく鳴りつづける。そのぴんぽんがうるさくて、竜二はついに玄関ドアを開けた。

「てめえうるせぇんだよ。ゴルァ！」

この怒声で大抵のセールスは飛んで逃げる。残るのは本当に用事のある来訪者だけだ。

目の前には、海音寺が立っていた。

「あんた、どういうことだ？　どうしてココが判った？」

「わしの能力は唯依ほどではないが、そのくらいのことは判る……ま、立ち話もなんだ。中に入れてくれんか」

海音寺は半ば強引に竜二の部屋に上がりこんだ。

「じいさん、どういう風の吹き回しだよ。随分とフットワークが軽いじゃねえか。お屋敷に籠って金持ち相手にいい加減な事言ってりゃ儲《もう》かってたんじゃないのか？」

「ま、何とでも言うがよい。先を見通す人間にはそれなりの義務がある」

海音寺は散らかり放題の部屋に入り、床の物を適当に蹴り飛ばしながら足を進め、椅子《いす》の上のモノを放り出して悠然と座った。

「なるほど。だがおれはご託宣だのお筆先《ふでさき》だのってマヤカシは、これっぽっちも信じないからな」

と、竜二はうそぶいたが、海音寺は平然としている。

「ま、いずれ、判るときがくるだろうて。さて、わしがここに来たのは他でもない。唯依の事だ」

ホラ出た、このロリコンじじい、と思いながら、竜二は海音寺を見た。

「この国の進むべき道は見えた。わしはとんだ見込み違いをしていたようだ」

「……てえと？　それと唯依とおれと、何の関係があるんだ？」

「唯依が、重要な予言をした。桐山がいずれは日本の総理になるとな。それは、わしの見立てとは違った」

「唯依のほうが正しいってのか？」

海音寺は、竜二に向かって大きく頷いた。

「こういう能力を持っている者同士、判ることじゃ。わしは正直、あの娘に出逢って脱帽した。あの娘こそ、本物じゃ」

だからこそ、と海音寺は続けた。

「唯依にはしばらく好きにさせる。あんたとの仲をここで無理に裂くと、あの子に神霊が降りなくなる。それは困るのでな。それは困るのじゃ。たいそう困るのじゃ」

海音寺は、竜二の手をぎゅっと握った。

「年頃になって色気づくのはかまわない。それであの子の能力はますます研《と》ぎ澄まされる。だが、生娘《きむすめ》でなくなればお終《しま》いなのじゃ。未来を見る力が、現世の歓びと引き替えである以上……」

海音寺の手の力はいっそう強くなり、その手のひらの温度もかーっと熱くなった。

気色が悪くなった竜二が手を引き抜こうとしても抜けない。

ヤメロこのくそじじい、と言いかけた時、海音寺はふっと力を抜いた。

「……悪いが、あんたにちょっとした呪《まじな》いをかけさせてもらった。これでよい。唯依が生娘でいるかぎり、あんたとは気が済むまで一緒にいてよい」

「よいって、なんだ。なんであんたがそういう事に許可を出す？」

何のことだか判らないまま、気味悪く思った竜二は聞いたが、海音寺は一方的に話を進めた。

「ウォルフガング・ビーダーマイヤーを助けたのは、あんたじゃな？」

「誰だよそれ」

「今さらトボケなくてもいいだろう？　桐山のブレーンであるドイツ人の学者じゃ。あんたはビーダーマイヤーの講演会で、暴漢の襲撃を間一髪、鮮《あざ》やかに阻止したろうが」

海音寺は、竜二の顔を凝視した。

「……呪いをかけても無駄だぞ。おれはなにも信じてない」

しかし、海音寺の目は、どういうわけか潤んでいるようにも見えた。

「想像も出来ぬ巨大な力が動き始めておる……。わしも方針を変えて桐山君を助ける方向で動き始めた。個人的な行きがかり以上に、この国の行く末を案じるが故じゃ。しかしながら、相手方の力は想像以上に強い。桐山を守ったあんたは、もはや桐山シンパじゃ。桐山の側に立った以上、あんたも、すべてに気をつけることじゃ。お判りか？」

海音寺の目の光は異様に強かった。ガンの飛ばし合いでは負け知らずの竜二だが、どうしたものか海音寺が相手では十秒以上正視出来ない。光を放っているわけでもないのに強烈な眩《まぶ》しさを感じ、つい目を伏せてしまうのだ。

「お判りか」

再度、海音寺が言った。

「……なんなんだよ。フォースが共にありますようにってか。お前はヨーダか？」

竜二にそう言われても、洋画を見た事がない海音寺は、名文句も口にせず、帰った。

すっかり夜になっていた。

「……桐山が日本の総理ねえ。じゃあオレは、ファースト・レディの不倫相手ってことか。ただのジゴロから昇格ってわけだな」

そう思い、一寝入りしようとしたところで携帯が鳴った。『シャフト』の主任からだった。

『あ。社長！　今日、今からお時間はありますか。なくても作って、店に出てください。社長が最近いないってお客様がうるさくて……引っ張るのもそろそろ限界ですから』

「そうか。おれも今夜あたり顔出そうとは思っていた」

『それならなるべく早く。実はちょっと……どう対応したものか困るお客様が見えていて』

「どんな客だ？」

『日本の方じゃないんです。美人ですよ。スタイルいいし。でもその、目つきがアレで』

よし直ぐ行く、と竜二は返事した。


彼が『シャフト』に入ると、主任がすぐに寄ってきて耳打ちした。

「あのお客様です。開店前からずっと……社長を待つと言って」

隅のテーブルにぽつんと、チャイナドレスの女が座っていた。ボトルは入れず、水割りらしいグラスだけが前にある。横についた若いホストは完全に無視されていた。

白いチャイナドレスに見覚えがあった。四日前、ニューオータニのパーティ会場の外で、鴨志田に絡んでいた中国女だ。なぜその女がここに来るのか。

女が顔をあげ、竜二と眼が合った。すかさず立ち上がりこちらに来ようとする機先を制して、彼は女の横に座った。若いホストがほっとしたように逃げていった。

竜二が口を開く間もなく、女が言った。

「あなた、日本橋であのドイツ人を助けた。私、見ていた。私もあそこに居た」

女は身を乗り出し、竜二の眼を真っ直ぐに見つめた。切れ長の瞳に狂気の光がある。

「犯人の一人、あの白人。私、その男を追っている。あなたもそうなのか？」

「いや、そういう訳じゃないが……あんた、あの男を知っているのか」

「リチャード・ラミレス。米軍の特殊部隊から派遣されて、インドネシア軍の訓練に参加していた。悪い、悪い男。とても危険な男」

竜二に閃《ひらめ》くものがあった。

「あんた、その男のことを、この前、鴨志田に尋ねてたよな、違うか？」

「カモシダ……そう、あの男、ミスター・カモシダの会社に出入りしている」

女の言うことは要領を得ない。だが、その男がウォルフガング暗殺未遂の実行犯で、鴨志田とも繋がりがあるとしたら？

「聞いてください。私、いろいろ知りたいことある。いろいろ伝えたいことある」

切迫して必死の形相で訴えるように話す女は、緊張しているのか蒼ざめて表情が強ばっている。エキセントリックな美しさだが、明らかに普通の精神状態ではない。大抵の男を引かせる雰囲気だ。だが、竜二は違った。女の白い手を握る。元々、怖いものなんかないのだ。

「日本語、上手なんだな」

「……日本に留学してたから……でも」

美女は感情が破裂寸前になったのか、ぐっと堪えて唇を噛みしめたが、切れ長の瞳から涙がぽろぽろと零《こぼ》れた。

気がつくと、店にいる女客全員の視線が彼らに集中していた。刺すような、嫉妬と不審の眼差しだ。無理もない。異国風の、長身の美女が竜二を独占し、泣いているのだ。

女殺しのカリスマホスト健在なりってとこか、久しぶりに店に出た目的はこれで達成したな
……そう判断した竜二は女の背に手を回して、言った。

「出よう。ゆっくり話ができるところに行こうぜ」

ごった返す上野広小路《ひろこうじ》を歩きながら、美女をエスコートする竜二の足は湯島に向かった。中国系らしい彼女は、素晴らしいスタイルの持ち主だ。日本人に比べて中国人はスレンダーで上背がある。巨乳より美乳を好む竜二としては、キリッとしたチャイナドレスに包まれた彼女は最高の好みだ。このチャイナドレスというやつは、究極のボディコンだ。躰の線が綺麗に浮き出て、生地が吸いついているようだ。しかも、大胆なスリットからは彼女のしなやかに伸びた腿が見え隠れしている。

道行く人も、彼女の美しさと、はっとするような色香に、ほぼ全員が振り返った。

この女をいただかない手はないぜ。多少、頭がおかしくてもな。

竜二がラブホテルの入口をくぐると、彼女も嫌がることなくついてきた。

部屋に入るや否や、竜二は彼女の肩を抱き、唇を奪った。彼女も唇を開いて男の舌を受け入れ、熱いディープキスになった。普通ならここで女の躰から力が抜ける。

が、そうはならなかった。彼女の目は潤む事なく、動悸が激しくなることもなかった。

「私、日本で経済学を勉強していた。でも、実家がダメになって、今、中国クラブで働いている」

「だから、客とのキスは慣れっこで、全然燃えない、か」

彼女は、そうではない、というふうに首を振った。

「夜は長い。積もる話はゆっくりしようぜ」

竜二はチャイナ服のボタンを外していった。純白のドレスが床にぱさりと落ちた。

「！　おい、これ……」

ドレスに包まれていた裸身には、無数の傷痕があった。肩から腰にかけて、抉《えぐ》られたような無数の傷痕が散っている。乳房や脇腹にも、ナイフで滅多斬りされて突かれたような傷痕が幾筋もあった。それらはあまりに深くて、消えずに盛り上がり、白い肌を赤黒く彩《いろど》っている。

「私の名前は、潘淑華《ばんしゅくか》。ジャカルタに住んでいた。この傷はレイプされた時に……」

ただのレイプではない事は竜二には判った。強盗ついでに躰もいただき、口封じに殺そうとしたのでもない。最初から彼女を傷つけ、苦しめながら交わって、衰弱して死んでいくのを見て愉《たの》しむような、そういう異常犯罪者の毒牙にかかったのか。

潘淑華は、自分からベッドに横たわり、「きて」と言った。理知的な顔に甘い感情は伺えない。

この美貌とスタイルならば男はいくらでもなびくだろうが、裸にしてこの傷を見ると、勃つモノも勃たなくなるんじゃなかろうか。そしてたぶん、彼女も不感症に陥《おちい》っているはずだ。

しかし竜二は、この淑華をイカせてやろうと決めた。この娘から恐怖を幾《いく》ばくかでも取り除いてやろう。

股間に顔を埋め、秘部を優しく舐めても、感じる気配はなかった。竜二は、時間をかけてじっくりたっぷり舌先で転がし、唇で軽く摘まみ、舌全体で揺さぶった。

それに併《あわ》せて、指先が触れるか触れないかという微妙なタッチで全身を愛撫していった。脇腹から乳房にじっくりと指を這わせ、乳首を挟んで柔らかくくじった。

「あ、ん……」

少しだけ、甘い声が返ってきた。秘腔も、じんわりと湿ってきた。

彼の舌と、指が触れたり撫でたりすると、ひくひくと震えるようになってきた。その振幅が大きくなって、声に出るようになったのは、竜二がクンニを始めてから一時間以上経ってからだ。

「はぁ、ン……あああ」

おもむろに挿入した。彼の男性が出入りを繰り返すたびに、淑華は肩を揺らせ、腰を振った。その女芯は徐々に潤いを増し、肉壺もゆっくりと活動を再開するかのようだった。眠っていた襞がようやく起きあがり、竜二のモノに絡みついた。彼女の媚肉はねっとりと肉棒を包み込み、くいくいと締めつけてくる。

彼は、それを断ち切るかと思えるほど激しく腰を使った。ぐいぐいと抽送するほど、淑華の声量は増し、声色も豊かになっていった。

「……あっ、ああっ！」

竜二が腰を突き上げて彼女の奥深くまで達したのと、彼女が達したのはほぼ同時だった。俄《にわか》にきゅうっと媚肉が収縮して、タフな竜二も、果てた。

「謝々《シエシエ》……私、イッたの久しぶり……四年ぶり？」

「そんなに長く……何があった？　輪姦《まわ》されでもしたのか？」

　ぐったりとベッドに横たわった淑華は、ゆっくり大きくかぶりを振った。

「あれは普通のレイプじゃなかった……軍隊が襲ってきたのです。私たち華人を標的にして」

　一九九七年。それまで順調に発展していると思われた東南アジア各国は、一斉に経済危機に陥った。その主な原因は、弱含みの兆候を敏感に捉えたコンピューターが一斉に売りの指示を出し、主にアメリカの短期資本が音を立てて国外に引いた事だった。「生き血を抜かれた」と桐山を始め多くのエコノミストが表現するのはこれを指す。翌年五月。プラボウォ中将に率いられた軍の一部は、経済を混乱に陥れたのは流通を握る華僑《かきょう》だとデマを流し、ジャカルタでの暴動を煽《せん》動《どう》した。暴力のプロが率先して中国系の商店を襲い略奪し、女性を強姦した。スハルト失脚の混乱で真相はまだはっきりしていないが、その暴動の中核は、米軍に訓練されたインドネシア国軍特殊部隊だと囁《ささや》かれた。

「私、ちょうど日本から里帰りしていて……巻き込まれた。でも私を犯し、家族を皆殺しにしたのはインドネシア人じゃなかった。英語を話す、金髪の男だった」

　その白人は、彼女を強姦しながらナイフで躰を切り裂いていったのだという。死の恐怖に震える女を犯すのが最高なのだと言ったらしい。

「断末魔の女が最高だと言った。犯《や》ってる最中に死ぬのが一番味がいいのだと言った。その男、筋肉で盛り上がった胸に銀色のピアスと、小さなサソリの刺青をしていた。私、絶対許さない」

　淑華は、その時の恐怖を思い出したのか全身から血の気が引いていた。

その白人は、彼女を犯し瀕死の状態にした後、一家全員を斬り殺していった。

「家族を殺した後、その血がついたナイフで、私のここを刺して、抉《えぐ》った……」

淑華は、胸に残る惨たらしい傷痕を指した。現地の華人ネットワークを通じて彼女が知った情報によれば、その男、リチャード・ラミレスは米軍からインドネシア国軍特殊部隊へと派遣されていたが、暴動時の蛮行のため、現在は強制除隊になっているという。

「そしてラミレス、今日本にいる。ドイツ人を殺そうとした。あなた、それを邪魔した。ラミレスの敵、私の味方。判る？」

「判った。あんたはおれに復讐を手伝って欲しいんだな。だが、そうなるとビジネスだ。……いや、金の話じゃない。『利害の一致』ってやつが必要だ。おれにも知りたい事がある。ラミレスのバックにいるのは誰だ？　鴨志田か？」

「違うと思う。私、日本に戻ってきてずっとラミレスの後を尾《つ》けてる。ラミレスとよく逢っているのはツジサワ……ツジサワ・ヨシヒロという日本人」

ツジサワ・ヨシヒロ……最近どっかで見たことのある名前だよな、と思いつつ竜二は聞いた。

「そいつは何者なんだ？」

「判らない。だけど、私たち華人の噂では、アジア通貨危機のとき、アメリカに便乗して大儲《もう》けした日本人がいると言われてる。その賢い日本人がツジサワ。日本人なのに、白人のような見かけをしている。アメリカの財界に人脈があって、今も投機で儲けている。そのお金を、ツジサワはカモシダに渡しているのだと」

「ほんとかよ?」

竜二は身体を起こした。鴨志田の周辺で昨年から動いているという莫大な資金の噂、その正体が判るかもしれない。

「そりゃ政治資金規正法違反だよな。そんな金を受け取ってなぜ無事でいられる?」

「巧妙な方法を使っている。外国の投資会社を経由しているのだと、香港《ホンコン》でトレーダーをしていた知り合いが言っていた」

竜二はぞくぞくしてきた。桐山のロリコンスキャンダルを握った鴨志田は、総裁選に勝った気でいるかもしれない。だが、さらにその鴨志田の急所を自分が握れるとしたら?

「鴨志田がそのツジサワなにがしから金を貰ってるっていう証拠、手に入るか?」

「難しい。でも、それが手に入れば、あなた、私を助けてくれるか?」

ああ、そうしよう、と竜二は請け合った。

「殺しは趣味じゃないが、そのラミレスとかいう変態野郎を拉致《らち》って、ふん縛《じば》って、あんたの目の前に転がしてやろう」

淑華の瞳が燃え上がった。憑《つ》かれたような憎しみの炎が揺れている。

「嬉しい。今まで、誰も味方になってくれなかった。私たち華人、復讐より実利を重んじる。淑華、お前はおかしい。諦めろ。相手が悪すぎる。誰もがそう言った」

竜二は唸った。この中国女は凄惨なレイプを受けて精神がイカレてしまったのかもしれない。だが、壊れているのは感情の部分だけだ。元々は頭のいい娘に違いないのだ。

「あんた、おれを選んで正解だぜ。実利より勝負《ゲーム》を重んじる、そういう人間だからな、おれは」

話は決まったと言い放ち、竜二はもう一度、淑華の躰に重なった。

第6章　国を売る者

陶酔している淑華を残し、湯島のラブホテルを出た竜二は六本木に向かった。

今夜はノッている。昼間、「唯依をいただく」宣言をしたことでもあるし、善は急げだ。勢いでさっさと唯依の処女もいただこうと決めた彼は、唯依の隠れ家であるキャバクラの社員寮に行った。

が、部屋のドアをノックしても応答がない。

「唯依！　おれだ。いや、ボクだ。開けてくれ」

大介の声を出して竜二はドアを開けさせようとした。どこにも行くな、ドアも開けるなと言い残して大介は出かけた筈《はず》だ。

「おい！　開《じ》けろって」

だんだん焦れて来た竜二は、がんがんドアを叩き、最後には蹴り飛ばした。

「何やってんのよ。うるさいわね」

隣のドアが開いて、寝入り端《ばな》を起こされたのがまる判りの、はれぼったい顔をしたキャバクラ嬢が出てきた。Tシャツにショートパンツ姿だが、髪はザンバラで化粧っ気もまったくないので、早朝のゴミ出しオバサンとまったく同じだ。

「隣のコなら出勤したわよ。借金取りなら店に行きな」

「あんたは何で寝てるんだよ」

「あたしは今日は休みだもん。だからうるさくしないでよねっ！」

唯依が店に？

これは面白い事になったぞ、と竜二は笑い出したくなるのを懸命に抑えた。

あの唯依が、キャバクラでホステスをしている、ということが信じられない。社員寮にいるんだから店に出ろと無理やり引っ張りだされたのに違いない。海音寺によればまだ『生娘』で、子供の尻尾を引きずっている唯依の事だ。酔っ払いやスケベやロリコンの餌食《えじき》になって泣きべそをかいているだろう。半狂乱になってお客から逃げ惑っているかもしれない。店長や他の女たちはそんな唯依に厳しく当たって、「そんな事でお金が稼げると思ってるの！」とかなんとか説教して、唯依は、嫌々ながら欲望まる出しの男の隣に座って、無理やり飲めない酒を飲まされて、腿の上にはいつの間にか男の手があって、それがじわじわとスカートの中に移動していく。唯依が悲鳴をあげても面白がりこそすれ、誰も助けないし、逆に囃《はや》し立ててエッチなゲームをさせているかもしれない。特に亜里沙は突っ込みがキツいぞ。なんせ唯依はライバルだもんな。

そうなれば、おれの出番だ。颯爽《さっそう》と店に入って羞恥《しゅうち》に慄《ふる》える唯依を救い出し……その後は彼女のすべてをいただくって寸法だ。唯依はおれに感謝するから、どんな命令だって拒めない。まず最初にフェラチオでもさせるか。それともオナニーをさせて見物するか。いやそれとも……。

竜二は妄想をむんむんと膨らませながら、店に出かけた。

六本木に数あるキャバクラの中でも、『ぷりんぷりん』は人気店だ。それは同業者の竜二にはひと目で判る。きちっと行き届いた掃除がされた入口は安心感が漂っているし、入居しているのも、新宿の例の雑居ビルのような儲けに走ったガチンコ・ビルではない。規模も大きくて廊下もゆったりしている。その二階だから客も安心だろう。その証拠に、気持ちよく遊んだ、と顔に書いてある若いサラリーマン二人連れがニヤけて店から出てきた。

「アリガトーゴザイマシター。また来てね」

と店先に出てきたのは、亜里沙だった。

こいつは面倒だ、と階段の陰に隠れようとしたが、一瞬遅くて見つかってしまった。

「なによ？　やっぱりあの子が心配なの」

亜里沙は口惜しそうに竜二を見た。

「あたしに逢いに店には来なかったくせに」

「まあそりゃ心配だよ。ズブの素人なんだから」

亜里沙は、ふーんと鼻で返事をした。最高に機嫌が悪そうだ。

「ま、中に入れてくれよ」

亜里沙と一緒に店に入った途端に、彼女は「新しいお客様、ドンペリ有り難うございます！」

と叫んだ。

「おいおい。待てよ」

と言ったときには遅かった。

「追加でバカラとバレンタインの十二年、ボトルキープ有り難うございますっ！」

亜里沙が叫ぶと、店のあちこちから「有り難うございま～す」と唱和が返ってきた。

「ささ、駆けつけイッパイ。どうぞ」

ビールのジョッキに最高級シャンペンをどぼどぼと注《そそ》ぎ、亜里沙は竜二にイッキ飲みを促《うなが》した。

「ね。竜二さんの来店を祝して、大リーグみたいにシャンペン掛け、やろうか」

「馬鹿言うな。これは有り難く味わって飲むモンだ」

自分が自腹の客になると途端に常識人になる竜二は、ジョッキに入ったドン・ペリニョンをちびちびとなめた。

「で？　唯依はどこだ」

亜里沙は、ツマミでとったオードブルをむしゃむしゃ食べながら、ブスッとして店の奥を顎で指した。

三十代前半に見える勤め人のグループの席で、唯依は男に挟まれて座っていた。

早速レスキューするかと思って立ちかけた竜二だが、その席が妙に和気あいあいとしているので座り直した。

客筋は悪くない。イイトコに勤めるサラリーマンたちが仕事の帰りに遊びに来た感じだ。Hな事をするならその手の店に行く分別のある客たちは、唯依を囲んで話に花を咲かせている。その中心にいる唯依がまた実に可愛らしい。彼女に見惚れて大切にしている雰囲気が、ほんわかと伝わってくる。亜里沙が着るとHこの上ないセーラー服チックな制服が、唯依が着ると、とても可愛くて清純で、少女の色香のなかに神聖にして犯すべからざる雰囲気すら漂っている。

「なんだよアレ」

アテが外れて落胆したのを隠そうと、竜二はおしぼりで顔をごしごしと拭《ふ》いた。

「この店はずいぶん上品だな。誰もお触りしてこないのか？」

亜里沙が勤める店だから、結構エロなサービスをしていると思っていたのだ。

「するわよ。会社でセクハラがうるさい分、ここではみんな触りまくるわよ。今日以外はね」

「今日以外は？」

亜里沙は、なんだか敗北を認めるように頷《うなず》いた。

「あのコがいるとね、なんだかみんな、Hな事出来ないみたいなの。ってゆーか、あのコに嫌われたくないから、みんな気味悪いくらいお行儀よくて。好かれなくても仕方ないけど、嫌われると悲しい、みたいなムードが男どもにあるのよ。ヘンナノーって思うけど。それがなんだか店全体に広がって……そうよ！」

亜里沙は、大発見した、という顔になってまくし立てた。

「このムードは、学園祭に来たアイドルを接待する男子高校生、だよね！　学園祭実行委員の、真面目を装ってるけど根はドスケベな連中が、キンタマ抜かれちゃった状態でデレデレになってるのと同じ感じ！」

たしかに、唯依にぎこちなくお酌された若ハゲの客は恐縮しきって自分のグラスを捧《ささ》げ持たんばかりだ。その向かい側にいる典型的理系の秀才顔のメガネ男は、自分が差し出したポッキーを唯依がぱくっと食べただけで拍手して、もう喜色満面だし、慣れない彼女が、お客のズボンに酒を零《こぼ》しても、当人は怒るどころかデレデレと「いいよいいよ。どうせ洗濯に出そうと思ってたんだ」などと笑っている。

驚くべきことに、他のキャバクラ嬢が嫉妬して不貞腐《ふてくさ》れているかと思えばさにあらず。女の子も客と一緒になって唯依の一挙手一投足に喜んでいるのだ。

「これは……アイドルってレベルじゃないぞ。どこぞのお姫様がお忍びでホステスしてるのがバレたというか、天才チンパンジーのアイちゃんが器用にお酌するのを見て歓声を上げてるというか、『ローマの休日』アダルト版みたいな」

無茶な喩《たと》えだが、たしかにそれに似た『うやうやしい』ムードがあるのが不思議だった。

そして……唯依自身も、ホステスの仕事を嫌がっていない。客あしらいを楽しんでいるかのように、ビールをついで談笑している。

これでは出ていくチャンスがないけれど、唯依の処女をいただこうという気持ちは更に強まった。

「これはこれはお嬢さま。どうしてまたこんなところに」

いきなり大きな声を出して立ち上がった竜二は、そのまま唯依の席に近づいた。

「どちらに行かれたかと心配いたしました」

跪《ひざまず》いてうやうやしく奏上する。

「え？　だって、寮に入れてもらったんだから、これくらいの事はしなければ……」

唯依は、何をふざけているのかと面喰らっている。

「お戯《たわむ》れもほどほどに。お迎えにあがりました。どうぞお屋敷にお戻りください」

竜二は彼女の手をとった。

「ま、待ちなよ。ボクらは彼女と楽しい時間を」

客の一人が唯依を引き留めようとしたが、竜二がじろりと睨みつけた。

その凶暴な眼光に震えあがった客は、可哀想に酔いもふっ飛んでしまった。

「さ。お嬢様。参りましょう」

完全に下僕を演じて、竜二は唯依を店から連れ出そうとした。

「君きみ。困るよ。いいところなんじゃないか」

店長が割って入った。

「……すっこんでろよ。な」

竜二は腹の底から湧いた声を耳元で囁いた。店長は本能的に五十センチほど飛び退いた。

「それでは。みなさん、どうもお邪魔いたしました」

竜二は如才《じよさい》ない笑顔を作ると、さっさと唯依を連れ出した。亜里沙が立ち上がって何か言いかけても手をひらひらさせて止め、そのままドアを開けて外に出た。

「別に平気だったのに。でも嬉しい。私のこと、心配してくれてたのね」

「ブラウスが透けてるぜ。これ着ろよ」

竜二は彼女に着ていたジャケットを羽織らせた。

社員寮の部屋に戻って、竜二はぶっきらぼうに「シャワー浴びてこいよ」と言った。

この前から抱いて欲しがっていた唯依が拒む筈がない。その相手は竜二ではなく大介なのだが。

風呂場から漏れてくる水音を聞きながら、竜二は想像を巡らせてむふふとひとり笑いをした。女の肉体を思い浮かべてほくそ笑むのは本当に久しぶりだ。今まで何の感慨もなく腹が減って飯を食うように女を抱いてきた。が、唯依はちょっと違う。タブーを犯すような、イケナイ事をするようなワクワク感がある。

竜二は、自分も服を脱いで下着一枚になって煙草を吸った。何かしていないと間が持てない。

ドアが開いてバスタオルを巻いた唯依が出てきた。顔も肩も腕も脚も、上気してピンク色に染まっている。

「あの……電気を、消して」

はいはい、と竜二は言われる通りにした。

「じゃ……」

竜二は暗闇でそっとバスタオルを取った。女に慣れている彼は、TPOを心得ている。こういう時は、女心を大切にしてやらなければならない。

カーテン越しに、外の灯りが射し込んで、唯依の躰を照らした。小ぶりな乳房の頂上で、乳首がツンと上を向いている。

「可愛いね……唯依」

「……お兄ちゃん……本当にお兄ちゃんよね？」

これが女の勘というものなのか、唯依はじっと目を凝《こ》らしている。

「変な事いうなよ……いや、変な事言わないでほしいなあ……ボクが大介じゃなかったら、誰だというんだい？」

大介かと確かめられて、竜二は実に嫌な気持ちになったが、この際我慢するしかない。

納得したらしい唯依は、背の高い彼にかじりつくように腕を回し、キスをしてきた。

少女のほうが積極的に唇を割り舌を挿し入れてきた。その真剣な表情が実に可愛い。

竜二は、全裸となった彼女の躰に手のひらを滑らせた。脇腹から腰にかけての曲線は、ほとんど大人になっている。お尻は少女らしく硬く、上向きに引き締まっている。

「……ん」

手のひらの愛撫に感じたのか、唯依は幼い快感を声にした。

二人はそのままベッドの上に倒れ込み、彼は手を、唯依の秘部に滑り込ませた。

「あっ」

敏感な場所を這い回る指先に、少女の声が出た。いきなり本丸を責めるのではなく、その周囲をじわじわと弄《いじ》る余裕がある。

唯依の息づかいが早くなってきた。

竜二も、勃起した一物を彼女の火照《ほて》った秘部に擦りつけ……ようと思ったのだが、なぜか、その肝心のモノはパンツの中で畏《かしこ》まったままだ。

竜二の頭の中に疑問符が幾つも浮かんだ。女に欲望を感じた時は、勃つ。その、男のシンプルな原則に竜二はこれまで従ってきた。ムラムラ来れば勃起する。勃てばそれは必ず聳《そそ》り立って、女を泣かせる道具になる。これは朝陽が昇って夕陽が沈むのと同じくらい、アタリマエの事だ。いや、事だった。

竜二は焦《あせ》って、唯依の全身にペッティングをしはじめた。ぽつんとある小さな乳首を舌先で転がし、滑らかなお臍《へそ》の周りにキスの雨を降らし、無抵抗なのをいいことに両脚を広げて、萌《も》える若草の中心部に顔を埋めた、のだが……。

彼の下半身にはいっこうに反応がない。精神的にはムラムラ来ているのだ。が、海綿体にエネルギーが充塡《じゅうてん》されていく実感が、まるでない。

竜二は、唯依の可愛い手をとって、パンツの上から自分のモノに宛てがった。

「ここが大きくならなきゃ、キミと一つになれない……大きくしてごらん」

他力本願にしてみた。唯依にこれをさせれば、いくらなんだって元気になるだろう。きっとホースが詰まってるんだ。脳梗塞で脳の血管が詰まるように、陰茎の血管が詰まってしまって勃たないのだ。だけど、唯依の手が揉めば……。

少女のぎこちない手付きはそそるが、それでも『本体』にはまるで変化がなかった。

そういや、あの海音寺はなにかの呪《まじな》いを唱えてたが、だがしかしあの中国女とは完璧にやれたんだ……。

もしかして。

竜二はがばっと起きあがった。唯依は驚いて彼を見つめるだけだ。

「あのジジイ、おれのチ○ポに時限爆弾式のマジナイをかけやがったのか？」

竜二にとって、セックス出来ないという事は、飯が食えないというのに等しい。いざという時ぶちかます事ができない男は男じゃないという思想をもつ彼としては、これは由々《ゆゆ》しき事態だ。

キッチンに立って水を飲み、気持ちを落ち着け、鼻歌を歌いながらベッドに入ってみた。

しかし、勃起が始まる時の、あの特有の高揚感がまったくない。

唯依にフェラをさせようか、とも思ったのだが、それでも反応がなかった場合、いくら相手が子供で処女とはいえ、竜二の面目は丸潰《つぶ》れだ。

「あり得ないことじゃないぞ……クソッタレが」

あのジジイの『呪い』が原因なら、唯依以外の女には勃つはずだ、いや勃たねば困る。

竜二は立ち上がると、服を着はじめた。

「え？　何処《どこ》へ行くの？　どうしたの、いったい」

驚いてオロオロする唯依に、竜二は微笑《ほほえ》んだ。

「いいかい。キミのせいじゃない。純粋に、おれの問題だ。おれが勃たなくてもキミは自分に魅力がないせいだとか女として力不足なのだとか、そんなよけいな事は考えなくていい。おれの故障だ。それを今から直してくるから。ね」

唯依の頭を撫で、もう一度キスをして、竜二は部屋をとび出した。

竜二は六本木通りに出てタクシーを拾おうとしたが、走っているのはみんな乗車か迎車で、空車は一台も走っていない。

くそくそくそ、と言いながら手をあげたが、いっこうに空車は流れてこない。

竜二としては早急に誰かとセックスをしてインポを払拭《ふっしょく》しなければいけない、と焦っていた。時間が経てば経つほどインポの症状が定着して、仮性インポが真性インポになってしまいそうな予感がしたのだ。

そうさせないためには、女を盛大にぶちかましてやる必要があった。

ユミ……そう、ユミなら至れり尽くせりでチ○ポの穴まで舐めてくれるぜきっと。

そりゃそうだ、と呟きながら、竜二は携帯電話でユミを呼び出した。


一時間後。竜二はユミを抱いていた。

「あなたが部屋に来てくれるだなんて……カンゲキだわ」

「借りはなるべく早く返すのが性分でね。あとで聞きたい事もあるし」

竜二はユミの肩に右手を回し、しっかりホールドする形にした上で、左手を股間に侵入させ、翳《かげ》りにおおわれた秘裂を、指先でこりこりと擦り始めた。

竜二の右手が脇から、彼女のたわわな乳房をむんずとつかみあげた。

「ああん、あんあん……」

その反応に気をよくした竜二は、ユミをぐいと抱き寄せて首筋に舌を這わせ始めた。

彼の下半身はというと、なんと、待ち兼ねた、あの高揚感が漂いはじめていた。

「はは。ははは！」

竜二は声に出して笑った。

「どうしたの？」

「いや。君とこうしていられるのが嬉しいんだなあ」

「そう？　本当に？　あたしも嬉しいっ！」

ユミはぎゅっと抱きついてきたが、彼は態勢を変えて、屹立しかかっている陰茎をユミの顔に押し付けた。

「さあ。君のその上品な唇でこれも愛してくれ」

彼女の胸のあたりに座り込んだ竜二は、腰を持ち上げてペニスをユミの口にあてがおうとしている。

「よろこんで！」と叫んで、ユミは竜二のペニスをいそいそと口に含んだ。

ソレは、びくんびくんと敏感に反応した。彼女が舌をカリにねっとりと絡め、亀頭の裏側を擦るたびにもぞもぞと切なげに蠢《うごめ》く。

いつのまにかユミの全身も、熱く火照《ほて》っていた。口での奉仕という行為が、彼女の被虐の官能に火を点けたのだ。

ユミは、唇をすぼめ、一心に竜二のサオをしごいた。この上なく美味しい果物を食べているかのように、口中には唾《つば》が溢れた。

「む、むう！」

竜二は呻いた。肉棒ははやくも暴発寸前のような蠢動《しゅんどう》を見せ始めたではないか。

「やったぜ！　完全復活！」

彼はずぼりと音を立ててユミの口から肉茎を引き抜くと、位置をずらせて、彼女の胸に尻を落とした。乳房を両脇から寄せて深い谷間を作る。そこに自分の剛棒を挟みこむと、前後に腰を使い始めた。指では盛り上がった乳房を押さえながら、その先端の乳首をぐりぐりと嬲《なぶ》っている。

パイズリは、視覚的刺激が主でフェラや本番ほど触感はよくない。それでも勃起が維持出来れば、この復活は本物だといえる。

「はっ、あぁぁん……」

乳首を刺激されたユミは呻いた。それを見て、彼のモノはひくひくと反《そ》り返った。これならもう、何の問題もない。

ユミの白い乳房は、竜二のモノから分泌される先走り液で濡れて光っている。乳首だけではなく、胸の性感帯全部を両手と男のモノで刺激されて、どうしても腰が揺らめいてしまうのだ。

「ね……欲しい……あなたの、ほしいの」

ユミは欲情の籠った喘ぎを洩らした。

彼は、ユミの両脚を高く持ちあげて肩にかつぐと、そのまま復活した剛棒をユミの秘唇にあてがい、ぐいと力を込めて腰を突き上げた。その逞しい肉茎は、ずるっという感じで、たちまちユミの秘裂の中に飲み込まれてしまった。

「はあっ……」

ユミからはもはや理性というものは失われて、今や肉欲が完全に支配していた。竜二のものが挿入されただけで、彼女はぶるぶるっと歓びに打ち震えた。

竜二の肉棒は、根元までしっかりと収まった。

「やったぜ！　何の問題もないじゃないかっ！　くそ。脅かしやがって」

「誰に喋ってるの？」

「い、いや。いろいろおれなりに人生を回顧していたのさ」

ユミの締まりの良さに感極まりつつ、竜二は意味不明のことを喚きながら腰を動かした。

「ひぃっ！」

竜二の男根が動くたびに、びりびりと電流が生じてユミの背筋を駆けあがり、波打った。

「いや、こいつはなかなか……」

竜二の言葉が続かなくなった。感覚がペニスに集中してしまうからだ。しとどに濡れた柔襞は吸いつくように彼のモノを包みこみ、締めつけてくる。

「あン……」

ユミの口から抑えがたく甘い声が洩れた。見事な反り具合を見せていた剛棒が、彼女のＧスポットに命中したのだ。茎胴が花芯全体を揺さぶると同時に、雁高《かりだか》の先端がＧスポットを直撃してくるのだ。

彼女の口から切なげな悲鳴が洩れた。

竜二も快感と安心感と安堵に打ち震えながら、腰の動きを一段と大きく激しくさせていった。

ユミの女芯も、その大きな剛直をあまさず味わいつくそうと、ぐいぐい締めつけた。濡れ襞が竜二のモノに絡みつき、媚肉がやわやわと締まる。

彼の腰の動きはさらに大きく激しくなっていった。次々に襲ってくる法悦の波にユミは恍惚としている。

竜二も深い快感を覚えながら腰を使っていた。

ユミの柔肉は吸いつくように彼の肉茎を包み込んでいる。その襞は、彼女の興奮が昂《たか》まるにつれてますます締まってくるようだった。男根の動きにあわせて、ぐいぐいと敏感に反応する。

竜二は思いきり腰を突き上げた。

どすっと音がするほどの強烈さで、ユミがいちばん感じる脆《もろ》い子宮口が抉るように一撃された。

「いやぁっ！」

柔肉をずたずたに切り裂くようなピストンとグラインドは、最早激しければ激しいほど女を絶頂に押し上げるのみだ。彼女の両手はいつしか竜二の背中にしっかり巻き付き、足も絡めている。腰は彼の下腹部にぴったりと密着して、より深い快楽を得ようと、うねうねと妖《あや》しく蠢いている。全身が薄紅く染まり、しっとりと汗が噴き出していた。秘門からは淫らな汁が、とろとろと、とめどもなく迸《ほとばし》っている。

竜二の恥骨が、ユミの肉芽を刺激する。中で肉茎が蠢くたびに、淫襞が否応なく伸縮する。もう、男の思いのままだ。

あの、素晴らしい瞬間がやってきた。もうこの感激は一生味わえないのかと、一瞬本気で悲観したのだが、それは、なんの問題もなく竜二の躰に戻ってきた。

法悦の大きな波がやって来た。それは堤防を軽々と乗り越えて、巨大な奔流《ほんりゅう》を巻き起こした。

彼の中にあるものがすべて押し出されていくような、とてつもない快楽が全身を包みこんだ。

見ると、ユミも彼のアクメを一心に受けて、ひくひくと官能の波に溺れている。

心臓発作でも起こしたのかと思うほど激しく全身を硬直させ、痙攣《けいれん》を繰り返したあと、ユミは急にぐったりとなった。

「イッたね」

竜二がそう言うと、ユミは少し恥ずかしそうに笑った。

「喉が渇いたぜ」

ユミの躰から降りて、冷蔵庫から勝手にビールを取り出し、ぐーっと一気に飲み干した竜二は、ぶはーっと息をした。

「生きててよかった、と思うね」

「ね……もう一度」

ユミは二回戦をせがんだ。

「よしきた。今夜のお前は、おれの女神だ。お前はなかなかよくやってくれた。頭もいいし、度胸もある。おまけにアソコも最高だ。借りを返させてもらうぜ」

「わあ。嬉しいっ。もっと褒《ほ》めて。褒めて褒めて褒めてっ！」

竜二は気合いを入れて、二回目をこなした。

何の問題もなかった。途中で息切れする事もなく、最中に急にシラケて萎《な》える事もなく、見事完遂する事が出来た。

すると……おれは、唯依相手にだけ、出来ないってことか？

二度目の陶酔を味わいながら、竜二はタバコを吸った。

「あのさー。やっぱりウチのママ、鴨志田の女みたいだよ」

特ダネだと意気揚々として喋るユミが取ってきた情報は、株取引に関することだった。どうやら総裁選絡みで多額の資金を捻出《ねんしゅつ》するために、鴨志田は、表沙汰になればスキャンダルどころか違法行為になりかねない事……すなわち、インサイダー取引をしているらしい。

「けどね、あの鴨志田のおっさん、アタシにも『わしの女にならんか。好きなだけゼイタクをさせてやるぞ』なーんて言って口説いたのよ」

ユミはあらいざらいぶちまけた。さすがに鴨志田の口説き方は、カネで女をモノにするという本音が露骨すぎて、ユミも腹に据えかねたのだろう。

「で、あたしが、『ああら、だって今は政治家のセンセイは大変なんじゃありません？　政治資金規制法とか、あれやこれやで』って言ってやったら、鴨志田のおやじ、『おっ、キミはいろいろ知ってるねえ』とか言っちゃって」

彼女は、鴨志田の声色《こわいろ》を真似《まね》、身振り手振りで会話を再現した。口が達者でギャグが好きなユミの物真似はなかなか聞かせる。

「いや、政治家でもわしぐらいになるとな、けっこう凄いコネクションがあるんだぞこれが。外国の情報も入ってくるしな、それを使えば十のカネが千にも万にもなる。凄いだろう。カネを作るのはこれからの世の中、情報。情報ですよ。たとえば外国の投資会社で『タクティクス・ホールディングズ』というのを知っとるか？　知らんだろうな。そこの顧客になれるのは本物のエリートだけだからな。わしは去年の九月にそこで物凄く儲けたんだ。わしのコレになれば」

ユミは小指を突き出した。実にアウト・オブ・デートな仕種《しぐさ》である。

「わしのコレになれば、キミにもわしのコネで取引口座を開いてやれるが、どうだ？　わしが言えば向こうもへいへいと頭を下げる。わしが総理総裁最有力者だって事、連中もよく判っとるんだ。ん？　どうだ？　わしのコレになれば……」

そこまで言ってユミは吹き出して大笑いした。

「イイお話ね、考えさせていただくわ、って言ったら、あのオヤジ、もうあたしが自分のコレになったような顔しちゃって」

「よくやった！」

竜二はユミのお尻をぱしっと叩いた。

「お前、秘密諜報員になれるぜ。その会社の名前、間違いないな？」

「うん。これは竜二に教えたら歓ぶだろうと思って、きちんとメモしておいたんだから」

ユミはバッグに手を伸ばし、口紅で走り書きのあるトイレットペーパーを取り出して見せた。

「ユミ。おれはお前に惚れ直したぜ」

ご褒美だ、と彼はユミに重なっていった。実に今夜、通算五度目の肉弾戦だった。

＊

大介はキャバクラの社員寮で目を醒《さ》ました。全身が綿のように疲れ、朝の光が黄色く感じられるが、何があったのかまるで判らない。大介の行動はすべて竜二の知るところだが、竜二のあれこれを大介は知らない。

メモの、真っ赤な文字が目に飛び込んできた。竜二の汚い字が大きな紙に踊っている。

『タクティクス・ホールディングズという会社を調べろ。目が醒めたらすぐに調べろ！』

毎度の事ながら、竜二の指令は唐突で強引だ。しかしまあ、竜二も理由がないとこういうことは言わないから、大介も無用な反撥《はんぱつ》をしないで調べてやることにした。といっても、この部屋には、大介の武器になるようなモノはなにもない。自分の部屋にノートパソコンを取りに帰るのも危険だろう。

彼は、這うようにして部屋を出、六本木のインターネットカフェに入って、あちこちの検索エンジンを使って『タクティクス・ホールディングズ』について調べはじめた。

普通のアクセスで読めるサイトに書いてある事によれば、『タクティクス・ホールディングズ』は会員制の投資顧問会社で、会員の紹介か会社からの勧誘がなければ取引口座は開けない。詳しい業務内容は非公開で、株式の上場も店頭公開もしていないから、経営状態について窺《うかが》い知ることは出来ない。そういう理由で、大手の証券会社・投資顧問会社・経済アナリストなどはこの会社を完全に無視している。しかし、もう一歩突っ込んで調べてみると、業界で様々な噂をされていることが判ってきた。

インターネットカフェでハッキングをするのには度胸がいったが、この際仕方がない。パスワード自動発生ソフトなどの常備品がないので万全ではないが、社外秘あたりの情報なら手に入れる事が出来た。

「なんと、まあ……」

ライバル社の動向に目を光らせているイギリスの某大手証券会社の内部レポートに、驚くべき記述があったのだ。

『タクティクス・ホールディングズ』は、昨年九月にアメリカを襲った同時多発テロの直前に損害保険・航空会社関連の株を大量に空売りしていた。さらに先物取引で金を大量に買い付けており、為替市場ではドルの空売りまで行っていた。これは、犯人と目されるビンラディンが取った行動と同じだ。この会社は、テロの情報を事前に取得していたとしか思えない。恐るべき情報網を持っているのか、ビンラディンと繋がっているのか。あるいは全くの偶然の一致なのか。テロの情報が事前に伝わっていたとしたら、これは史上空前の悪質なインサイダー取引だ。倫理的にも法律的にも許されるものではない。

だが、この取引によって『タ社』が莫大な利益を得ていた事は、先の事情でまったく知られていない。巨額の取引を行えば市場の知るところとなるが、複数のトンネル会社・ダミー会社を使って分散取引をすれば、露見するまでに時間を稼げる。そして、『タ社』は、巨額の利益をも関連会社に分散して処理しているのだ。実に巧妙な偽装工作であり、脱税行為だ。

さらに、この種の不正には敏感で強力な捜査権と能力をもつアメリカ証券取引委員会が現在に至っても動かないのは、かなり高度な圧力がかかっているからだという説を、レポートは取りあげていた。イギリスの会社だけに、かなり辛辣《しんらつ》なタッチでの記述だ。

アメリカの東部エスタブリッシュメントに繋がる一部情報筋は、テロが起こることを事前に知っていた、という噂が一部では囁かれていたが、このレポートを信じるならば、噂は事実であり、一連の動きを見れば誰が得をしたかは一目瞭然だ。ただし、『タ社』からの資金の流れについては、この内部レポートも触れていない。アングラマネーに化けてしまえば、捕捉できないからだ。特に、スイスの銀行に資金が潜ってしまえばお手上げなのだ。

しかしこのレポートは、断片的な数字と事実を、推論という接着剤でまとめた物にすぎないので、裏付けはまったくない。だから内部の参考資料にとどまっているのだ。

竜二のために資料を出力しメモを添付したところで、大介の体力は尽きた。もう一つ、大介自身にも調べたい事があったが、すでにその気力はない。社員寮まで戻る元気もなく、大介は近所のカプセルホテルに転がり込んだ……。

「なるほどね」

数時間後。カプセルホテルで目を醒ました竜二は、大介がプリントアウトしたレポートを読んで感心した。元は英文だが、大介が苦心して翻訳メモを書き込んである。

『タクティクス・ホールディングズ』は、とてつもなく汚い手で利益をあげ、悪魔のような手法で利益を隠し、巨額のアングラマネーを生み出している。

一方、鴨志田は次期総理総裁を狙う有力な政治家だ。もともとダーティなイメージが付きまとっている男だが、テロを利用した不正な蓄財をしていた、というのが本当ならば、これは鴨志田とその一派にとっては致命的なスキャンダルになるだろう。

が、しかし。ユミに不用意に洩らしたことからして、鴨志田本人が事の真相を知っているようには思えず、『タ社』の存在の違法性を認識しているとも思えない。

改革派の桐山を倒そうとしている鴨志田。その背後にあるどす黒くて巨大な影のような『なにか』。この『なにか』とは何なのか。その勢力は鴨志田を通じて何をしようとしているのか。

「それが判れば、おれは世界を牛耳れるぜ！」

竜二はベッドの真ん中にひっくり返って、考えた。

昨夜、あの中国女が喋った事が思い出された。あの女・潘淑華は、鴨志田がアジア経済危機に乗じて大儲けしたグループ、もしくは組織からかなりの金を受け取っていると言っていた。そしてユミは、鴨志田本人が『タクティクス』の名を挙げたと言った。

決まりだ。『タクティクス・ホールディングズ』という外資系投資会社は、とてつもなく汚い手を使って巨額の金をせしめている。アジアを干物にして儲け、その干物を買い叩いては転売して儲け、さらに、あの同時多発テロが起きるという情報さえ、金儲けのネタにした。そしてその金の一部は黒い政治家・鴨志田に流れている。ヤツを日本のトップに据えるためだ。鴨志田を傀儡《かいらい》にして、自分たちが儲けやすくするためにだ。奴らは、今度は日本をしゃぶろうとしている。

だがこの恐るべきストーリーも今の段階では仮説でしかない。話を裏付ける証拠がないからだ。

そして『タクティクス』と組んでボロ儲けしている日本人の存在……。

とりあえず潘淑華が手に入れると約束した情報待ちだな、と竜二は判断して、目を閉じた。絶倫を誇る彼とはいえ、さすがに昨夜の五連発はキツかったようだ。

＊

大介は、はっと意識を取り戻した。

カプセルホテルのあの箱の中に寝ていた。時計を見ると、数時間以上が経っている。幸い疲れはとれていた。昨日からほとんどの時間、竜二に体を乗っ取られていて行動の自由が無いのだが、どうやら今回は竜二も彼を寝かせてくれたらしい。

大介は起き上がった。この前、東大病院で見た悪夢が気になっている。

今まで思い出す事ができなかったが、自分はある時期、たしかに桐山と『超能研』で会っている。調べなくてはならない。自分の、この記憶の裏を取る必要がある。

大介はホテルを出、広尾《ひろお》の都立中央図書館に行って、まず党の機関誌のバックナンバーを探した。竜二はこういう地道な調査仕事をすべて彼に回してくる。その結果、大介は過去の記事探しやインターネットで裏情報をつかんでくる作業がすっかり上手になっていた。

程なく、十七年前の小さな記事が見つかった。

『与党議員団、英才教育の現場を視察』

与党は教育問題にも真剣で、明日を見つめてますよという観点で書かれた記事だ。党の機関誌だから議員を絶賛するのは当たり前だが、訪問先まで絶賛しまくっている。

この記事には、確かに与党の議員数名が『超能研』を訪問したことが書かれていて、文中には桐山の名前もあった。だが、鴨志田もその視察には同行していて、記事でも写真でも目立っているのはむしろ鴨志田のほうだった。建設族だった鴨志田が守備範囲を広げようと懸命な様子が伝わってくる。

『いや、素晴らしい。ここにいるよい子たちには大いに頑張ってもらいたい。日本のために、ノーベル賞をいっぱい取れるように』、というコメントと満面の笑みをたたえた鴨志田の写真に大介は、苦笑した。このひとはノーベル賞をオリンピックの金メダルのように思っているのだろう。

かつて『超能研』で学んでいた頃、「視察」にきた偉そうな大人たちの事は覚えている。彼らの前で難しい数式を解いてみせたり外国語の受け答えをしてみせる自分たちは、まさしく「芸をする動物」以外の何物でもなかった。独創性や自由な精神に与えられるノーベル賞クラスの研究が、そんな「見世物教育」から生まれるわけがないじゃないか、と今では思う。

鴨志田についての記憶はまったくないし、この政治家への反感は増すばかりだが、桐山については突然、霧が晴れるように記憶が戻っていた。顔も声も、思い出した。

『これからも頑張るんだよ。きみのその能力を、この国と、この国に住むみんなのために役立てる、そういう大人になってください。言葉にすると臭く響くけど、本当にそう思ってるよ』

と、あの時桐山は言ったのだ。その言葉とその包容力のある力強い声には、今でも悪い印象を持つことができない。

この記事の日付を見るかぎりでは、唯依はまだ生まれていない。大介が先日、夢で思い出した女性——唯依とそっくりの顔をしてあの場所に居合わせた女性、『ミホ』と呼ばれていた女性——は、安納美保に間違いないだろう。

そう思いながら機関誌に載っている写真を眺めていると、『ミホ』の姿が目に止まった。人垣の後ろにひっそりと立ち、控えめに微笑《ほほえ》んでいる。鴨志田の顔が大きく写り、しかもインパクトがあるのですぐには気づかなかったのだ。

そして、『ミホ』の視線の先には、桐山の姿があった。

唯依の母親に、逢わなければならない。

大介は強くそう思い、逢う事を決心した。銀座の店で見かけたかぎりでは、母親らしさはあまり感じられない女性だったが、実の娘が現在トラブルに巻き込まれているのだ。竜二は安全だと請け合うが、いつまでも唯依をキャバクラの寮に置いておく訳にもいかない。それ以上に、自分のマンションから娘が姿を消して、しかも部屋がメチャクチャにされたのだ。心配していないわけがない。

図書館からかけた大介の電話に、安納美保はすぐに出た。しかしその声と口調は、冷たくそっけなかった。

「浅倉さんという方は存じませんが。どうしてこの番号を？　何の御用？」

「あの、唯依さんの事で。お部屋にいたお嬢さんがいなくなって心配なさってないかと」

「何の事でしょう？　娘についてお話しすることは何もございません」

何かに緊張し、怯えてさえいるような美保に、大介は叫んでいた。

「待ってください！　僕は、唯依さんと『超能研』で一時期、一緒だった浅倉……浅倉大介です。とにかく、お話がしたいんです。唯依さんは無事です。安全なところにいます。その事もお伝えしたくて」

「浅倉大介さん……？　少々、お待ちください」

電話の向こうの美保の気配に微妙な変化があった。送話口を塞いでしばらく誰かと話している様子だ。美保が電話口に戻った。

「判りました。お目にかかりましょう。今、どちらにおいでですか？」

「こちらから伺います。広尾の都立中央図書館にいるので、高輪はすぐですから」

「迎えを差し向けます。その車に乗ってください」

「いえ。場所は判ってますから大丈夫ですよ」

それには答えないまま、電話は切れた。

大介は仕方なく電話を切って図書館を出た。

すると、タイミングを合わせたかのように現れた黒塗りの大型高級車が、彼の前に停車した。

「ひさしぶりだね。浅倉大介君」

その声に大介は凍りついた。いかにも優しい、物柔らかな声。記憶の中で抹殺し、封印してきた、この声。

「さ、乗りたまえ」

大介は、反射的に逃げ出そうとする衝動をぐっとこらえた。過去から逃げるばかりでは、自分も、そして唯依も明日に進めない。彼は、勇気を振り絞って車に乗り込んだ。

「きみのことを、忘れたことはなかったよ」

なま温かい息が、大介の顔にかかった。それは昔と同じ、ミントの香りがした。

「きみは『超能研』およそ十年の歴史を通じて、最も優秀だった子供の一人だったからね」

大介の膝に、手が置かれた。

彼は恐慌を来《きた》していた。恐怖に襲われ、全身がシートの上で硬直する。

が、その声の主は、そんな大介の様子には無頓着《むとんちゃく》に、身を屈めて大介の顔を覗きこんだ。

大介の全身の細胞が、恐怖と嫌悪に悲鳴をあげていた。逃げ出せと本能が命じている。しかし、脚は床に根が生えたように動かず、膝に乗せられたおぞましい手を振り払うことは不可能だった。

何もかも、昔と同じだ。そう思ったとき、車は走りだしていた。

「今のきみの事を少々、調べさせてもらった」

『マスター』と当時呼ばれていた男が続けた。この男が『超能研』の主宰者・辻沢だったのだ。

「残念ながらきみは、せっかく与えられた遺伝的能力を生かしきっていないようだ。卒業した大学は一流、就職した企業も一流。なのに今はフリーターだとは……勿体《もったい》ないじゃないか」

僕は病気なんだ！　それも、あなたが、子供だった僕にした事のせいで……。

そう言ってやりたかったが、喉の筋肉が強ばって言葉にならない。それでも大介は視線をあげて、その声の主をやっと見ることができた。

驚くべきことに、『彼』の外見は、まったく変わっていなかった。最後に見た十四年前と比べて、何ひとつ。いや、逆に若返ったようにさえ見える。

皺《しわ》ひとつないすべすべした額。整った眉。高い鼻梁《びりょう》。瞳は明るい茶色だ。時折りその瞳をよぎる邪悪で酷薄そうな光さえなければ、誰もこの男の本性を見抜くことはできないだろう。

『マスター』は続けた。

「優秀な、抜きんでた能力を持つ若者にはよくあるケースだ。大介君。きみも、自分の能力にふさわしいと思える場所を見つけられなかったのだね。だが、今日からは違う」

『マスター』の態度には何の屈託も、反省も感じられない。五十近くにもなっているはずなのに、皮膚はあくまでもなめらかでハリがある。昔からトレードマークだった長髪は今でも艶を帯び、さらさらと流れるようだ。いや、脱色して少し明るい色になったかもしれない。

この若さと外見を維持するために、『マスター』はおそらく莫大な費用をつぎこんでいるのだろう。昔からそうだった。外見に異常に気を配る男だったのだ。

この男は何ひとつ変わっていない。その事実に、大介は打ちのめされた。自分は激しいトラウマに苦しんできたのに、この男は一切の罪も、汚れも苦しみも寄せつけずに生きている……。

大介の思いにまったく頓着なく『マスター』は続けた。

「私がきみに、能力にふさわしいポジションと仕事を提供しよう。言っておくが、大きな仕事だ。日本の将来を左右するようなプロジェクトを、今の私は手がけているんだ」

車はほどなく住宅街に入っていった。雑多で小さな家ばかりが密集した地区で、すぐ側のきれいな高層マンションと比べると、スラムと呼んでもいいような街並みだ。

その一角、とりたててなんの変哲もない家の前に、黒塗りの高級車は止まった。

「入りたまえ」

『マスター』は玄関の引戸をあけてどんどん入っていく。行きがかり上、大介も後に続いた。妙なビルなら用心もしたが、ごく普通の住宅街の、お世辞にもきれいとは言えない小さな家ということで、警戒を解いたのだ。

「あ。先生様。どうぞ、よくいらっしゃいました」

玄関の上がり框《がまち》で、一人の女性が額を擦りつけて平伏していた。

まるで生き神様に逢うように……と思った瞬間、大介の背筋に冷たいものが走った。

その女性は所帯窶《やつ》れした中年女で、地味で質素な事この上ない服を着ていた。

「ささ、どうぞ」

六畳ほどの部屋は畳の上に紅色のカーペットが敷かれ、応接セットが占領している。

「本当にようこそいらっしゃいました。私どものような者に本当によくしてくださいまして、本当に有り難うございます」

その女性はまた床に額を擦りつけた。「本当に」という言葉が好きなのか、ボキャブラリーに乏しいのか、同じような言葉を繰り返して、懸命に謝意を表している。

彼女の後ろから、澄んだ明るい子供の声がした。

「先生、ようこそ。いつものお茶をお持ちしました」

襖《ふすま》が開いて、湯気の立つカップが載ったトレイを捧げ持った男の子が一人立っていた。半ズボンを穿いた、九歳ぐらいの可愛い子供だ。台所は狭くて暗い、昔の家の造りだ。

「ああ、有り難う。そこに置いてくれ」

白磁のティーカップには、黄色い液体が満たされていた。薬草の香りがする。

「お客さまには、何をお出しすればいいですか」

少年が聞き、『マスター』は大介にも同じものを薦《すす》めた。

「東ヨーロッパから取り寄せたハーブティーだよ。精神的ストレスを取り除き、皮膚の若々しさを保つ効能があるんだ」

『マスター』の現在の寵童《ちょうどう》とおぼしき少年は、かしこまって主人の命令を待っている。それを見た大介は、むらむらと心の底から腹が立ってきた。

「ぼくはコーヒーがいいです。ブラックで、それも点けっ放しのコーヒーメーカーで三日ぐらい煮詰まったやつ。そういうのを飲み慣れているんだ」

びっくりしている少年に、『マスター』は苦笑いしながら命じた。

「お客さまはコーヒーがいいそうだ。ブラックで」

「今でもあなたは……全然変わらないのですね」

意味は判るだろう、と言ったつもりの大介に『マスター』は答えた。

「嫉《や》いているのかい？　十四年前のきみは、あの子よりもっと可愛かったよ。優秀さも、きみのほうがはるかに上だった」

だからこそ、きみに手伝ってもらいたいと思っている、と『マスター』は話を戻した。

「十四年前、ヒステリックなマスコミと、小金が惜しくなった馬鹿親たちのせいで『超能研』が解散に追い込まれた時、私は姿を隠さざるを得なかった。だが私は、それをチャンスと捉えて次のステップを準備していたんだ。アメリカに渡り、世界一の超大国の、それも中枢を握る超エリートとの間に、コネクションを作り上げたのだ」

『マスター』は立ち上がり、大介の向かいのソファに腰をおろした。シルバーグレイの高級そうなスーツが、長身にしっくりなじんでいる。だが、年齢不詳の整った顔立ちも、人工的な若々しさも、大介にはひどく忌《い》まわしいものにしか思えない。

「そして私は七年前に日本に戻ってきた。キング・オブ・キングスとでも言うべき人脈と、莫大な資産を手みやげにね」

人脈から情報が流れ込み、その情報が金を産むのだ、と『マスター』は言った。

「一生使い切れないほどの金はあるが、もちろん、引退して楽しい生活をおくるのが私の本意ではない事は、きみには判るだろう」

その言葉に大介はハッと閃《ひらめ》くものがあった。

「そのお金は……アジア通貨危機のときにつかんだものじゃないんですか？」

「なぜそう思う？」

『マスター』の目つきが鋭くなった。

「きみにそう思わせた、情報源は何なのかな？」

そう聞かれても大介には答えられない。アジアの経済危機に便乗して大儲けした日本人が居たという情報は、大介ではなく竜二が聞いたことだ。人格を隔てる記憶の障壁を突き抜けて、この情報が大介の意識に飛び込んできた理由は判らない。以前には決して起こらなかったことだ。

「まあ、それはいい。きみがそういう事に興味があるというのなら話が早い。だが、私の目的は金じゃない。もっと大きなことを狙っている。この国を、本物の一流と呼べる国につくり変えるんだ。その手伝いをきみにして欲しい」

国家の根幹は金ではなく『人間』だ、と彼は続けた。

「その考えは昔も今も変わってはいない。『超能研』が目指していたのも、国家のための人材育成だ。国土も資源も少ない日本が唯一持てる財産、それが『人間』だ」

「その、あなたの遣り方で育成された『人材』がぼくです。今のぼくを見て、あなたは成功したと言えるんですか？　あなたは間違っている」

大介は自分でも意外だった。こんなことを、それも面と向かって『マスター』に言えるとは想像もしていなかった。しかし、信じられないほどの怒りが湧きあがってきて、言葉が口をついて出た。二子玉川の家に戻ったあの夜以来、何かが壊れてしまったようだ。

「あなたは子供の人生をおもちゃにするだけでは足りなくて、この国の将来までを、慰《なぐさ》みものにするつもりなんですか？」

「まあ、そう怒りたもうな」

大介の激しい言葉にもムッとする様子はなく、『マスター』は涼しい顔だ。

「確かに、きみに関しては、私の予想どおりにいかなかった点はある。知的にきみは大変優れていたが、フィジカルな面での交流を、きみはあまり好きではなかった。信頼を築けなかったのは残念だ」

フィジカルな交流……あれを、あんな恥ずべき行為をそんな軽い言葉で片付けようとするのか。

啞然としている大介にかまわず『マスター』は続けた。

「きみは知らないだろうが、私はすでにこの国の中枢深くにまで食い込んでいる。たとえば学習指導要領が現在のものに変わった背景にも、私と私のネットワークの意志がある。教える内容を三割減らす『ゆとり教育』といえば聞こえはいいが、兵隊に学問は要らない、という事だね」

「何をしようとしているんですか、あなたは」

「簡単なことだ。この社会を少数のエリートとその兵隊にはっきり分ける。それだけだ。日本の生き延びる道はそれしかない」

「そんな……昔ならともかく……今の世の中でそんなことは……」

「不可能だというのかな。確かに昔の日本は貧困だったから、一握りの能力ある者が見いだされてエリートに登れた。見ていてごらん。今に日本はすぐに貧しくなる。元の木阿弥《もくあみ》という奴だ。考えてごらん。世界中の企業が血まなこで生産コストを安く出来る国を探している。アメリカは日本を工場にし、日本の人件費が高くなるとアジアに生産拠点を移した。日本の企業も現在、それとまったく同じ事をしている。産業空洞化が起きた社会で必要なのは、高い情報処理能力と管理能力をもつ選ばれた人間だけだ。仕事がほしければ兵隊は黙って指導者に従えばいい。給料が安くても、仕事がないよりいいだろう?　そうすれば産業空洞化も防げて一挙両得じゃないか」

「だからって……それは無理だ……」

　そう言いつつも大介は、『超能研』時代のこの男が、能力が劣《おと》る子供にはひどく残酷だったことを思い出した。暴力こそふるわなかったが、その子供の全人格を否定し去るような言葉を、平気で投げつける人間なのだ。

　その時、襖が開いて、さっきの男の子よりも年長の少年がコーヒーを運んできた。顔が似ているから、きっと兄弟なのだろう。

その兄は、にこりともせず歩いてきたが、トレイを持つ肘が『マスター』に僅《わず》かに触れた。

「こいつ！」

いきなり『マスター』はトレイを下から突き上げた。熱いコーヒーがカップから飛び散り、少年の顔にかかった。

「ごめんなさいっ！」

少年は間髪《かんはつ》入れず謝った。この条件反射のような謝り方は尋常ではない。普段からこういう事をされている証拠だ。虐待を逃れようと必死で謝るのが日常になっているのだ。

少年の目には怯えの色が浮かんでいる。

『マスター』の右手が出たので、少年は咄嗟に左頬を庇《かば》おうと顔を背けた。しかし『マスター』はそんな事先刻承知、とばかりに左手を出して、大きな音を立てて少年の右頬を平手打ちした。

少年は熱いコーヒーを顔から垂らしながら、その場に呆然と立ちすくんだ。

「ふふふ。馬鹿め。私は頭の悪い奴が嫌いなんだ」

その一撃でスイッチが入ってしまったのか、『マスター』は少年の左頬も打った。それも右頬を打つぞとフェイントをかけて左を叩いたのだ。

「お前は本当に馬鹿だなあ。弟はあんなに利口で可愛いのに、どうしてお前は出来損《そこ》なったんだ？　はん？　タネが違うのか？」

教育者にあるまじきことを口走りつつ『マスター』はさらに少年の鳩尾《みぞおち》を拳《こぶし》で殴った。

奥歯を噛みしめて悲鳴を我慢した少年の顎に『マスター』は思いきりパンチを入れた。

少年はそのまま後ろにふっ飛んで、襖を倒してひっくり返った。

向こうの部屋は、狭い四畳半で、この一家の生活の場のようだった。すべての家財道具が詰め込まれ、部屋の隅には布団が畳まれている。今どき珍しいちゃぶ台に学校の宿題が広げられているのが痛々しい。

彼らの母親である中年女性は、その四畳半の中で小さくなって、何事か呟きつづけていた。

「私たちのような者に暖かい手を差し伸べていただいて、それだけで有り難く存じます。私たちのような者に暖かい手を差し伸べていただいて、それだけで有り難く存じます。私たちのような者に……」

まるで念仏のようにひとつの事を繰り返すばかりで、自分の息子が暴力を受けているというのに助けようともしない。

『マスター』が少年の腹に蹴りを入れようとしたところで、我に返った大介が止めに入った。彼も、この暴力を目の当たりにして、すっかり竦《すく》み上がっていたのだ。

「やめてください。この子が何をしたというんですか！」

大介は『超能研』で、成績の悪い子供たちがスタッフたちに殴られたり蹴られたりしていたのを、はっきりと思い出してしまった。『マスター』を止めながら、大介は吐き気をこらえるのに必死だった。

「馬鹿者。半端《はんぱ》者。役たたず」

『マスター』は冷静な声で少年を罵った。落ち着いた声だけに余計に言葉が突き刺さる。

少年は、目を大きく見開いて『マスター』を凝視していた。せめて視線だけでも負けたくない、というかのように、目を伏せず、一点を睨《にら》んでいる。

「なんだ、その目は。馬鹿者のくせに反省の色ひとつ見せず反抗するかっ！」

「やめてくださいっ」

大介は二人の間に割って入った。母親は念仏を唱えるばかりで、生きる屍《しかばね》のようだ。弟は、兄が殴られているというのに黙って見ているだけだ。

「……よかろう。しかし判ったろう。私の言うことが。こういう出来の悪い者に教育を施《ほどこ》すのは採算が合わん。単純労働しか出来ない連中には、それ相応のものをあてがっておけばいい。勉強したくない連中にとってはそのほうが嬉しいだろう」

『マスター』は弟を手招きした。驚くべきことに、この弟は躊躇《ちゅうちょ》なく『マスター』のそばにきて抱き上げられた。歯向かうと暴力を振るわれると判っているゆえの服従なのだろうか。

「さて。どこまで話したかな」

『マスター』は子供を抱いたままソファに座り直した。

「この家の亭主は、勤め先の株屋が倒産して再就職も出来ず、家のローンが払えない事を苦にして自殺するような出来損ないだった。息子二人の出来がいいというので私が援助してやっているのだが、兄のほうがどうもな。なかなかきみのような理想的な子供には巡り会えないんだよ」

『マスター』はまるで猫をいじるように弟の躰を撫でた。

「この一家が私の理論の証明だ。頭の悪い連中には『自己責任』という言葉を押し付けて、転落するにまかせる。『能力主義』や『成果主義』という言葉も有効だな。バカな連中ほど自分は『勝ち組』になれると信じているから、ほいほいとそれに乗る。あげく株で失敗しても、仕事をリストラされても文句は言えない。自分が悪いんだからな」

「結果、プライドを失った人たちはエリートの思うままに支配される、という訳ですか」

大介がそう言うと、『マスター』はにっこりと笑った。

「その通り。さすがにきみは違うな。やはりきみは、私たちの側につくべき人間なんだよ。ＩＱも高い。容貌も、体型も整っている。きみに、日本の再生を手伝ってほしいね」

怒りと絶望で、大介は口が利けなくなった。『超能研』とこの男のせいで大介の母親はおかしくなり、父親は去り、楽しいはずの少年時代が悪夢に変えられてしまった。あげくに多重人格という障害を抱えるようになり、その後の人生までを滅茶苦茶にされた。しかも一橋葉子にめぐり逢うまでは自分が病気だということさえ判らず、何もかもうまく行かない人生を、地を這うようにして生きてきたというのに、すべての張本人であるこの男は軽々と罪をのがれ、海外に渡り、さらに多くの人々を破滅に追いやる計画を着々と進めていたのだ。

これが現実だ。正義などはどこにもない。自分にできることも何もない。そもそも何かができると思った事が間違いだったのだ……。

風船がしぼむように怒りと勇気が抜けていくのが判った。そこに付け込むように『マスター』が近づき、大介の肩に手を置いた。

「協力してくれるね？　浅倉大介くん」

　その手を払いのけられなかった。立ち上がって逃げることもできなかった。自我が胎児のように丸まって、どんどん縮《ちぢ》こまってゆくのがほとんど体感された。その時。

『ったくよぉ情けねえやつだぜ、貴様は』

　心底うんざりしたような声が頭の中に響きわたり、大介はぎょっとして凍りついた。何度経験しても、この「心の中の声」には慣れることができない。

『うじうじいじと……またいつもの「死んだ虫作戦」かよ。てめえがいくら自分を憐《あわ》れんでも、状況は何も変わらねえんだよ。引っ込め』

　待ってくれ竜二、唯依のことをまだ聞いていなかったんだ、ぼくをスポットから追い出さないで……という大介の内心の悲鳴はあっさり却下された。

『遅いんだよ。それよりおれはこいつと話したい』

　まずい。竜二はこの男に協力するつもりだ。何より弱肉強食な考え方がそっくりだ。もう終わりだ……。

　その思考を最後に、大介の意識は消えうせた。

　大介の肉体を乗っ取った竜二は、『マスター』の手を払い除《の》けた。

「はっきり言っておく。おれはあんたには協力しない。あんたの言ってることはおおむね正しいとは思うが、人を舐めたそのツラが気に食わない」

　竜二は背筋をのばし、ソファに深く座り直した。猫背で、いつも全身の筋肉を緊張させている大介のあとでは、ストレッチが必要だ。

その姿を見て、『マスター』は微笑んだ。

「きみは変わらないね。そうやって急に悪ぶってみせるところも、昔とそっくりだよ」

悪ぶってるんじゃない、おれはホントのワルなんだと内心毒づきながら、竜二は自分を抑えて言葉を選んだ。

「あんたが言ってるのは、要するにバカは死ね、弱いやつはどんどんカモにしろって事だよな？」

「表現が悪いな。ある種の資質に欠ける人々が敢《あ》えて無理をすることはない、実直な精神だけを養ってもらえばいい……そういうふうに考えてもらいたいが」

「まあそれはいいや。コントロールしやすい大衆をあんたらエリートは望んでるわけだ。だが、あんたは現実を知らない」

竜二は、歳月の流れも加齢の兆《きざ》しもまったく見えない『マスター』の顔を睨みつけた。

「あんたらが思うバカな大衆だって、あんまりコケにされ続ければ、いずれはキバを剝くぜ。そうそう机の上で考えてるとおりには行かねえんだよ」

竜二が棲む裏の世界において、カモを搾《しぼ》る一大鉄則は「生かさず殺さず」だ。逆ギレさせたり、警察に駆け込まれたりするようでは、ワルとして三流なのだ。馬を乗り潰す騎手やピッチャーを使い壊す監督のようなことはやっていられない。

「現に、強盗や殺人や誘拐が増えてるじゃねえか。それも昨日までカタギだった連中が、カネに詰まってやるやつだ。妙にひどい殺しをしたりするのは素人が逆上してやるからだ。親父のリストラや自殺で一家離散ってのも増えているから、そいつらのガキだってロクなことにはならねえぜ。あんたらは日本をアメリカみたいにしたいのか」

日本が数年前までのような「安全と空気はタダ」という社会ではなくなった事は、竜二も肌で感じている。危機感もなくぬくぬくとした「太った羊の群れ」が、一回りも二回りも小さくなった感じなのだ。羊が減ってみんなが「狼」になられては、竜二の商売もあがったりだ。

「アメリカのような社会か。まさに、それだよ。私たちが目指しているのは」

わが意を得たりというように、『マスター』はにっこりと微笑んだ。

「要するに、これからの日本に必要なのは、アイデアを出せる人間、さもなければプロフェッショナルな知識かマネジメント能力を持つ、ほんの一握りだ。それ以外は東南アジアの労働力に置き換えたほうが安い以上、非生産的、非効率的な存在でしかない。だが、そういう連中が犯罪に走ってくれるのは、ある意味で望むところでもあるのだ」

彼は子供をいじりながら語った。子供はさも喜んでいるようにきゃっきゃっと声をあげるが、それが計算されたものであるのは、時折『マスター』の反応をみている事でよく判る。

「悪党を増やして刑務所を満杯にしたいのかよ、あんたらは？」

「そのとおりだよ。治安維持関連、ことに刑務所の建設費を増やすよう、政府の予算関連にすでに手は打ってある。能力もないのに大人しくできない連中を管理するには、一カ所に集中させて閉じ込めるのが、一番効率がいいからね」

その意味で、福祉は効率が悪い。適応できない人間は閉じ込めておくに限る、と『マスター』は言った。

「知っているかな。アメリカでは刑務所に収監されている人口がこの二十年で、二倍近くの百六十万人に増えていることを。これからの世の中、ダメな連中は刑務所で最小限の費用で管理するのが安くつく。『飼い殺し』という言葉が昔からあるだろう？」

なら、殺してしまったほうがもっと安上がりじゃないか、と口に出しかけて、竜二はぞっとした。これすなわちナチスのユダヤ人絶滅計画そのものだったからだ。

『彼』のシミひとつ、シワ一本ない顔を見ているうちに竜二はますますムカついてきた。

こいつの言っていることは間違っていない。自分の考えとも、それほど違わない。それなのになぜこんなに腹が立つんだ？　『マスター』は続けた。

「判ってくれるね。私がすべて計算し、すべて織り込み済みでこの国の設計図を引いていることを。協力して欲しいんだ。浅倉大介くん。きみだってこのまま、落ちこぼれのアンダークラスにはなりたくないだろう？」

気持ちを逆なでることを立て続けに言われて、竜二はキレかかった。

「アンダークラス。上等じゃねえか。阿呆なほうが幸せに暮らせるってこともあるからな。アンタになんのかんの言われたかねえんだ。それとな、おれを浅倉大介と呼ぶな。まずそれが一つ。次に、あんたに手を貸す気はない。それが二つだ」

竜二は立ち上がった。

「おれの名前は沢竜二っていうんだ。話は終わったな。あんたに協力するくらいなら、桐山の選挙運動の手伝いでもしたほうがマシってもんだぜ」

アイツの裏側はよく知ってるがな、と言いかけたが、『マスター』の表情がさっと変わったので口を噤《つぐ》んだ。

「桐山……桐山真人のことを言っているのか、きみは。沢竜二という名前にも聞き覚えが……そうか、きみなんだな。ウォルフガング・ビーダーマイヤー襲撃を未然に防いだ男は」

一瞬だが激しい感情が『マスター』の顔をよぎった。顔筋がゆがみ、隠れていた内面の醜さが顕《あらわ》れたのだ。

「桐山はテレビ映りがいい。マスコミ受けがする。それは認めよう。だが、言っていることは古臭く、市民運動でヒステリーを発散させてるおばさん連中と、何ら変わるところがない。あの男は、私のようなグローバルなネットワークなど持っていないのだ」

市場の意志最優先の『グローバル化』より、国力国情に応じた独自の社会、そして国民の生活を守るセーフティネットの構築を、と訴える桐山の主張は時代にも世界の趨勢《すうせい》にも逆行している。そんなやつの何処がいいのだ、と『マスター』は竜二に言い募った。

こいつ、嫉妬してやがる。そう気がついた竜二は面白くなって挑発してみる事にした。

「たしかに、見た目はあんたのほうが桐山より上だよな。若づくりだし、美形だ。だが、あんたがテレビに出ると言っても、前科持ちのあんたの話を誰が聞くってんだ？」

「前科持ちなどと言うな！　目先の小金が惜しくなった馬鹿親どもが訴訟など起こさなければ、

『超能研』も私も……」

「まあそれはいい。だが、仮にオモテに出られたとしても、あんたは桐山のようなカリスマにはなれない。おれには、はっきり判るんだ」

「そんなことはない！」

『マスター』は感情を露わにして叫んだ。

「大した自信だな。だが一般大衆もあんたが思ってるほどバカじゃない。テレビってのは、その人間のすべてを映し出す。大衆は、ソイツが言ってる小難しいことは判らなくても、その人間をきっちり見抜くんだよ。外見は小綺麗なあんたでも、その中にギッシリ詰まってるウンコみたいにイヤなものは、アッという間に見抜かれるぜ」

「言葉に気をつけたまえ」

『マスター』は子供を降ろして拳を固く握り締め、ぶるぶると震わせている。

「やなこったい。この際言わせて貰うぜ。桐山はいいぜ。今どきダサいあの熱血には恐れ入るが、なんたってハートがあるもんな。あれは大衆を動かすね」

竜二は別に桐山なんかどうでもいいのだが、目の前にいるこの男を怒らせるためだけに、桐山を褒《ほ》めたたえた。

『マスター』の口もとがぴくぴくと痙攣《けいれん》した。怒鳴りちらすかな、と思ったが、そこでかろうじて自制心を取り戻したのか、ふっと笑った。

「優秀な子だったきみまでが騙《だま》されているとはね。桐山が本当はどんな人間なのか、知っているのか？」

きたな、と思いながら、竜二はトボケた。

「おれも詳しく知ってるわけじゃない。だが、桐山が『超能研』に来たときの事はよく覚えてるんだ。『きみの能力をこの国と人々のために使う、そういう人になってくれ』っておれに言ったんだ。それによ、夫婦仲もいいそうじゃねえか。女房も統治出来ないやつに、日本が統治できるかってな」

ははは、と『マスター』は笑った。

「利いた風な口を聞くが、きみはやっぱり子供だな。物事の表面しか見ていない。男と女の真実は見えない部分にこそある、と言うことを知らないんだな。いいかね。桐山はその奥さんと結婚したばかりの時に、そして、きみを口当たりのいいセリフで痺《しび》れさせていた、まさにその裏で、奥さんを裏切っていたんだぞ」

「まさかそんな……信じられない」

我ながら白々しい演技だと思ったが、竜二はのけぞるように驚いてみせた。

「嘘じゃない。相手はあの頃、私のアシスタントをしてくれていた安納美保だ。美保は桐山のせいで人生を狂わされ、結婚することもできなかった」

それで今は銀座に立派な店を持ち、鴨志田の愛人になって悠々暮らしているんだから全然問題ないと思ったが、竜二は動揺したふりを続けた。

「きみが桐山のファンである事は自由だが、あの男がこの国のリーダーになることは有り得ない。絶対に無い、と断言しておこう。今は、事態の推移を見ていれば判るとしか言えないが、先程の私の提案をよく考えてみてくれないか。私の秘書になって、一緒にこの国を動かしたいとは思わないか？」

考えてみますと答えて、竜二はしおらしいフリで席を立ち、外へ出た。唯依の母である安納美保には逢えなかったが、すでにその必要はなかった。

『マスター』の餌食になった気の毒な一家から一刻も早く離れたくて、竜二は速足で歩いた。突然、その喉が鳴った。

「くっくっく……」

笑いが込み上げてきた。どうにも説明のつかない笑いだった。『マスター』の言い分の無茶苦茶さがおかしいのか、あんな男に手も無く食い込まれている日本の「エリート」が滑稽《こっけい》なのか、あの母子の無知さに腹が立つのか、あの女をああまで追い込んだ世間に笑わざるをえないのか、とにかく今の竜二にはすべてがおかしくておかしくてたまらなかった。あまりの事に腹も立たない。怒りと悲しみの果ての哄笑《こうしょう》だった。

第7章　総裁候補の秘密

火曜サスペンス劇場のオープニングテーマが、頭の中で鳴っている。

竜二に持たされた携帯の着信音で大介は目が醒めた。まんが喫茶の片隅で、今まで突っ伏して眠っていたのだ。

大介は、相変わらず自分の部屋に戻れない。意識もこのところ、ほとんどの時間竜二に乗っ取られている。竜二がさかんに動き回り、何事かを熱心に調べているらしい事は、体の疲れ方で判った。全身が打ちのめされたように重い。竜二は痛みを感じず、疲れも知らない体質だが、その分を大介がすべて背負わされる役回りになっている。

それでも意識が戻る僅《わず》かな時間に、大介は必ず唯依に連絡を入れ、キャバクラの社員寮に顔を出して必要そうなものを差し入れていた。竜二は唯依にはまったく関心を失ったようだ。それでも唯依と同じ部屋に寝泊まりすることが、大介には怖い。一途《いちず》な想いを込めた少女の視線を受け止めることが出来ないのだ。

火曜サスペンスのテーマは鳴り続け、派手なオープニングから低音のコードに入った。向かいのフリーター風の男に睨まれ、大介はようやくポケットの携帯を探り当てた。

『……もしもし。一橋です。あのね、あなたが聞いてた親子鑑定の件なんだけれど』

葉子の声だ。親子鑑定？

『もう一度確認するけど、認知とかそういう事に使うんじゃないのよね？　本人に隠しての鑑定結果は、裁判所が認めないけれど、それでもいいのね？』

「あ、はい？」

寝起きで頭が回らないままに答える。忙しい時間帯なのか、電話に出たのが竜二ではない事に葉子は気づいていない。

『本人に隠しての鑑定は倫理的に問題があるのだけれど、判定自体は簡単よ。髪の毛があればいいし、たばこの吸い殻《がら》でもいい。口の中の粘膜が少しでもあれば、ＤＮＡ鑑定は出来るから。じゃ、また掛けるわね』

電話は切れた。大介は呆然として、どういう事だろうと考えるうちにはっと閃《ひらめ》いた。

あの夢だ。『超能研』にいた大介を見学に来た大人たち。そこには現在の唯依と瓜二つの少女がいた。『ミホちゃん、では先生を宿舎のほうに御案内して』と命ずる『マスター』の声。そして、『きみのその能力を、この国と、この国に住むみんなのために役立てる、そういう大人になってください』という温かい言葉と握手……。

あの声の主は桐山だ。安納美保が桐山を憧れの眼差《まなざ》しで見つめていた事も、今やはっきりと思い出せた。竜二が、一足先にその意味に気がついたのだ。

桐山に会わなくてはならなかった。竜二が、何かよからぬ事を企《くわだ》てる前に。

一時間後の午後四時、大介は議員会館で桐山本人と向かい合っていた。「安納唯依さんの御両親の件で」、と申し入れると意外にもすぐ時間を取ってくれたのだ。

現職の大臣も無名の新人も、議員会館の事務所はすべて同じ間取りと面積だ。ドアを開けると、まず秘書たちの詰めるオフィスがあり、その奥に議員の個室がある。立派なソファを置き、もっぱら応接室として使っている政治家が多い中、桐山の個室は壁にぎっしり各種政策関連のファイルが並び、市民運動系の支持者たちとの勉強会やブレーンストーミングに使うものなのか、大きなテーブルがスペースの大半を占めていた。

大介が入っていくと、桐山は疲れた表情で、デスクで書き物をしている手を休めて振り返った。

「申し訳ないけれど、あまり時間がないんだ。挨拶《あいさつ》とか言葉を選ぶとか抜きにして、ダイレクトに話をしてくれないか」

桐山の表情は硬い。大介は、単刀直入に話をきりだした。

「あなたが、唯依さんの父親なんですね？」

桐山は答えない。

「ロリコン買春常習者でもなく、海音寺の信奉者でもない。あなたは新人議員の頃『超能研』を視察にきた。その時、ぼくはあなたに会って励まされているんです。そして、あなたは、あそこにいた女性に魅力を感じた……」

しばしの沈黙ののちに、桐山はようやく口を開いた。

「今更どうしてそんな事を？　その件なら、その筋と合意に達したと思っていたんだが」

「合意って何なんですか？　その筋とはなんですか？　唯依さんは何も知らされていない。あなたの……血を分けたお嬢さんが、訳も判らずトラブルに巻き込まれているんですよ！」

「唯依に何かあったのか？　母親のマンションに無事戻ったと聞いていたぞ！」

思わず身を乗り出した桐山の表情が、真実をすべて物語っていた。

「唯依さんは無事です」

少なくとも今のところは、と思いながら大介は続けた。

「桐山さん、あなたは彼女にきちんと親子の名乗りをするべきだ。彼女はまだ子供なんです。今は無事だけど、彼女の周囲を危険な人物が動き回ってる。海音寺の屋敷も、母親のマンションも安心して暮らせる家庭ではない。こういう時、父親であるあなたが傍観していていいんですか！」

桐山はまたしても黙った。辛そうな表情をしている。

「名乗ることはできないんだ……。私の一番大切なものが奪われるかもしれない、と彼らは言った。妻か、唯依か、どちらかだ。私の娘である事が明るみに出れば、唯依も安全ではないと」

「脅されているのですね。『彼ら』って、誰なんです？」

大介の問いに、桐山は頭を振った。

「それは言えない」

そんな馬鹿な話があるだろうか。脅迫を受けているのなら警察に行って、すべてを話すべきではないか。そう言い募る大介に、桐山はきっぱりと答えた。

「警察には行かない。いいかい。私は何よりもこの件を、どうしても妻に知られたくないんだ。過去の事とはいえ一度は彼女を裏切った。その事が明らかになれば、妻は深く傷つくだろう。私は千晶の……妻の愛と信頼を、どうしても、失いたくない」

桐山は激情を抑え込んだ小さな声で言うと、窓から国会議事堂を眺めた。外では、雨が降り始めていた。夕立というより、熱帯のスコールとでもいいたいほどの雨量だ。

「こういうと、君は笑うだろうが……私にとってはね、妻はすべてなんだよ」

「いいえ。笑いませんよ。その気持ちはよく判ります」

「妻との関係が破綻《はたん》するくらいなら、私は総裁の地位など見送っても惜しくはないんだ」

桐山は振り返って、大介を凝視した。

「これが、人間として、私の正直な気持ちだ」

「それは……おかしいですよ」

言葉を選ぶ余裕がなく、生の感情が口をついた。

「それじゃ唯依さんはどうなるんです？　もしかしてあなたは……奥さんが怖いだけなんでしょう？　奥さんを失えば、あなたの政治家としての地位も、何もかもがなくなってしまう。愛とか何とか言ってるけれど、結局それを恐れているんでしょう？」

いやそれは違う、と桐山はきっぱりと言った。

「それは違う。私は、政治家を辞めてもいいと思ってる。議員なんか辞職してもいい。そして、妻を取るだろう」

「じゃあ、あなたは一生嘘をつきとおして死ぬんですか？　その前に、あなた以外の汚い口から、雑音の混じった噂が奥さんの耳に入りますよ。そのくらいなら、あなた自身の口から、奥さんに話したほうがいいじゃないですか」

大介は何とか桐山を説得しようとした。

「僕は思うんですが……女の人が何よりも愛する男に求める事というのは、『嘘をつかない事』なのではないのかな」

大介の脳裏には、死んでしまった零奈の、『あなただけは、私に嘘をつかない人だと思うから……』という言葉が谺《こだま》していた。

「これ以上は、あなたと奥様との間の問題です。僕には介入できない。でも、あなたがいずれ、正しい決断をされることを信じています」

立ち上がり、部屋を出ようとした大介の肩が突然、抵抗できない力でぐいと引き戻される感覚があった。

『ちょっと待てよ、おい』

頭の中にその声が響き、無理やり振り向かされた大介の口から出たのは、竜二の声だった。

「あんた、さっき総裁の地位がどうのって言ったよな？」

駄目だ竜二、ここで出ないでくれ、何もかもが台なしに……という大介の悲鳴は声にならずにかき消え、大介の意識は深くしまい込まれてしまった。

「総裁選に出るなと脅かされてるのか？　それが『合意』とやらの内容なのか？」

突然、態度も声も変わった男に桐山は驚き、次いでしまった、という表情になった。

「さあ……何のことだか判らない」

狼狽《うろた》えつつも、これ以上は頑として口を割らないという構えの桐山に、竜二は言った。

「答えたくなければ別にいい。だが、あんた、女房に気兼ねして、総裁の地位を見送るってのか？　ほんとうにそれでいいのか？　次の総理が鴨志田でもいいって言うんだな？」

そこまで言っても、桐山は答えない。その厳しい表情には、梃子《てこ》でも考えを変える気はない、という強い意志が浮かんでいた。

諦めた竜二は、黙って桐山の事務所を出た。

歩いていると、だんだん腹が立ってきた。鴨志田の策略なんか一気にひっくり返し、ヤツを永久に葬れるほどのネタがあるというのに、桐山自身に闘う意志がないとは……。

まだ陽は高く、店に行くには早すぎたが、竜二の足は上野に向かっていた。店で一番高い酒をがぶ飲みしてやろうと思ったのだ。

エレベーターを降りると、店の前でウロウロしている男がいた。紙袋をドアの前に置いて立ち去ろうとしては思い直し、また紙袋を取りあげて思案している。

「おい。ウチに用事か？　それ、脅迫状か何かかよ？」

彼が声をかけると、その男は飛び上がって驚いた。

「あ、あなたか？　沢竜二という人」

日本人ではなかった。おどおどした目が竜二を捉えた。

「よかった。これ、潘淑華からことづかったもの。あなたに手渡せと言われた」

男はたどたどしい日本語で言うと、紙袋を竜二に押しつけた。

「彼女はどうした？　どうして自分でこない？」

「潘淑華、いなくなった。私、淑華のこと、好きだった。彼女の怨《うら》み、私の怨み。彼女、あなたに言われていろいろ調べたよ。そしていなくなった。どこにいるのか判らない」

その後は早口の中国語か広東語《カントン》になったので、竜二には理解できなくなった。が、男の切迫した表情で、潘淑華が何らかのトラブルに巻き込まれたらしい事は判った。

「彼女、約束果たした。今度はあなた、約束果たす番。彼女の怨み、晴らしてほしい」

男はそう言うと、ビルの階段を駆け下りた。

あの中国女の言ったことが本当なら、これは桐山を強力に援護する証拠足りえるものだろう。桐山が諦めたその後で届くとは、まったく皮肉な話だ。

とにかく、中身を確かめなければ。

誰の目にも触れさせたくなかったので、竜二は独りで誰もいない店内に入り、紙袋の中身をじっくりと読み耽《ふけ》った。

『潘淑華文書』によれば、鴨志田は小口の政治献金を大量に受けている。様々な名義のそれらの元を辿れば、すべてが『タクティクス・ホールディングズ』に結びついている。殆どが裏金として処理されているから、鴨志田と『タ社』の関係を暴露するだけでも、政治資金規正法の違法献金・外国人からの献金禁止に抵触する。が、これは鴨志田疑惑の前奏に過ぎない。彼は与党の有力政治家という地位と権能を利用して、ごく一部の者しか知りえない情報を『タ社』に流し、いわゆるインサイダー取引の手法で『タ社』と彼自身に利益をもたらした。その一例として、Q銀行の破綻を事前につかみ、同行の株を売り抜けた事実が株売買の記録や株名義変更の記録によって裏付けられている。こうして鴨志田と『タ社』は持ちつ持たれつの関係になっており、日本発の重大情報の発信元は鴨志田である噂が本当であることが証明されている。

さらに決定的な事実があった。昨年九月、あのアメリカにおける同時多発テロが起きる二日前、『タ社』および『タ社の助言で株売買をしている有力投資家』が、損保各社の株を一斉に放出している。その『有力投資家』の中に、鴨志田の所有するトンネル会社が含まれているのだ。

「畜生。せっかくこれだけのモノを手に入れてやったのに、桐山のやつ、不甲斐《ふがい》ない野郎だぜ」

これだけの大ネタだ。ケチな恐喝などに使いたくはない。一国の首相を決める究極のレースに勝負を張りたかった。ところが、肝心の本命は、出走の意志がないのだ。

その夜、アメ横の屋台のような一杯飲み屋で、竜二は出張デートクラブの経営者でOLの深雪をソープに斡旋《あっせん》した石原相手にクダを巻いていた。夕方の激しい豪雨は上がったが、まだ空気中に湿気が残っている。

黙って話を聞き、求められれば意見を言ってくれる石原に、竜二は訴えた。

「なあ、石原のとっつぁんよ、信じられるか？　男一匹、目の前にアタマを取れるチャンスがあるんだぜ。それをたかが女のために棒に振ろうってバカがいるんだ。その女ってのが女房だってんだから、笑わせるじゃねえか」

石原はホッピーを啜《すす》り、焼き鳥を一口囓《かじ》って答えた。

「アタマを取るといっても……それがどの程度のモノかによるな」

「とっつぁん、どうせホストクラブの支店長程度の話だと思ってるだろう？　だが、違うんだ。正真正銘、日本じゃ天皇陛下の次に来るポストだ」

「次の総理大臣は、まあ、桐山真人か鴨志田毅一だろうがな」

苦労人で酸《す》いも甘いも嚙み分けたような石原は、竜二が何を話しても驚かないし疑いもしない。

「そう、その桐山が、女房のために総理は諦めるって言ってるんだ」

こんな愚痴《ぐち》をこぼしても、国家機密に匹敵する話をしているとは誰も思わない。この店には巨大企業の社長、凄腕の名医、稀代《きたい》の色男などを自称するうらぶれた男たちが勢揃いして、ポケットの小銭を気にしながら安酒を食らっているのだ。

「よう大将、あんたか、桐山大先生のマブダチってのは」

肩が触れあうほど近い隣の席から、男が話に割り込んできた。近所のサラ金の取立屋だ。

「大将が政府要人になったらオレも登用してくれや。金融庁なんざいいねえ。どんどん取り立ててやっからよ」

まあまあ大将ぐっといけや、と取立屋は燗酒をどぼどぼと竜二のコップに注ぎ込んだ。

「おう。その節は頼むぜ」

竜二もその男のコップに酒を注いでやっていると、石原のとっつぁんがぼそっと呟いた。

「いい女だよな……一度、テレビで見たことがあるが」

「え？　誰がいい女だって？」

周囲が騒がしいので大声で聞き返す。

「女房だよ。桐山の。あれは、一級品だ。女としても、人間としても」

竜二は身を乗り出した。お説拝聴の構えだ。経営するデートクラブに上質の女ばかりを揃えていると評判の石原だ。彼の見る目なら、確かだろう。

「器量よしで頭もいい、性根もいい、しかも育ちもいい。となると、滅多《めった》とはいない上玉だ」

そうだよとっつぁん。しかも躰もアソコもよかったんだぜ、と自慢したくなるのを竜二はかろうじて我慢した。

「だがな、男にとって一番ヤバいのは、実はそういう女なんだ」

「どういうことだよ」

「普通、男を騙《だま》したり、金貢《みつ》がせたり引っ張ろうとしたり、もしくはとんでもない尻軽で見境なく誰とでも寝る、そういう女がヤバいと思うだろう？」

「まあな」

「だが、違うんだ。計算高い女、尻軽な女が男に出来る悪さは、実はそう大したもんじゃない。

傷つくのはせいぜいが財布と、野郎のプライドぐらいだな」

だが、本物のいい女は、男の人生を丸ごと持っていってしまうのだ、と石原は言った。

「そういう極上の女に、惚れたと言われた男はどうする？　最初は舞い上がる。だが、まともな神経を持ってるやつなら、いずれ心配になる。おれはとんでもなく買いかぶられてるんじゃないかってな。で、無理をするんだ。その女に相応《ふさわ》しい男になろうとして」

竜二は、石原の別れた女房の事を連想した。菓子問屋の跡取り娘だが、美人で落着きのある、よく出来た女だった。婿《むこ》養子だった石原が若い女に狂い家業を傾けた後も、子供を二人きちんと育て上げている。石原は続けた。

「だが、そうそううまく行くもんじゃない。元々、てめえの器量以上の事をやろうとしているんだからな。で、うまく行かないとき、野郎は逃げる。逃げる先は酒、女、博打《ばくち》と色々だが、要は、駄目《だめ》な自分ってのを忘れたいんだよ」

「ふうん。それでか。美人でよく出来た女房がいる男に限ってブスな女こしらえたり、飲んだくれたり借金つくって女房を泣かせてるのは」

石原は無言だが、竜二は思い出した。石原も無理をして、下町の菓子問屋を洒落《しゃれ》たビルに建て替え、実業家になろうとして失敗したのだ。

桐山も、無理をして、それで別の女に逃げたのだろうか。

その時。慌ただしく一人の男が路上を駆けてきた。

「やっぱりここに……社長！　店が大変です」

竜二のホストクラブ、『シャフト』の主任の森尾《もりお》だった。店長格の彼は竜二が安心して留守を任せられるベテランだ。だが、その頬は殴られて紫色に腫《は》れ、目尻は切れて血が流れている。

「どうした？　何があった！」

竜二の酔いはふっ飛んで、彼の肩を揺さぶった。

「いやもう……探しました」

森尾はへなへなと座りこんだ。

「店がメチャクチャにされました……まだこの時間でお客が少なくてよかったんですが、ウチのみんなが」

「とっつぁんよ、済まないが、こいつを医者に連れて行ってくれ。頼む」

竜二はテーブルに万札を数枚投げ出すと、店を飛び出した。

仲通りのビルまで突っ走り、階段を駆け上がって『シャフト』のドアを開けた。

「みんな、大丈夫かっ！」

ドアを開けた途端に化学物質の焼けた臭いがむわっと吹き出した。

床の絨毯《じゅうたん》があちこち焦げている。ソファの繊維《せんい》も焼け溶けてクッションのコイルが無残に突き出ている。テーブルはひっくり返され壁のキープ・ボトルもことごとく割られていた。

ホストたちは煤《すす》で顔やスーツを黒くしたまま、ぐったりと焼け残ったソファに座っていた。

「消防を呼ぼうかどうか迷ったんですが……火は消せたんで」

床には消火器が数本、転がっている。

「消防法に違反してなくてよかったっす。おかげで我々、助かった……」

「それより深雪さんが」

「深雪がどうした？」

深雪は竜二のエースとも呼べる客だ。このところ竜二が立て続けに休み、客足が落ちている『シャフト』の売り上げを心配して、今夜も来店していたらしい。

「やつら、深雪さんを拉致ったんです。早い時間だったからお客は深雪さんだけで」

「馬鹿野郎！　なぜそれを早く言わない」

警察に連絡しようとする竜二を、ホストの一人がとめた。

「警察はヤバいです。この女はすぐ返す、それまで警察は呼ぶなって……」

「畜生！」

竜二は歯嚙みをした。

「どんな連中だ？　何人だった？」

「二人っす。スキーマスクで顔は判りません。一人はえらく大柄で、まったく口を利かなかった。もう一人の声にも聞き覚えはなかったっす」

族あがりの卓三《たくみ》が言った。

「この界隈《かいわい》の関係じゃないのは絶対です」

「喋ったほうの野郎に、訛《なま》りはなかったんだな？」

「はい。大陸関係ではないと思うっすよ」

外国人ではない、このあたりの組関係でもない、それでいて、こんな荒っぽいことをやってのけるのは……。

竜二には判った。『マスター』だ。自分は、あの異様にプライドの高いサイコ野郎の弱みをついて、わざと怒らせたのだ。しかも、竜二は『マスター』が嫌う桐山真人のブレーンであるウォルフガング・ビーダーマイヤー襲撃を未然に防いでいる。

これはあからさまに敵方に回った彼に対する警告だ。「手を引け」ということなのだ。

やなこったい、と竜二は内心で見えない相手に毒づいた。こんな程度でビビるおれだと思うか？　よし。そっちがその気なら、こっちも徹底的にやってやろうじゃねえか。

「てめえは……おれを怒らせたぜ……」

「社長、何独《ひと》り言いってるんですか？」

竜二は、すっくと立ち上がり、ホストたちに言った。

「とにかくしばらくは閉店だ。主任が病院から戻ってきたらよく相談して内装工事を入れろ。それまでお前らには休みをやる。有給休暇だ。常連の客にはケアしとけ」

まず、深雪を取り戻さなくてはならない。深雪は恋人でもなく、惚れているわけでもない。寝てやったのも一度だけだが、竜二にはこの上なく忠実な女だ。竜二への想いを綴った彼女の日記はインターネット上で評判になり、『シャフト』の幸運の女神となってくれた。竜二にハマって堅気のOLからソープに身を沈めた深雪を、今までは馬鹿な女としか思わなかった。だが、別の男に攫《さら》われたとなると話は別だ。彼女は「竜二のもの」なのだ。自分のものを盗られて黙っているほど人間が出来てはいない。

『マスター』に逢わなくては。『超能研』時代から裏で繋がっているらしい唯依の母親を締め上げれば、居所は吐くだろう……。

その時、店の扉が開き、異様な姿の女が一人、ふらふらと倒れこんできた。長い髪がうなじや頰に貼りつき、薄いドレスはあちこち裂けて、泥が付着している。

彼女は竜二の姿を見ると、数歩よろめき、がっくりとフロアに膝をついた。

「どうした！　深雪、大丈夫か？」

腕を取った竜二の胸に躰をあずけ、深雪は啜り泣いた。

「よかった……よかったわ、あなたが無事で」

ノースリーブのドレスの肩に巻いていた水色のショールが落ち、深雪の上半身が露わになった。酷《ひど》い有り様だった。ドレスの胸が引き裂かれ、前をすっぱりと断ち切られたブラから白い胸が無残に露出している。よく見ると、きれいな乳房にはいくつもの指の跡があり、細いうなじにも嚙み跡があった。いくつかの歯形には血さえ滲《にじ》んでいる。頰も、目の回りも、痣《あざ》になっている。

「誰だ？　誰がこんなことをした？」

竜二は深雪の全身を探るように手をすべらせた。脚も切り傷だらけだ。内腿がぬるぬるしている。精液だということは見なくても判った。しかも、驚くほど大量の。

「お前、中出しされたのか？　相手は何人だ？　おれがやっつけてやる！」

「駄目！　危険過ぎる。私が連れていかれたところには、もう一人女の人がいたの。この人も私みたいな事をされたのか、と思ったんだけど、横になったまま全然動かなかった……白いチャイナドレスが真っ赤に染まってて」

潘淑華だ。彼女は殺されたのだ、と竜二は直感した。

「あなたにもしものことがあったら……私、私で済むことなら……」

「馬鹿言うな。言えよ。何人に姦られた？　どんなやつらだ？」

「相手は……一人よ……英語を喋ってた……あたしを殴ったり噛んだりしながら、ずっと罵って……I'll fuck the shit outa you, you little dirty bitch（お前をヤリ殺してやるぜ、このチビの汚いあばずれが）って」

深雪の内腿に付着した精液で濡れた指に、絡まるものがあった。金褐色の縮れた毛だ。白人の陰毛は頭髪より色が濃い。深雪を犯し、サディスティックにいたぶった男は金髪なのだ。

「ほかには何を喋ってた？」

「ジャパニーズガールはクールだ……同じイエローでもパッポンで買うビッチとは違う、エイズの心配がないから、ナマで出来るって」

深雪をそこまで貶《おとし》めたその男に、竜二はますます怒りを感じた。

「何でもいい、そいつの事で憶えてる事を話せ。絶対に誰だか突き止めてやる！」

「あちこちにピアスを……亀頭の先や、乳首に。それと、胸に蠍《さそり》のタトゥー」

「ピアスにタトゥーだと！」

竜二の頭の中で瞬時にいくつもの断片が結び付き、一つになった。

深雪を攫い、暴行したのはラミレスだ。そして、その背後には『マスター』がいる。

奴らを燻《あぶ》り出すにはどうすればいいんだ……。

＊

まぶしい夏の光に大介は目を醒ました。今まで突っ伏して寝ていたのは、環七沿いのファミレスのテーブルだ。明け方に意識を失ったのと同じ場所であることにホッとした。

昨夜、ここからほど近い環七沿いのディスカウント・ショップの真ん前で突然、意識が戻った大介の手には、例によって、汚い字で書きなぐった竜二からの指令があった。

『ここは足立区中央本町・梅島《うめじま》陸橋の近辺、今は午前一時だ。以下のことを三時間以内にやれ。

その一　目の前のディスカウント・ストアでノートパソコンを買え。金は俺の財布にある。

その二　そのパソコンでインターネットに接続しろ。そのために必要なものも買え。

その三　身元を特定されずに書き込めるような設定をしろ。

以上ヨロシク。言うとおりにしなければ唯依の貞操は保証しない。自宅には戻るな。危険だからだ。言っとくがこれは唯依のためにすることなんだぞ。――竜二』

唯依の貞操と言われては逆らえない。三時間というリミットはキツかったが、大介は買い込んだノートパソコンと竜二の携帯を繋いでなんとかやりとげた。身元を特定されないためにプロクシーの多段串というテクニックを使ったので、速度は異常に遅くなったが、テスト書き込みは成功した。そこでバッテリーが切れ、竜二が出てきてファミレスのコンセントを勝手に使おうとしたところで、大介の意識が途切れたのだ。

時計を見ると、午前十時だ。約六時間意識を失っていたことになるが、例によって熟睡したという気はまるでしない。肩と首が異様に凝っている。キーボードを打ち過ぎた時の、あの感じだ。だが、打鍵に慣れている大介は、数時間の作業でこういう事にはならない。昨夜だって何ともなかった。すると？

大介が失った六時間のあいだ、竜二はこのパソコンで何をしていたのか？

大介は慌ててパソコンを起動してインターネット閲覧ソフトの履歴を見た。

「なんだこれは……」

大介は表示されたものを見て目の前が真っ暗になった。

『名無しちゃんねる・ニュース速報板』『書きこみました』『名無しちゃんねる・ニュース速報板』『書きこみました』……大量の書き込みが行われた痕跡だ。竜二は一体何をやらかしてくれたのか？

『名無しちゃんねる』は日本最大のインターネット掲示板だが、悪評芬々《ぶんぷん》のサイトだ。完全匿名《とくめい》であるところから常に罵倒や誹謗《ひぼう》中傷が渦を巻き、真偽とりまぜての裏情報や内部告発、マスコミには載らない暴露ネタにも事欠かない。そんなところで竜二は一体何を……。

『☆☆☆日本を救う？　与党のホープ桐山真人にロリコン買春疑惑!!☆☆☆』

ニュース速報板のトップに立っているスレッドの派手なタイトルに大介は頭を抱えた。気を取り直して書き込まれた内容を読んでいく。

『おれは知ってるぜ。桐山は人格者みたいな顔してとんでもねー食わせもんだぜ。なんと、リアル工房（本物の高校生）を金で買ってるんだと。真性のロリで女子高生じゃねえと勃たないんだと。有権者諸君！　ロリコン変態に騙されるな！』

と煽《あお》るスレッドが午前四時に立つや、わずか六時間で、関連する発言総数は一気に千近くにもなっている。爆発的な伸びだ。

竜二が書き込んだとおぼしきプロクシー経由の発言は最初の二十ほどだが、後は勝手に流れが出来て、何も知らない連中が面白おかしく書き込みを増やしていったのだ。パソコンは初めてのはずなのに、竜二の煽りのうまさに大介は呆れた。

『桐山氏ね（死ね）！　ブレアばりのハンサムに美人の奥さんは出来過ぎだとオモテタヨ』

『桐山ロリ決定、逝《い》ってよし』

……竜二の書き込みを鵜呑《うの》みにした無責任で落書き的な大量の後追い発言を読んでいるうちに、大介は気分が悪くなってきた。『桐山が買ってる女子高生は私立H女学館の一年生』とまで竜二が書き込んだ以上、唯依の身辺にマスコミの手が迫るのは時間の問題だろう。

大介はすぐさま、六本木に向かった。

社員寮のドアを開けると、唯依は起きていて静かに本を読んでいた。

「お兄ちゃん！」

唯依は、大介が差し入れた本を放り出して彼に飛びついてきた。

「すごく逢いたかった。二人きりになりたかったの」

無事だったのが嬉しくて、大介も夢中になって唯依を抱きしめた。

「このあいだ、私を抱いてくれた時、最後までできなかったのは私のせいじゃないから、気にすることはない、って言ってくれたのは本当よね？」

唯依の、いい匂いのする小さな躰が、腕の中にあった。膝に乗っている少女は、羽根のように軽い。それでいて男の本能をかきたてるパワーを全身から強烈に放射している。

これも大介が買って差し入れたノースリーブのパーカーにショートパンツという姿だが、彼の胸に押し付けられているパーカーの下に、唯依は何もつけていなかった。服のサイズが大きいし、まだ胸も小さいので、ノーブラだということが今まで判らなかったのだ。大介も、女の子特有の下着を買ってやることまでは気が回らなかった。

だが、そのバストは小さくてもしっかりふくらみがあり、先端の乳首が硬くなっていることまで、はっきり判った。大介もTシャツ一枚なので、唯依の体温と胸の形が、あからさまなほどに伝わってくる。

唯依は大介の首に両腕をまわして、さらにしっかりと抱きついてきた。艶《つや》のある髪の、ショートカットの小さな頭が、ぴったりと首に押し付けられた。そこから少女のシャンプーの清潔な、それでいて悩ましい香りが立ちのぼっている。剝き出しの唯依の腿の裏が、大介のジーンズの腰にさらに密着した。そこが硬くなっていることに気がついて、大介はうろたえた。

唯依が顔をあげ、大介の目をまっすぐに見つめた。

黒く大きな、磁力さえ感じさせる、潤んだ瞳だった。

「キスして」と、唯依は言った。

「恋人として、キスしてほしいの」

次の瞬間、大介の口は少女の唇で塞がれていた。夢中で吸いつき、幼いながら、舌まで入れてこようとしている。彼はバランスを崩し、畳の上に仰向けに倒れた。唯依が、彼の躰の上に乗りかかるような形になった。

唯依の細い腿が、その次に掌が、おずおずと大介の股間に触れた。

「だ、だめだよ……」

我ながら情けない声が出た。だが、そこは刺激で今にも爆発しそうになっている。

唯依の黒い瞳が、今度は真上から大介を見つめていた。

「この前とは違うよね？　お兄ちゃんだって、私としたいと思っているでしょう？」

少女の掌がぎこちなく、はちきれそうになっている部分を撫でた。

「ち……違うんだ……」

男の気持ちと下半身は別だ、いや竜二とぼくが別なんだ、きみのことは大好きで、本当に可愛いと思っているけれど、それとこれとは……。だがそんな込み入った説明をする余裕は最早なさそうだ。唯依はなおも迫ってくる。

「どうして？　前に好きだった人のことが忘れられないの？　でも今、お兄ちゃんを幸せにできるのは私よ。お願い、私を見て。私を抱いて！」

　まさに手も足も出ない、という形で仰向けになっている大介の股間に、ついに唯依が手をかけた。ジーンズのファスナーを下ろそうとしている。もう抵抗も理性も限界だった。……駄目だ。これでぼくも竜二と同じケダモノになってしまう……。

　そう思った時、携帯が鳴った。

　こういう場面にまったくそぐわない火曜サスペンスのテーマが鳴り響いていた。

　大介は咄嗟に躰を起こし、受信のボタンを押した。

『社長……すみません。無用の連絡はするなという事だったんですが』

『シャフト』の主任の森尾の声だ……という事は、大介には判らない。

『桐山千晶さんって人から、何度も店に電話がはいって……社長に連絡がとれないかと』

　それを聞いて、ほぼ瞬時に携帯に答えた声は、竜二のものになっていた。

「桐山千晶……そう名乗ったんだな？」

『はい。伝言をことづかってます。大至急、お目にかかりたいので紀尾井町のニューオータニの1012号室に来ていただきたい、何時間でもお待ちしてますとのことでした』

　竜二宛ての似たような電話なら山ほどかかってくるのだが、これはあまりにしつこいし異常に切羽詰まった様子なのでお知らせしたほうがいいと思ってと、主任は詫《わ》びた。

「お兄ちゃん……誰からなの？　女の人からの呼び出し？」

　唯依が不安そうな、悲しそうな目で見上げている。竜二は大介のふりをして答えた。

「ごめん。どうしても行かなくちゃならない用事が出来たんだ。この部屋から出るなよ」

偽名を名乗る余裕もなく自分を直接ホテルに呼び出したのは、千晶が動揺している証拠だと竜二は思った。昨夜の仕掛けが早くも効いてきたらしい。


三十分後。竜二がホテルのドアをノックすると、蒼白な顔の千晶が顔を見せた。

「桐山と、あの女の子のことをインターネットに流したのは、あなたね？」

「そうだ。おれだよ」

「なんてことを……」

千晶はふらふらとよろめき、顔を覆った。

「私が馬鹿だった……夫婦のことを他人に相談したばっかりに」

おいおい、と竜二は千晶に歩み寄り、肩に手をかけた。

「他人って、おれたちは他人じゃないだろう？」

千晶はきっと顔を上げ、竜二を睨みつけた。

「なぜこんな事を……私が憎いの？　あなたの誘いに一度しか応じなかったから？」

「まあ、落ち着けよ。これは必要なことなんだよ」

千晶はキレた。

「必要？　それは一体、どういうことなの？　どうしてこんな事をしたの？　こんなことがマスコミに流れれば、桐山は政治家としてお終《しま》いじゃない！　失脚よ。総裁選どころじゃないわ。落選よ。議員辞職モノよ。しかも、本当かどうかも判らない事で……」

「ちょっと待てって！」

武者ぶりつき、力任せに彼の胸を叩こうとする千晶の腕を、竜二は無理に取って座らせた。

「本当かどうかも判らないって、よく言うよな」

竜二は呆れて言った。

「世界中であんたが一番疑ってたんじゃねえか。亭主のロリコンを」

そう言われた千晶は、竜二を睨みつけたまま、涙をこぼした。

「あんたも良くない。うだうだ言う前になぜ亭主に聞かないんだ？　惚れてるんだろ？」

千晶はこくりと頷いた。竜二は一瞬、非常に腹が立ったが、ここは女より勝負を取るべきだと自分に言い聞かせた。

「あんたが聞かないから、桐山も何も言えない。だが、それは困るんだ。日本の行く末にもかかわる事だからな」

「どういうこと？」

「断言してやるよ。なんの心配もない。あんたの旦那は、唯依とはやっちゃいない。まったくの潔白だ。事の顚末《てんまつ》を記者会見でも開いてキッチリ釈明すればいい。その上で責任を取れば済む問題なんだよ。そうすりゃ逆にワイドショーな有権者連中にはバカ受けするぜ。真正直なクリーンな政治家だってな」

千晶は戸惑っている。竜二の言っている事が理解出来ないらしい。

「いいか。おれとしては悔《くや》しいがな、あんたの旦那にとって一番大切なのは、あんたなんだよ。国民の支持でも総理の座でもない。失いたくないものは、あんたの心なんだよ」

千晶の唇が震えた。何か言いたいが、言うべき言葉が見つからないという様子だ。

「どういうことなの？」

動揺しきった千晶は、ようやく絞《しぼ》り出すように言った。

「それは、どういう意味なの？」

「さあな。後は自分で亭主に聞いてみればいい。さあ、行こう」

竜二は千晶の肩に手を回し、立つように促した。

「どこに……どこに行くの」

「あんたの亭主のところだよ。決まってるだろ」

竜二としては、事ここに及んで、桐山が千晶に告白できないようなら、男としては自分の勝ちだと思っている。だが、そうなると『マスター』との勝負は負けだ。これは、竜二にとっても一種の賭けだった。千晶を巡る争いについての賭けでもあるが、それ以上に、桐山を『マスター』との勝負の土俵に引っ張り出したかった。そのために仕掛けたことだが、目の前で身も世もなく夫の政治生命を気づかっている千晶を見ると、どうにも心穏やかではいられない。だが、ここは何としても桐山に踏ん切りをつけさせ、総裁選に出る決意をしてもらわなければ……。

竜二は千晶と一緒に議員会館の桐山の事務所に乗り込んだ。

千晶と竜二が入っていくと、桐山は秘書と深刻な表情で話し合っていた。

「あ……君」

妻の顔を見た桐山は、顔色がサッと白くなった。蒼ざめる、というけれど実際は血の気が引くと気味の悪いほど顔色は白くなって死体のようになる。そんな死人のような顔になった桐山は、慌てて秘書を部屋の外に出した。

「おれも出ているよ」

竜二も個室を出、ドアを閉めた。夫婦の会話の成り行きは気になるが、ここは当事者にまかせるしかないだろう。

控え室で三人の秘書に囲まれる格好になった竜二は、肩をすくめた。

「夫婦の大事な話し合いに、おれたちは邪魔だろ」

秘書たちは物問いたげに彼を見たが、誰も言葉を発しなかった。ドアの向こうで何が話し合われているのか、聞き取ろうと全員が必死の面持ちだ。

「やめなって。そんなに露骨に聞き耳を立てるなよ」

「しかし、そうは言いますが……いつも血色のいい桐山さんの、あんな顔を初めて見たもので。党を移籍するときでもあれほどには……」

第一秘書が思わず、という感じで言葉を洩らした。竜二は聞いた。

「なるほど。で、原因は、やっぱりあれか？　つーか、あんたら、知ってるのか？」

竜二の言葉に、パソコンに向かって仕事をしていた秘書が、体を捻って画面を見せた。そこに表示されているのは、例のインターネット掲示板の書き込みだった。

秘書たちの顔には『ホントなんですか？』という表情が浮かんでいる。

その時、ドアが細く開き、千晶の顔が見えて竜二に向かって手招きをした。

個室に入った彼に向かって、桐山が小さく頭を下げた。

「話しましたよ。これで、ずっと抱えていた重い荷物を降ろせたような気分です」

桐山はそう言って、探るように妻の千晶を見た。蒼白だった顔に、いくぶん赤みが戻ってきたようだ。

桐山はようやく千晶に昔の過ちを、唯依の出生にまつわることを告白したのだ。

「話してくれてありがとう。すべてを知ってよかったわ。今なら私にも判る……判ると思う。心から愛する人がいても、躰が別の人に惹かれてしまう時があるという事を……」

千晶はそう言って、夫の傍らに寄り添って立った。

聞いている竜二にも、千晶が自分とのことを言っているのだと判った。

そして、千晶が、それを夫に打ち明ける意志がないことも。

なるほど、これでイーブンだから許すってわけか。それにしても女は怖いぜ。

竜二は複雑な心境だ。千晶はこれで夫の元に戻った。男として桐山に勝てなかったのは口惜しいが、『マスター』の目論見《もくろみ》を潰すには桐山に勝負に出て貰わなくてはならない。千晶の躰に未練が無いといえばウソになるが、それ以上に『マスター』が怒り狂う顔を見たい。桐山の行動を縛っていた手枷足枷《てかせあしかせ》は取れた。次の仕掛けをしなくてはならない。

＊

『お兄ちゃん助けて！』

少女の悲鳴がはっきり耳に聞こえ、大介はがば、と上半身を起こした。

夢を見ていたのだ、と判るまでにしばらくかかった。内容は覚えていないが、鮮やかなオレンジの炎の色と、激しい恐怖の感情が生々しく後を引いている。

突っ伏して眠っていたのは畳の上の、低くて長いテーブルだ。目の前の灰皿に『竹《たけ》の塚《つか》健康ランド』の文字があった。動悸が鎮《しず》まるにつれ辺りの様子が目に入ってきた。蛍光灯の寒々とした光に照らされた大広間にはあちこちに人がいて、談笑したり飲み食いしたり、畳に寝転んでいる者もいる。一様に同じ柄のガウン姿だ。

ざわめきとともに広間の隅のテレビの音も耳に入ってきた。ニュースをやっている。窓外は暗く、何時かは判らないが、かなり遅い時間らしい。

『ただ今入りましたニュースです。先ほど、午後十一時ごろ、港区六本木六丁目の「六本木フラワー・マンション」で火事があり、鉄筋二階建て約六十平方メートルが全焼しました。幸い、住民は全員避難して、死傷者はありませんでした』

六本木？　マンション？　火事？

一瞬わけが判らず大介はパニックになった。瞼《まぶた》の裏に再び炎の色と、少女の悲鳴がフラッシュバックする。唯依……唯依が大変な事に……！

大介の記憶は昼間、六本木の社員寮で唯依に迫られ、携帯に電話がかかってきたところでとぎれている。今が同じ日の夜なのか、自分が、いや竜二が今まで何をしていたのかも判らない。だが、唯依が何らかの力で大介を『呼んだ』ことは、はっきり判った。

唯依に何かがあった。唯依を助けなければ……。

立ち上がりかけた大介の目の前に、ノートパソコンの液晶ディスプレイが開いていた。思わず目を走らせると飛び込んできたものは『ハイエナ！　吸血鬼!!　次期総裁候補・鴨志田毅一がテロをネタに汚いカネ儲け』という毒々しい文字列だった。

うろうろと目をさまよわせただけで『タクティクス・ホールディングズ社』『テロ絡みのインサイダー情報』『血に染まったカネ』『空売り』『金の先物買い』等々のキナ臭い単語が散見される。書き込まれた場所は、やはり『名無しちゃんねる』——桐山のロリコン疑惑を竜二が暴露したのと同じ、インターネットの匿名巨大掲示板だ。

そしてこの掲示板は「荒れて」いた。鴨志田が激しく叩かれる一方で、叩く側の人間にも、どのようにしてか実名や職場を暴露するなどの反撃が返されていることが見てとれた。

事情は判らないながら大介にも、竜二がまたも何かを仕掛けたこと、そしてそれが何者かの逆鱗《げきりん》に触れてしまったことが察せられた。そして。

『アメリカのホットマネー（短期金融資本）が日本を狙っている！』『鴨志田は国際金融資本の走狗《そうく》』『アジア通貨危機の再現を許すな』などの書き込みを読むうちに、大介にも事情が呑み込めてきた。『マスター』だ。

大介は思い出した。

『……十四年前、ヒステリックなマスコミと、小金が惜しくなった馬鹿親たちのせいで「超能研」が解散に追い込まれた時、私は姿を隠さざるを得なかった。だが私は、それをチャンスと捉えて次のステップを準備していたんだ。アメリカに渡り、世界一の超大国の、それも中枢を握る超エリートとの間に、コネクションを作り上げたのだ』

そう言ってのけた、勝ち誇った『マスター』の口調を。

大介は立ち上がった。何はともあれ六本木に行かなくては。竜二。お前はいったい何をやらしてくれたんだ？　心の中の暗い場所に呼びかけても、答えは返ってこなかった。

六本木は新宿と並ぶ「不夜城」地帯だが、裏通りには住宅が広がっている。夜中の住宅街は寝静まって暗いが、キャバクラ社員寮のあるマンションの周辺だけは作業用の投光器でこうこうと照らし出されていた。

現場検証する消防署や警察関係者に混じって、世話になった店『ぷりんぷりん』の店長の顔も見えた。唯依はどうなってしまったのだ。

彼は、近くで作業していた消防士に近づいた。

「あの……ここに住んでいた住人はどこに避難したんですか？」

「いや、それは私は」

消防士は首を振った。

「けど、誰も亡くなってませんよ。怪我もしていない。全員無事だと聞いてますが」

現場から少し離れた場所に、若い女性たちが数人、恨めしそうに立っていた。お互い口々に、部屋が真下だったので消防の放水で家具も服も台なしだとか、隣から出た火事で思い出のアルバムが燃えちゃったと泣いていたりの気の毒な様子だが、その中にも、唯依はいなかった。彼女たちに聞いても、唯依の姿は見ていない、と一様に言うのだ。

一体どういうことなのか……誰かが唯依をこの家から連れ出して、それから放火した？

消防が火事の現場検証をするのに並行して、警察が近所の人から目撃情報を集めていた。

「アメリカ人が女の子を無理やり車に乗せようとしていた」

という証言を大介は耳にした。

「どうしてアメリカ人だと判るんです？」

警官はメモしながら聞いた。

「そりゃ、金髪で背が高くて鼻が高くて色が白かったもん。誰が見たってアメリカ人でしょ」

その警官は、ドイツ人かもしれないじゃないかという突っ込みはしなかった。

「止めようとしたけど、車が行っちゃって。そしたら、ドーンとガス爆発みたいな音がして」

目撃者の近所の住民はパジャマ姿で興奮している。

実行犯は白人らしいが、もしもこれに野崎が関わっていたら？　野崎はどうしようもない変態だ。あの男に誘拐された唯依が、どんな目にあうか容易に想像できる。それだけに居ても立ってもいられなかった。早く唯依を見つけださないと、野崎は、唯依の無垢《むく》な躰を蹂躪《じゅうりん》し、処女を散らし、そして……悦楽の果てに殺害してしまうかもしれない。

竜二……竜二、頼む。出てきてくれ。大介は、初めて衷心《ちゅうしん》から願った。

僕には、全部の事情が判っていない。お前の力が必要なんだ。唯依は、お前にとっては、どうでもいい存在かもしれない。でも、今の僕には……すべてなんだ……。

だが、心の中の真っ暗な部分は、依然として沈黙したままだ。

その時、携帯が鳴った。彼の耳に飛び込んできたのは、狼狽《うろた》えきった千晶の声だった。

『どうしよう。桐山が総裁選を降りると言っているわ。議員も辞職するって』

「どういうことだ？」

意識が瞬時に入れ代わった。何を言われても沈黙を決めこんでいた竜二だが、現金にも『総裁選』という言葉に即座に反応して現れたのだ。

『唯依ちゃんが……主人の娘が、誘拐されたの。主人が政界引退の記者会見を開くこと、それが解放の条件だと……犯人から連絡があって』

「判った。すぐそちらに行く」

＊

「誘拐犯が、連絡してきた」

三十分後。自宅マンションで、桐山はげっそりした顔で竜二に言った。

「明日の午後六時までに、引退の記者会見を開かなくてはならない。テレビでそれを確認すれば唯依を解放する、と連中に言われた」

桐山は心労のあまり目が落ち窪《くぼ》んで憔悴《しょうすい》しきっている。やっと晴れて親子の名乗りを上げて、唯依に父親らしい事が出来ると思った矢先の誘拐だ。ましてやこの誘拐には、桐山の政治家としての今後も絡んでくるのだ。

竜二は、自分が放った爆弾の、予想以上の威力に驚いていた。あまりに強烈すぎて、彼の手にはまったく負えない破壊をしてしまったようだった。桐山が言った。

「私が総理総裁を見送るのは、まあいい。それで唯依の命が守られれば、議員を辞職するのも仕方がないかもしれない」

横に座っていた千晶が、夫の手をぐっと握った。

「甘いとか政治家の資質がないとか言われるだろうが、私にとっては、近しい家族ほど大切なものはない。妻は大切だし、もちろん娘だって大切だ。これまで親らしいことを全然してやれなかったから余計に。ただ……それで私が退場した後、この日本はどうなる？　あの鴨志田に委《ゆだ》ねるのか？　それは……」

桐山は大きく頭を振った。

「それは問題外だ。みすみす日本が滅《ほろ》ぶ道を作ってやるなどと……それだけは堪《た》え難《がた》い」

竜二は、『潘淑華文書』を取り出した。

「鴨志田が総理になる目はない。これを見てくれ」

その文書を手にとって読んだ桐山の表情がみるみる引き締まった。

「信じられない……これは、凄い。見ろよ。鴨志田だけじゃなく、他にもキナ臭い噂のある政治家お歴々の名前が山盛りだ。え？　これは間違いなく、戦後最大の超弩級《どきゆう》爆弾文書じゃないか！　きみは、どこでこれを……」

「あんたの嫌いなグローバリズムに人生も家族もメチャクチャにされた被害者からだよ。これがこっちの手にある限り、連中は首根っ子を押さえられたも同然だ。あんたも娘さえ取り返せば、記者会見を開く必要はないよな？」

「それはもちろんだ。これさえあれば、『タクティクス・ホールディングズ』は我々に迂闊《うかつ》に手を出せない。いや、日本から手を引かざるをえなくなるかもしれない。だが……」

桐山は、だが、だが、と連呼して天を仰いだ。

「だが、期限は明日の十八時までだ。それまでに何とか出来るだろうか？　この文書を見せて取り引きする？　……いやそれはダメだ。娘が何をされるか判らない。とにかく、娘を無事に取り戻すのが最優先だ。……だが、そんな事が、可能だろうか？」

苦悩の色を隠せない桐山に、竜二は言った。

「実行犯については、おれに心あたりがある。リチャード・ラミレスって白人の前歴と写真が欲しい。米軍の特殊部隊あがりだそうだ。それと野崎って男な。海音寺の用心棒をしていた」

「判った。早速、入国管理局と警察庁に照会しよう」

「警察には、まだ言ってないんだよな？」

桐山は頷き、そして言った。

「……私は、今から、鴨志田に会ってくる。直談判のほうが話が早いだろう。彼も政治家の端くれなら、自分がどれほど危機的な状況にあるかは判るはずだ」

圧力をかけるようなことは本意ではないが、この文書を公表すると言えば、鴨志田も何らかの情報を提供せざるを得まい、と桐山は言った。


それから一時間後、鴨志田の議員宿舎で、二人だけの密談が始まった。竜二も千晶も同席していないし、鴨志田側も、誰もいない。本当に二人だけのサシの深夜の密談だった。

「まず言っておく。私は、この件はまったく知らないんだ。それだけは信じてくれ」

のっけに鴨志田は、桐山が何か言おうとするのを手で制して言った。

「インターネットに、私の急所を突く書き込みがあった事は知ってる。だが、私はハメられたんだ。『タクティクス・ホールディングズ』社と取引があったのは事実だが、そんな経緯はまったく知らなかった。それに、私に関する話が出たのは国会でもないし与党の会合でもないしテレビのニュースでもない。あんな無責任極まりない落書きをする場所での事だ。そんな事で、誰かを誘拐して、それで君の口を封じるなんて……無茶苦茶すぎるじゃないか」

「では……鴨志田さん。あなたはこの件をどうにも出来ない、ということなんですか？」

桐山はことさら穏やかに言った。

「そうだよ。そういう事だよ。私が命じた訳でもないし言外に仄《ほの》めかしたわけでもない。そもそも、どこの誰がこんな大それた事をおっぱじめたのか想像もできない。私には、何も出来ない」

鴨志田は大きく手を広げて天を仰ぐポーズをした。この男のクセだった。

「影響力を行使する事は出来るのでは。そういう事をしでかしそうな心当たりに連絡を取るとか」

いやいやいや、と鴨志田は苦笑を浮かべた。

「君は、根本的な誤解をしている。連中は私の配下ではないんだよ。実体はその逆だ。というか……彼らの利害のために、私も、時として、志と反することを主張しなければならない場合が多いんだよ。私はそもそも、学生時代は左翼でね。機動隊に石を投げた部類だ」

地方が選挙区の鴨志田は、都内に自宅を持たない。選挙区の地方に帰る時以外は、この公団住宅のような議員宿舎に単身赴任している。殺風景な室内には、着替えと寝具しかない。

桐山が室内をチラチラ眺めているのに気づいた鴨志田は、また苦笑した。

「何もないだろ。ここじゃ風呂に入って寝るだけだ。オレの甲斐性じゃ愛人も持てないから、当然、東京妻もいない」

「レコードを聴いたり、本を読んだりもしないんですか」

桐山が言う通り、この部屋には本棚もミニコンポもない。テレビがかろうじてあるだけだ。

「音楽は不調法でね。後援会の宴会で演歌をがなるぐらいだ。クラシックを聴いたら寝ちまう。本は……昔はよく読んだよ。秘書時代はこれでも勉強家政策通で評判だったんだ。でも今は……

事務所でなら資料は読むが」

　キッチンでヤカンがヒューと音を立てた。鴨志田は立っていってインスタントコーヒーをふたつ淹《い》れて戻ってきた。

「オレはそういう男なんだ。貧乏育ちだから、優雅な教養はない。でもな、そういう男でも、政治家になってもいいだろ？　総理大臣になってもいいだろ？　日本は平等な社会なんだから、八百屋の息子でも大工の息子でもトップになってしかるべきじゃないか。あんたみたいに、財閥のヨメサンがいなけりゃ政治家になれないってのはおかしな話だろ？　貧乏人で地盤も人脈もなくても、議員になれるのが本当の姿だろ？」

　鴨志田は、いつものようなスピーカーの壊れたようながなり声ではなく、静かに喋った。

「だが現実には金が要《い》る。政治家をやっていくには金がかかるんだ。この際、金の出所をより好みしてられないんだ。筋のいいスポンサーは保守本流の育ちのいい政治家が押さえてるからな。いや、選挙の事だけじゃないぞ。オレたち『利権派』と呼ばれてる連中は、当選したいから選挙区に道路や橋や施設を躍起《やっき》になって作ろうとしてるんじゃないんだ。田舎《いなか》と都会じゃ、経済が違うんだよ。そりゃ君の言うことは正しいよ。国家に金がないんだから無駄なことは止める。それは正しいよ。でもな、利益誘導だのバラマキだの言われても、田舎には公共事業が必要なんだ。じゃないと、田舎の連中はどうやって食っていけばいいんだ？　まさか、みんな生活保護を受ければいいって事にはなるまい？」

　一気に喋ってから、鴨志田は視線を落として俯《うつむ》いた。

「……ま、今そういうことを言ってる場合じゃないな。オレがしくじったのは事実なんだから」

事態はもはや鴨志田にもコントロール出来ない局面になっているという事らしかった。桐山は、法務省および警察庁から入手した二枚の写真を取り出した。

「鴨志田さん。私は、私の娘を助けたい。私にも妻を裏切り、娘を見捨ててきたという汚点がある。あなたの事をどうこう言えるような人間ではない。だが、今が私の、人間としての、親としての正念場です。今まで何もしてやれなかった娘に、ここでも何もできなければ、私は自分を許せないでしょう。頼みます。何でもいい。たとえばこの二人について、手掛かりになりそうなことを教えていただけませんか」

頭を下げる桐山から写真を受け取った鴨志田は、眼鏡を持ち上げて写真を見た瞬間、怪訝《けげん》な表情になった。

「この外人のほうにも見覚えが……ちょっと待て……」

記憶を絞り出していた四角い顔が、急に晴れた。

「あ。思い出したぞ！　都心地下導水路だ」

「なんですそれは」

桐山は建設土木関係に疎《うと》い。

「知らないのか君は？　飯田橋《いいだばし》から汐留《しおどめ》に至るウルトラ大規模な公共事業だったんだぞ。ああ……これは私の領分だよな。都心地下導水路というのは都心の洪水対策のための雨水専用排水路で、最近完成したばかりだ。ウチの事務所に繫がりのあるゼネコンが工事を請け負っていたんだが、この外人は、工事現場でうろちょろしてた。うん。そうだ。あの外人に似ている！」

何であんな者を出入りさせているんだ、と鴨志田が現場関係者に聞いたところ、あれはトンネル関連のスペシャリストなので上層部が特に現場に立ち入る許可を出している、と工事関係者は答えたという。

「加えて言えば、その区間を担当したゼネコンは、『タクティクス・ホールディングズ』の大口取引先でね……」

鴨志田は決定的なことを言った。

「そうですか。間違いないでしょう。この男は、米軍の特殊部隊を強制除隊になる以前はトンネル工作の専門家としてアフガンに潜入する訓練を受けていました」

桐山が法務省や防衛庁の知人を通して知った事実を伝えると、鴨志田は眼鏡を外して拭き、おどおどと言った。

「なあ、桐山君。私に出来ることがあれば何でも言ってくれ。スキャンダルが怖いから言ってるんじゃない。女の子を誘拐なんて……私はそんな事の出来る人間じゃないんだよ」

第8章　地下水流

翌日、竜二はマンホールを探しながら四谷《よつや》の街を歩いていた。

深夜の鴨志田との密談の結果を聞いて、唯依は地下にいると確信したのだ。それも、絶対に部外者の目に触れない地下下水道に。鴨志田の言う「都心地下導水路」というのがあるなら、それこそ誘拐してきた唯依を隠しておくのに絶好の場所だ。大雨さえ降らなければ、導水路も水量調整タンクというべき「地下貯水池」も無人の巨大コンクリート空間なのだから。

行動を起こすには準備が必要だという桐山を置いて、竜二は独り、『現場』にやってきていた。

建設族のドンである鴨志田から入手した「都心地下導水路」の最新経路図によれば、外堀に沿って走る導水路は、都心に降った雨水を集めつつ途中で信濃町《しなのまち》駅前地下にある『南元町《みなみもとまち》地下調整池』からの水を合流して明治《めいじ》通りに沿って南下、築地《つきじ》川を経て隅田《すみだ》川に流している。秘密のアジトとしてはこの『南元町地下調整池』が非常に怪《あや》しい。そして、そこに到達するには市谷《いちがや》付近から地下に入るのが一番ではないかという答えは既に出ている。

しかし桐山は、誘拐犯からの連絡を待つために家から離れられないのだ。この事は警察はもちろん、真相は第一秘書にさえ明かしていない。いや、明かせない。桐山と千晶、竜二／大介以外に事情を知っているのは、皮肉なことに政敵の鴨志田だけだ。

その鴨志田にしても、下手なことになれば本当に自分の政治生命が終わってしまう事ははっきり判っている。政治的野望のためにライバルの娘を危険に晒《さら》したという事が少しでも洩れれば、党内での地位はおろか議席さえ失うだろう。

その打撃を回避するためにも、彼なりに四方八方に手を尽くしている。その意味で現在、鴨志田は桐山の政敵であり犬猿の仲であり個性も政策も水と油でありながら、まさに一蓮托生《いちれんたくしょう》の状態にあった。

竜二の携帯が鳴った。桐山からだった。

「おい桐山先生。いつまで待たせるんだよ。おれはもう出撃するぞ」

「待てってたら。先方がまた連絡してきたんだ。今度はさらに具体的な指示がきた」

「要求はなんだ？」

「今日の午後六時の記者会見で、向こうの要求どおりの声明を発表することだ。私が総裁選に出馬しないことを表明して鴨志田派に入るか、もしくは政界引退を公表してある人物を後継者として指名せよ、とね」

電話の向こうの桐山は淡々と言った。

「もうじき、正午だ。たった六時間では何も出来ないと踏んだんだろうね。この条件を呑めば、唯依を引き渡してくれるそうだ」

桐山が今までの政策を棄てて鴨志田の陣笠議員になるか、引退表明かの選択だ。

「政治家なんて別に殺さなくても、バッジを取りあげれば死人も同然だからね」

「で？　どうするつもりなんだよ」

竜二はイライラしてきた。

「まさか、向こうの言いなりになるんじゃないだろうな？」

電話の向こうの桐山は無言だ。竜二は続けた。

「あんた自身が連中の言いなりになり続けるのは不可能だ。いずれあんたはその約束を破る。そうしたらまた唯依が誘拐されるか……もっと悪いことが起きる」

「そうだろうね……私を含めた誰かが殺されるだろう」

桐山の声は掠《かす》れていた。

「で、連中が指名した後継者というのは誰なんだ？」

「鴨志田がやってる政経塾の卒業生で、現在彼の秘書をやっている津村《つむら》という男。父親は元官僚で本人はハーヴァード卒で『タクティクス・ホールディングズ』経営陣とも交遊がある。金で釣られただけの鴨志田とは比較にならない、『その物ズバリ』の危険な人物だ」

桐山はどうするつもりなのか。そんな男を後継に指名するなど彼の政治的全キャリア、思想信条のすべて、いや、魂を売り渡すにも等しい。

と、なれば……桐山自身が自殺するしかないではないか。理想あくまで高く、政治家にしては純なところのある男であるが故に、折れるときはあっけなくぽっきりといってしまいそうな、そ

んな危うさが、桐山にはあるのだ。鴨志田ならへらへら笑って生きて行けるだろうが、桐山には
そんな余生は、絶対に耐えられないはずだ。
「おい桐山センセイ。あんた、まさかヘンな事は考えてないだろうな？　唯依の解放を条件に、
連中の要求をすべて聞くと返事してあんたは姿を消す、なんて事はないだろうな？」
　電話の向こうからの返事はなかった。
「おいおい桐山センセイよ。早まるなよ。何とか唯依を救い出そうぜ！　まだ六時間あるんだ」
「六時間、ね……」
「こっちは鴨志田のキンタマを握ってるんだ。ヤツにもっと影響力を発揮させられないのか？
敵の黒幕に取り引きを持ちかけるとか、やり過ぎだと諫《いさ》めさせるとか、内情を探るとか……」
「それは無理だろう」
　桐山は言った。
「鴨志田は、単なる使い捨ての駒だ。テロにまつわる資金スキャンダルについても、自分は嵌《は》め
られたと鴨志田は言っていた。何も知らないというのはおそらく本当だろう。きみのいう『マス
ター』という人物に交渉すれば、まだ可能性はあるかもしれないが」
　それも無理だ、と竜二は思った。『マスター』を怒らせ、公然と楯《たて》突く側に回った以上、政治
家・桐山を潰そうとしているアイツが、こちらとの交渉に応じるはずがない。
「だからさ、鴨志田は頼りにならないし警察沙汰にも出来ないんだから、自力で唯依を助け出す
しかねえだろ。政治家のセンセイはいろいろあるんだろうが、オレはもうテメエなんかアテにし

ねえ。大人しく女房とそこで待ってな。オレは今から地下に降りるぜ！」

竜二は通話をぶち切って一呼吸おくと、もう一度携帯を操作した。ここに至る経緯を大介にまとめさせ文書にしてあったものを電子メールで送信したのだ。その同じ相手に、さらに電話を入れた。

「やあ。葉子先生か。あんたには世話になったから、一言礼を言っておこうと思ってな」

「沢さん？　何を言ってるの？　まるでこれが最期の電話みたいな事を……」

「詳しくは今送ったメールを見てくれ」

電話の向こうで息を呑む気配があった。

「まさかあなた……何なの？　今から何を始めようと言うの？」

「いや、ちょっとこれから東京の地下に潜って一仕事しなくちゃならない。今度ばかりは結構ヤバいかもな。なんせ敵は米軍で特殊部隊の訓練を受けたプロだ。アジアに派遣されてインドネシアの暴動じゃかなりの事をやらかしてる。やり過ぎでクビになったが、さもなけりゃアフガンの地下要塞にだって潜入してたような奴だ。正直ちょっと手強《てごわ》いぜ」

葉子は咄嗟に言葉が出ない様子だ。慌ただしくメールに目を走らせているのだろう。

「返す返すも残念なのは、あんたと出来なかったことだ。やり残した女は、マジであんたぐらいだからな。実はあんたのこと、好きだったんだ。信じないかもしれないけれど」

そう言いながら舌を出そうとして、思いがけず目頭が熱くなったのに竜二は驚いた。こう言い残しておけば、無事生還の暁《あかつき》には感動のあまりガードの緩くなった葉子先生とベッドイン出来るかも、と計算したのだが……。

　葉子に襲いかかった夜のことが思い出された。滑らかだが鋼《はがね》のように硬い筋肉で、竜二の手の侵入を頑《かたく》なに拒《こば》んだ彼女の内腿。成熟しきった女の匂い。その女の声が、完全に度を失って携帯から聞こえていた。

「沢さん。ちょっと待って。どういう事？　地下って、下水道の中で何かやるっていうの？　それはダメよ。いい？　そ・れ・は・ダメ！　行っちゃダメ！　首都圏は午後から雨が降るって予報よ。けっこうまとまった雨になるって。雷雨って言ってるから、もしかすると豪雨になるかもしれないわ。そんな時に下水なんて。溺死するわよ、あなた！」

「もう行くと決めたんだ。詳しい事は鴨志田に聞いてくれ。連絡先もメールに書いた」

　竜二はそう言って、わざと乱暴に通話を切った。

　目頭から鼻にかけてが熱い。胸にもなにかがつかえているような気がする。それが『悲しみ』という感情であることが、初めての竜二には判らない。彼は空を見上げた。

　たしかに、重い雨雲が低く立ち籠《こ》めている。遠くのほうでゴロゴロ、という雷鳴も聞こえている。駅にある天気予報の電光掲示板にも傘マークが出ているし、駅のアナウンスも『中央線は高《たか》尾《お》付近の豪雨のためダイヤが乱れております』などと言っている。

　だから、なんだというんだ？

　竜二は煙草を咥《くわ》えて火をつけた。彼は、近年起きている都心の集中豪雨による新宿や渋谷での洪水騒ぎには、まったく関心がなかった。

駅のアナウンスがなおも続き、短期降雨情報がどうの、と喋り出した時、タクシーが猛スピードでやってきて、竜二の前で急ブレーキをかけた。

「や。遅くなったね」

降り立った桐山は、今から冬山にでも行こうかという重装備だった。防水アノラックに同じくナイロン製の防水ズボン。ゴム長靴に登山用のナップザックを背負っている。おまけに車のトランクから同じようなナップザックを取り出して竜二に渡した。

「おい。もう一時になろうって時間だぜ」

「それは判ってる。一応、家にあった装備を掻き集めてきた。特殊戦のプロが待ち構えているというのに、素手《すで》で下水に入るというのは殺されに行くようなものだろう?」

キビキビした口調の桐山は全身からやる気がみなぎり、パワーに溢れていた。目はぎらぎらと輝いていて、あたかも今からトライアスロンに出場する選手のようだ。

竜二がナップザックを開けると、黄色の工事用ヘルメットが出てきた。

「君が着る防水服の上下も入ってる。強力懐中電灯とかロープもな」

「それは判ったけど、あんた、よく出てこれたな。奥さんが引き留めただろうに」

桐山は否定せずに微《かす》かに唇を曲げた。

竜二は桐山が妬《ねた》ましかったが、前ほど腹が立たないのは、彼にも葉子先生がいて心配してくれているからだろう。

「唯依の奪還に失敗した場合、私が戻らなければ、秘書が政界引退を発表する段取りをしてきた。そうすれば、仮に我々が生還出来なくても、唯依が助かる可能性は残る……」

「用意がいいんだな。さすが政治家先生だ。だが、オレたちは生還するんだ。絶対にな」

表通りだと交通量も多いし人目もある。二人は、雙葉《ふたば》学園の方向に歩き、支線の下水道から入ることにした。

「ナップザックにライフジャケットが入ってる。それを着けてくれ」

桐山の言葉使いが男性的というか「体育会系」になっている。

「実は、留学中にキャニオニングっていうスポーツにハマッてね。登山の中に沢登りってのがあるだろう？　あれの逆だ。沢くだり。岩の窪《くぼ》みを使って這《は》い降りたり、滝と一緒に滝壺に落ちたり、ライフジャケットだけで激流くだりをしたり……実に乱暴なスポーツだが」

桐山はライト付きのヘルメットを被り、ナイロン・ロープを肩にかけた。

竜二も防水スーツとライフジャケットを身につけ、桐山の重装備を笑った。

「ゴム長なんか履いても、どうせ水が入ってくるぜ。全身、汚水まみれでぐっしょりさ」

「このルートは雨水を集める専用ルートだから、汚水じゃないと思うがな」

竜二の準備が出来たところで、桐山はマンホールの蓋《ふた》を開ける作業にかかった。ナップザックから取り出したバールをマンホールの鍵穴に突っ込み、近くにあったコンクリート片を支点にしてこじ開ける。その隙間に竜二がすかさず別のコンクリート片を差し込んで支え、指を入れた。

「気をつけろ。これは鋳物《いもの》で重さは百キロはあるから蓋が落ちれば指は全部切断されてしまうぞ」

「そんなヘマをするかって」

竜二は蓋をずるずると横に移動させ、人間が入れるだけの隙間を作った。

二人の先を促すように、雨が降ってきた。

マンホールの壁面はレンガが積んであり、年代物であることが窺《うかが》われた。五メートルほど下に黒い水面が見える。

竜二は暗闇に足を踏み入れ、金属製の作業用梯子《はしご》をゆっくりと降りた。

この辺りの管は支線で、腰を屈めてやっと歩ける程度の太さしかない。雨水を集める専用の管だから、普段は水流がなく、壁面もまだ濡れてすらいない。

竜二に続いて桐山も管の中に降り立った。

地下特有のひんやりした空気に、じっとりした湿気が充満していた。桐山の言う通り、下水のような汚水が流れているわけではないから臭気にむせる事はないけれども、冷気の中にカビ臭い臭いが漂っている。そして耳を圧倒するのは、ゴーゴーという水流の音だ。彼らの足元にある水はまだ水たまり同然だが、遠くのほうからは滝のような轟音《ごうおん》が響いてくる。

「このまま右方向に行けば、本線というか幹線に出られるはずだ」

桐山は暗闇の中で、胸ポケットから取り出した小型コンパスをライトに当てて見た。

「気をつけてくれ。どこにあのラミレスが潜《ひそ》んでいるか判らない」

「判ってる。しかしやつが特殊部隊あがりってのは本当に本当なんだな？」

「正確にはペンタゴンの、ＪＣＥＴという外国軍との共同訓練プログラム、と言えば聞こえはいいが、要するに、派遣された国の軍隊にその国の民衆や反体制勢力を弾圧するノウハウを提供する特殊部隊の一員だったわけだ。九八年五月インドネシアで大規模な暴動があった時に、このラミレスという男もジャカルタにいた。インドネシア国軍の秘密治安部隊と一緒になって、大勢の中国系の女性や少女を暴行した。うち二十人ほどが暴行の最中に死んだが、その多くがラミレスの犯行だと言われている。それが原因で強制除隊になったんだ」

「なんだ、結局そいつはタダの変態かよ。黄色人種の女を見ると頭に血が昇るんだな」

深雪や潘淑華の肌に残された無数の噛み痕や痣《あざ》や傷を思い出して、竜二は言った。

「デルタフォースやシールズのエリートってわけじゃないんだ。楽勝だぜ」

「甘く見てはいけない。鴨志田の話ではそいつは相当な軍事マニアで、工事現場のトンネルでも一人で軍事訓練のようなことをしていたそうだ」

「落ちこぼれの変態で、しかも軍事オタクかよ。そんなやつに負けるかってんだ」

竜二は一気に心が軽くなり、先に立って歩く桐山に声をかけた。

「しかしあんた、政治家のくせに堂に入ってるじゃねえか。道具の選択といい装備の決まりっぷりといい、ただの政治家じゃねえと思っていたが、あんた相当の遊び人だな」

「……学生時代、山歩きが好きだっただけだよ」

「で、冬山で遭難して捜索隊の世話になって、さんざん迷惑をかけたとか？」

「いやいや、私はトレッキングどまりだったから」

「で？　今じゃ赤坂《あかさか》の料亭街で夜のトレッキングか？」

「君も古い事を言うねえ。料亭で密談なんて古い政治家のする事さ。どうしてもやる時はホテルに部屋を取るとかするものだが、私には縁がない。家に呼んじゃうし」

「政治家のくせに妙に貧乏臭いじゃねえか」

竜二が執拗《しつよう》に挑発しても、桐山は苦笑はするがいっこうに腹を立てない。

「君、ムダだよ。センセイ方が海千山千なのは与野党問わずだから、すっかり忍耐力がついてしまったってところかな。わざと怒らせて本音を引き出すテレビ司会者もいるしね」

外堀通りに向かって後戻りする方向に歩くうち、前方から轟音が強く谺《こだま》してきた。

「路線図によると、この雨水導水線は、文京《ぶんきょう》区や新宿区北部の雨水を集めてここに来ている。この先は四谷方面や赤坂方面の雨水を集めながら、外堀に沿ってぐるっと回って新橋《しんばし》方向に出る。そこでまた丸の内や銀座のビル街の水を集めて汐留に行き、最終的には隅田川に流れ出る。おや……北のほうじゃもう降り始めたんだな」

前が開けて、巨大なトンネルが姿を現した。直径十二メートルはあろうかという、地下鉄が走ってもおかしくはないトンネルだ。だが、ここには水が流れているだけだ。

「すげえな。こんなものが地下にあったとはな」

竜二は素直に感心した。

「環七や環八の地下にもあるし、春日部《かすかべ》のほうにもある。都市化すると豪雨が即洪水になるからね。それにここ数年、都心が局地的集中豪雨に見舞われることも多くなってきたし」

桐山はザックからナイロン・ロープを取り出すと、まず自分の身体に巻き付け、残りを竜二に巻き付けた。

「ザイルってやつだな。これでおれとアンタは一蓮托生《いちれんたくしょう》って訳か」

「難所を歩くときの安全策だ」

幹線は巨大だが、水を通すためのモノなので、明かりはない。幹線直上の雨水マンホールの穴から漏れる光と支線から回ってくる光だけが光源で、薄暗い。

よく見えない空間は広いが、地下だけに閉塞感がある。あるのはコンクリートの壁と水だけで、時折差し込む光が恋しくなるような、気味の悪い世界だ。

とにかく先に進まなければならない。二人のにわか戦士は、ヘルメットのライトを頼りに、ゆっくりと足元を確認しながら前進した。

突如、前方で閃光《せんこう》が輝いた。ぱあっと発火したと思ったら、次の瞬間、がーんという激しい銃声が構内に響き渡った。凄まじい大音響の上に、それが幾重にも反射してわんわんと谺が続いた。

「くそ。耳が聞こえねえ」

目も、閃光の残像が焼き付いた感じになってしまって見えにくい。だが、目の前に長身の男らしきものの輪郭が突如出現し、立っている事は見て取れた。桐山のヘルメットについたライトがその男の顔を一瞬照らした。白い皮膚に冷たい眼と金髪が輝いた。

その白人は、まるで鬼ごっこの鬼、それも圧倒的に有利な鬼のように、「こっちにこい」というふうに手を振ると、バシャバシャと水を蹴散らしていきなり走り出した。

しかし、その白人、ラミレスと思われる男の姿は、少し走っただけで消えてしまった。どこに行ったのか皆目判らない。まさに忽然《こつぜん》、という感じで姿を消してしまったのだ。

二人があたりをキョロキョロしていると、さっきとは真反対の後方から、「ヘイ、ガイズ！」という叫び声とともに銃声が起こった。すぐ近くの導水管壁面に当たった弾は、びゅーんという音とともに跳弾して反対側の壁面に当たった。至近距離からの弾丸のエネルギーはまったく衰えず、ジグザグ状に跳飛を繰り返していく。

「待てっ！」

反射的に伏せた二人は、激しい音を立てて上をかすめる銃弾を避けた。

実弾の恐怖を目の当たりにした桐山は、しゅうう、と音を立てて息を吸いこんだ。

「アフガンに行かなくても東京の地下でトンネル戦が出来るとはな」

恐怖を感じないタチの竜二は笑ったが、さすがに少しは緊張した。

「あの野郎、この辺りの下水管を熟知してやがるな。逃げても、きっと先回りされる」

やがて、ラミレスのものに違いない足音が二人に向かってゆっくりと近付いてきた。

「あいつは、暗視ゴーグルをしているはずだ。特殊部隊の必須アイテムだし」

「じゃあ、やつにはおれたちがまる見えってわけか」

「とにかく前に走ろう。座して死を待つわけにはいかない」

桐山はそういうなり走り出した。中腰になって体勢を低くした竜二も続いた。

走る二人を容赦なく銃声が襲った。幸い直線部分で跳弾はなく、弾丸は前方に飛んでいく。

「おい、ちょっと待て」

竜二は桐山の手をつかんで、支線に飛び込んだ。息をはずませ、桐山も言った。

「こんな調子で逃げても体力が消耗するだけだ。態勢を立て直さないと」

「なんとか攻勢に出ないと負けるな。とは言ってもなあ……あんた政治家なんだから武器ぐらい調達できなかったのかよ？　警察とか自衛隊だって武器持ってるだろ」

「馬鹿を言うなよ。政治家は文民なんだぞ。とにかく、やつの火器攻撃を封じるには、接近戦しかない。撃てないくらいの至近距離で、二人がかりでやれば」

「だけど向こうも一人じゃなかったらどうするんだ？　あの変態野郎の野崎だっているんだぜ。完全装備の凶暴など変態集団だったら」

「その時はその時だ。こっちには武器も人員もないんだから、周到な作戦なんか立てられない。とにかく今度は敵に向かっていこう。どうせこちらの姿は見えているんだ。腰を低くして頭を撃たれないようにして突っ込んでいこう」

「それしかないだろうな。なんとか動きを封じ、唯依の居場所を吐かせるんだ」

竜二は桐山の案に同意し、そろそろと頭だけ支線から出してみた。幹線の様子を探るためだ。が……。一番太い幹線は静まり返っていて、人の気配すらない。上流で降り出した雨が轟々と音を立てて流れているだけだ。

「またどこかに隠れたのか？」

二人は顔を見合わせた。

この幹線には、無数の支線が流れ込んでいる。左右どちらの側にも土管の口が開き、落差をつけて上から水を吐き出しているものもあるし、真上の頭上にぽっかり口を広げている管もある。ラミレスがそのどこに隠れているのか、まったく判らない。

武器を持つラミレスに逃げる理由はない。きっとこの近くにいるはずだ。

ライトを消し、恐る恐る前進していると、いきなり目前の水面が盛り上がった。ざばあっという水音とともに、水中に潜んでいた敵が立ち上がったのだ。

「うわっ！」

逃げるヒマもなく、まず桐山が首根っこをつかまれて水中に押し込まれた。

「忍者の真似しやがって！　それが特殊部隊の特技か。ガキの水遊びじゃねえんだぞ！」

竜二はわめきながら蹴りを入れ、後ろからラミレスを羽交《はが》い締めにした。

「ユー、イエロードッグズ！」

特殊部隊あがりの大男は、渾身《こんしん》の力をこめて桐山の首を押さえつけている。

二メートル近い身長では竜二が背中から飛びついても振り落とされてしまう。やはり長身だが細身の桐山は、都会に降る汚れた雨水の中で、ごぼり、と大きな気泡を吐き出した。

片眼タイプの暗視ゴーグルをつけたラミレスは、ベレッタと思われるピストルを握ったまま、水の中で桐山の首をぐいぐいと締めあげ続けている。やろうと思えば一気に殺せそうなものだが、じっくり弱らせるのを愉《たの》しむのが、ラミレス流なのだ。

しかし、まずい。これ以上やられては、溺死する。

竜二は必死でラミレスの背中にかじりついた。ポケットが山ほど付いているメッシュのベストを手がかり足がかりにしてよじ登り、男の首に腕をかけて渾身の力で締めた。

一瞬、ラミレスの腕の力が鈍ったその機を逃がさず、桐山が水の中からがばりと起きあがった。

そのまま大きく跳躍して、桐山は大男の顎に頭突きを命中させた。

「オゥッ、シイィット！」

ふらついたところに、桐山がパンチを浴びせた。彼の指には金属製のナックルが塡《は》まっている。

よろけて後ろに倒れかかったラミレスを竜二がひきとった。首を締めながら耳をつかんで思いきり引っ張った。首の骨を折ろうというのだ。しかし特殊なトレーニングを受けていたラミレスの骨は丈夫に出来ていた。

「桐山っ！　今だっ、パンチを浴びせろ！」

言われるまでもなく桐山は意外にも見事なジャブを男の腹に浴びせ、頬や顎にも連続してストレートを炸裂させた。

「ぐえっ」

脇腹に竜二の膝蹴りをも食らったラミレスの力が一瞬、抜けた。そこを逃さず、二人はこの大男を水中に押さえつけ、上から思いきり踏みつけ、ニードロップを叩き込んだ。

「おっさん、股間を蹴れ！」

竜二の指示で桐山が思いっきり脚を跳ね上げ、キックしようとしたその時。ラミレスの足が桐山の軸足を払った。桐山はあっけなく水の中に倒され、一挙に形勢は逆転した。

しかし竜二は反動をつけて男の脇腹に膝蹴りをぶちかました。なんとか相手の暗視ゴーグルを毟《むし》り取り、ベレッタも奪おうとしたのだが、それは無理だった。大男も必死の抵抗をみせて飛びのくと、ひとまずの退却のように逃げ出した。装備では完全な優位に立っている以上、接近戦を避けるのは当然だろう。コンパスが長い分、逃げ足もはやい。

「アスタ・ラ・ヴィスタ（地獄で会おうぜ）！　ファッキン・ジャップス」

男はくるりと振り返ってそう叫ぶと、二人に向かって何かを投げつけた。

暗がりの中でよくは見えないが、筒状のそれは、戦争映画でよく見る手榴弾のようだ。

「伏せろ！」

お互い声を掛けて汚水の中に伏せた。

その手榴弾状のモノはバシャッと水の中に落ちた。

その間にラミレスが逃げ去っていくのが判るのだが、今立ち上がれば、もろに爆発の威力を受け止めてしまう。

二人は息をひそめて衝撃にそなえたが……待てど暮らせど何も起こらない。

「不発かよ……」

恐れを知らない竜二が起きあがり、爪先でそれを探った。しかし、変化はない。

桐山がライトを点けた。上下が大きな六角ナット状になった、骨張った金属の筒だ。

「ふむ。これは、デルタフォースが使うＸＭ84スタングレネードかもしれない」

「なんだそりゃ。政治家のくせに、あんたも軍事オタクなのかよ」

「いや私は、衆議院安全保障特別委員会に属しているので……わっ、やめろ！」

桐山は、竜二がその不発弾を拾い上げたのに驚愕した。

「だって不発弾だろ」

「不発弾ってのは破裂しそこなった爆弾なんだぞ。いつドーンとくるか判らないんだ」

「とにかくこっちには武器がない。こいつで奴の頭をがーんと殴ってやれば効くだろう」

彼らの足元を洗う水が増えてきた。道路にあるマンホールから漏れてくる水の音も、ポタポタという滴りから、ざざっざざっという不気味な落下音に変化している。

「……雨が本格的に降ってきたようだな。時間はないぞ」

竜二がその不発弾を防水スーツのポケットに入れ、二人は歩き出した。

桐山のライトに白いものが光った。前方の壁面に、スーパーの袋が引っ掛かっている。雨水に乗って流れるゴミはこれまでに幾つも見ている。竜二は通り過ぎようとした。

「待て！」

桐山が後ろから竜二の肩をつかんで引き倒したのと、スーパーの袋が爆発したのは同時だった。

耳をつんざくドーンという轟音と衝撃波が二人を襲った。トンネル内の爆風は四散せず一直線に伸びる。まったく減衰しないエネルギーが二人を吹き飛ばし、その身体をカーブしたトンネルの上部天井付近に叩き付けた。

ついで雨水が噴き上がり、トンネル最上部から十二メートルほど落下した二人の頭上に津波となって襲いかかった。

爆発による嵐が過ぎ去るまで、一分ほど掛かった。

強烈な爆弾の威力を目の当たりにした二人は、へたり込んでいた。

「おいセンセイ！　大丈夫か！」

「おお、生きていたか。耳が……よく聞こえない」

巨大な爆音が、二人の聴力を麻痺させてしまったらしい。鼓膜《こまく》が破れたかと思うほどの超大音響だった。

「……いてて。痛えと思ったら、ケツに鉄屑《くず》が突き刺さってたぜ」

竜二が顔色一つ変えず腰から鉄片を引き抜いたのを見て、桐山は目を丸くした。

「タフだな……君は」

「いや、センセイが引き戻してくれてなかったら、おれは今ごろズタズタだぜ」

桐山は、ヘルメットに幾つかの鉄片が突き刺さっているだけのようだ。

「しかしあんたは政治家のくせに……」

「その決まり文句はやめろって。私は、……その、個人的にもこういう事には詳しいんだ」

ようやく耳鳴りが収まりかけた頃、人の声のようなものが遠くから響いてきた。

「雨が降ってきたな。そうだろう（ヘイ、イッツレイニン、イズニット）？」

ラミレスの声だった。遠くの安全圏から叫んでいるのだ。

「あのジャパニーズチック（日本の小娘）を探しに来たんだな？　教えてやろう。彼女は地下の池にいる。すぐ近くだ。早く助けないと溺れ死ぬぞ」

声には笑いが混じっている。ラミレスは笑いながら煽《あお》っているのだ。

竜二が憤りのあまり飛び出していこうとするのを桐山が押し止めた。

「あいつの作戦にのるな！」

そう言いながら桐山は時計を見た。すでに午後二時になろうとしている。

二人の周囲を渦巻き流れる水の量は、明らかに増えていた。

「まずいな。地上では、雨がずいぶん降っているようだ」

「カモン、ガイズ、チックズ・ゴナ・ドラウン（来いよ、小娘が溺れるぜ）」

嘲笑う声がトンネルに響いた。桐山が言った。

「時間がない。急がないと唯依は本当に死ぬ」

「溺れるってか？　まだ大丈夫だろう」

「君は自然の恐ろしさを知らない。数年前に神奈川でキャンパーの事故があっただろう？　降雨の水かさは突然、とんでもなく増えるんだ」

たしかに、桐山の言うとおり、足元の水量は大幅に上がっていた。導水管に入ったときはせせらぎのような流れだったのが、今ではふくらはぎを強く洗っている。

桐山が決然と言った。

「やつが言った『地下の池』とは、南元町の雨水調整池のことだろう。地図を見てくれ」

ライトを点け、桐山は竜二に導水管の路線図を示した。

「こうなったら、陽動作戦しかない。私が囮《おとり》になってラミレスをおびき出す。君はその隙《すき》に雨水調整池に入って、唯依を助けてくれ」

導水管の路線図によると、この少し先、地上でいえば信濃町駅のすぐ近くに、南元町公園がある。その地下に、四谷・新宿方面からの雨水を溜める巨大な池が建設されているのだった。降った雨のすべてを一気に流してしまうと、導水管の下流が溢れてしまい、大変な事になる。それを防いで調整するための貯水池だ。

「しかしそれじゃ、あんたのやる事のほうが危険じゃないのか?」

竜二は流れ落ちる汗と雨水を拭った。

「そうかもしれない。だが私は地図を研究してきたし、沢くだり(キャニオニング)の経験もある。それを考えれば、私が囮になるほうが適任だ。唯依を救出したら合図してくれ」

桐山は自信ありげに頷いた。

「大丈夫かよ? 政治家のセンセイに、そんなことが出来るのか? どーでもよさそうな事をあーだこーだ言ってるだけで飯が食えるセンセイによ」

そう言われた桐山は、もう反論もせずに苦笑した。

「ま、そんなに自信があるなら、好きにしな」

それじゃ、と桐山は後の段取りを言い残すと、人差し指と中指を交叉させるおまじないをして、走り出した。それもたぶん、外国で覚えたものなのだろう。

ばしゃばしゃと音を立てながら桐山は進んでいった。

さっき見た路線図によれば、下水道の半蔵門《はんぞうもん》幹線と平行してここからしばらく進むと、進行方向に向かって右手に南元町幹線が接続しているはずだ。

竜二も先を急いだ。


桐山は、ラミレスがさっき使った手を逆用しようとしていた。今いる都心導水管につながる支線に入り、そこから先回りして敵の前方に出る奇襲作戦だ。ラミレスが進むだろう方向は一つだけだ。それは南元町方向で、竜二と同じだ。竜二が無事、南元町調整池にたどり着くためには、桐山が身体を張ってラミレスを幹線接続地点より先までおびき出さねばならない。

おそらく敵は、南元町幹線との合流点のそばで待ち構えているはずだ。早くその場所からラミレスを引き離さないと、竜二が来て捕捉されてしまう。

桐山は支線の細い導水管の中を必死で走った。狭い分、息苦しい。いくら雨水といっても下水特有のすえた臭いを発しているし、流れてきたゴミも混じっている。

いくつもの支線が合流しあって、今自分がどっちに向かっているのか判らなくなった。慎重な桐山はその都度コンパスを使って方位を確かめた。

前方が明るくなり、幹線に戻った事が判った。しかし計算通りに、南元町幹線との合流点より少しだけ前に出られるだろうか？

と、その時、桐山の耳は接近してくる足音を捉えた。ラミレスだ。桐山が今まさに飛び出そうとしている、導水管の開口部に近づきつつあるのだ。

桐山は立ち止まろうとした。しかし、その時水量がにわかに多くなって、冷たい水の塊《かたまり》が強く膝の裏を押した。もう止まれない。よし。このまま水の勢いに乗って奴に突進だ。

桐山は仰向けになって流れに乗った。そしてラミレスが気づいてこちらを見た瞬間、足からスライディングして支線を飛び出し、幹線に出現した瞬間、いきなり敵の脇腹にフライング・ドロップ・キックをお見舞いした。

「オゥ、シット！ユー・ジャパニーズ・ポリティシャン！」

攻撃してきた桐山にラミレスは驚きを隠さない。よろめきながらも罵った。

「お前、チキン（腰抜け）じゃなかったんだな。日本の政治家、オール・ディックレス・シット（みんなタマナシ）」

「おれはステーツマンだっ！」

桐山は再び頭から突っ込んでいった。さっきの頭突きを再度やろうというのだ。

しかし大男はベストのポケットからサバイバルナイフを取り出して、一閃《いっせん》させた。

かすかに熱感が、と思ったら、頬から血が噴き出していた。深手ではないが、頬を数センチ、ざっくり切られてしまったのだ。

「日本の政治家、みんなチキンかマフィア。お前はマフィアらしいから、そういう顔にしてやる」

ラミレスはなおもナイフを振りかざした。

あの刃で腹を抉《えぐ》られれば、死ぬ。首に触れただけでも、頸動脈《けいどうみゃく》が切断される。

桐山はかろうじて飛びのいた。

「そうだ。お前が殺したいのは、この私だろう？」

桐山はナイフを避けながら叫んだ。

「私よりあの娘のほうが重要という事はないはずだ」

「そうともキリヤマ。お前は邪魔だ。殺してもいいとツジサワからは言われている」

『マスター』の本名を口にしたラミレスは獲物をいたぶるハンターの眼になっていた。薄い唇が笑いに歪んだ。

「では、私の命を奪え！」

桐山はそう言い棄てると身をひるがえし、猛然と走り始めた。

「そうしてやろう。だが簡単には殺さない」

特殊部隊の脱落者は水を蹴立て、大きなストライドで追って来る。

桐山としては、竜二が唯依を救い出す時間をなんとか稼《かせ》がねばならない。

彼は走りながら振り向いて、わざとラミレスを挑発した。

「お前は負け犬（ルーザー）だ。お前のような変態に、私が捉えられるわけがないっ！」

そう言い放つと、大きなモーションをつけて支線に飛び込んだ。迷路のような支線を走り回れば、それだけ手間どらせる。あとは体力が勝負だ。

しかし、入った支線の導水管はとても狭かった。中腰、いやほとんど這い蹲《つくば》るようにしなければ前に進めない。

息が上がってきた桐山は、ここ数年のトレーニング不足を思い知った。会議の連続で、ろくにジムにも通っていないのだ。

必死で前進し続けたが、目の前に壁が立ちはだかった。行き止まりだ。

振り返ると、ラミレスは大きな身体を器用にすぼめ、気味の悪いくらい滑るように迫ってきている。ここで捕まれば、もう終わりだ。

観念しかかったとき、ヘルメットにつけたライトが、左横と右横に口を開けた別の支線を照らし出した。真っ暗な中でその支線は闇に埋もれてしまい、見えなかったのだ。

右か左か。そんな事は判らない。桐山は、直感で左側に飛び込んだ。

が、その土管はL字に曲がって上方向に伸びていた。登るしか道はない。

彼は必死になって土管の壁に両手を突っ張り、登攀《とうはん》を開始した。と、行く手にまだらの光が見えてきた。どうやらこの上には外界に続くマンホールがあるらしい。が。外に逃げてしまったら、ラミレスは引き返して調整池に向かうだろう。唯依を助け出そうとしている竜二を、ラミレスに襲わせてはならない。

どうする……。焦りが汗となったかのようにぽたぽた落ちてきて、桐山は顔を拭《ぬぐ》った。

ええい……ままよ。

桐山は、思い切って、壁につけた両手両脚を離した。

垂直に伸びる土管の中で、彼は下に向かって落下した。ラミレスの頭上に落ちるのだ。ここでヤツが上に向けてナイフを構えていたら……。

運を天に任せた瞬間、桐山は強い衝撃を感じた。ちゃりん、という金属の音が響いた。

「ガッデム！」

頭上から桐山が降ってくるという予想外の展開に、ラミレスは対応出来なかった。

桐山の足が男の腕を蹴り、ナイフを叩き落としたのだ。

二人はそのまま落下して、狭い土管の底部、分岐点にまで転がり落ちた。桐山は痛みをこらえ、咄嗟に今落ちてきたのとは反対の右側の支線に潜り込み、死に物狂いで前進した。

「シイィット！」

背後でラミレスがもがく気配があった。ひと一人がやっと動けるだけのこの狭さで銃撃されたら最後だ、と思った時に広い土管と合流した。もはやどういう具合に配管されているのかさっぱり判らなくなってきた。

とにかく、時間を稼ぐのだ。

桐山は直径一・五メートルほどの導水管内を走った。

一方、竜二は、南元町から来る幹線に入り、流れを遡《さかのぼ》っていた。主幹線よりは狭くなったもののの、それでも直径五メートル以上はある。それだけに、調整池から流れて来る水量は多く、流れに逆らって前進するのはけっこう骨が折れた。その上、地上の道路に沿う形で敷設された関係か、右に向かって大きくカーブしているので、かなりの遠まわりになってしまうのだ。桐山とラミレスの動きは、もはやまったく判らない。

水かさは、膝近くにまで達していた。これ以上水位が上がると流れに逆らって進めなくなる事は、川の中州《なかす》に取り残されたキャンパーたちの事故で竜二も知っている。

水路は左に曲がった。これは地上の迎賓館を迂回したのだろう。

かなり歩いたのち、前方に直径が三メートルはあろうかという巨大なスクリュー状のものが現れた。これを回転させて調整池からの排水量をコントロールするのだろう。現在は停止しているスクリューの隙間から、激しく水がこちらに流れ込んでいる。導水管とスクリューの間にはかなりの間隔があるので、楽にすり抜けられる。ゲートではなく、こういうもので流量を調整するのか、と感心しながら竜二がそこをくぐり抜けると、突然、大きな空間が開けた。

これが南元町の地下調整池だ。敵が設置したらしい投光器で、内部が暗く照らし出されている。

竜二が出たのは調整池の最底部らしい。そこから見上げると、天井まで五メートル以上もの高さがある。数メートル間隔にコンクリートの太い柱が天井を支え、水圧から構造物を守るために立ち並んでいる。その柱を補強するように、横にも二層の梁《はり》が渡されている。地下の大伽藍《だいがらん》は四十本以上もの柱と梁、つまり立体の格子で支えられている巨大空間だった。核攻撃に耐えるシェルターのようでもあるのだが、近未来的な感じがしないのは、ごーごーという水音が大きく響き、湿ったコンクリートが芳《かんば》しくない臭いを放ち、サウナのように猛烈な湿気が漂っているからだ。

その天井にも直径三メートルはある導水管の開口部があった。濁流となった雨水が滝のように流れ落ちている。こんな巨大な空間が満杯になるほど雨が降るのか、と彼はまたしても素直に感心してしまった。

広い空間にライトの光量はあまりにも少なく、薄暗い。こんな中に長時間縛られている唯依を、竜二はさすがに可哀想に思った。彼がそういう感情を催すこと自体稀有《けう》なのだが、この不気味な光景を目にすればそれも無理からぬ事だ。

じっくりと目を凝《こ》らすと、ぼんやりとした光の中に何かが動いているのが判った。梁の中段に、唯依がいた。後ろ手に縛られ、脚も縛られて、柱に凭《もた》れるように座らされている。

彼女の前には、懐中電灯を持った男がいる。顔はもちろんよく見えないが、背恰好とその仕種をみれば、ロリコン変態の野崎以外、考えられない。その変態は油断しているのか、どうやら唯依の躰に触っているようだ。唯依はもがいている。

滝壺にいるような轟音で、野崎が何を喋っているのかまったく判らない。しかし、彼からこちらが見えていないのは確かだ。

水を溜めるのが目的の調整池だから、みるみるうちに水位は上がってきて、最初膝だったものが、今は腰を洗うほどになってきた。

手近なコンクリートの柱には、階段や梯子《はしご》のようなものは見当たらない。竜二はナップザックからナイロンザイルを取り出した。ザイルの先端にはフックが付いている。これを投げて梁に引っ掛ければ垂直登攀が出来る。他に方法はない。

こういうアウトドア的テクニックには縁のない竜二だが、持ち前のカンの良さと運動神経で、投げたフックが一発で梁に引っ掛かったのは運がよかった。

だが、唯依と野崎がいる場所より、さらにもう一段上の梁に昇らなくてはならない。音が掻き消されるのは有り難かった。

もう一度フックを投げてザイルをよじ登り、一段上の梁を進んで、野崎の真上に出た。

ロリコン変態男は、上から誰かが襲ってくるなどとは夢にも思っていない様子で、縛り上げた唯依の躰を撫で回している。

彼女が着ているノースリーブのパーカーは濡れそぼって、躰が透けている。その眺めを愉しみながら、野崎は、唯依の幼い乳房をわやわやと揉みしだいていた。なにやら卑猥《ひわい》な事を言っているらしくて、唯依の顔は羞恥と恐怖に歪んでいる。

飛び降りるタイミングを計っていると、ぼんやりと唯依が上を見た。その顔には絶望が宿っていた。ここで溺れ死ぬんだという諦めの混じった絶望だ。が、その瞳が竜二の姿を捉えた。二人の視線が交差した。

とっさに竜二は唇に指を立てて、知らん顔しろ、と合図した。唯依は即座にその意を悟ったが、一瞬、表情がぱあっと明るくなってしまった。

それを野崎が見逃すはずはなかった。異変に気づいて上を見た、その瞬間。

竜二が梁から飛び降りて、野崎に躍りかかった。

「このど変態野郎っ！」

梁の幅は一メートルほどだから、上から襲われては堪《たま》らない。二人はつかみ合ったまま、増水する一方の水面に落下した。

野崎は水中で、竜二の上に馬乗りになった。野崎が上になっていた。節くれだった手が、竜二の首に回る。それは竜二の喉を締めあげ、息の根を止めようとしていた。

野崎は小男だが、その膂力《りょりょく》は異常に強い。首を締められて反撃する力を失いつつある竜二は、野崎のなすがままに全身を水中に押さえつけられていた。野崎は竜二の頭を完全に水の中に突っ込み、おまけに彼の胸を足で踏みつけて、溺死させようとしているのだ。

ぎりぎり、と強く踏みつけるので、あばら骨《の》が折れたのではないかと思えた。

水中でもがく竜二から、次第に意識が遠退いていった。例によって、苦痛も恐怖も感じない。

これまでか。あっけないもんだな、という感慨があるだけだ。

だが薄れゆく意識の中で呼び掛ける声がする。

竜二。諦めないでくれ、大丈夫だ。それぐらいじゃまだ死なない。

大介の声だった。うるさいな、と思った瞬間、大介の意識内容がどっと流れ込んできた。

大介の意識は、少し離れた空中にあって、竜二の、いや大介自身の身体を見ていた。

『力を抜くんだ。もがけばそれだけ早く肺から酸素がなくなる。気絶したと思わせるんだ』

そういや、と竜二は思い出していた。大介のおふくろがキレてやつの頭を水風呂に突っ込んだ時、やつはいつもこうして身体から逃げだして、じっと眺めていたんだよな。

哀しい記憶だが、大介は子供の頃、ヒステリックな母親に、怒り狂った勢いでよく顔を水に浸けられた。洗面器の時もあったし浴槽の時もあった。ひどい時には便器だった。虐待を受ける子供には往々にして起こることだが、大介はいわゆる『体脱体験』によって、そこから逃れた。そして自分がどれくらい持ちこたえられるか、危険な時はどうすれば助かるかを知ったのだ。激怒した彼の母親は完全に常軌を逸していたので、我が子に対しても激しい殺意を剥き出しにしていた。そんな状態でも、相手が水中でぐったりと全身から力が抜けてしまうと、手を離すものなのだ。

野崎も、そうだった。

大介の意識が消えた。入れ代わりに竜二は水中で目を見開き、ごぼり、と口から泡を吹くと、そのまま起き上がり、野崎に襲いかかった。

「うわっ！」

恐怖の叫びをあげて野崎は尻もちをついた。死んだはずの男が生き返って襲いかかってきた、としか思えなかったのだろう。

「ばばば、ばけもの……」

「バカ。肺活量の多い男と言え」

竜二は、自分の身体に絡まっていたナイロンザイルを素早く野崎の足首に巻き付けると、ザイルの端をぐっと引いた。野崎はもんどり打って水中に没した。

「変態のくせに能書きが多いんだよバカ」

水の中でゴボゴボと暴れている野崎を尻目に、竜二は近くの支柱によじ登った。

足を固定され動きを封じられた野崎は、なんとか水中で身体を起こそうとしていた。だが水面はどんどん上昇している。やがて足だけではなくその全身が水に沈んだ。

ごぼっ、と野崎の口から大きな気泡が湧きあがった。反動で水を飲んだ変態男は、全身をがくがく揺らして悶《もだ》え苦しみ、その動きでポケットから飛び出した無線機が、ぷかりと水面に浮かび上がった。

作業用鉄梯子が目にとまった。竜二は梯子を登り、その最上段に野崎の足首を縛ったザイルを結び付けた。次いで唯依に駆け寄り、ロープを解いて抱き起こした。

「唯依！　大丈夫だったかっ！」

唯依は弱っているようだが、精一杯の微笑みをみせた。

「よし……今から脱出するからな」

「わ、私……泳げないの……水が、怖くて」

竜二は調整池の内部を見渡した。出口は、流れに逆らってそこから自分が入ってきた、巨大スクリューのある最低部の導水管だけだ。しかしそこはすでに水没している。

咄嗟に、なすべきことを決めて唯依に言った。

「俺にしがみつけ。合図したら大きく息を吸って止めろ。腕以外は力を抜くんだ」

唯依は黙ってしがみついてきた。竜二の胸に回した腕以外、その身体に余分な緊張はなく、完全に身を委《ゆだ》ねきっている。心から彼を信頼しているのだ。

「じゃあ、行くぞ」

竜二は唯依もろとも水に飛び込んだ。と、目の前に野崎のポケットから抜けた無線機が漂ってきた。野崎は、溺死してしまったのか、水中で足を固定されたまま動かなくなっている。

「変態らしい最期だぜ」

竜二は無線機をつかむと水を蹴った。周囲に水の流れが出来ている。調整池最底部の排出口めがけて、水が吸い込まれてゆくのだ。

竜二はその流れに乗った。調整池の壁が迫ってくる。身体の廻りで水流が渦を巻いた。

「いいか。潜るぞ。そんな長いことじゃない。俺につかまっていれば大丈夫だ。絶対、手を放すんじゃないぞ！」
一、二の三、と合図をして、二人は大きく息を吸いこんだ。
ダイバーのように潜水した竜二は、唯依を抱えたまま導水管を目ざした。

水深はすでに三メートルになろうとしていた。

だが水流が渦を巻き、振り返る形になった竜二が見たものは、水中で息を吹き返した野崎の姿だった。渾身の力を振り絞って自分の足に巻きついたザイルに取りつき、それをよじ登ろうとしている。猿のような動きが、投光器から水中に射しこんだ光に、不気味なシルエットとなって浮かび上がった。

ここで復活されて追ってこられては困る。

竜二は咄嗟に唯依を抱え直し、頭を上げ、足で水を蹴った。

ざばあっと水面に浮上すると、野崎も水面に顔を出していた。げほげほと激しく咳き込み、溺死寸前だった野崎は、ぜいぜいと肩で息をし、足のザイルを外しにかかった。

そうはさせるか。

「唯依。しっかり目をつぶれ。そしてもう一度、息を大きく吸え」

竜二は唯依に囁き、さっき拾った不発弾をポケットから取り出した。

「野崎っ！」

竜二が思いっきり投げたそれは、コンクリートの梁にぶつかった瞬間、爆発した。

耳をつんざく大音響と凄まじい明るさの火の玉が炸裂した。

投げてすぐ水に潜ったのだが、それでもその激しい爆発音は聞こえた。

目をしっかりつぶったまま、渦巻く水流に身をゆだね、竜二は必死に水を蹴った。

少女の身体は軽いとはいえ、浮力はある。おまけにライフジャケットもつけたままだ。

引き込む水流があっても潜水は困難だった。心臓が激しく打ち、耳鳴りがしてきた。

唯依はといえば彼に完全に身をゆだね、身動きひとつしない。しっかりとしがみつく両の腕の力がなければ、死んでいるのかとさえ思うほどだ。

苦闘の末、さっき抜けたスクリューの底部を通り抜け、ようやく導水管に戻った。

調整池と接続するこの導水管も、殆どが水に満たされていた。しかし多少の空間は残っている。

そこに顔を出して息を継いだ竜二は、唯依に声をかけた。

「もういいぞ。第一関門突破だ」

「死ぬかと思った……でも、怖くはない」

「これは序の口だぞ。これからもっと死ぬかもしれない事が控えているぞ」

幸い調整池から流れ出した水がかなりの勢いになっている。それに竜二は身を任せた。

南元町幹線は終わって、さっきの本線の大幹線に戻ってきた。トンネルの口径がかなり違うので合流部でざばっと吐き出されてしまったが、大幹線はまだまだ水かさは低く、人の腰くらいだ。

そこへ桐山が無事、駆け寄ってきた。

「唯依っ！」

桐山は無我夢中で唯依の両肩をつかんだ。

「よかった……無事で……本当によかった……」

桐山の声も両手も震えている。先を促す竜二に桐山は問い質《ただ》した。

「君、合図はどうなったんだ？ 心配したぞ」

「調整池は水びたしだ。合図なんか聞こえるわけがない。さっきの大爆発、知ってるか？」

何の音だったんだ、と聞く桐山に竜二は言った。

「例の不発弾が、物凄い音で爆発したんだ。水の底まで昼間みたいに明るくなったぜ。今ごろ調整池、崩壊してるんじゃないか」

「それはないな」

桐山は冷静に言った。

「やはりあの不発弾は、XM84スタングレネードだったんだ」

「だからなんだよそれは」

「特殊閃光手榴弾というやつだ。物凄い音と光を出すが、破壊力はない。ほら、例の西鉄バスジャック事件の時、警官隊が突入した時に使ったやつだ」

「やっぱりアンタ、政治家のくせに軍事オタクだよな」

水量は増えるいっぽうだ。溺れ死にしないうちにとにかく先を急ごうと、桐山は唯依にも持参のライフジャケットとヘルメットをつけさせ、竜二と二人で、少女を真ん中に挟むようにして前進しはじめた。


一方ラミレスも、特殊閃光弾が炸裂するとき特有の大音響を耳にしていた。その数分後、支線から出てくる竜二たちの姿も確認した。

(しくじったな、野崎。あのロリコン変態ダメ野郎が)

元米国防総省特殊作戦司令部JCET部隊員のアメリカ人は、竜二たちを見送って南元町の調整池に急いだ。何故なら、彼ら三人の行く手にはいろんな関門が控えている。今焦って追いつかなくても大丈夫なのだ。地下導水路を熟知した彼ならではのゆとりだった。

特殊吸盤などを使いながら急流と化した南元町幹線の流れに逆らって進み、ラミレスが調整池にたどり着くと、野崎は目を押さえて梁に座り込んでいた。

「何があった？」

「すまん……人質を奪回された」

「なぜだ？」

「……あいつら、何故か特殊閃光弾を持っていた。おれの至近距離で爆発して、マグネシウムの熱いカスが目に入って、どうにも瞼《まぶた》が開かないんだ」

竜二が投げたのは、もちろんラミレスの閃光弾だ。

「なぜ油断した？　相手は一人で、しかもアマチュアだぞ」

「なあ、ラミレス、兄弟、判るだろう？　おれたちがなぜこの仕事をしているか。それは普通じゃできない事ができるからだ。おれは少女が好きなんだよ。あんたがイエローの女を殺したいのと同じだ。あんただって、ジャカルタでは犯《や》り過ぎて……」

「ノー！　あれは作戦行動だった。変態のお前と一緒にするな！」

ラミレスは手に隠し持ったアーミーナイフを一閃させ、いきなり野崎の喉をかき切った。

ぶしゅう、という鈍い音を立てながら飛び散る鮮血を、野崎は呆然として顔に浴びた。

「な……なんで」

喉から漏れるごぼごぼという音に混じってようやく声が出た。

「兄弟、お前がこんなことをするなんて……ダチだとばかり」

「ファッキン・イエロー・ジャップ！　お前は猿だ。殺したりファックは出来ても、猿と人間は友達にはなれない」

　やがて電池を抜かれた操り人形のようになった野崎の死体を、ラミレスは梁から蹴り落とした。

　滝のように落ちてくる雨水で渦を巻く調整池の中で、投光器におぼろに照らされた野崎の死体は赤い煙のような色を振りまきつつ、ぐるぐる回転して底に沈んでいった。

　ファック、と呟いたラミレスも続いて水に飛び込み、見事なサブマリン泳法で最底部の導水管に吸い込まれていった。


　竜二・桐山・唯依の三人は、立往生していた。

たどってきた導水管大幹線が、十メートルほどの落差に行き当たったのだ。

　ごうごうと濁流と化している雨水は、さながら瀑布《ばくふ》のように、激しい水しぶきを上げてどうどうと落下していく。

「これ、地上ではどのあたりなんだ？」

「恐らくは……赤坂から霞《かすみ》が関《せき》のあたりだろう。ここから先、新橋までは南北に走る下水の幹線や地下鉄とか……先に出来ていた地下構造物が多い。その下を通さなければならない必要上、こういう落差を作ったんだろう」

「これ……まともに飛び込んだら、どうなる？」

　竜二は、怖いというより面倒だ、という顔で聞いた。

「センセイお得意のキャニオニングでなんとか出来ねえのか」

桐山は周囲の状況を観察して思案していたが、やってみるか、と決断した。

「天井に、パイプが走っているだろう。あれは通信ケーブルが走ってるんじゃないかと思うが……あそこにザイルを引っ掛けて、それにつかまって降りるしかないな」

桐山は、唯依のライフジャケットをもう一度確認すると、ザイルを自分に巻きつけ、同じザイルに竜二と唯依を結びつけようとした。

「滝を越えたら、このまま流されていくしかない。水深はかなりだろうし、歩くのは無理だ。ここは素直に流されよう。そのためにもバラバラにならないように、こうして数珠《じゅず》繋ぎになったほうが制御しやすいんだ」

「政治家のくせに、よく知ってるな。その熱情を国政に振り向けてもらいたいモンだね」

竜二が茶化すと、桐山は珍しく気色ばんだ。

「やってるさ！　だからこういう目にあってるんだ」

「まあ、それはそうだよな。俺たちも敵さんも、まったくご苦労さまな事だぜ」

混ぜっ返した竜二だが、ザイルで三人が繋がることには逆らわない。

「ほんとは、一気に飛びこむほうが絵になるんだがな」

「きみ、『明日に向って撃て』の撮影じゃないんだ」

桐山は、別のザイルをトンネル天井に向けて投げ、パイプに引っ掛けた。

「よし。いくぞ……」

三人は、わーっと声をあげながらザイルを伝わり降りた。先頭は桐山で、続いて唯依。しんがりは竜二だ。

十メートルはある『断崖』を、激流に翻弄《ほんろう》されながら滑り降りた。足を導水管の壁面につけようとするが、水量があまりに多く激しいので弾かれてしまう。

これはまさに『滝くだり』そのものだ。しかも、轟音と共に濁流となって雪崩《なだ》れ落ちる滝壺の、ど真ん中に落ちては命にかかわる。毎秒何十トンもの水が降っているのだ。華奢な人間の身体など瞬くうちにバラバラにされてしまうだろう。

「素直に真下に降りたら、死ぬぞ！　みんな、合図で壁を蹴るんだ！　その反動で、滝壺から出来るだけ離れて着水しろ！」

桐山は怒鳴ったが、どこまで伝わったかは判らない。しかし彼がブランコの要領で何度も壁を蹴っては反動をつけて、前後に動く振幅をだんだん大きくしていくのを見て、竜二も唯依もその意図を悟った。

「三人の息を合わさないと、お互いの動きが力を打ち消しあってしまうぞ！　私の動きに合わせてくれ！」

他の二人は懸命に桐山のタイミングに合わせて身体を揺らし、同じテンポで前後に動いた。

三人の動きがシンクロするにつれて、水流に対するバウンドの幅も広くなっていった。

「よし。そろそろだ。私の合図でザイルから手を離せ！」

桐山は、渾身の力を振り絞って絶叫した。

ザイルの振幅が最大になった瞬間、桐山は手を離した。竜二も唯依も手を離した。

三人はゆるやかな放物線を描いて着水した。滝壺の中心から、かなり離れた地点だ。垂直に降下していれば滝の勢いに翻弄されていただろう。だが、今彼らが浮かんでいるのは、沸き返り波立つ水の勢いもややおさまり、ゆるやかに流れが渦を巻いている場所だった。

立ち泳ぎの体勢で桐山が言った。

「よし。このまま三人が繋がって水流に逆らわずに流れていこう。それが一番安全だ」

竜二は落差の上を見上げた。ラミレスが追ってくる気配はない。

「アイツはどうしてるんだ？　まさか先回りして、この急流に乗って来るおれたちを狙い撃ちしようっていうんじゃ……」

何だか物足りなさそうな竜二に、桐山は、いや、と言った。

「君はまるでアイツに追ってきてほしいみたいだね。だが、それはないよ」

この付近に迂回できる支線はなく、『高段幹線』『愛宕《あたご》幹線』『銭瓶《ぜにがめ》幹線』といった銀座・丸の内・芝方面を走る大幹線から雨水が合流してくる構造になっている、従って先回りは難しいはずだ、と桐山は説明したかったが、今はとにかく先に進むことが先決だ。

「いくぞ！」

三人は繋がったまま、文字通りの『激流くだり』をはじめた。

＊

クリニックの窓を激しい雨が叩いた。

葉子は、日本橋の自分のクリニックにいたが、気が気ではない。診察室のデスクにある小型液晶テレビには、東京二十三区を襲うピンポイント集中豪雨の中継が映っていた。

「降り始めから一時間の降雨量は渋谷で八十ミリ、大手町《おおてまち》で六十五ミリ、杉並《すぎなみ》では九十ミリを超す大雨となっております。環状七号線に沿った形で雷雲も発達し、中野・新宿方面では雷雨になっています。なお、大雨による交通機関への影響ですが……」

アナウンサーは最新データを読み上げている。画面に映し出される雨は大粒だ。かなりの勢いで降っている。豪雨そのものだ。人々はずぶ濡れになって歩いているが、これだけ降っても道路の冠水や川の決壊といった事態になっていないのは、地下の雨水導水路が整備されたからだ。アスファルトでは吸収されずに溜まった雨は、雨水導水管に吸い込まれ、流されるのだ。だが、激流となったその中には、竜二たちがいる。

時計を見ると、すでに二時近い。

パソコンの画面をスクロールする手が震えた。葉子は、竜二からのメールを何度も読み返し、慌ただしく考えを巡らせていた。

冷静にならなければ、と思うほどにパニックが襲ってくる。

だけど、どうして？　どうしてこんなに動揺しているの？

葉子は自問自答した。もしも竜二の身に何かがあったら……多重人格の治療がやりかけになってしまうから？　主治医としてそれに耐えられないから？　それともまさか、あんな男を本気で好きになってしまったとか？

『実はあんたのこと、好きだったんだ。信じないかもしれないけれど』

竜二の声が甦ってくる。葉子はたまらない腹立たしさを覚えた。

なぜあの男は私の心を掻き乱すような真似ばかりするのだ？　一体、何の権利があって。

ついに葉子は電話を取り上げた。目の前のパソコンの液晶画面には、竜二からのメールの末尾が表示されている。『鴨志田毅一』という名前と直通の電話番号もだ。

「もしもし、先生、わたくし、中央医療審議会でお世話になったことのある、東大医学部非常勤講師の一橋でございます」

こういう時、東大講師の肩書きは印籠《いんろう》の役割を果たす。相手がオフィシャルな人間であればあるほど、こちらの肩書きや学歴が威力を発揮するのだ。

「やあやあ先生。その節はどうも。覚えておりますよ。相変わらずお美しいのでしょうな」

割れたスピーカーのような声が聞こえた。

「時間がありませんので、先生、失礼を承知で単刀直入に伺います。都心の雨水導水管をストップさせるにはどうすればいいんですか？」

「は？」

葉子が思いがけない事を言いだしたので、鴨志田は素《す》っ頓狂《とんきょう》な声を出した。

「鴨志田先生もご存じでしょう？　今、桐山さんが都心の地下導水路にいます。一緒にいるのは私の患者です。そこにこの豪雨で彼らの安否が心配なのです」

「まあ、これだけの流量ですから、速《すみ》やかに隅田川に流すためには強力な排水ポンプが回っているでしょうな」

「だから、それを止めてもらいたいんです。エエ判ってます。それをやると都心が洪水になるから無理だとおっしゃりたいんでしょう。ですがそれで三人が確実に死ぬ、そのひとりはあなたのライバルで有力な政治家だとしたら、どうします？　洪水も大変なのは重々判っていますけど」

電話の向こうの鴨志田は、神妙な声になった。

「ええとね、これは東京都の所管なんで、私がすべてを知ってるわけではないんですが……たしか、芝浦《しばうら》の下水処理場がポンプの集中管理をしているはずで」

「そこに電話してポンプを止めろと圧力かけられませんの？」

「私が？　そりゃ無理だ！」

鴨志田は悲鳴を上げた。

「あのねえ。そりゃ私はダーティなイメージがこびりついているが、裏で一本電話すれば誰もが動くみたいな、そんな闇将軍じゃないんですよ。それに、圧力を嫌うのが桐山派でしょ」

「いいです。結構です。じゃあ、私が行って、直接お願いします。芝浦の下水処理場って……ああそれもいいです。自分で調べますから！」

葉子は電話を切って立ち上がった。どんな風に説明すれば判って貰えるのか皆目、見当もつかないが、とにかく行かなければ。

本棚から東京道路地図を取り出した彼女は、受付の女の子に「本日休診！」と叫んでクリニックを飛び出した。

「ええと、品川《しながわ》駅の裏手にある、芝浦下水処理場ね！」

タクシーに乗り込んだ葉子は行き先を告げた。

雨で道路が渋滞する中、イライラして乗っていると、携帯電話が鳴った。

「鴨志田です。一橋先生、いまどこですか？」

「やっと新橋を抜けたところです。先生は何をなさってるんですか？　呑気に鼻毛でも抜いてらっしゃるんですか？」

どうしてもケンのある物言いになってしまう。

「またそんな……これでも私は力になろうとあれこれ。ええと。電話したのはですね、先生おたずねのポンプの管理は芝浦で集中制御してません。あの導水路は汐留で築地川に注いでるんで」

「それはどこですか？　私はどこに行けばいいんでしょう？」

「ですから、汐留です。汐留のポンプ場。住所は中央区築地5の5の16番先」

「だから、それはどこ！　住所で言われても判らないでしょう！」

「ええと、浜《はま》離宮庭園の向かい側……朝日新聞の裏……」

鴨志田は女教師に叱られて萎縮する劣等生のような声になった。

「それじゃ逆戻りじゃないのっ！　運転手さん、朝日新聞社裏の汐留ポンプ場に急いで！」

タクシーから飛び出した葉子が傘もささずにポンプ場の管理ビルに駆け込むと、意外や、東京都下水道局の係員はすんなりと応対してくれた。

「一橋先生ですね。衆議院議員の鴨志田先生からお話は。極秘の案件で、ウチの排水ポンプを一時停止してほしいとの非公式な要請がありまして。同様のお話は都知事からも」

おお、と葉子は思わず歓声を上げた。鴨志田と現東京都知事は以前、同じ派閥に属していたこともあって旧知の間柄だ。どこまで事情を話したのかは知らないが、非公式ルートとしてはまさに超弩級《どきゅう》だ。鴨志田はのらくら言いながらも、やってくれたのだ。

「では、制御室にご案内しましょうか」

ハイ、と素直に返事をした葉子は係員の後について制御室に入った。水の流量を示すテレメーター及びポンプの回転を示すメーターなど最少の表示のみのシンプルな標示板に、これも幾つかのボタンがあるだけの簡便な制御卓しかない、あっさりした部屋だった。

「新しいポンプ場であれば、センサーとコンピューターによる制御で遠隔集中管理するんですが、ここは古いですから……電話で指示を受けたりして、手動で調整してるんです」

「すぐ、今すぐにポンプを止めていただけますか？」

葉子は気が気ではない。

標示板を見ると、ポンプ場に流入してくる水量はぐんぐんと上昇するいっぽうだ。

「しかし……雨水導水管はですね、自然の地形の高低を利用して山の手からこちらに流れるようになってますが、ここらにくると水量がまとまるので、ポンプで強制的に海に流し出してやらないと円滑な排水が出来ません。だから……ここのポンプを長時間止めておくと、都心に洪水が起きる心配があります。それでも止めなければなりませんか」

導水管の使命を考えると、それは確かにそうだろう。しかし、なんとかして竜二たちの命を救わなければならないのだ。

導水管の中の様子は判らないのだろうか。内部と連絡がつけられないのだろうか。

だが、テレビモニターとか各種センサーを期待するのが無駄だという事は、昔風のボタンしかないこの制御室を見れば判った。

その時。制御卓の隣にあるスピーカーから、葉子を促すようにバリバリッというノイズが響いた。

「やはり、ポンプを止めてください。今すぐに！」

係員は、いぶかしげに葉子をみた。

「導水管の中の、何を心配してらっしゃるのか判りませんが……けれど、ここのポンプを止めたからと言って、水の流れには自然の勢いもありますから、導水管の中がいきなり空になるわけじゃないんですよ」

「それでも、お願いします。ポンプを、止めてください」

葉子は断固、引かなかった。

＊

その頃。桐山を先頭に、唯依・竜二とつながった隊列は、キャニオニングの要領で勢いよく導水管内を下っていた。カーブにくると、まるでボブスレーのように身体を傾けて滑り、落差にくると、ジェットコースターに乗っているようにざーっと流れ落ちる。こういうスポーツや遊びは数あるが、人間が生身の身体を剝き出しにして自然にぶつかっていくものはあまりないだろう。

　奇声を上げて激流の中を下っていく彼らのその姿は、まるで地下導水管をテーマパークに使っているように愉しげだ。が、愉しんでいるのは竜二だけで、唯依はもちろん経験者の桐山も緊張に顔を強ばらせている。

「こいつは面白えや！　ボートに乗って激流くだりってのは、何をくだらん事を、とか思ってたけど、これは生身の身体だけで滑り降りるんだから、スゲエぜ！　今度、こんな臭いところじゃなくて風光明媚《ふうこうめいび》な清流でやりたいもんだね、センセイ！」

　桐山に答えるゆとりはなかった。キャニオニングで川くだりをする場合は、あらかじめ下調べして危険のないコースを水の流れに従って降りていく。この導水管は、岩こそない巨大なトンネルだが、だしぬけに横に開いた穴から濁流が流れ込んでくるし、不意に大きな落差もあるし急なカーブも切る。先頭の桐山はその都度安全を確保するために身体の向きを変えてコースの微調整をする。これがまったく気が抜けない緊張の連続なのだ。

しかも、その時、後方から奇声が響いた。

「ヘイ！　ガイズ、逃げられると思ったか？」

ラミレスだった。

「楽しませてもらったが、そろそろ終わりにしようぜ」

ひゃっほう！　とカウボーイのような奇声を上げた。この男にとって、これはゲームなのだ。敗者は死ぬ、勝つためには何をしてもいいという単純なルールのゲーム。もしくは子供じみた戦争ゴッコの気分なのだろう。実戦から外された鬱屈《うっくつ》をジャップに向かって晴らす、負けるはずのない戦争ゴッコ。

「わっはははああ！　見ろ！　前を見ろ！」

彼らの前方に、轟音を発しながら回転する巨大なスクリューが姿を現した。それはもちろん推進機関ではなく羽根を回して水を送り込むポンプの役割を果たしている。

「さっき、南元町にあったやつのデカいやつだな！」

竜二が叫んだ。

スクリューの羽根一枚が五メートルほどもあり、鋭利な刃物のようだ。多少の障害物なら切り刻み、ディスポーザーのように粉砕して東京湾に流してしまうのだろう。しかも、そのスクリューはかなりの高速で回転し、濁流を強い力で吸い込んでいる。

これに巻き込まれたら、即、死が待っている事は、ひと目見れば判った。

「ヘイ！　ギヴアップしろ！　素直になるならオレも考えないでもないぞ。負けを認めろ！」

ラミレスの姿は見えない。声が遠くから響いてくるだけだ。だが、きっと猛烈な速度で追い上げているのだろう。

スクリューの凶刃《きょうじん》が刻一刻と迫ってくる。強い水流に逆らうのは不可能だ。

「どうする？　こっちには無線機（ウォーキートーキー）がある。制御室に連絡してスクリューを止めることも出来る。間に合わなきゃ、身体を壁に固定するストッパーもある。だがお前らはどうだ？　下水の中でミンチになって、魚の餌《えさ》になりたいか？」

ラミレスの声が響いた。

前門の虎、後門の狼とはよく言ったものだ。まさに絶体絶命だ。

「ウォーキートーキー？」

竜二はハッと気づいた。野崎から奪ったアレもそうではないか。

急いで無線機を取り出すとスイッチを入れ、叫んだ。

「スクリューを止めてくれっ！」

だが、機械はバチバチッという悲鳴をあげたきり、ウンともスンとも言わなくなってしまった。見ると電源ライトも消えている。

畜生。衝撃を与え過ぎて、壊してしまったぜ。

しかし、どういう事か、スクリューの回転が目に見えて落ちてきた。うなりを上げていた音が減ってきたし、今までは回転が早くて見えなかった羽根が、一枚一枚はっきり見分けられるまでになってきたのだ。それにともなって、水流もいく分弱まってきた。ぐいぐい押し流されていたものが、足をふん張れば耐えられるほどに弱まってきたのだ。

「よし！　このチャンスに通過するぞ！　今の状態なら……」適度に遠心力が生まれて、それでスクリューに巻込まれないで済むかもしれない」

「ほんとかよ。あんた政治家だからな、信用ならねえぜ」

しかしここは桐山の判断に従うしか道はないのだ。

＊

「ポンプ停止一分経過」

係員は時計をみて宣告した。

標示板に映し出される状況は、まさに危機的だった。一番肝心カナメのポンプを止めているから、上流には水が溜まる一方だ。そして豪雨は衰えることなく降り続いているから、雨水導水管に流れ込む量も増え続けている。導水管自体が貯水池の役割をするとはいえ、標示板を見るとどこもすでに満杯で危険水位を完全に越えていた。どの水位メーターもレッドゾーンを示している。

「これ以上は危険だ。都心が洪水になります。東京の、いや日本の中枢部の地下なんですよ。コンピューターや光ケーブルは地下にある場合が多いから、洪水になったら都市機能が麻痺します！」

係員はポンプのスイッチに手をかけた。

「ここが出来てから三十年以上、ここの管轄で水害は発生しなかった。このポンプが回っているからです。もう、猶予はありません」

「待って！　待ってください！　もう少し！」

葉子は、係員の腕に齧《かじ》りついた。

「さっき、無線がガリガリって音を出したでしょう。中に人がいるんです。ここに緊急連絡をしようとしたんです。だから、あと少し！」

「いるのかいないのか判らないし、何人いるのかも判らない、そんな不確かな理由だけで、都心を壊滅させようというんですかアナタは」

係員は声を荒げた。

「こうなったら、都知事に直接判断を仰ぎます。それが私の仕事だ！　失礼」

係員は葉子を突き飛ばして、専用電話を取ろうとした。

葉子は係員にしがみつき、床に押し倒した。

「ダメ！　絶対にダメっ！」

＊

「壁にへばりつけ。遠心力を利用するんだ！　絶対に巻き込まれるな！」

桐山が三人を結びあわせているザイルの長さを調節し、数メートルほどに伸ばした。いかなる理由か先程からスクリューの回転どころか水流までが弱まり、静かになっている。三人は溺れない、ぎりぎりの水位まで身体を沈め、全身を導水管の壁面に密着させた。

「きっと、モーターは止まっている。回っているのは水流による惰性だ。パワーが入って回転しているんじゃない。だから勇気を持ってくれ！」

最初に、桐山が挑戦した。

スクリューと壁面との間は数メートルあって、スクリューさえ回っていなければ、楽に通り抜けられる。だから、羽根のほうに吸い寄せられなければ、大丈夫なのだ。それには身体の重心を落として壁にへばりつき、ゆっくり通過するしかない。

「いいか。もしも私が巻き込まれたら、このナイフですぐにザイルを切断するんだぞ」

巻き込まれれば間違いなくバラバラにされる巨大な羽根が、目の前にある。

ナイフを渡しながら竜二にそう言う桐山の顔は、緊張と恐怖で硬直していた。

桐山はゆっくりと横に移動していく。水流にふっと身体が浮き、持って行かれそうになる。それを懸命にふん張る。猛烈な水しぶきを頭から浴びる。

じりじりと動いて、ついに、桐山はスクリューの向こう側に抜けた。

「よし！　大丈夫だぞ！　私が出来たんだから、大丈夫だ！」

桐山は生き返った、というような声を出した。

「唯依！　ザイルを伝ってきなさい！　身体が浮いてもザイルを持てば大丈夫！　さあ！」

唯依は顔面蒼白になって、横に移動し始めた。途中、身体が軽い分、吸引力に負けてふわっと浮き上がったが、スクリューの向こうの桐山、後の竜二にザイルを支えられて、間一髪、通り抜けることができた。

「よし！　そのまま、きなさい！」

スクリューをすり抜けた唯依は、桐山の腕の中に飛びこんだ。

「よかった……唯依……」

桐山は愛する娘を、しっかりとその胸に受け止めた。

「よし！　次、いくぞ！」

そう叫んだ竜二の耳に、しかし遠くから水を蹴立てる足音が聞こえてきた。水流はすっかり弱まり膝下をゆるやかに流れているだけだ。その中をラミレスが走ってくるのだ。

モタモタ出来ない。

『恐怖』という感情を持たない竜二は、壁を横歩きするような面倒なことはしなかった。いきなり、回転がいっそう落ちてきたスクリューの間隙を走り抜けたのだ。

「あぶないっ！」

桐山と唯依の悲鳴が交錯する中、竜二はスクリューのこちら側に走りこんでいた。

「楽勝だぜ！」

誇らしげに笑う竜二に、唯依が悲鳴をあげた。

「お兄ちゃんっ、危ない！」

立て続けに銃声が響き、そのいくつかがスクリューの羽根に跳飛し、不気味な金属音を響かせた。

竜二が、がっくりと膝をついた。肩を押さえている。

スクリューの彼方から、ラミレスの声がした。

「今からそっちに行って、じっくり料理してやるぜ」

「お願い、今すぐ水を流して！　スクリューを回して！」

唯依の悲痛な声が導水管に響き渡った。

＊

汐留ポンプ場の制御室で、葉子は必死になって係員に組み付いていた。

「あなた、これは、公務執行妨害になるんですよ！」

「申し訳ありません……申し訳ありません」

謝りながらも、葉子は断固として両手両脚の力を抜かない。彼女としては渾身の力を振り絞り、恥も外聞もなく係員を阻止しているのだ。

と……その時。葉子の耳に、ある声がハッキリと聞こえた。

『お願い、今すぐ水を流して！　スクリューを回して！』

少女の悲鳴だ。あれは……唯依の声……？

しかし部屋には係員と葉子以外、誰もいない。無線のスピーカーからのノイズだけだ。

だが、またも『その声』が葉子の耳に響いた。

『スイッチを入れて！　早く』

「……スイッチを、入れましょう」

すっと立ち上がった葉子は、係員に場所を譲った。

急に態度を豹変させた葉子を、人の良さそうな初老の係員は気味悪そうに見た。

「どういうことなんです？」

「スイッチを入れてください。大変、申し訳ありませんでした」

そう言われると、今度はスイッチを入れていいものかどうか疑わしくなる。係員はいぶかしげに標示板を見た。

状況はさらに危機的になっていた。危険を示す赤い警報ランプすら点滅し始めている。

初老の男の指が、ポンプの起動スイッチを、押した。

＊

ぎゅいーん、というモーターの起動音がした。スクリューはゆっくり回転を上げはじめ、ある程度回りだすと、一気に回転が早くなった。

「ワオ！」

水流の様相が突如一変して、猛烈な勢いになってきた。しかもそれは加速度的に早くなって、激流の様相を呈し始めた。

この関門を擦《す》り抜けてやろうとしていたラミレスは、予期せぬ状況の急変に驚いた。もはや無線で連絡をとる暇はない。その前に、自分の身体を制御して、スクリューに巻きこまれないよう防護しなければ。

しかし、それすら間に合わなかった。吸盤状のストッパーを取り出す猶予も、まったくなかった。身体を寝かせ、スクリューと壁の隙間をすり抜けるべく体勢を立て直そうとしたが、水流は一挙に増して激流と化した。

ラミレスの身体がスクリューに激突した。

「ガァッッデエェーム！」

それが最期の罵声だった。

まず、足がバラバラになって飛び散った。ついで、背負っていたザックが飛んで壁面にぶつかり、金属音を響かせた。

真っ赤に染まった右手が飛んだ。

ががががという鈍い音がして、胴体が一気に粉砕され、最後に首がもげた。

鮮血が瞬時に薄まり、水流に消えた。

突然の激流に押し流された三人は、呆然としてラミレスの最期を見ていた。

断末魔の絶叫も血煙も、あっという間に遠ざかってゆく。

またしても濁流の中を、つながったまま流されていくしかない。

「野郎、たいした狙撃の腕だぜ」

肩を押さえつつ竜二が言った。幸い動脈は外れたようだ。相変わらず痛みは感じないらしい。恐怖はなく、ただただ、安堵の感情が広がっていた。

「これで……助かった……」

桐山が洩らしたが、それは三人全員の気持ちだった。

先ほどよりも勢いを増して荒れ狂う濁流となった流れは、もうどうしようもない。この先に何があっても、最早《もはや》なすすべもない。後は運を天にまかせるだけだ。

と。

いきなりすべてが明るくなった。行く手から明るい陽光が射しこんだ次の瞬間、青空が見えた。

どどどどという轟音と共に、三人は巨大な土管の開口部から、吐き出されてしまった。

ざっぷーんという大きな音がして、一同は、川にいた。高速道路があり、橋が見えた。行く手には倉庫が建ち並び、築地中央卸売市場の巨大なコンクリート建造物も見えた。

右手にテニスコートが見え神社が見え、水上バスの発着場が見え……全開になった水門が見えてきた。

緊張が抜けて完全に虚脱状態になった三人は、ただ流されていた。

豪雨は通過して雨雲は消え、青空が広がっている。

「ああ、また空が拝《おが》めるとはな！」

竜二が叫んだのが妙におかしかった。

まだ水の勢いが残っているから、もう少し離れないと泳いで陸に近づけない。

三人は流されるままに浜離宮の庭園を過ぎ、水門を抜けた。

「隅田《すみだ》川、だな」

左手から迫ってくる隅田川の流れもかなり強く、このままでは東京湾に流されてしまう。

「右にあるのが竹芝《たけしば》桟橋だ。みんな、泳ごう」

桐山の号令で、三人は懸命にバタ足で泳ぎはじめた。ライフジャケットのおかげで溺れる事はない。その時、沖のほうから、一隻の白いクルーザーがこちらに近づいてきた。

「助かった。親切な誰かが救助に来てくれたらしいぜ」

だが、デッキから聞こえてきた声に竜二は愕然とした。

「生還おめでとう。まさか生きて帰ってくるとは思っていなかったよ」

『マスター』の声だった。皺ひとつない笑顔と、明るい瞳がデッキから彼らを見下ろしていた。

畜生こいつの顔をみると、なんでこうもムカつくんだ、と思いながら竜二も声を張り上げた。

「ああ。だがな、あんたの手下のラミレスは、スクリューでミンチになったぜ」

しかし『マスター』は竜二を相手にせず、桐山に話しかけた。

「さあ、桐山先生。記者会見まであと一時間だ。あなたの態度を決めてもらいましょう。マスコミの前で、どう発表するんですか？」

クルーザーの船上からは、三挺のサブマシンガンがこちらを狙っていた。

「自慢じゃないが全員、インドネシア国軍のレッド・ベレーからスカウトした腕利きでね。銃だってデルタフォース御用達《ごようたし》のヘッケラー＆コックのＭＰ５だ。逃げられないよ」

『マスター』は余裕の笑みを浮かべた。

「桐山先生。予定の声明さえ出していただければ、あなたの可愛いお嬢さんは助けてあげましょう。あなたの命も無論のことだ。政治なんてものから身を引いて、家族でどこか南の島にでも行って愉しく暮らせばいい。そうは思いませんか？」

狙撃要員とは別の船員が、救助用のロープを投げる準備をはじめた。まさに和戦両様だ。

「さあ、桐山先生。政治家として最後の決断をしていただきましょうか」

ＭＰ５の銃口が、三人にしっかりと狙いを定めた。

桐山は、唯依を見た。幼さの残る娘は、顔面蒼白で今にも死んでしまいそうにか弱い存在に見えた。その愛する娘は、なにも言わず、じっと桐山を見つめるばかりだ。

「わかった……」

桐山が言いかけた、その時。考えられない事態がおきた。

突然、一人の少年がキャビンから走り出てきたのだ。その手には、ぎらりと光るナイフがあった。少年の表情は憎悪に歪み、さながら悪鬼のようだ。

彼はいきなり『マスター』に体当たりをした。『マスター』の身体がぐらりと前のめりになった。

真っ赤に染まったナイフをなおも振りかざす少年に船員が駆け寄り羽交い締めにした。

「ミツル……まさか、お前が……」

ふっと笑みを浮かべた『マスター』は、そのままがっくりと前に倒れ、デッキの手摺《てす》りを乗り越えて、海に落ちた。

ボスである『マスター』を助けるかと思ったのに、どういう事か、クルーザーはいきなりスピードを上げて走り出した。

「おい！　お前らのボスは見殺しか！」

デッキに呆然と立つ少年の姿はどんどん小さくなり、クルーザーは東京湾沖に向かって全速力で走り去ってしまった。

「これは……どういうことだ？」

目の前で暗殺を目撃した桐山は、呆然として竜二に聞いた。

竜二も負けず劣らず驚いていた。なぜならナイフの少年は、竜二が『マスター』と再会した時、お稚児《ちご》さんのように偏愛されていた『弟』のほうだったからだ。その時の少年の愛らしさと、つい先刻の悪鬼のような表情はまるで別人だが、間違いない。

「いや……判らない。やつを殺したいほど憎んでいるのは兄貴のほうだとばかり……」

しばらく海面を漂っていた三人に、救いの手が差し伸べられた。

水上警察の救助船がやってきたのだ。その舳先《へさき》には葉子が立っていた。

「遅いぞ！　葉子先生！」

「こっちもいろいろあったのよっ！　さ、早く。会見の時間が迫ってるわ」

三人は、ようやく、救助船の甲板に引き上げられた。

「まったく。判らない事ばかりよ。突然無線は生き返るし」

「無線？　なに言ってる。こっちのトランシーバーはブッ壊れてたんだぜ」

「まさか！　私は唯依ちゃんの声をハッキリ聞いたもの。しかも二度。無線に決まってるわ」

「だから、無線は壊れてたんだって。ほら」

竜二は電源すら入らない無線機を葉子に差し出した。

「見ろよ。死後三日経った猫の死骸ぐらい死んでる」

「いいえ。私が声を聞いた時は絶対、壊れてなかったのよ！」

葉子はあくまでも言い張った。彼女にとっては信念にかかわる問題らしかった。

＊

桐山真人の記者会見は、急遽、竹芝桟橋にほど近い、ホテル・インターコンチネンタル東京ベイの会議室に設定された。最初は、与党本部でということだったので、マスコミ関係者は大混乱し、大慌てで会場にかけつけた。

開口一番、このドタバタを非難しようと待ち構えていた記者たちは、現れた桐山の姿を見て息を呑んだ。服こそ着替えているが、髪は乾ききっておらず顔面も蒼白、おまけに頬には生々しい傷痕まである。しかし、その眼には力強い光が溢れ、生命力と精神力に満ちていた。

一体なにがあったんだ？　という記者の好奇心を掻き立てながら、桐山は一礼した。

「……これから、私の個人的な告白と謝罪を行い、きたるべき与党総裁選への立候補を表明したいと思います」

桐山の視線の先には、唯依がいた。そして、千晶がいた。千晶の手は、いたわるように唯依の肩にしっかりと置かれていた。

愛嬢や愛妻と目を交わした桐山の顔に、急速に血の気が戻ってきた。

「私は、国民の皆さんに申し上げる事があります。スキャンダルのように一部マスコミに報じられていた事です。私が、密会していると書かれた少女は、少女性愛の捌《は》け口ではありません。事情があって名乗りを上げられなかった、実の娘でした。娘にはこれまで辛い運命を強いてしまい、なんと詫《わ》びていいか、言葉が見つかりません。そして、若き日の過ちをつまびらかにしないという意味で裏切り続けていた妻に対しても、なんと詫びていいか……本当に済まなかったと思っています」

桐山は頭を垂れた。唯依と千晶がうなずいた。そして。

再び顔をあげた桐山には、精悍《せいかん》な自信に満ちた与党の若きエースの表情が戻っていた。

エピローグ

――九ヵ月後。

大介はアパートの自室でテレビを見ていた。春の夕暮れの、ぽつんとのどかな日だまりには、心落ち着く時のかけらがあった。

このところ、気味の悪いほど平穏な日々が続いていた。

まあ、少し前のあの時がひどすぎたんだけど。

そう思うと、大介は独りで少し笑い、お茶を飲んだ。

頼まれていた仕事も終わって、少し時間ができた。溜まっていた本でも読もうか、と立ち上がったときにドアチャイムが鳴った。

「こんにちは」

ドア外に立っていたのは、唯依だった。

「少し、いい？」

唯依は頭を下げて部屋の中を探るような格好をした。

「ああ、いいよ。入って」

おじゃまします、とぴょこっと頭を下げてあがってきた。

彼が座っていたリビングの椅子にすとんと腰かける仕種は弾けるようで、年相応の快活さがあった。可愛い花柄の、いかにも女の子らしいワンピースを着ている。

「髪、伸ばしたんだね」

「うん。おかしい？」

唯依に逢うのは、事件後、これが初めてだ。

「そんな事ない。とても似合ってるよ」

腺病質《せんびょうしつ》で男の子のように無駄な肉がなかった唯依だったのに、今、大介の目の前にいる彼女は、ふっくらとし、みちがえるように娘らしく変貌していた。

「どう？　時の総理大臣の娘って気分は？」

大介はお茶を淹《い》れながらさり気なく聞いた。

「どうって……あれからもう忙しくて。やっと落ち着いたと思ったらあの人が……パパが、総理大臣になっちゃって、引っ越しでしょう？　激動の三百日ってやつ？」

二人は、なんだか眩《まぶ》しそうにテレビを見た。国会中継の画面には、桐山真人総理大臣が答弁する様子が映っていた。

彼が首相になってから、不可能だと思われていた改革が次々に進んでいた。

懸念されていた国債の暴落と金融危機も回避され、桐山の断固とした姿勢に内外の市場は手強さを感じたのか株価は安定し、日本国債への格付けもＡＡプラスに戻った。無駄な公共事業と特殊法人に大鉈《おおなた》を振るい、金融政策を通して民間企業のリストラをも進めつつ、雇用や生活防衛のセーフティネットの構築も進めた。その一方で、どういうわけか利権政治家の元気がなくなり、抵抗勢力というものが壊滅したのかと思われるほどに大人しくなってしまった。

「なんだか、信じられないね。本当に、世の中ってのは瓢簞《ひょうたん》から駒って事があるんだね。君の事がなければ、鴨志田なんかは未《いま》だに元気に暴れてたに決まってる」

「……そうね」

唯依は、ものうげに答えた。

「パパの事は万事ＯＫっていうか、うまくいったけれど……結局、お兄ちゃんは、私の事、抱いてくれなかったよね」

大介はドキッとして反射的に身を引いた。

その反応を見た唯依は、屈託のない笑い声を立てた。笑顔が眩しいほどに輝いている。

「いいの。もう、心配しないで。もう迫ったりしないから」

「え？　そうなの？」

大介は、ほっとした。

そして少し、（いや、本心を言えばかなり）がっかりした。

「あのね。今日は、彼を紹介しにきたの」

きて、と唯依は大介の手を引いて窓のところに行き、サッシを開けた。

「彼です」

アパートの前の路上には、唯依と同い年くらいの可愛い美少年が立っていた。その少年は、大介を見上げて、ぴょこん、とお辞儀をした。

大介は、唯依と少年を見比べて、ある事に気づいた。彼女は、もう処女でないのだ。

なぜそんな事を気にする、と自分でもおかしかった。まるで本当の兄貴か親戚のような気がしたのだ。いやしかし、一抹《いちまつ》の寂《さび》しさもあるのは、そういう感情だけではない証拠だろう。

「よかったな！　うん。よかった」

大介は、声に出して言った。心からそう思った。こういう事は、きっちり祝福してやらないといけないと思ったのだ。

「もう海音寺さんとこの『仕事』はしていないの？」

「うん。全然。っていうか、なんだかもう、全然違う世界の出来事みたいなの。あの頃のことは、ほとんど忘れちゃったし……。遠い夢みたい」

言葉遣いも仕種も、同じ年頃の少女とまったく同じだ。

彼女は時を取り戻した。これからはきっと、普通の女の子として幸せに生きてゆくのだろう。

僕の事など忘れて……。

彼女の幸せな毎日が想像できて、大介は心から安堵した。

と、突然、唯依がぶつかってきた。いや、大介に抱きついてきたのだ。彼の首に両腕を回し、息が詰まるほどに抱きついたのだ。二つの柔らかな胸の隆起がすごく悩ましい。

「でも私は、お兄ちゃんのことを絶対に、絶対に忘れない。だからお兄ちゃんも、私の事を……」

「当たり前じゃないか。もちろんだよ！　僕が唯依の事を忘れるわけ、ないじゃないか！」

唯依は大介に微笑みかけた。その笑顔は、どんな花よりもきれいだと思ったし、もちろん、どんな女よりも美しく、柔らかく、安らかで、懐かしく愛らしいものだった。

じゃ、と小さく呟いた唯依は、ドアを開け、身を翻《ひるがえ》して廊下を走り去った。

その時、彼女の目に光るものが見えたと思ったのは気のせいだったか。

いつまでも彼女の姿を見送りながら、大介はある事に思い当たっていた。

結局、唯依の「予言」は、すべて的中したのだ。桐山が日本の救世主的リーダーとなるだろうことも、そのほかのことも。「そのほかのこと」の中には、「お前は、お前が憎み、恐れている人間と、当分のあいだ共に歩まねばならない、それがお前の天命だ」との託宣もあった。

とすると、僕と竜二との腐れ縁はまだまだ続くのだな……。

大介は、以前ほど竜二の存在に恐れを感じなくなっている自分に気づいていた。

この作品はフィクションであり、登場する人物および
団体は、すべて実在するものと一切関係ありません。

一〇〇字書評

切・り・取・り・線

購買動機（新聞、雑誌名を記入するか、あるいは○をつけてください）

□（　　　　　　　　　　　　　）の広告を見て
□（　　　　　　　　　　　　　）の書評を見て
□ 知人のすすめで
□ タイトルに惹かれて
□ カバーが良かったから
□ 内容が面白そうだから
□ 好きな作家だから
□ 好きな分野の本だから

・最近、最も感銘を受けた作品名をお書き下さい

・あなたのお好きな作家名をお書き下さい

・その他、ご要望がありましたらお書き下さい

住所	〒				
氏名		職業		年齢	
Eメール	※携帯には配信できません		新刊情報等のメール配信を 希望する・しない		

この本の感想を、編集部までお寄せいただけたらありがたく存じます。今後の企画の参考にさせていただきます。Eメールでも結構です。

いただいた「一〇〇字書評」は、新聞・雑誌等に紹介させていただくことがあります。その場合はお礼として特製図書カードを差し上げます。

前ページの原稿用紙に書評をお書きの上、切り取り、左記までお送り下さい。宛先の住所は不要です。

なお、ご記入いただいたお名前、ご住所等は、書評紹介の事前了解、謝礼のお届けのためだけに利用し、そのほかの目的のために利用することはありません。

〒一〇一・八七〇一
祥伝社文庫編集長　坂口芳和
電話　〇三（三二六五）二〇八〇

祥伝社ホームページの「ブックレビュー」からも、書き込めます。
http://www.shodensha.co.jp/bookreview/

祥伝社文庫

ざ・とりぷる

平成14年2月20日　初版第1刷発行
平成24年7月7日　第5刷発行

著　者　安達《あだち》瑤《よう》

発行者　竹内和芳

発行所　祥伝社《しょうでんしゃ》
東京都千代田区神田神保町3-3
〒101-8701
電話　03（3265）2081（販売部）
電話　03（3265）2080（編集部）
電話　03（3265）3622（業務部）
http://www.shodensha.co.jp/

印刷所　萩原印刷
製本所　ナショナル製本

Printed in Japan ©2002, Yo Adachi ISBN978-4-396-33028-6 C0193

祥伝社文庫の好評既刊

安達瑶　ざ・だぶる

一本の映画フィルムの修整依頼から壮絶なチェイスが始まる！男は、愛する女のためにどこまで闘えるか!?

安達瑶　ざ・とりぷる

可憐な美少女に成長した唯依《ゆい》は、予知能力まで身につけていた。そして唯依の肉体を狙う悪の組織が迫る！

安達瑶　ざ・れいぷ

死者の復讐か？　少女監禁事件の犯人たちが次々と怪死した。その謎に二重人格者・竜二&大介が挑む！

安達瑶　悪漢《わる》刑事《デカ》

「お前、それでもデカか？　ヤクザ以下の人間のクズじゃねえか！」罠と罠の掛け合い、エロチック警察小説の傑作！

安達瑶　悪漢《わる》刑事《デカ》、再び

最強最悪の刑事に危機迫る。女教師の淫行事件を再捜査する佐脇《さわき》。だが署では彼の放逐が画策されて……。

安達瑶　警官《サツ》狩り　悪漢《わる》刑事《デカ》

鳴海署の悪漢刑事・佐脇は連続警官殺しの担当を命じられる。が、その佐脇にも「死刑宣告」が届く！